Río Fugitivo

A*

Edmundo Paz Soldán
Río Fugitivo

Prólogo de Juan Gabriel Vásquez

LIBROS DEL ASTEROIDE

Primera edición en Libros del Asteroide, 2008

Queda rigurosamente prohibida, sin la autorización escrita de los titulares del *copyright*, bajo las sanciones establecidas en las leyes, la reproducción total o parcial de esta obra por cualquier medio o procedimiento, incluidos la reprografía y el tratamiento informático, y la distribución de ejemplares mediante alquiler o préstamos públicos.

Copyright © Edmundo Paz Soldán
c/o Guillermo Schavelzon & Asoc., Agencia Literaria
info@schavelzon.com

© del prólogo, Juan Gabriel Vásquez 2008
© de esta edición, Libros del Asteroide S.L.U.

Fotografía de cubierta: Nick Gunderson / Getty Images

Publicado por Libros del Asteroide S.L.U.
Santa Magdalena Sofia, 4, bajos
08034 Barcelona
España
www.librosdelasteroide.com

ISBN: 978-84-935914-7-2
Depósito legal: B.14.622-2008
Impreso por Reinbook S.L.
Impreso en España - Printed in Spain
Diseño colección y cubierta: Enric Jardí

Este libro ha sido impreso con un papel ahuesado, neutro y satinado de ochenta gramos y ha sido compaginado con la tipografía Sabon en cuerpo 10,5.

Prólogo

Prólogo

La ciudad donde todos cuentan

En la generación de Edmundo Paz Soldán, hablar del *boom* latinoamericano es como hablar de la soga en casa del ahorcado. Paz Soldán nació en 1967, igual que *Cien años de soledad* y *Los cachorros,* y, como sus compañeros generacionales —entre los cuales hay nombres tan valiosos como Alberto Fuguet y Rodrigo Fresán—, se ha pasado más de la mitad de su vida adulta asumiendo posiciones frente a Vargas Llosa, García Márquez, Cortázar, Fuentes. Pero mientras que el grueso de esos compañeros ha optado por el enfrentamiento con el *boom,* y a veces por el simple ninguneo, Paz Soldán parece creer que, como dicen los psicólogos de pareja, todo se resuelve dialogando. Y a eso se ha dedicado en buena parte de su obra literaria: a buscar fórmulas de diálogo con la mejor tradición latinoamericana a partir de Borges. Desde su primer libro de cuentos (*Las máscaras de la nada,* 1990) hasta su última novela (*Palacio quemado,* 2007), la obra de Paz Soldán es un generoso inventario de guiños, de complicidades, de —perdón por la palabrota— intertextualidades. No sólo no le molesta que se le hable de las posibles influencias del *boom* en sus libros, sino que Paz Soldán parece ir a buscar esas comparaciones de manera activa y, por supuesto, bastante arriesgada. Así, no es raro encontrar entre sus cuentos títulos que aluden a Borges, como «Las ruinas circulares» o a Cortázar, como «Continuidad en los parques» y «Casa tomada», y no es raro tampoco que esos cuentos reproduzcan mucho más que el título: frases, párrafos enteros de los textos originales aparecen de nuevo en los de Paz Soldán, como si estuviéramos ante una especie de reencarnación, a escala pero sin complejos, de Pierre Menard. Las novelas, por su parte, no admiten con tanta facilidad el juego textual, pero eso no quiere decir que no sean igualmente diestras en el arte del diálogo. Pues bien, ninguna dialoga tanto como *Río Fugitivo,* que de muchas formas puede verse como un intento —el mejor de su generación, acaso— de darle la vuelta a la novela de adolescencia latinoamericana, de jugar con las convenciones y los clichés que nos ha legado una de las grandes narraciones de nuestra tradición: *La ciudad y los perros.*

Igual que *La ciudad y los perros, Río Fugitivo* es un *Bildungsroman* un poco a pesar suyo; igual que *La ciudad y los perros, Río Fugitivo* gira alrededor de un crimen, e incluye una investigación entre adolescentes, un representante de la autoridad —en Vargas Llosa, los militares; en Paz Soldán, los curas— que no es como los demás, una solución de novela moral más que de novela negra; igual que *La ciudad y los perros, Río Fugitivo* tiene como eje a un contador de historias: Alberto en la novela madre y Roberto en la heredera comercian con relatos o cartas, los venden o los regalan a sus compañeros, los utilizan para propósitos más o menos subversivos (Alberto escribe novelitas pornográficas; Roberto, pasquines revolucionarios). La filiación es aceptada de buena gana por la novela de Paz Soldán, o al menos por su narrador: «Serás nuestro Vargas Llosa, me decía, y yo encantado. Vargas Llosa era mi modelo, quería escribir de Bolivia como él escribe del Perú». Por lo demás, el paisaje de la adolescencia tiene los rasgos ya conocidos de todos: el sexo omnipresente, la experimentación con distintas formas de perder la conciencia —desde el alcohol a la cocaína—, la vida familiar como un campo minado que se debe recorrer con detector de metales. Y si el colegio Leoncio Prado de la novela de Vargas Llosa era un microcosmos social del Perú, el Don Bosco de Paz Soldán es todo lo contrario: un pequeño mundo elitista, uno de esos acuarios de la burguesía latinoamericana que conocen bien los lectores de *Un mundo para Julius* o *No me esperen en abril*. En ese mundo insatisfactorio y conflictivo, en esa cajita de cristal que es un aprendizaje del prejuicio, en una de esas familias privilegiadas que se pasan la vida desconfiando de la democracia y añorando la llegada del próximo dictador, vive Roberto, lector fanático de novelas policíacas y aprendiz de escritor, lo cual en esta novela quiere decir plagiario. Vive, he dicho, pero quizá sería más preciso decir que sobrevive. Porque para Roberto, igual que en la novela de Kundera, la vida está en otra parte. En Cochabamba está la prosaica realidad; la verdadera vida está en Río Fugitivo, y no es la vida que vivimos, sino la que nos contamos.

Como la Santa María de Onetti, la ciudad ficticia de Río Fugitivo nace de la insatisfacción. «Un río de aguas cristalinas, ningún mendigo bajo el puente, empleo para todos y sueldos elevados, los militares en sus cuarteles, las universidades funcionando, pizarras de cuarzo y computadores en cada asiento, la inflación a cero y los hogares contentos», escribe Roberto. Es la ciudad que ha inventado para que su detective Mario Martínez, heredero de Auguste Dupin y de Sherlock Holmes y de Hercules Poirot, resuelva los crímenes que le saltan al paso. «Una ciudad para Mario Martínez, sí, pero también muchos crímenes para él, pero éstos, que sólo son islas de desasosiego en el sosegado mar de la vida, siempre terminan por resolverse, en Río Fugitivo impera el orden.» Es el viejo cliché de la novela de detectives: el crimen rompe el orden, y el detective es el responsable de recuperarlo. Pero, en el caso de Paz Soldán, es también mucho más que eso: Roberto no es sólo un adolescente que busca, a través de la literatura, su lugar en el mundo; es también un adolescente que comprende el mundo a través de las historias, alguien para quien los demás sólo adquieren sentido pleno como narradores. Y es que no hay rasgo más notorio —y más notable— en esta novela que la naturalidad, casi diríamos el descaro, con que todo el mundo, *pero todo el mundo,* se relaciona con el verbo contar. Yo cuento, tú cuentas, él cuenta, todos cuentan. Y para Roberto sólo cuentan en la medida en que cuenten. ¿Me explico?

El abuelo: «Me gusta la forma tan intensa en que cuenta sus historias: como si cada vez fuera la primera, como si el relato estuviera sucediendo en el instante de la narración». El Camaleón tenía «un envidiable talento para narrar historias, para convertir un beso en la mejilla de una chica en un tórrido fin de semana en La Cabaña de la Torre (un gran narrador era, necesariamente y por sobre todas las cosas, un gran mentiroso)». El Chino cuenta que su hermano, al morir, estaba escuchando un casete de Celia Cruz. «En treinta años me habré olvidado del relato —dice Roberto— pero seguiré acordándome de ese detalle. Chino es un gran narrador.» Con semejante elenco, parecería innecesario un personaje llamado el Relator, pero aquí está: «Va de bar en bar por la noche cochabambina, contando chistes y anécdotas de su tierra para ganarse la vida». A todos ellos Roberto los escucha e inevitablemente los evalúa; frente a todos ellos (y a los demás) ejerce el papel de lector y de crítico, porque la realidad, para él, es un libro abierto. *Río Fugitivo* es, entre otras muchas cosas, una novela sobre la relación entre la literatura y la vida, sobre la manera de entender la vida a partir de la literatura, y sobre los problemas y las dificultades y los malentendidos y los absurdos y las frustraciones y las derrotas que enfrenta quien así lo hace. Y en esa tarea sus resultados son sobresalientes: escribir sobre el hecho de escribir es correr riesgos monumentales, y el camino de la literatura latinoamericana está pavimentado con los fracasos de la metaliteratura; por eso debo decir que nada hay de metaliterario en la novela de Paz Soldán, donde leer y escribir relatos son la única manera válida de indagar en nuestra identidad, de descubrir quiénes somos y también —perspectiva aterradora— quiénes fuimos sin saberlo.

Como toda novela digna de ese nombre, *Río Fugitivo* pertenece a más de un género: es una novela policial, o una parodia de las convenciones policiales, pero también es una novela de iniciación al mejor estilo de *El Gran Meaulnes* (con la carga de muerte y sexo necesaria para cualquier rito de paso), y también es una novela política de aguda estirpe latinoamericana, y también, por fin, una novela de búsqueda de los orígenes. Una de las líneas más ricas de la novela es la indagación, de parte de Roberto, en la vida de un antepasado que pudo haberse dedicado al oficio, siempre mal visto, de escribir libros. ¿Hasta dónde heredamos la obsesión por un oficio, hasta dónde está inscrita una vocación en nuestros genes? De hecho, ¿hasta dónde está escrita cualquier cosa en nuestros genes? La pregunta, se dará cuenta el lector, lleva consigo uno de los grandes temas de la literatura: el libre albedrío. «La herencia era un misterio, quizá el misterio más grande que nos había tocado en suerte», nos dice Roberto en algún momento de la novela. «Buscábamos enigmas a nuestro alrededor, sin darnos cuenta de que el mayor misterio radicaba en esa extravagante combinación de fragmentos de otros seres de otros tiempos.»

A la búsqueda de esos enigmas se dedica *Río Fugitivo*.

De un lado, el metafísico *quién soy*.

Del otro, el policial *quién ha sido*.

Entre las dos preguntas hay una estupenda novela.

JUAN GABRIEL VÁSQUEZ

Río Fugitivo

A mi abuelo Edmundo, por el circo
y las estampillas, los lapiceros y los relojes;
por el ejemplo y la ternura.

Family, what a flawed system of attachment!

RICK MOODY, *Purple America*

Nota del autor a la segunda edición

Esta edición es la versión revisada y corregida de la novela que publiqué hace diez años. He dejado afuera algunas partes redundantes, eliminado metáforas que no funcionaban y giros estilísticos innecesarios. He tratado de darle más coherencia a la oscilación temporal del narrador. He reescrito un par de escenas, cambiado una parte clave de la trama argumental. Con todo, confío en haber mantenido la esencia de la novela original.

Agradezco a todos los que han hecho posible esta edición: Eduardo Jordá y Dani Capó, que no sólo creyeron en *Río Fugitivo* sino que dieron los primeros pasos para tornar realidad el proyecto; Luis Miguel Solano, un editor incansable que apostó sin dudarlo por la novela; Álvaro Martínez y Diego Salazar, lectores minuciosos que ayudaron a que esta versión depurada encontrara su forma final; Juan Gabriel Vásquez, un escritor que admiro y cuyo prólogo ha provisto al libro del contexto necesario para su lectura.

Edmundo Paz Soldán
Madrid, abril 2008

1

En aquellos días ya lejanos —pero todavía recuperables para mi memoria—, yo pensaba en el crimen perfecto. Un crimen que sucediera en las primeras páginas de una novela, preferiblemente en un cuarto cerrado, de manera que detective y lector tuvieran que aguzar el ingenio para descubrir al criminal que, por otra parte, debía ser alguien del que nadie sospechara, pero que, una vez descubierto, obligaría a decir al lector «cómo no lo pensé antes». Un crimen que fuera capaz de sostener toda la trama de una historia, poblado de pistas y detalles a su alrededor, todo debía reverberar, cualquier detalle debía estar cargado de múltiples significados: por qué se detuvo el reloj de péndulo del comedor a las once y cincuenta y tres de la noche, qué hacía esa corbata roja tirada en el piso al lado del muerto, por qué no ladró *Hércules* esa aciaga noche de tormenta, tan incapaz *Hércules* de hacer otra cosa que ladrar en las noches de tormenta. Un crimen perfecto sólo hasta el último capítulo, porque al final se descubre, descubrimos todos, que ningún crimen es perfecto. Si lo fuera no habría novela, el invento no se entiende sin el accidente, las pistas están ahí para que al final cobren sentido en una estructura general, la pregunta del porqué debe ser respondida, las muertes sin solución están exiliadas en el torpe y transitorio mundo en el que habitamos todos.

Pensaba en el crimen perfecto ese lunes, a las ocho y media de la mañana, en el que los alumnos de los ciclos Intermedio y Medio del Don Bosco nos encontrábamos formados en el patio del colegio, entonando el himno nacional. «Es ya libre, ya libre este suelo», era el primer día de clases «y ya cesó su servil condición». La bandera tricolor era izada lentamente por Cardona, el mejor alumno de mi curso, de ese curso al que me asomaba con expectativa el primer día del último año. Bandera e himno al mismo tiempo, toda la parafernalia simbólica de la nación mientras el Conejo Zambrana mascaba chicle y Lanza seguro que pensaba en Michelle y alguien decía «el que baña a su hermana paralítica tiene el secreto de la inmortalidad» y Chino le daba un codazo al Borracho Gómez y le contaba que esa tarde se iba a tirar a su empleada y Aldunate revisaba su maleta en busca de su tablero de ajedrez y Murciélago no paraba de mencionar su flamante chamarra *Members Only* y Camaleón decía que el domingo había visto *Risky Business* con Tom Cruise y le había parecido alucinante y Torres comentaba que se acababa de comprar el casete de Cindy Lauper, *Girls Just Wanna Have Fun*, y el Salvaje se acomodaba la cristalería y yo pensaba en el crimen perfecto. Nublado cielo de marzo, día de aire inmóvil, «y en sus aras, de nuevo juremos, morir antes que esclavos vivir, morir antes que esclavos vivir, morir antes que esclavos vivir».

Esa mañana Mario Martínez estaba cansado de plagios, de adaptaciones libres de Conan Doyle, Agatha Christie y compañía. Quería un crimen como antes no hubo otro igual, originales las huellas y las coartadas, el instrumento con el que se segó una vida, la motivación del asesino o la asesina, y ni qué decir de la forma en que resolvería el caso, tan brillante que Poirot y Sherlock Holmes palidecerían de envidia y, con la voz apagada, reconocerían hallarse ante la presencia de un detective mucho mejor que ellos. Pensaba en Martínez mientras escuchaba al padre Belloni, el nuevo director del colegio, chiquito, enclenque, calvo y con sandalias de fraile, la voz ondulante que tan pronto se agudizaba en un chirrido de frenos de automóvil como se agruesaba en un estruendo de trompetas de banda militar. Había que seguir en posición de firmes, mientras se nos decía lo mismo de todos los lunes de todos los santos meses de nuestra existencia colegial, por qué no aprenderíamos de una vez a ser buenos; si lo hubiéramos hecho, esos discursos no tendrían razón de ser y por lo tanto no serían pronunciados, al menos ésa era mi optimista convicción.

Pero Belloni también decía algunas cosas nuevas en su chapurreado español. Decía que había acabado el período del estilo «liberal y moderno» con el que directores anteriores habían administrado el colegio. La relajación de las costumbres le había dado mala fama al Don Bosco. Era hora de volver a una educación basada en los viejos códigos de disciplina rigurosa y estrictas reglas de conducta. Se acababa, por ejemplo, el sistema de asistencia libre para el ciclo Medio: de ahora en adelante, la asistencia era obligatoria, y llegar a clases con diez minutos de retraso ya se consideraba una falta. Pensé que el italiano tenía un insoportable complejo de Napoleón. Los sarcásticos ruidos que hacían algunos de mis compañeros indicaban que ellos pensaban lo mismo, y que ya iban paladeando con gozo lo que le esperaba a Belloni.

—Es un soplanucas.
—No. Se la come.
—Es un mascalmohadas.
—Eso. Mascalmohadas.
—Tiene cara de pajero a la legua.
—Tejada se lo debe dar a la medianoche.

A mi izquierda y un poco por delante se encontraba Mauricio. Desde mi lugar podía ver su melena castaña, y si bien no veía el rostro podía adivinar los pómulos duros, la pequeña cicatriz en forma de medialuna en la frente y la media sonrisa que seducía a las chicas, y que también nos seducía a nosotros. Había que reconocerlo, tan hombrecitos pero nada que hacerle, de vez en cuando el cuerpo, el rostro y la mirada de un hombre nos conmovían. Claro que nos hacíamos los desentendidos, qué habría sido de nosotros si se hubiera corrido la voz. Siempre les dije a mis padres que un colegio mixto era más saludable para el espíritu.

Mauricio, el hijo del Ajedrecista (pero ésa es otra historia). Me preguntaba cómo haría para sonreír siempre. Tenía un arete en la oreja derecha, estaba de moda perforarse la piel, las cosas raras con las que nuestra generación procuraba ser diferente a las anteriores y a las posteriores. Pobre mi hijo, lo que le tocaría hacerse en el cuerpo para afirmar que su inestabilidad era única, muy diferente a inestabilidades pasadas y futuras. Le quedaba bien el arete, un detalle muy *sexy* aunque no original, seguro una vez más lo elegiríamos presidente y con el dinero del curso se daría la gran vida y nadie diría nada, nadie nunca decía nada. Había gente a la que ni siquiera se le perdonaba que hubiera nacido, a Mauricio se le perdonaba todo, te miraba y estabas listo. Pero mejor no continuar con eso de que los ojos eran el espejo del alma, me cansaban los escritores que decían «sus ojos denotaban tristeza, en su mirada se podía ver una resignada melancolía». En los ojos uno encontraba lo que quería encontrar, sobre todo clichés, pero también era cierto que Mauricio te miraba y ya está, le perdonabas todo y terminabas pidiéndole disculpas por lo que no habías hecho. Cuestión de nuestra insoportable debilidad ante la belleza.

Pero los sospechosos del crimen perfecto siempre tenían los ojos inexpresivos, al menos para quien escribía y los creaba, uno no quería despertar sospechas de entrada, decir que fulano de tal tenía una mirada maligna. O sí, pero si eso se decía, las intenciones eran otras, la mirada maligna era un desvío, el pobre fulano era un pan de Dios y lo único que se quería es confundirnos, hacer que sospecháramos de otros y no del criminal. Qué taimado el escritor de parte del asesino, por lo menos hasta el final. La mirada maligna la tenía Chino, y no era sospechoso de nada aunque era mejor no levantarle la voz porque te zarandearía como nunca en tu vida, capaz de torcerte el cuello como a gato recién nacido. Era el único que parecía inmune a Mauricio, el único de nosotros que no le pediría disculpas. Tan orgulloso Chino, detrás de Mauricio en ese instante, los *jeans* descosidos y llenos de remiendos, la gruesa manilla de plata en la muñeca derecha y las poleras que usaba hasta que perdían su color. Tan alto y fuerte, las piernas macizas y la espalda ancha sin haber pisado jamás un gimnasio, suficiente tuvo con haber ayudado desde chico a su papá a cargar y descargar mercadería de camiones, a llevar pesadas cajas de un lado a otro. Una cara que metía miedo, una mirada que era un incendio, quién nos salvaría de su fuego.

—Este pequeño y pobre país está en crisis. Una crisis extrema, como pocas veces se ha visto. Sus papás hacen un gran *sacrifitzio* para que ustedes puedan asistir a este colegio. No olviden que son unos privilegiados y que deben responder con creces a este *sacrifitzio*. Sus papás esperan *molto* de ustedes. El país que heredarán espera *molto* de ustedes...

—Mascalmohadas.

—Se la chupa a don Bernardo.

—Al san Bernardo, querrás decir.

—No ofendas a los perros.

Ya terminaba el discurso, el acto que debía repetirse por lo menos treinta veces más ese año, como para enseñarnos hasta el cansancio que nada se aprendía sin la repetición, que los hechos únicos e irrepetibles estaban condenados al olvido. Y sin embargo todo era tan caprichoso. Nada nos aseguraba que aprenderíamos de la experiencia que conllevaba la repetición, nada nos aseguraba que recordaríamos los rituales de la adolescencia. Nada nos aseguraba que recordaríamos los hechos únicos. Podríamos olvidar lo que creíamos inolvidable, recordar lo que creíamos olvidable. Tendríamos experiencia, pero eso no nos salvaría de nada. Y acaso necesitáramos del eterno retorno para valorar la mítica etapa de la vida que significaba el último año de colegio.

Pero no había eterno retorno: estos minutos no regresarían más, este día que iba camino de su fin no regresaría más, este año tampoco regresaría más, a lo sumo jirones de hechos y frases en las máquinas mezcladoras del sueño o la memoria, un recuerdo de la infancia incrustado en uno de la adolescencia y con un toque de la vida adulta, mezclado todo y batido al *frappé*. No había eterno retorno, y aprenderíamos de esta etapa cuando ya no hubiera manera de repetirla, aprenderíamos de la vida cuando ya no hubiera manera de tener una segunda oportunidad sobre la tierra.

El aire estaba detenido, la tricolor nacional no flameaba al viento y descansaba enroscada en el mástil herrumbroso. En el cielo, cúmulos y cirros y cumulonimbos plomizos que asemejaba con esfuerzo a ovejas somnolientas o estilizados rinocerontes. Don Bernardo, con su inmensa costra en la mejilla derecha que motivaba morbosas especulaciones —cómo se la había hecho, o es que era una marca de nacimiento, a veces uno nacía y ya estaba marcado—, dio la orden del organizado desbande. Éramos los mayores, debíamos esperar hasta el final para ir en fila de a dos al curso. Qué alegría ver un edificio tan conocido, las paredes porosas de abominable color verde caca de loro, los gruesos pilares que sostenían la maciza estructura rectangular del segundo piso, el techo de calaminas crujientes que servía de pista de despegue a acrobáticos gorriones y golondrinas. La gloriosa cancha de pasto y las de cemento y las de tierra, flanqueadas por eucaliptos esqueléticos y molles que despedían una fragancia de almizcle que inundaba el patio y luego nos acompañaba en las ropas y el cuerpo el resto del día, hasta la ducha en la noche, si nos duchábamos. Las paredes que daban a las calles adyacentes, con los murales pintados anualmente por los estudiantes en la fiesta de María Auxiliadora: predecibles palomas de la paz y niños con beatíficas aureolas de amarillo chillón y ciudadanos honrados construyendo el país y, de vez en cuando, para cólera de los curas, la imagen del Che disfrazada de la de Jesús. Las angostas escalinatas que conducían a las oficinas de la administración y a los cursos de Intermedio y Medio. Las imágenes de Don Bosco y de la Virgen por doquier, y esas máximas de vida pintadas en las paredes de la biblioteca por un cura mexicano que entremezclaba a los existencialistas con la filosofía zen vía Simon & Garfunkel: «Uno encuentra el todo en la nada. Escucha el ruido del silencio y tendrás paz».

—¿Qué te parece Belloni?
—Un bolas tristes.
—Un pelotudo.
—Una mierda importada.

Qué alegría ver caras tan conocidas. De diciembre a marzo la mayoría desaparecía de nuestra mente y, de pronto, regresaban todos y las charlas se poblaban de nombres con eco, compañeros y profesores y amigos de otros cursos, sobre todo de Medio pero también algún que otro chiquillo de Intermedio, mi hermano Alfredo y sus amigos. El padre Fabrizio estrenaba sotana nueva, negra como los ojos de las gitanas en los cuadros de los pintores costumbristas, o acaso había descubierto la existencia de las tintorerías. Sabina, el de Música, estaba dejando las filas de los gordos para enrolarse en las de los obesos: la grasa que había acumulado su barriga le serviría para pasar el invierno. La de Matemáticas usaba ahora una peluca pelirroja, había perdido el pelo a los dieciséis años después de que su primer amor la dejara por una azafata del Lloyd, que a su vez dejó a éste por un *playboy* de la Colón, y así sucesivamente: encuentros y desencuentros que, en una ciudad pequeña, terminaban conectando a todos, la novia de hoy sería mañana la novia de nuestro mejor amigo, la amante del hermano acaso terminaría como esposa nuestra, y qué potencial en la hermana de la enamorada... Don Julio, esposo de doña Julia, el hombre múltiple (jardinero, portero, electricista y árbitro), se había dejado crecer un fino bigote. Barahona tenía un nuevo corte de pelo: vertiginosos mechones rubios suspendidos por un punto imantado más allá de la atmósfera. El Pavo se había estirado, el lugar de la elongación era el cuello de cisne insolente, lo que le daba a su rostro un aire de avestruz. El Salvaje y Tomás habían desperezado sus músculos, tríceps y pectorales fibrosos e irritables presionando en la piel estriada y llena de vellos y lunares. Había marcas como el rasguño de un perro en la mejilla izquierda de Jurgensen, decían que había tenido un accidente en moto.

—¿En qué piensas, maricón? —me preguntó Camaleón al entrar al curso.

—En que pronto comenzarán los relatos.

—¿Qué relatos?

—Qué hizo cada uno en las vacaciones. Qué peleas o aventuras amorosas o turbulencias familiares merecen ser recordadas y relatadas.

—¿Podrías dejar de joder al menos el primer día?

Pronto comenzarían los relatos. Cómo había hecho Chino para aflojar las defensas de la empleada. Qué pócimas había empleado Michelle para continuar convenciendo a Lanza de que el siglo XII persistía en el XX y ella era la esperanzada dama para su patético Amor Cortés. Qué había motivado la fallida tentativa de suicidio del papá de Aldunate. Éramos máquinas de narrar en constante funcionamiento, debíamos contar una historia para que un pedazo de nuestras vidas adquiriera sentido. Sin una narración, la experiencia vivida no podía ser procesada. Y, como en los sueños, mezclábamos, no podíamos recordar todos los incidentes de la anécdota ni el orden exacto en que se sucedieron, el olvido o el añadido de un detalle cambiaban el significado de la historia que contábamos. Nuestras vidas, así, se iban pareciendo a nuestros sueños. Parecía que tenían más orden, pero no. Parecía que tenían más claridad, pero no. Vivíamos entre parpadeos, con los ojos entrecerrados, y lo que hoy estaba aquí pronto se desvanecía y no estaba más.

Quería que Mario Martínez supiera de estas cosas. Pero a la menor reflexión perdería a mis lectores. Mis lectores querían acción, un caso simple y entretenido, sin detectives melancólicos ni metafísicos asesinos bajo la lluvia. Un detective privado sin vida privada, sin un turbio secreto en su pasado, sin una mujer capaz de conmoverlo. Cinco años ya que la fórmula daba resultado, ¿cómo cambiarla sin el riesgo de perder público?

No necesitaba responderme a esa pregunta todavía; por lo pronto, otra cosa reclamaba mi atención. En el aire quieto de la mañana, pensaba en el crimen perfecto.

2

«La herencia es un misterio», dice una vez más el Doctor No, con partículas de tiza en su camisa negra como azúcar impalpable en los pasteles del Primer Viernes en la Recoleta, los suspensores grises que le dan un aire anacrónico, de ejecutivo de los años cuarenta; Camaleón mira su reloj. Faltan cinco minutos para que la clase acabe. La genética les interesa a mis compañeros tanto como una misa en latín. No les preocupa en lo más mínimo saber de dónde vienen, qué hace que Tomás tenga ojos azules y yo cafés, si Chávez es gordo por tantas salteñas o porque su papá lo es y su abuelo también, si reaparecerá en su hijo el cáncer de la mamá de Draskovic.

El Doctor No escribe la palabra MISTERIO en la larga pizarra verde oscuro, sobre la que se encuentran, en la parte central, tres cuadros pequeños: san Juan Bosco, el escudo de Bolivia y la Virgen María. En eso terminamos, después de una hora de contexto histórico e intrincadas teorías científicas: se sabe mucho, pero también se sabe que no se sabe. Las moscas de la fruta ayudan pero son insuficientes, y Watson y Crick (Watson, cansado de ser fiel sirviente de Holmes, decide saltar al centro del escenario y apropiarse de los mejores parlamentos) han descubierto el ácido desoxirribonucleico, pero no el porqué de los albinos, o si uno pinta o escribe por vocación o por los dictados de los testarudos genes de los antepasados. MISTERIO.

—Hagan un experimento esta noche. Compárense con sus padres. Verán que algunos se parecen mucho al papá, y otros, a la mamá, ¿no? En algunos habrá simplemente un aire familiar, la nariz, como mi hijo y yo. Y en otros, nada, ¿no? Esto no quiere decir que el lechero haya intervenido, ¿no? —Sonrisas—. Si se comparan a sus abuelos, la misma cosa. No hay una fórmula matemática, un porcentaje que indique cuánto heredamos de cada quién. En cierto modo, cada caso es una excepción a la regla, ¿no?

Los pupitres despiden un olor a barniz que se mezcla con el olor a detergente del lustroso piso de mosaicos. En una esquina, detrás de la mesa del profesor, el armario de nogal donde se guarda el material deportivo (las camisetas de la selección, las pelotas de fútbol y básquet: nuestro pobre patrimonio). Una pared lateral con ventanas amplias que dan al patio, por las que se filtra la diáfana, cálida luz de la mañana. La otra pared con ventanas que dan al pasillo y a las aulas de Primero y Segundo Medio. La pared enfrente del pizarrón está empapelada con un paisaje boscoso que debería invitar al sosiego pero no, es difícil el sosiego entre nosotros: somos lo más adolescente que existe, adolecemos de algo y la cura es el movimiento perpetuo, la constante intranquilidad, la ansiosa manía de no quedarnos quietos en ningún lugar.

—Entiendan que la ciencia tiene un límite, ¿no? —Camaleón cuenta los noes en su cuaderno: cuarenta y ocho hoy—. Se han hecho muchos avances en este siglo, y día que pasa continuamos descubriendo cosas sobre nuestro organismo, cómo funciona, qué nos determina, ¿no? Pero no se olviden que avanzar no significa saber del todo. Siempre nos falta algo, hay fichas del rompecabezas que aún no encajan.

»Nuestra misión es seguir buscando, hasta que llegue el momento en que todas las claves sean reveladas, y podamos contemplar ante nuestros ojos el árbol de la vida en su más puro esplendor, ¿no?

—Sí, profe —dice Zambrana, y mis compañeros ríen, y el Doctor No adquiere una expresión de molestia que no le dura mucho, nunca le dura mucho. «El árbol de la vida en su más puro esplendor.» Mis compañeros siguen riendo, instalados en sus respectivos barrios. Aunque el primer día de clases podemos escoger cualquier banco, hay un acuerdo tácito por el cual respetamos la conformación del curso desde Primero Medio. En Los Murciélagos, situado en la parte delantera, muy cerca de la mesa del profesor, se encuentran los favoritos de Tejada: Murciélago Torres, Tavel, Valenzuela, Rocha y Vidente Méndez. En la Zona Rosa, atrás y en diagonal a la puerta, están los estudiosos, los responsables, los que no piensan en el presente como un fin en sí mismo sino como una etapa de preparación para el futuro: Cardona, el gordo Chávez, Ramiro Leigue, Draskovic. En Chinatown, en las dos filas más cercanas a la puerta, se encuentran los peleadores, los vagos, los borrachos, los que le dan a la droga, los aplazados de otros años, los que roban plumafuentes y dulces en los recreos, a sus compañeros y a la cholita de la puerta, pobre casera, víctima de prestidigitaciones houdinescas. Chinatown: Chino, Conejo Zambrana, Salvaje Coimbra, Borracho Gómez. Mejor perderlos que encontrarlos.

—Como tarea, escriban una composición contándome en qué se parecen y en qué son diferentes de sus abuelos, papás, tíos, hermanos, etcétera. Traten de ser lo más exhaustivos que puedan, ¿no? Se van a sorprender de los resultados.

Entre Chinatown y la Zona Rosa se encuentra la Tierra de Nadie: Mauricio, Pavo Guilarte, Camaleón, Tomás y yo. Los que frecuentamos tanto la biblioteca del colegio como la chichería del puente de la Recoleta, el nexo de unión entre los vagos y los estudiosos, el puente incluso para el encuentro con los separatistas de Los Murciélagos, y con los otros compañeros de parajes no bautizados, gente anodina como Aldunate, que se la pasa jugando ajedrez, o Federico Lanza, que me compra poemas plagiados a Benedetti y Cardenal para regalárselos a Michelle, tan fea Michelle y él tan enamorado.

Suena el timbre. El Doctor No coloca en su maleta de cuerina sus libros de lomos arrugados y cubiertas estropeadas, se sopla los mocos con un pañuelo rosado que tiene sus iniciales bordadas en hilo granate y sale con prisa, como si necesitara ir al baño o a encontrarse con su esposa, la Sulfúrica —profe de Química—. Andan por las bodas de plata y todavía puede uno sorprenderlos besándose en la sala de los profesores, apoyados contra la ventana abierta y a punto de caer por ella de tanto arrebato pasional.

Salgo al patio con Camaleón, tan chiquito que parece de un curso inferior, muy orgulloso de su bigote incipiente, la pícara expresión en la cara y el cuello largo y venoso, los brazos huesudos y el cuerpo esmirriado que se desmoronaría de un soplido.

—Recibí carta de Gianna. —Fue mi primera chica, hace dos años. Era prima hermana de Conejo, vivía en Miami y solía venir a pasar sus veranos aquí. Tenía la piel tostada y con arrugas, abusaba de la playa. Fue mi primer amor, pero con la distancia no duramos, apenas tres meses.

—¿En qué anda?

—Sigue con su cubano. No vendrá estas vacaciones.

—A ver si le encargas que nos envíe casetes de última. Cuando llegan a las tiendas aquí, ya pasaron de moda.

Comemos salteñas de carne picantes bajo un cielo de golondrinas neuróticas y en medio de la algarabía de los chiquillos de Básico, que improvisan peleas con reglas y compases, no me extrañaría que alguno de ellos perdiera un ojo. Hay un empujón, un pelirrojo cae al suelo y un larguirucho se abalanza sobre él; sus compañeros hacen un círculo, alientan a uno y a otro sin intervenir. Camaleón y yo nos acercamos, el padre Fabrizio corre desde los baños rumbo al círculo de muchachos, un rosario de cuentas de caracol tintineando en su pecho. Al verlo correr, Camaleón se tira sobre el larguirucho, lo separa del pelirrojo, que tiene sangre en los labios, un diente roto o una mordedura en la lengua.

El padre Fabrizio pone en orden a los muchachos y se los lleva de la mano, quizá preguntándose una vez más si hizo bien en dejar su carrera de futbolista profesional para seguir una vocación tan anticuada y exigente. Acaso la luz intensa que vio ese domingo por la noche, cinco años atrás, después de fracturarle la pierna derecha al argentino Fresán, goleador del Bolívar, no fue, después de todo, un mensaje celestial sino un simple fenómeno de refracción que habría podido entender si hubiera seguido con atención sus clases de Física en el colegio.

Camaleón continúa la charla como si no hubiera habido interrupción alguna, su voz intercala tonos graves y agudos. Me cuenta de su madre alcohólica, internada en una clínica, y de Julián, el hermano mayor, que vendió un juego de porcelanas de Lladró para poder seguir financiando su adicción a la cocaína. Cosas que ya sé porque lo vi un par de veces en las vacaciones, la última hace tres domingos, en el estadio, adonde habíamos ido a deprimirnos con el Wilster. Su vida no es muy interesante, pero él, al narrarla, logra transformarla en una serie de sucesos dignos de ser escuchados. Es un genio para tornar interesante cualquier anécdota, aun aquella con más potencial para convocar al aburrimiento. La exageración y la mentira se convierten, gracias a él, en licencias poéticas de alto vuelo, al servicio de la causa mayor de la narración. Si la vida es aburrida, nosotros no tenemos por qué serlo: cómo dependemos del narrador para no dormirnos, cómo recordamos u olvidamos tantas cosas gracias a quien nos ha tocado en suerte para contárnoslas. Los narradores están en todas partes: en el almuerzo —mamá contándonos del día agitado que tuvo, el clímax en su dramático enfrentamiento con la empleada después de que ésta rompiera el espejo del comedor, «siete años de mala suerte, ¿saben lo que es eso?»—, en la clase —Tejada utilizando el Alfa y el Omega de Teilhard de Chardin para enseñarnos de dónde venimos y hacia dónde vamos, el de Historia zambulléndose en el río turbulento del caudillismo en el siglo XIX para engarzar con nuestro presente de hiperinflación, huelgas generales de la Central Obrera y rumores de asonadas—, en las fiestas —Mauricio y Conejo contándole a la chica de turno un par de anécdotas que los muestren chispeantes y divertidos, dulces y con mucha personalidad, transparentes y a la vez con un enigma en el centro del ser, enigma que las va a atraer hacia ellos sin que se den cuenta de que en realidad no existe, de que ha sido creado para que ellas continúen escuchando su historia por mil noches más—. La gente es despiadada: si lo narrado carece de emoción u originalidad pronto dejará de escuchar cualquier historia, por más edificante que sea. Yo soy despiadado. Camaleón, por suerte para él, merece ser escuchado.

—Esa noche, papá se había ido a hacer su viernes de soltero. Como siempre, nada del otro mundo. Mamá bajó corriendo al *living*, buscó por todos lados la llave del bar y nada, esta vez parecía que papá la había ocultado bien. Se sentó, resignada. Entonces se le acercó el cabrón de mi hermano. Hijo de las mil putas, con perdón de mamá. Le dijo que le podía decir dónde estaba la llave si le daba unos pesos. Una cara terrible de pasado de vueltas, estaba mandibuleando. Mamá ni cuenta que se dio. Subió, sacó plata de su cartera, y se la dio al imbécil ése. Con la llave en la mano abrió el bar y se sacó la botella de Johnnie Walker etiqueta negra, es fina hasta para los trancazos mi vieja. Subió a su cuarto, entré a decirle que no lo hiciera, y me mandó al carajo. Mi hermano ya se había ido de joda. ¿Qué hacer? Estaba preocupado, mamá estaba con antibióticos y los médicos le habían dicho a papá que no viera bebida ni en pintura. Llamé al viejo y me dijo que venía en un rato, estaba en medio de una tripleta maldita, si se iba perdía la apuesta. Total, que jamás apareció. Mamá se encerró en su cuarto con llave y yo tuve que llamar a mi abuelo, que tampoco es de los más eficientes que se diga, con su tembladera es un milagro que no se haya sacado la entretela en su auto. Me puse a hacer crucigramas mientras los esperaba, escuchando a mamá cantando *Las bodas de Fígaro* con su voz ronca, quería ser soprano de joven. Papá y mi abue llegaron juntos y la encontraron tirada en el piso, sin ropa, apenas con unos portaligas color salmón que papá le había regalado cuando se llevaban bien, creo que antes de que yo naciera.

—Me gustaría visitarla uno de estos días.

—¿Para qué? No te pierdes nada. Le voy a mandar tus saludos. Visitarla va a ser difícil. Con suerte nos dejan verla a nosotros. Está en la San Francisco. Un asco de clínica, la misma enfermera que barre el piso es la cocinera. Hay una por cada cuarenta pacientes.

Alfredo está con Mauricio y Conejo cerca del quiosco de Julia, donde un montón de chicos agolpados a sus ventanas, estiran la mano con un fajo de billetes arrugados y gritando «es mi turno, carajo, yo estaba primero». Seguro Alfredo les pidió algo, es un descarado, se aprovecha de que nunca le dicen no. Desde que entró al colegio es la mascota de mi curso. Las primeras semanas de clase no se me soltaba en los recreos, y me hacía llamar a su curso con cualquier excusa. Necesitaba verme, saber que yo estaba cerca, que lo acompañaría al baño en caso de emergencia, que lo defendería si algún grandulón abusaba de él. Siempre andaba en busca de compañía, con una enfermiza incapacidad para la soledad. En eso tan diferente a mí, tan solitario y autosuficiente, a toda hora inventando mundos, jugando conmigo mismo en el diseño de la ciudad de Río Fugitivo y de los casos para Mario Martínez. Tan apegado a mí esas primeras semanas, ahora ya ni siquiera me busca. Poco a poco fue conociendo a mis compañeros, desarrollando una especial predilección por los de Chinatown. Tiene muchos a quienes recurrir y mejor ellos que yo, ellos lo malcrían y yo no, le dan todos sus gustos y yo no. Ya ni siquiera trae consigo el par de monedas que papá le da todos los días, sabe que habrá alguien que le invitará a una salteña o robará un donut para él, sabe que Chino y Conejo, sus principales protectores, no dejarán que pase hambre.

Le digo a Camaleón que nos acerquemos al quiosco, él asiente y continúa hablando de Julián.

—También vendió el estéreo del *living* para pagar unas deudas. Papá cree que se trata de un robo y lo botaría de la casa si supiera la verdad.

Curiosa inversión: para cualquier historia utiliza un tono histérico, acelerado, que le da urgencia a lo trivial y hace suya cualquier nimiedad, pero cuando habla de su familia lo hace como si mamás alcohólicas y hermanos drogadictos fueran parte normal de toda familia, como si todos los días, en todas las casas, alguien estuviera robando Lladrós y estéreos para financiar sus adicciones.

Alfredo es muy lindo, tiene los ojos grises inmensos y los hoyuelos y la nariz respingada que yo hubiese querido tener. Como dice el Doctor No, la herencia es una lotería. A mí me tocaron los ojos de un abuelo que no conocí y la nariz de una bisabuela que murió antes de cumplir los veinte años: estoy armado de fragmentos al azar de gente que nació antes que yo. Cuando ya no esté, algún fragmento mío seguirá viviendo en el nieto de mi nieto que ya no conoceré, mi recta nariz en una sobrina de mi biznieto, mis gruesos párpados en quién sabe quién. Y me muerdo los labios como dice mi madre que solía hacerlo alguien que no conocí, el abuelo que murió antes de que yo llegara y que no sabe que uno de sus gestos flota en ese mundo en el que vivió por algunos años, un vago eco de su ya difuminado paso por la vida. Voy caminando en este presente sin saber cuántos de mis movimientos son fantasmales ecos de gente que no conocí, repeticiones de gestos quién sabe cuándo producidos por primera vez, la forma en que paso la mano por mi frente quizá viene de alguien que hizo eso por primera vez frente a un opaco espejo en el salón de una casona en La Paz, hacia 1849. Ese alguien, ya más que muerto, se miró al espejo antes de salir a una recepción social ofrecida en honor de unos visitantes peruanos, y se pasó la mano por la frente para limpiar una invisible gota de agua. Hace mucho que ese alguien ya se fue, pero ese gesto quedó atrapado entre las telarañadas redes de nuestro tiempo y espacio, como quedaron atrapados tantos rasgos de tanta gente tan o más muerta que ese alguien. Mis manos de dedos largos y delicados repiten las manos de alguien, los lunares en mi espalda acaso provienen de otra espalda ya agusanada, y esa fija y enigmática mirada con que mis ojos observan el mundo tal vez ya lo ha observado en otra época y otro ámbito.

Abrazo a Alfredo, que me pellizca y ríe con su risa contagiosa al ver mi expresión de dolor.

—Eso te pasa por tratarlo como un niño —dice Mauricio, su perfume Drakkar provocando una comezón en mi nariz. Él también tiene algo que yo hubiese querido tener, los labios carnosos y el carisma. Cómo facilita las cosas el carisma, con él uno puede hacer las cosas sin necesidad de justificación, confiado en que la gente se encargará de buscar los descargos necesarios para los actos más injustificados. Uno puede seducir tan sólo con la presencia, no es necesario hablar, no es necesario hacer ningún gesto, ni siquiera es necesario vestirse bien. Pero Mauricio también se preocupa en vestirse con elegancia, fue el primero del curso en descubrir que combinar los colores de la ropa es esencial para el éxito. Hasta la ropa informal, como los *jeans* que lleva puestos ahora, ese aire despreocupado con la chompa roja amarrada a la cintura, es producto de muchas horas de estudio, qué envidia la forma en que explota los espejos. A su lado, soy más consciente de mis orejas pequeñas, de mi voz apenas audible, de los lentes que esconden mis ojos y me dan el aspecto que menos quisiera tener: de estudioso. Los que triunfan en este territorio no son los que parecen estudiosos, hay que aparentar despreocupación si uno quiere que lo voten como el mejor compañero, al igual que Mauricio (que es estudioso, pero no lo parece).

Escuchamos un furioso rumor de turbinas, Alfredo levanta la cabeza y no la baja hasta que ve desaparecer el 727 del Lloyd en el horizonte, un punto que se pierde entre otros puntos. Dice que quiere ser piloto, se emociona cuando oye un avión surcar el cielo, y detiene todas sus actividades hasta que éste pasa. Lo hace siempre, por más que pasen siete en una hora, como si fuera a encontrar algo diferente en cada uno de ellos, una epifanía incesante.

Alfredo desaparece con Conejo, se pierde en el bullicio del recreo que ya pronto acabará. Camaleón se acerca al padre Tejada, que está por ahí, que siempre está por ahí: qué talento para la ubicuidad, es nuestra conciencia y lo sabe. También sabe que la abstracción no sirve de mucho con nosotros, si quiere servir de conciencia debe constantemente reforzar ese rol con la aparición de su figura robusta, de mostachos copiados de una foto en sepia. Los remordimientos por los pecados cometidos no nos vienen por sí solos, necesitan de cierta imposición de lo visible, de lo corporal. Ya pasaron los días en que uno iba al confesionario por propia voluntad.

El padre Tejada se alisa los mostachos entrecanos y nos llama con un gesto de la mano, los dedos moviéndose como nadador pidiendo socorro al sentir la brusca fuerza de la corriente. Tiene una expresión amargada, sé de qué nos quiere hablar.

—Hazte el que no lo has visto —susurra Mauricio, codeándome—. Quiero decirte algo importante.

Aprovecho el momento en que Camaleón le da la mano al padre para darme la vuelta y dirigirme con Mauricio hacia la puerta que da a la calle, hacia el banco en la plazuela Quintanilla donde suelen reunirse mis compañeros, bajo los jacarandás por cuyas flores mamá me envía al asalto cuando tiene invitados. Pero no llegaremos allí, pronto sonará el maldito timbre anunciando el reinicio de clases. Cómo reaparece ese timbre en tantas pesadillas.

Mauricio, mirando hacia el molle inmenso cerca de la puerta, me pregunta qué he escrito últimamente. Nubes plomizas se recortan en el horizonte, en reposada armonía con el gris de las montañas hacia el norte.

—*Saeta* —respondo—. Un cuento policial acerca de un caballo robado.

Una redundancia eso de cuento policial, todo lo que escribo es lo mismo.

—¿Con Mario Martínez?

—Por supuesto. Te lo paso luego, creo que te va a gustar.

Mauricio es uno de mis más fieles lectores. De dónde sacará las horas necesarias para hacer tantas cosas en un día. Debe de ser el suyo un tiempo diferente al nuestro, elástico.

—Leí *La guerra del fin del mundo,* buenísima, el periodista con espejuelos me recordó mucho a ti.

—¿El miope? No es para tanto.

—Si eres idéntico, Marito.

Fue él el que había comenzado a llamarme Marito (Roberto es muy prosaico, decía, hay uno detrás de cada mata), en la época en que daban en Canal 7 la telenovela basada en *La tía Julia y el escribidor.* Serás nuestro Vargas Llosa, me decía, y yo encantado, Vargas Llosa era mi modelo, quería —quiero— escribir de Bolivia como él escribe del Perú y de paso que todo el mundo me lea: ah, la magia de encontrar un libro mío en una polvorienta librería en Bangkok, de ser traducido al danés y al suajili. Pero, ¿qué sucede si uno quiere escribir pero no tiene ideas propias todavía, o carece de la experiencia necesaria para transformar su vida en literatura? Pues, hay que plagiar. Plagiando las historias de otros se llegará a algún lado, al menos eso es lo que uno espera. Me gustan mucho algunos escritores serios, sobre todo Borges, que tiene algunos cuentos de detectives. En Tercero Medio escribí un cuento copiando su estilo y lo llamé «La real irrealidad». Pero en general me atraen las novelas de detectives, Agatha Christie y compañía. Mucho morbo, sin duda, pero también una ansiosa, irrefrenable necesidad por descubrir el porqué, enterarme quién fue el que perturbó el orden de las cosas —quiénes, en el caso del *Asesinato en el Orient-Express*—, el que hizo que todo ya no fuera como solía ser. *When you have eliminated all which is impossible, then whatever remains, however improbable, must be the truth*. Hay que confiar en la inclinación natural y, por ahora al menos, ella me dice que robe historias de Conan Doyle y no de Borges.

Por supuesto, de esto no se tiene que enterar nadie. El plagio no es bien visto en estos tiempos en que la originalidad es aplaudida y sobrevalorada. ¿Cómo convencer a la gente que hasta para plagiar uno necesita ser original, no es cuestión de robar y listo? Ciertos plagios son más originales que muchas historias que se precian de serlo. Por suerte, mis compañeros no leen novelas (no leen nada, están muy ocupados viendo televisión) y eso evita que me descubran. En cada generación alguien tiene que leer por los demás —los libros tienen que servir de algo, no pueden quedarse sin abrir— y esa función me tocó a mí. Leo y robo, y mis compañeros sospechan pero no lo saben, y papá lee muchas novelas policiales y por eso no le doy a leer mis cuentos, aunque igual los lee sin mi autorización, y dice que soy bueno para resumir. Para él, no soy ni un escritor ni un plagiador; soy un *resumidor*. En cada generación alguien tiene que resumir por los demás, y esa función me tocó a mí. De otra manera, los libros se acumulan, y por más bellas historias que cuenten nadie los leerá por falta de tiempo, nadie tiene el tiempo elástico que tiene Mauricio.

Suena el timbre.

—¿Votarás por mí? —pregunta Mauricio.

No, no pregunta, afirma, su frase de sílabas de entonación pareja ya lleva consigo una respuesta implícita. A eso quería llegar, para eso me distrajo hablando de libros. A Nacif le hablará de boxeo, a Conejo de telenovelas, a Aldunate de ajedrez, a Lanza de Michelle. Somos tan fáciles de conquistar, son tan obvios nuestros puntos débiles, qué ausencia de complejidad en la adolescencia. Nos vamos simplificando con los años. Qué terrores y maravillas en la desinhibida infancia; cómo se convierten las nubes en sangrientos tiburones, unas palmeras azotadas por el viento en fogoso dragón y un terreno baldío en la cueva del tesoro. Después, qué prosaicos balbuceos. Así se va la vida, así se desvanece nuestro tiempo en el tiempo. Por eso tanto vómito después de cada borrachera. Habrá que ser pirata o asaltante de bancos en una próxima reencarnación.

—Sí Mauri. Por supuesto que votaré por ti.

La pregunta está demás.

3

—¿Qué tal el primer día de clases? —nos pregunta mamá con una servilleta en el cuello protegiendo su camisa de seda de un pedazo de carne mal ensartado en el tenedor, de una impertinente mancha de mostaza, de una gota de los químicos nocivos del Flavor-Aid de frambuesa. Papá come su milanesa con papas fritas con tanta llajua y tan picante que gruesas y viscosas gotas de sudor se amontonan en su frente y se lanzan en estampida por sus mejillas mofletudas (otra causal de divorcio, mamá suma y sigue). Tiene las manos manchadas de tinta, lee con ansiedad todos los periódicos que caen en sus manos, esperando quizá el milagroso titular que proclame: RENUNCIA SILES, FIN DE LA HIPERINFLACIÓN. Silvia tiene un vestido negro que le descubre los hombros de lunares insolentes, la piel tersa y brillosa como bañada en leche. Come con aire ausente, su mano jugando con el búho de cristal de Bohemia que oficia de salero. La luz de las velas parpadea y nos recubre de penumbra, hubo un apagón hace una hora, los de la compañía de electricidad nos dejan a oscuras cada vez que necesitan presionar al Gobierno para que les suba los sueldos.

—Qué lindo ha sido que vi de nuevo a muchos de mis amigos —Alfredo habla atropelladamente—. A Daniel casi no lo había visto en todas las vacaciones. Y la nueva de Lenguaje está muy culona, todos los alumnos locos y babeando y la clase al diablo, qué cominos, los lápices al suelo y entonces, desde ese ángulo, los ojos como pescados.

Mamá le pide que pare.

—¿Dijiste qué?

—Bueno, muy simpática.

—Ya te lo he dicho mil veces y la próxima te castigo —la voz firme, amenazante—. Y tienes que usar la letra ere al hablar. ¡A quién habrás salido!

Ésa es la pregunta. ¿A quién? ¿A quiénes? Papá no dice nada, y Silvia con el tenedor con un pedazo de milanesa inmóvil en el aire, como esperando el cuento obligado en la infancia para que cada cucharada de sopa ingresara en su boca —*La bella durmiente,* su favorito—, seguro piensa en eso, en que papá nunca le dice nada a Alfredo. Alfredo tenía un frenillo y, pese a que asistió por mucho tiempo a clases de rehabilitación del habla, no había aprendido a pronunciar bien la ere. Cuando la pronunciaba, parecía que tuviera una papa quemada en la garganta. El sonido no se transformaba en un fonema inteligible, y la palabra resbalaba por el velo del paladar y terminaba desbarrancada en el pozo ciego de lo incomprensible. Para evitar que sus amigos lo molestaran, Alfredo inventó un lenguaje en el que todas las palabras que incluyeran la ere fueran eliminadas del vocabulario. Con el paso de los años, lo perfeccionó a tal punto que mucha gente no se daba cuenta de la ausencia de una letra tan fundamental en su habla. A veces le hacía preguntas capciosas porque me divertía verlo tratando de zafarse de la trampa que le había tendido. ¿Capital de Argentina? Él tardaba un momento, y luego, con una sonrisa traviesa, respondía: Santiago de Chile.

La mirada de reproche de mamá dice que tampoco le gustó su comentario acerca de la nueva profesora. A mí me causa gracia porque él se anima a decir las cosas que a su edad quise decir pero jamás me animé. Vuelvo a vivir ciertas cosas a través de él, aprendo tanto de mí y del mundo con su sola presencia, con sus inquisitivas preguntas, con sus desenfadados comentarios. Él no sabe que me enseña y mejor que no lo sepa, no es fácil aceptar que uno aprende mucho de un chiquillo.

El *living* desborda macetas de helechos y opalinas porcelanas de Lladró: don Quijote y un payaso y bailarinas de *ballet* sobre recargados estantes. En un aparador, detrás de un vidrio reforzado, la colección de búhos de cristal y perros en miniatura de mamá: mastines de orejas verticales y dobermanes belicosos y dálmatas melancólicos y fox-terriers amartelados. En las paredes hay un espejo en forma de sol, comprado en el Cuzco, y dos cuadros de Unzueta, un paisaje impresionista de sauces llorones y el retrato de un indio anciano de saco gastado y expresión grave y digna. El retrato del indio es conmovedor; mis papás y sus amigos lo admiran mucho. A mí me fascina y me perturba a la vez, porque me hace pensar en lo que haríamos si se nos apareciera en el *living* un indio idéntico al del cuadro. Lo más probable es que reaccionáramos como hace tres años, la vez que un mendigo abrió la puerta de la casa, cruzó el jardín y tocó la puerta que daba al *hall* a la hora de la cena. Estábamos hablando de las cómicas chocheras de mis abuelos, y de pronto oímos un golpeteo en la puerta y se produjo un silencio. La puerta se abrió sola y chirriante, como si hubiera visto películas de horror y conociera su papel, abrirse haciendo crujir los herrumbrosos goznes. ¿Y ahora qué, un ectoplasma? Era un anciano de ropas desastradas y rostro curtido de arrugas (ese rostro sería desfigurado después, en un incendio), que extendió lentamente la mano, como si le costara moverla, y entrecerró los ojos e hizo el gesto compungido de los que han estado una buena porción de sus vidas pidiendo limosna en la calle. Al ver la figura imprevisible del anciano, papá se parapetó bajo la mesa, mamá emitió chillidos histéricos mientras corría a la cocina, y mis hermanos evacuaron el comedor por las escaleras, en busca de la protección del segundo piso. Yo me quedé quieto en mi sitio, viendo de reojo al anciano y trozando mi sillpancho.

Miro al cuadro de reojo, continúo con mi milanesa, y pienso que en este instante parecemos el retrato de la familia ideal: los padres que no se divorciaron y se llevan bien, los hijos de lo más saludables y educados. Falta un cocker spaniel moviendo la cola bajo la mesa a la espera de nuestras sobras, quizá un gato repantigado en el sillón de la sala, lamiéndose con fruición, ignorándonos como los gatos que se precian de serlo. Pero ya se sabe que los retratos mienten.

—¿Y tú, hijito?

—Excelente, verme de nuevo con compañeros y profesores, escuchar las anécdotas de las vacaciones. Jurgensen se accidentó en su moto, es un suertudo, no le pasó nada.

—Que te vea en una moto.

—Sabes que no me interesa. La reunión de curso sin sorpresas, Mauricio fue elegido presidente una vez más. —Silvia suspira, fue su primer amor a pesar de ser nuestro primo—. Tenemos muchísimos planes: una peña folclórica para el día de la madre, lo recaudado a utilizarse en el viaje de promoción. Un campeonato intercursos de fútbol, un periódico para ser vendido en todo el colegio. Lo último, obviamente, si me animo, porque fijo que se van a lavar las manos y me van a hacer trabajar. No sé, me da flojera de sólo pensarlo. Ya veremos. En todo caso, queremos comportarnos como los mayores que somos, ser un ejemplo para el resto.

Una de las velas se apaga. Mamá la enciende, limpia la cera acumulada, la echa al cenicero.

—Lo que ustedes quieren es tapar el sol con un dedo —dice Silvia, sus pulseras de plata entrechocan y producen un sonido de cristales acariciados por el viento—. Después de tanto terremoto que han armado, creen que basta con ser niños buenos un año.

Mamá sonríe, orgullosa de su hijo y sus compañeros, que por fin decidieron madurar. Yo pienso que la teoría suena muy bien, pero convertirla en realidad será muy difícil si los que se encargan de ello son los mismos que el año pasado se dedicaron a escaparse de clases y esconderse de la luz del día, pertinaces fugitivos de Van Helsing en billares olorosos a mugre y chicherías con pianistas mancos y retretes vomitados. Nadie cambia de la noche a la mañana, y menos nosotros.

—¿En qué quedó lo de los curas? —pregunta papá—. Hablé con el papá de Tomás, también estaba en la luna. Todo sucedió tan rápido, y la dirección no ha dado explicaciones.

—Ni creo que las dé. Sabían que el regreso del padre Peña a México significaba que la dirección debía recaer en Tejada, por algo estuvo de director de Medio durante tantos años. Una vez más y a último minuto los mandos superiores decidieron enviarnos a un extranjero, un tal Belloni, un italiano que habla español con un acento tan fuerte que uno tarda en darse cuenta de que está hablando en español.

—O los mandos superiores no creen que un boliviano pueda ser capaz de dirigir un colegio —dice mamá—, o es que, simplemente, desconfían de Tejada.

—Yo creo que es la segunda opción —dice Silvia—. No los culpo. Tejada es muy moderno para el gusto de muchos, vive en *bluejeans* y se la pasa rodeado de las hermanas de sus alumnos. A mí no me cae mal, pero la vez que entré a su oficina me quiso sacar una foto, y le dije, perfecto. Entonces fue cuando vi que su escritorio estaba repleto de fotos de chicas y de uno que otro de sus alumnos, los Murciélagos, tú. Me tiré el raye y dije ni loca.

—Una vez alguien me contó de una con las manos en la masa —dice Alfredo, tomando el Flavor-Aid con la ansiedad de una hormiga frente a un terrón de azúcar—. Tejada estaba yendo a donde se hacen las fotos, con Mónica, la que tiene un año menos que Méndez.

Es verdad lo que dice Alfredo, pero eso no prueba nada. Yo, al menos, me resisto a creerlo: el padre Tejada se encariñó conmigo desde Primero Medio, y se convirtió en una suerte de consejero espiritual y, a la vez, en un amigo incapaz de fallarme. Cuando no me queda más que recurrir a alguien, voy a buscarlo a su oficina pletórica de retratos, Biblias y bonsáis, olorosa a magnolias y en la que la luz de la tarde se guarece dejando tibio el ambiente. Él me tranquiliza con su mirada dulce y el tono paternal de su voz pone las cosas en perspectiva: hay muchos aquejados de lo mismo y lo importante es ser optimista y tener fe, los problemas suelen resolverse tarde o temprano y de nada sirve ahogarse en preocupaciones. Cierra la charla con una parábola, la de los talentos es su favorita, «recuerda, Roby, que Dios te exigirá en relación a lo que te dio, y a ti te dio mucho».

Lo cierto, sin embargo, es que el padre ha sido siempre para nosotros un gran tema de charla. Nuestros ojos, que jamás han visto nada comprometedor, han visto lo suficiente para elaborar historias. El padre ha dejado pistas por todos lados, y nosotros no hemos hecho más que seguirlas. Con la rubia hermana de Pavisic, el de Tercero, se encerró cuarenta y cinco minutos en su oficina. A la hermana del Murciélago, una morena fanática de las botas hasta la rodilla y de los sostenes puntiagudos, la citó en el colegio un miércoles a las tres de la tarde, acaso pensando que no habría alumnos que lo verían. Y al cuarto de revelado entra todo el tiempo con la hermana de Méndez, como dice Alfredo. No es suficiente, y acaso ni siquiera sea necesario, ser correcto; lo que se necesita es aparentar corrección, aunque bajo la apariencia siniestras acciones se estén llevando a cabo. Una palabra ambigua bastará para que nuestras imaginaciones despeguen, una imagen sugerente bastará para echar a andar mil historias. La suma de tantas ficciones termina, inevitablemente, creando realidades. ¿Qué pueden hacer los actores en un mundo poblado de narradores? Nada, quedarse encerrados en sus cuartos, o estar más atentos a las posibilidades narrativas que generan sus equívocos pasos, el rastro de sus huellas en el polvoriento piso de la habitación.

—El asunto es que el nuevo director fue nombrado a la rápida, cuando parecía inevitable que Tejada asumiría la dirección. A Tejada no le gustó nada lo sucedido, y ha amenazado con renunciar. Hoy habló conmigo y con algunos de mis compañeros, está tanteando la posibilidad de enfrentarse a los mandos superiores con nuestro apoyo, intentar que reconozcan su error y le entreguen la dirección.

—Espero que no te metas en problemas —dice papá—. Estoy cansado de que me llamen a reuniones de urgencia por culpa de ustedes.

—Por culpa de Alfredo, dirás —tercia mamá—. Y termina tu comida, esta vez no tenemos para regalar.

Eulalia recoge los platos, Silvia se levanta para llamar a su francesito.

—No seas maleducada —dice papá—. Pide permiso para levantarte.

Mi hermana lo mira y dice «permiso» entre dientes, acomodándose el vestido con sus manos de uñas carmesí, conminando sus arrugados pliegues a la nada. Alfredo también se levanta, dice que va a casa de Nelson, que vive a una cuadra y media, papá no dice nada. Mamá le pide un café a Eulalia. Papá se limpia la frente y las mejillas húmedas con la servilleta, se sirve un vaso de whisky Etiqueta Roja, enciende su pipa de aroma mentolado, deja caer los fósforos en el mantel blanco con un par de quemaduras de cigarrillo y me pregunta si ya he pensado qué voy a estudiar. Es la pregunta inevitable del año, y puedo notar en el rostro de mis papás la ansiedad que les produce mi inclinación artística. La veían como un pasatiempo mientras yo crecía, pero ahora les preocupa que decida estudiar Literatura o algo por el estilo. El otro día, mamá me contó una pesadilla que había tenido: yo era un profesor de colegio y me encontraba una noche en una parada del colectivo, bajo la lluvia. Tenía un sobretodo raído y un maletín de cuero viejo en la mano, era una versión adolescente de *mister* Macbeth, mi profesor de Literatura. El colectivo no llegaba, y yo seguía esperando hasta que aparecía mi hermano en un flamante BMW azul marino, y me llevaba a mi miserable casucha, donde debía hacer cola con las ratas para usar el baño. Mamá se había despertado llorando en medio de la noche.

—El hijo de la Teco va a estudiar Ingeniería Industrial —dice ella tensando los músculos de la cara que, gracias a cremas sometidas a trabajos forzados, todavía conserva la frescura de la juventud—. Ésa es una excelente profesión.

—O Economía —sugiere papá—. Los economistas caen parados en todas partes.

El principio de realidad se impone sobre nosotros. Seremos una generación de ingenieros y abogados y economistas y administradores de empresas. Cómo nos simplifica este país, cómo convierte tanta multiplicidad de intereses en cuatro escleróticas opciones. Mi papá es arquitecto, pero la crisis lo ha dejado sin trabajo. Había diseminados en la ciudad cinco edificios inconclusos que su compañía construía y que quedaron paralizados hasta nuevo aviso: esqueletos de fierros torcidos y hormigón armado a los que los albañiles oficiaban misas y sacrificaban corderos, en procura de su retorno a la vida. A papá le seguían encargando casas y edificios, más fantasías de medianoche que planes con posibilidades de llevarse a cabo. Sus maquetas se amontonaban en el garaje y en la «pieza nueva», versiones casi indistintas de las originales, que robaba —en eso nos parecíamos— de libros de arquitectura encargados en Miami, las hojas de textura fulgurante, las detalladas fotos en colores. Lo veía con la barriga crecida y el rostro hinchado, mirando televisión con un vaso de whisky al lado, insultando a nuestra naciente democracia y conspirando contra el Gobierno con unos cuantos desubicados de extrema derecha como él, y pensaba que ése era mi antimodelo.

Pero no debería juzgarlo. A principios de los sesenta, en la universidad, pertenecía a un grupo subversivo de izquierda. Eran los tiempos de la revolución cubana y él era uno de los tantos estudiantes que tenían un póster del Che en su cuarto (los mismos pósters que cuelgan los estudiantes de hoy, aunque ahora al lado de los de Farrah Fawcett; uno aplaude al Che pero en realidad quisiera irse a vivir a los Estados Unidos, si es posible a California, donde dicen que todas las mujeres son rubias y de ojos azules, y además no se hacen drama para irse a la cama). Tenía muchas anécdotas de esa época, me las había contado más de una vez. Decía que, sumando, había llegado a matar a siete soldados en diferentes atentados: una bomba a la puerta de un cuartel en el instante en que se producía un cambio de guardia, que cubrió de esquirlas los cuerpos de adolescentes recién llegados de las provincias. Un cóctel molotov que explotó en la cara de un sargento de policía (los crímenes perfectos ocurrían en la realidad, no en los libros que leía y quería escribir). Veía sus fotos de esos días, de barba y melena, y me conmovía: su hora más gloriosa, la que le suministró historias suficientes para entretener por el resto de su vida a su esposa e hijos, a sus amigos, a los nietos que vendrían. Como mi abuelo Roberto, con su famosa guerra del Chaco: lo escuché tantas tardes desde mi infancia, cuando pensaba que el Chaco era un lugar inventado por él en sus interminables noches de insomnio.

Papá terminó exilado en Perú. Allí concluyó sus estudios de arquitectura y cuando volvió al país era otro. Su exaltado idealismo de juventud dio paso a un admirable pragmatismo, a la férrea decisión de dedicarse a su compañía de construcciones El Progreso, sin importarle para nada si se hundía o no el mundo alrededor suyo. Se casó con mamá, por entonces una joven y codiciada viuda con una hija de un año. Nací yo, Alfredo años después; económicamente le fue muy bien y se fue radicalizando, convirtiéndose en un ardiente defensor de los militares en el poder, sobre todo de Bánzer en los setenta. Ellos, a su juicio, habían logrado la estabilidad necesaria en el país para que cualquier ciudadano pudiera dedicarse a lo suyo. «Orden, paz y trabajo», rezaba el eslogan. Hace dos años nos llegó la democracia y él se quejaba desde entonces, las cosas no le iban tan bien como antes, había perdido sus ahorros en dólares gracias a la desdolarización concebida y ejecutada por un inexperto ministro de Economía. La moneda nacional valía mucho menos que el papel barato en que se imprimía, la inflación se estaba convirtiendo a pasos agigantados en hiperinflación, y él no veía la hora del regreso de los militares al poder.

Un sapo croa en el jardín; *Hércules* ladra con cautela, se le acercará dos pasos y luego correrá asustado a cobijarse en su guarida. *Hércules*, nuestro viejo pastor alemán, con sus ojos rojos y legañosos y los dientes tambaleantes que ya no muerden con fuerza, busca con la mirada un mullido espacio en el pasto del jardín para tirarse a dormir y olvidarse de su oficio original de perro guardián. En la semipenumbra del *living*, pienso en las cosas que pueden pasar en veinte años de una vida, en guerrilleros convertidos en arquitectos, y me digo que no debería juzgar a papá: para qué arrojar la piedra si existe la posibilidad de que a mí también me pase algo así, quién sabe si el aprendiz de escritor abrirá un restaurante algún día y no podrá escribir siquiera unas cuantas líneas en la tarjeta para el cumpleaños de la esposa (o de la amante, tampoco quiero eso pero quién sabe).

—Todavía no sé qué estudiaré —digo, la voz firme—. Tengo un año para decidir. En todo caso, quisiera estudiar afuera.

Papá se estremece con la sola idea de los gastos por venir. Ahora vendrá la célebre frase: «Qué creerán mis hijos, que entro al baño y fabrico dinero. ¿No se dan cuenta en qué país viven?». Gastar le produce un inmenso dolor en el alma, es la billetera más lenta del Lejano Oeste y dice que sólo a su edad podremos apreciar el valor del dinero. El único que lo tiene dominado es Alfredo, le saca lo que le da la gana, cuando Silvia necesita dinero tiene que hablar con Alfredo, qué diría papá si supiera que ha pagado muchas cuentas de Silvia en los moteles, he visto las facturas escondidas en el cuarto de mi hermana. Y qué diría Alfredo si supiera en qué utiliza Silvia el dinero que le consigue, la adora, le tiene celos a todos sus chicos, no soporta a Jean-Pierre. «Hecho al del viejo continente y apuesto que nacido en Quillacollo; hecho al de los sacos finos y apuesto que made in Guatemala.»

—¿Y dónde quiere estudiar, el jovencito?

—En Argentina —me animo a decir; de Estados Unidos ni hablar—. Parece que Camaleón se está yendo a estudiar a Buenos Aires. Podría vivir con él, es más fácil con alguien conocido.

—¿Y por qué no aquí, hijito? —interviene mamá. Ella, en realidad, quiere que me vaya, que mis ojos vean el mundo por ella. Desea lo mejor para mí, y lo mejor, para ella, no está aquí. Sólo ha formulado la pregunta para que papá pueda escuchar mi respuesta.

—La universidad está llena de politiqueros y cualquier rato la van a cerrar. ¿No la ven a Silvia, más desubicada que perro en canoa? ¿Cuántos días de clase ha tenido en los últimos seis meses? Si me quedo aquí me muero. Necesito respirar otros aires.

—La situación está muy mala y tú eres incapaz de pensar en los demás —dice papá, alzando el tono, su rostro en la inquieta sombra—. Sólo piensas en tu bienestar. Total, que se joda el que va a pagar las facturas. Me alegro que al menos ya hayas decidido dónde estudiar, aunque no tengas ni idea de qué. Interesante orden de cosas.

No soporto su tono irónico y condescendiente. Pero al menos sirve para que concluya esta charla que no va a ningún lado. Me levanto, los dejo.

En el pasillo, veo la silueta de Eulalia por la puerta entreabierta de la cocina. Está sola, mirando la tele apagada y esperando que vuelva la luz, ya debe estar en la mitad el capítulo de hoy de *Te di la vida entera, y más,* en la que actúa Claudio Coutinho, ese apuesto actor brasilero que se parece tanto al Conejo —una nariz respingada hace verano—. No me mira. Adivino en la silueta que se recorta la piel trajinada del cuello delgado, las arrugas profundas como surcos de labrador en las manos y la cara, el sucio mandil blanco, los zapatos negros, de plástico. El cuadro del indio en el *living*. Eulalia en su cuartucho detrás de la casa, sus clases de costura y sus tardes de sábado con un grupo evangélico y sus sueños de regresar algún día al pueblo en el altiplano paceño, de donde salió en busca de una mejor vida.

—¿Te pasa algo? Te has quedado pensando en la inmortalidad del cangrejo.

—Nada, papá. No me pasa nada.

4

—¿Votaste por Mauricio?
—El voto es secreto.
—Ridículo. Yo sí voté, y qué. Y no me digas que no, porque casi nadie votó por Pavo, pavito, cara de gallito. Todos votan por él, y piensan que es lo mejor que le pudo pasar al curso, pero no lo quieren reconocer. Tonto orgullo. Sumamente.
—Y sólo tú eres capaz de reconocer las deudas. Ésa es tu función, hacernos sentir malagradecidos.
—Tú piensas igual que yo. Pero te comes la lengua. Ésa es la *fucking* diferencia. Pero en fin. ¿Viste el cuerpazo que sacó Tomás? ¿Qué comió en Chile? No debe haberse hecho la paja en un siglo, a mí no me engaña. Si no, no estaría así. Se puso a hablar bien de los chilenos como si nada.
—Lo escuché.
—Lo único que le faltaba era hablar maravillas del Pinocho. Pero dijo que la economía era estable, que los precios no subían todos los días como aquí, que las calles estaban asfaltadas.
—Sí, lo escuché.
—Ya te dije que algún día le saldría el papá nazi a la superficie.
—El papá no es nazi.
—¿Ah, no? ¿Y la bandera que vimos en su escritorio? ¿Y las marchas del ejército alemán que escuchamos en su casa?

—No sabía que podías distinguir entre marchas y marchas.
—Vi el disco. Y no me jodas.

¡Ah, Camaleón, Desalmado Rey del Chisme, Príncipe del Rumor, Lord del Te Cuento Un Secreto, Virrey del No Se Lo Digas a Nadie, Dictador del Dicen Que! Durante veinte minutos lo escucho hablar de profesores, curas y compañeros en medio de una estática embravecida, quién había engordado y quién crecido, quién seguía insoportable y quién tenía cara de haber adorado a Onán más de la cuenta esas vacaciones. Puede, si se lo permito, continuar hablando el resto de la noche. Ése es su principal problema: no saber cuándo quedarse callado, no entender que existe un límite de tolerancia para hablar y escuchar cuando se trata de un diálogo. Comienzo a intervenir con monosílabos. El tan eficaz *ajá* es ignorado, el maniqueísmo de los síes y de los noes despreciado sin contemplaciones. Le digo que tengo que colgar, pretexto que mamá necesita el teléfono.

—Me voy a dejar crecer la barba. ¿Qué te parece?
—No sé si te quedará bien. El bigote es suficiente. Medio curso te envidia.
—A las mujeres les gusta la barba. Dicen que así nos vemos más hombres, más varoniles. ¿No crees? La Vero va a caer en un pestañeo.

Camaleón no sabe qué hacer para que las chicas lo miren. Ha intentado todas las técnicas y nada le funciona. Es su culpa, porque se fija en las más cotizadas y por lo tanto las más alzadas: Vero, que sólo se arregla con viejos; Elka, de agenda más ocupada que la de cualquier ministro; Flavia, que no sale contigo si no tienes al menos tres autos y un par de chicas de su calibre en el currículum. Apuntando más bajo quizá tendría más suerte. Ahora cree que su superioridad capilar le augura un buen futuro. Seguirá, sin embargo, fracasando, y tendrá que seguir recurriendo a su prodigiosa fantasía para convertir las rotundas negativas en el desesperado sí de las niñas. Pobre Verónica, no sabe que la inocente salida a la heladería se tornará en un fragoroso encuentro en el Safari o en algún otro motel de la zona.

—Mañana continuamos. Chau.

Son las once de la noche. Mamá y Alfredo duermen profundamente. El silencio por fin impera, después de una tensa noche en que mamá descubrió que le faltaban algunos billetes de su cartera, acusó a Eulalia y construyó su cadalso a gritos, sin dejarle tiempo para balbucear siquiera una defensa. Viendo la cara de disimulo de Alfredo a la hora de la cena, su silbido nervioso, sé que Eulalia no tocó la cartera. Pero no puedo hablar, yo también alguna vez saqué monedas para Bazookas y Chicolacs, cuando las monedas servían para algo, y de vez en cuando, todavía, algunos billetes se escurren a mis manos para comprar alguna novela de la colección del *Séptimo Círculo*, o *Gente* o *El Gráfico*. Es por una buena causa, al menos.

Escribo, refugiado en el enclave de luz que la lámpara de mi escritorio crea en la oscuridad de mi habitación. Un mosquito suicida de vez en cuando, mediante aladas pirotecnias, interrumpe mis intentos de adaptar a un cuento *El misterio de los fósforos,* la novela de Ellery Queen que acabo de terminar y que está al lado del cuaderno de cubiertas naranjas y con tres páginas ya llenas de rayas azules horizontales y verticales (un grafólogo diría que me gustan el orden, el control, la nitidez, la pulcritud, la sobriedad, que creo en la razón y descreo de los grafólogos). Rayas que se convierten en letras, en frases, en sinuosas narraciones: la resbaladiza belleza del castillo creado con granos de arena. La puerta entreabierta deja ingresar los ruidos de la serie que papá mira en la televisión en la sala de estar, *Starsky y Hutch,* no es culpa suya, es la televisión nacional la que sólo ofrece basura. Aunque sí es su culpa: nadie lo obliga a ver basura.

Escucho el ruido de los tacones de Silvia en la escalera, Jean-Pierre acaba de irse. Toca mi puerta entreabierta, asoma su cabeza.

—¿Qué haces, Roby?

—Diseño un cohete.

Entra, se sienta en la cama. Dejo de escribir, me meto la punta del lapicero en la boca, la miro. Ropa de tonos negros, zapatos negros de tacón alto, nocturna sombra en los párpados: está en su fase *dark* desde que conoció a Jean-Pierre. Extraño su fase natural, descalza y vegetariana y sin maquillaje en el rostro o la intermedia Pop, sus amplias poleras con imágenes de Liechtenstein y los cuadros de Warhol en su cuarto (ahora ha puesto un Hopper, *Nighthawks*). Cuántas fases en los últimos dos años. Tiene la camisa desabotonada más de lo suficiente; traviesa ella, feliz el francés que es ingeniero pero en realidad no lo es. Mis ojos se posan en su escote generoso más de lo que establecen los códigos de conducta con las hermanas, en tres lunares equiláteros en la juntura de los senos, y me siento culpable y miro a otro lado. Hubo un tiempo en que no me sentía culpable. A Silvia siempre le había gustado andar desnuda o en ropa interior por la casa, en la infancia parecía muy normal y yo la miraba sin mirarla (Alfredito la miraba con otros ojos, las pupilas dilatadas entre el pasmo y el placer). Un día, a mis trece años —diáfana memoria, estalactita en el evanescente territorio de los recuerdos—, la vi salir desnuda del baño y sentí, muy a pesar mío, el principio de una erección. Ella tenía quince años y, de pronto, su invisible desnudez se había tornado muy visible: los senos eran redondos y muy grandes, como los de mamá; sus muy armoniosas líneas tiraban hacia lo excesivo, no era mi tipo pero podía comprender por qué Conejo y Camaleón me visitaban más que antes. La erección siguió su curso, de nada valió pensar en tableros de ajedrez o fórmulas matemáticas: esa cosa entre nuestras piernas es muy caprichosa y cuesta educarla, a veces reacciona con escenas bucólicas que no tienen nada que ver con el sexo, a veces con mamás y hermanas, a veces con hombres. Una vez que la erección fue un hecho, cerré la puerta de mi cuarto y, chiquillo que sabe lo que es correcto pero no le interesa seguirlo, me masturbé. Después, asediado por la culpa, fui a hablar con mamá y le pedí que le sugiriera a Silvia que fuera más púdica, estaba causando estragos en la moral de Alfredo. A partir de entonces, nos vimos privados de sus espectáculos públicos.

—Ya sé que escribes. ¿Pero qué?
—Lo de siempre.
—Qué aburrido.

—Si tú lo dices.

A Silvia no le gustaban mis cuentos. Decía que el detective era el símbolo de la razón, el hombre que convertía el desorden —el crimen— en orden usando únicamente su capacidad de raciocinio. «He leído esos libros, Roby: Sherlock Holmes a veces ni se molesta en ver la escena del crimen para resolver el caso, con sus poderes deductivos puede encontrarle una explicación a todo sin necesidad de salir de su estudio. Tus cuentos son muy lógicos, carecen de pasión y de eso no trata la literatura», me había dicho una vez. Silvia estudiaba Arquitectura y andaba con una regla en un bolsillo y una calculadora en el otro, quizá por eso me dolía tanto que mis cuentos le pareciesen demasiado lógicos. Reconozco que me gustaba la escuela del asesinato como un rompecabezas intelectual, Ellery Queen y sus desafíos al lector, Dickson Carr y sus cuartos cerrados. Aunque no leía mucho estos días, metida como estaba en el mundo del film *noir* gracias a Jean-Pierre, con el que veía dos o tres videos por semana, Silvia era una fanática de la literatura latinoamericana, sus escritores favoritos eran Cortázar, Donoso y una tal Lispector. No soportaba a García Márquez; decía que, en el balance final, el realismo mágico iba a ser más negativo que positivo para nosotros, iba a seguir vendiendo y fomentando en el extranjero una imagen exótica de Latinoamérica: la tierra donde los hombres comen hormigas y nacen con cola de cerdo.

—No sé qué hacer, Roby.

—¿Qué pasa?

Estaba preocupada. Quería hablarme de algo, pero le costaba hacerlo. Era, pese a las apariencias, muy reservada.

—Estoy tan frustrada con la U. Hace una semana que no paso clases porque estamos en huelga. Hay manifestaciones todos los días, si no son los profes son los estudiantes o las secretarias. Tanta politiquería cansa. Este país es inviable, no te culpo si te quieres ir a estudiar afuera.

Me hubiera gustado saber más de Silvia. Una tarde como tantas otras en las que Eulalia planchaba en la despensa y Alfredo jugaba en el vecindario y papá estaba en su oficina y mamá y Silvia correteaban del dentista a la costurera, y yo me quedaba como dueño solitario de una isla de paredes telarañadas y perros de porcelana en miniatura, y podía, si quería —y quería— desvalijar los roperos y ponerme el sostén púrpura de Silvia y pintarme los labios con los *rouges* de mamá, y correr de espejo en espejo al compás de «We Will Rock You», entré al cuarto atiborrado de pósters de Warhol —el color danzaba en las paredes— y me puse a hurgar entre las cosas de mi hermana. Había dejado la llave de su velador sobre una cómoda. Abrí el velador y encontré los siete cuadernos en los que llevaba su diario desde los catorce años. Abrí el primer cuaderno. La primera frase que había escrito era: *Modern woman lived thus*. Antes de continuar, salí corriendo a buscar un cerrajero y hacer duplicar la llave. Cuando volví, Silvia ya había llegado. La siguiente ocasión que estuve solo, descubrí que el cerrojo había sido cambiado. Nunca más volví a tener una oportunidad de acceder a su diario.

—¿Qué puedes hacer?
—La verdad, no sé. No es fácil. A veces tengo ideas locas.
—Por ejemplo.
—Pero no se lo digas a los papis.
—Palabra.

Una noche, al lado de una fogata de chisporroteos indóciles a la vera de un pantano, en la excursión a Mizque en Segundo Medio, excedidos en chicha y guarapo, Camaleón me dijo que le habían contado que Silvia había perdido la virginidad con Mauricio. Le escupí, le tiré un sopapo, le dije que no blasfemara: Mauricio era nuestro primo. «Pero Roby, todo el mundo lo dice. Y si el río suena, es porque piedras tiene». Le dije que no era *tiene*, sino *trae*, y que se metiera las piedras en el culo. La duda quedó. Era cierto que en esos días Mauricio asomaba su cabellera castaña por mi casa con una frecuencia digna al menos de sospecha. «¿Cómo estás, tía? Qué lindo está tu jardín.» Francotirador de la zalamería.

—La compañía de Jean-Pierre lo ha destinado a Venezuela. Se va en agosto, y quiere que me vaya con él.
—¿Te lo acaba de decir?

—Hace unos diez días. Hoy hablamos toda la noche de eso. Viviríamos juntos, yo podría estudiar en una buena universidad en Caracas —se esfuerza por ilusionarse—. Sería una linda experiencia vivir un tiempo fuera de Cocha.

Silvia es hija del primer esposo de mamá, muerto cuando ella apenas tenía dos meses, en un descarrilamiento del ferrocarril Cochabamba-La Paz. Creció pensando que papá era su papá, y no se enteró de la verdad hasta los quince años. Ella lo ama y lo adora, papá no la corresponde de la misma manera: hay una notoria diferencia en la actitud que tiene con Alfredo y conmigo, y la que tiene con ella. Cumple con todas las obligaciones que le exige su rol, ha pagado sus pensiones, la ha inscrito al Tennis Club y la ha llevado y traído de fiestas de Quince, pero no le da el cariño que Silvia espera y necesita. Eso la tiene amargada, y la hace elaborar complicados planes de fuga: quizá sólo así, en su ausencia, papá podría reaccionar y darse cuenta del amor que le tiene.

—No sé. Por un lado lo quiero mucho y no lo quiero perder, pero no sé si es para tanto. Es una excelente persona, pero...

Mueve la cabeza de un lado a otro en el tenue resplandor de la lámpara. Qué linda es cuando su rostro adopta una expresión seria. Las líneas suaves de su cara se tensan, el ceño se frunce, sus pupilas cafés resplandecen. «Un motín en tus cejas.» Esa frase se la oí pronunciar una vez a Javier, su primer enamorado oficial, un español que se la pasaba hablando de la fortuna de su familia aunque jamás tenía un peso en el bolsillo (Klaus, Javier, Jean-Pierre: por eso a Silvia la llaman la Aduanera. No le gustan los *local boys*, dice que son machistas, borrachos y superficiales).

—No es fácil. Tampoco podría dejarla así nomás a la mami, eso sí que me costaría. Y tampoco quiero ser una mujer más que se va a pasar la vida siguiendo a su pareja a todas partes. Quiero ser independiente, no seguir a nadie.

—En todo caso, si él quiere estar contigo que se quede, ¿no?

Asiente, no muy convencida. Sabe que Jean-Pierre se tiene que ir, y también que, por más que la idea sea tentadora, ella no se irá. No sólo no lo ama lo suficiente; también, sospecho, tiene miedo a descubrir que, en su ausencia, papá no la extrañará en lo más mínimo. Irse es perder definitivamente la oportunidad de conquistarlo.

Cuando se va, me quedo pensando en *Modern woman lived thus*. Vuelvo a mi cuento, imagino a Silvia abriendo el velador y sacando su diario para las anotaciones del día. Escribe todas las noches antes de dormirse, es más disciplinada y constante que yo. Soy el escritor oficial de la casa, aquél al que los amigos de los papás dicen: «¡Qué lindo que escribes, hijito! Pensar que leí los periodiquitos que hacías para tus papás. ¿Cuántos años tenías? ¿Nueve?». Una vez gané un concurso intercolegial de cuento, tengo el diploma en una de las paredes de mi cuarto. Pero me temo que, con el paso de los años, los cuentos policiales no sean más que eso, cuentos policiales, mientras que, en el cuarto de al lado, hay alguien que, sin saberlo, quizá escribe en la penumbra las páginas que quedarán de esta inquieta adolescencia. *Modern woman lived thus*.

Mi envidia es saludable.

5

Mister Macbeth deambula por el curso con su acostumbrada displicencia, las manos en la espalda, la mirada fija en un lejano punto a la altura de sus ojos color miel. Es un hombre al que le cuesta terminar de dar el paso que comenzó segundos atrás: la orden del cerebro tarda mucho en llegar a los músculos y articulaciones de sus piernas. Como si hubiera prometido no dejarse llevar jamás por el apresurado e insolente paso del mundo. Alto, los brazos largos, las mejillas huesudas y los inmensos arcos superciliares, con el arrugado terno café y los lentes de cristales sucios en los que más de una bacteria se siente en casa, es el futuro que mamá teme para mí. Un profesor de Literatura de colegio, intentando convencer por todos los medios a sus imberbes estudiantes de las riquezas que encierran los clásicos, y llegando a su casa en la noche a cenar las sobras del almuerzo porque no hay un peso en el bolsillo. Es duro el arte y más duro aun si uno ha nacido en un país sin tiempo para esos lujos.

La luz anaranjada del atardecer se filtra a través de las ventanas, atrapa a su paso partículas de polvo que revolotean por el recinto: qué lleno está el aire de microscópicos filamentos, de una agitada vida invisible más allá de esta vida. Algunas golondrinas turban la quietud del cielo; han hecho sus nidos en el techo de calaminas, y se lanzan desde allí a trazar garabatos en el aire. Son pequeñas manchas negras que llenan el patio de deyecciones grises, y a veces, muy contadas, chocan contra las ventanas. El año pasado, una mañana de invierno, una de ellas chocó con tanta fuerza que se desplomó inerte al suelo, dejando en el aire una estela de plumas y en la ventana gotas de sangre bermeja que mis sueños recordaron más de una agitada vez.

Mis compañeros leen en silencio —se hacen los que leen— los poemas de Rubén Darío, que tenía una enfermiza obsesión por los cisnes. «Y el ebúrneo cisne, sobre el quieto estanque como blanca góndola imprime su estela.» «El olímpico cisne de nieve con el ágata rosa del pico.» «Es el cisne, de estirpe sagrada.» «El dueño fui de mi jardín de sueño, lleno de rosas y de cisnes vagos.» Ha sido un día aburrido. En clase de Filosofía, el padre Tejada nos habló, olvidándose que ya lo había hecho muchas veces, de Teilhard de Chardin y sus puntos Alfa y Omega, especulaciones trascendentales que se las ingenian para terminar en la intrascendencia. Tanta reflexión, y lo único cierto es que cuatro minutos después de morir ya no perteneceremos a esta tierra. Tomás lee *Saeta*, su rostro concentrado me alegra: es un prisionero de mi cuento, está a merced de los caprichos de mi imaginación que, plagiadora, está a merced de la imaginación de otros. Ahora mismo, estoy escribiendo un poema copiándole el estilo a Darío (es fácil, cuestión de poner una princesa por ahí, una estatua griega en el jardín, y alabar la forma excelsa y sublime de los objetos de arte, en especial de las mujeres, Dianas presas en sus oros, en sus tules, en la jaula de mármol del palacio real), es para Lanza que está en problemas con Michelle, me pagará bien. Prefiero la cursi sofisticación del guatemalteco a la cursi sencillez de Benedetti, a quien ya me cansé de imitar: «No recuerdo bien pero alguien me dijo/ que aquella muchacha que cruza la calle/ con un paquete de ilusiones bajo el brazo/ es feliz». El desafío, para mí, consiste en escribir pronto una novela propia, echar a andar mi imaginación con ayuda de otros pero sin plagio: ésa es la única forma de asegurarme que, algún día, yo también seré plagiado.

Mister Macbeth pasa a mi lado, simulo leer a Darío. Pavo lo bautizó así en Primero Medio: nadie habrá leído de *Macbeth* más que el resumen que hice circular antes del examen, pero todos se acordarán del apodo de un profesor que leía buscando en los textos las respuestas a las preguntas que le hacía la vida. Las respuestas no ofrecían consuelo, eran en general desesperanzadoras y amargas, pero él insistía, lleno de respeto y reverencia por esos cadáveres antiguos —momias preservadas en el formol de los libros, en el cementerio de las bibliotecas y las librerías— que habían tratado de encontrar cierto sentido al caos de la existencia a través de la ordenada estructuración de una historia o un soneto. Era un ferviente enamorado de los clásicos, desde Sófocles a Shakespeare y Kafka y, cuando los enseñaba, no seguía más orden que el de su capricho: podía pasarse todo un semestre discutiendo a Molière. Era incapaz de pensar en otras opciones de lectura que podrían también ayudar en la búsqueda de respuestas, como las novelas policiales que aprendí a leer por imitar los gustos de papá (en su biblioteca sólo había libros de arquitectura y novelas de Erle Stanley Gardner y la Christie: éramos una mezcla de azar y emulación), o como las que me sugería mamá y que siempre desdeñé: esos recetarios del buen vivir de Og Mandino y Leo Buscaglia, o esos tristemente optimistas libros de meditación astral, vida después de la muerte, reencarnación o técnicas para ponernos en contacto con nuestras almas, pobres de ellas, deambulando por aquí y por allá y nosotros sin poderlas encontrar. *Mister* Macbeth insistía, y quería enseñarnos a leer a su manera, sin darse cuenta de que la mayoría de nosotros prefería el cine o la televisión, y los pocos que leíamos, con excepción de Tomás, no estábamos muy interesados en libros densos y llenos de disquisiciones existenciales. Había algo muy conmovedor en los vanos intentos de *mister* Macbeth.

    Hay tanto silencio en este curso que me pregunto si mis compañeros no estarán planeando algo. En Chinatown, Chino lee a Darío con el entrecejo fruncido. Con su piel muy morena y sus rasgos aindiados, no pertenece a la esfera social exclusivista del Don Bosco. Hay algunos como él, que han entrado porque pueden pagar sus altas pensiones; en mi curso, Pavo, que lee el diario del Che y dice que la revolución proletaria es inevitable, «tardará pero llegará»; Barahona, que vive por el estadio, es un maestro de la gambeta y sueña con jugar en el Wilstermann, las tribunas abarrotadas coreando su nombre una soleada tarde de domingo, «Bara-hona-bara-hona»; y Morató, que no habla con nadie y parece intimidado por nosotros. El papá de Chino tiene una tienda de repuestos para bicicletas y motos en la Cancha, quién hubiera creído que algo tan simple produjera tanto dinero. La mamá usa polleras y jamás aparece por el colegio. Tenía un hermano, muerto hace dos años por manejar borracho una noche de carnaval. No soporto a Chino, y no porque yo sea un racista (eso decimos todos, no somos racistas, lo decimos tantas veces que terminamos por convencernos de que es verdad, no lo somos), sino por su estereotipada forma de ser hombre: uno más de tantos de esos que tienen los nudillos muy toscos, gritan cuando hablan, intentan imponer sus opiniones a la fuerza y ven a las mujeres como carnes tentadoras que esperan, sumisas, la violenta penetración, la caprichosa ley del macho en celo. Qué brutalidad en mis compañeros de viaje, qué predecible el sexo que me tocó en suerte.

Detrás de Chino se sienta el Conejo Zambrana. Tan popular como Mauricio con las chicas, más lindo que él con la nariz respingada, la cabellera negra jamás despeinada gracias a la labor de innumerables *mousses, gels* y *sprays*, el cuerpo delgado y la seductora retórica capaz de mezclar, en una sola frase, un trasnochado pero efectivo romanticismo y una agresiva confesión de sus más íntimos deseos carnales. «Tus ojos son como lagos en los que me ahogo. Claro que hay otras partes de tu cuerpo en las que me podría ahogar mejor.» Siempre está a la moda, como ahora, con bandana y una polera anaranjada de mangas recortadas, superpuesta a otra polera, y anteojos oscuros Ray-Ban, estilo Tom Cruise en *Risky Business*. Su único defecto son sus dientes de esmalte amarillento, los incisivos lo suficientemente largos para ganarle su apodo. Mira de un lado a otro, espanta a una mosca, no disimula el hecho de que no está leyendo. Su pícaro rostro se ilumina, hay en la mirada la angustiante inquietud que le producen los libros: como si lo sofocaran, como si no pudiera esperar un minuto más para correr al lado de su televisor. Es un fanático de las telenovelas, sigue como cuatro o cinco a la vez, se sabe al dedillo los más intrincados detalles de sus argumentos, y es capaz de darse cuenta de las inconsistencias del más pulido cuerpo de guionistas, cómo el subtema de un soborno anunciado en el capítulo diecisiete jamás se volvió a mencionar, cómo la mucama nacida en Tamaulipas resultó de Guanajuato veintitrés capítulos después. Le gustan más las brasileras, porque dice que son más fieles a la vida real, aunque también lo entretienen los laberínticos conflictos familiares de las mexicanas —hijos que se enamoran de sus madres, hermanas que sin saberlo se acuestan con sus hermanos: «Pedestres versiones de *Edipo Rey*», dice *mister* Macbeth—. No soporta las argentinas, tan lacrimógenas y melodramáticas. Las chicas lo encuentran muy parecido a Claudio Coutinho, el duro-con-corazón en *Te di la vida entera, y más*, y Conejo le copia la forma desgarbada de caminar, con las piernas abiertas como si sufriera de un desgarre en la ingle, y el color anaranjado por doquier (el duro-con-corazón admira el fútbol holandés), y las bandanas de colores púrpuras y amarillos.

Conejo me hace una mueca de fastidio, como diciéndome no lo aguanto a Macbeth. Hasta Segundo Medio era mi mejor amigo. Tantas cosas compartidas con él, como compañero de curso y vecino —vive a tres cuadras de mi casa—, no son suficientes para impedir la lenta pero inevitable separación. El paso del tiempo es inclemente para develar las fundamentales diferencias de aquellos que en principio parecían tan similares. Alguna vez Conejo y yo jugamos al fútbol con tapitas y a las carreras con *dinkys* en el patio de mi casa, fuimos a las mismas fiestas de cumpleaños y a acampar al cerro San Pedro y a pescar *guppies* en un riachuelo por la avenida América, nos prestamos los *Playboy* que les robábamos a nuestros papás (después, él me convenció de que *Playboy* no era nada en comparación a *Penthouse* o a *Hustler*: menos calidad pero mucho más material para satisfacer nuestra curiosidad. Quién necesita del *Playboy Data Sheet* cuando hay apuro de encerrarse en el baño). Alguna vez. Pero hace un par de años apareció Chinatown en el escenario. Conejo se hizo muy amigo de Chino y, poco a poco, se fue haciendo parte indispensable del grupo. A instancias de Conejo salí con ellos, pero no pude aguantar su ritmo (a veces todavía los acompañaba en sus andanzas, más en tributo a mi amistad con Conejo que a mi predilección por los fines de semana de borracheras y pitilladas sin descanso). El alcohol, la droga y los puteros —lenocinios, de acuerdo a papá—, las repetidas ausencias de clases y los robos de lapiceros y chompas en el curso: todo eso era Conejo ahora. Me costó creerlo al principio. Lo disculpé pensando que se trataba de una etapa pasajera (yo también llegué borracho a casa muchas veces, y fumé y me gustó la maría, y de vez en cuando lo sigo haciendo). Después vino la cocaína, y supe que ya no se trataba sólo de una etapa. En cuanto a los robos, primero los justifiqué diciéndome que no lo podía evitar: era su forma de ganarse la vida porque su padre jamás le daba un peso. Luego me di cuenta de que el robo no era un medio sino un fin en sí mismo: el deleite de burlar la ley y no ser descubierto. Uno habla con él siguiendo con cuidado cada uno de sus gestos, tratando de no desprender los ojos de su mano izquierda, ágil y certera —latigazo de lengua de serpiente—, pero se descuida un segundo y ya está, se quedó sin reloj y en calzoncillos. En cierto modo, un admirable talento. Ahora que se viste mejor que antes, con una gruesa cadena de oro y Levi's originales y chamarras *Members Only*, uno se pregunta adónde llegará a dar dentro de diez años: puede ser una prisión de máxima seguridad, puede ser el Congreso Nacional.

Conejo estruja los poemas de Darío —le tuerce el cuello a los cisnes—, rompe una hoja y se la mete en la boca. La saca hecha una bola de argamasa gracias a la acción de las glándulas salivales, y luego, con una liga, la arroja con fuerza hacia el cuello de *mister* Macbeth, que está de espaldas, recibe el impacto y se da la vuelta con rapidez. Se fricciona el cuello, con un pañuelo se seca la saliva (Conejo es el francotirador de los gargajos, el poeta del escupitajo). Finge que no le ha dolido pero no lo hace muy bien.

—¿Quién ha sido? —pregunta con su voz de barítono de municipio.

El silencio es total. La mayoría, que no ha visto lo sucedido, se mira sorprendida. Algunos aguantan la risa.

Mister Macbeth se acerca hacia Chinatown. Mira a Chino, a Salvaje, a Conejo, los ojos miel muy abiertos.

—Una vez más. ¿Quién ha sido?

Nadie contesta.

Pasa un minuto.

—¿Nadie va a hablar?

Silencio.

—Pues bien... Justos tendrán que pagar por pecadores.

Mister Macbeth sale del curso con paso apurado. Apenas nos deja, se inicia un inquisitivo murmullo en el curso. Algunos tratan de informarse de lo que pasó y de averiguar quién fue el responsable. Otros hablan con Conejo, riéndose y felicitándolo o pidiéndole que se declare culpable y «no joda a los demás». Yo repito: justos pagan por pecadores. Quién habrá sido el primero en pronunciar esa frase, y quién el primero en repetirla iniciando así la cadena que la convertirá en una expresión de la sabiduría popular, capaz de motivar actos como el de un profesor de Literatura un atardecer de marzo. Quién habrá sido el primero, y dónde, y cuántos escombros median entre esa ocasión y este instante en que las palabras cuelgan de mis labios, se desprenden hacia el vacío como cartógrafos perdidos. Y cuándo llegará el día en que alguien, alguno de mis compañeros quizá, ya en posición de poder, amenace a sus hijos, alumnos o empleados con esa frase, y ellos lo miren con expresión estupefacta, incapaces de entender esa lógica torcida, «justos no tienen por qué pagar por pecadores». La frase y esa forma de justicia les sonará arcaica, como a mí me suena arcaica «estos duraznos están de mamey» en la boca de mi abuelo por la que se escurren hilillos de saliva («tiene un agujero en la boca», dice Silvia). Las expresiones populares tienen su historia, su entreverada genealogía, y se renuevan o mueren en cada generación, tan parecida a la anterior pero a la vez tan llena de costumbres diferentes. El pasado es un país extranjero. ¿Por qué no se me ocurrió primero a mí?

Mauricio pasa al frente y pide silencio, es urgente.

—Todos sabemos quién lo hizo —dice, tratando de acallar el murmullo—. Es una cosa pequeña, no dejemos que se magnifique. Sería mejor llevarnos bien con don Bernardo desde el principio, el italiano está con ganas de joder y don Bernardo le va a ir con el chisme. Le vamos a dar la excusa perfecta para que nos joda. Cuando vuelva Macbeth, sería bueno que el que lo hizo le pida disculpas.

—Justos pagan por pecadores —dice Conejo, riendo, y algunos lo celebran—. Además, es injusto de su parte. ¿Por qué siempre que sucede algo los profes tienen que asumir que somos los de Chinatown?

—Obvio —grita Pavo—. Porque se trata siempre de ustedes.

—Si tenés algún problema —interviene el Salvaje Coimbra—, me podés buscar a la salida.

No hay tiempo para más: *mister* Macbeth aparece en la puerta, con don Bernardo y el mismísimo director que, con sus abarcas de franciscano, su cuerpecito frágil y su rostro chupado, es un espectro más cerca de la muerte que de la vida. Nos paramos, lo saludamos y nos volvemos a sentar.

—Voy a darle una oportunidad más al culpable. —Qué italiano más perfecto, su castellano—. *Si parla* ahora, *tutto* será olvidado.

Conejo podría hablar, pero está disfrutando al hacernos sufrir a todos, al tenernos de esa cruel manera en sus manos. ¿Y quién se animaría a venderlo, sabiendo que le esperaría la furia de los muchachos de Chinatown?

Pasan los minutos en silencio. Al fin, Belloni mira a don Bernardo, y le hace una seña. Intuimos lo que nos espera.

—Todo el curso debe reportarse el sábado por la mañana, a las ocho —deletrea Don Bernardo, sin ocultar el placer que le causa—. Les espera un par de horas limpiando el colegio de punta a punta.

El Conejo sonríe, la enorme boca muestra encías tamizadas de sarro. En el atardecer de infinitas partículas de polvo flotando iluminadas en el recinto, pienso en las torcidas formas que algunos tenemos de divertirnos.

—Ahora pueden salir todos —dice Belloni, y luego, señalando a los de Chinatown—: menos ustedes.

Esa noche, Camaleón me llama para informarme que la vergonzosa y exhaustiva revisión a la que fueron sometidos los de Chinatown produjo como resultado la suspensión indefinida de Conejo. Escondida en el botapié derecho de los pantalones, don Bernardo había hallado la liga. Eso, sin embargo, no había sido lo más importante: en su maleta, se habían encontrado siete lapiceros, dos de ellos Parker, y una bolsa de plástico que contenía marihuana.

—El Conejo se pasó esta vez —dice Camaleón—. Ojalá que esto le sirva de escarmiento.

—Lo conozco, te aseguro que no servirá de nada —digo—. En todo caso, éste es el principio. Lo que va a hacer Conejo es vengarse.

Simplemente, es cuestión de esperar.

6

La primera semana de clases trajo el fascinante redescubrimiento de aquello que había olvidado que tuve alguna vez. Era increíble el poder que tenían las vacaciones para hacernos enterrar recuerdos, para hacernos vivir tan sólo en el presente, descolgados del pasado y de nuestros posibles futuros. Eran tres meses en los que uno se olvidaba de los sabores y los sinsabores del colegio, de la mágica turbulencia de ese pequeño y (a veces) protector universo en el que, decían, aprendíamos sobre la vida para poder luego, cuando fuéramos mayores, ponerlo en práctica. A mí se me ocurría, sin embargo, que uno nunca aprendía sobre la vida, uno creía aprender pero en realidad no hacía otra cosa que vivir, no era primero la teoría y luego la práctica, todo venía en una inextricable trabazón.

Todos teníamos nuestros paraísos perdidos. Esa primera semana volví a decirme que había amigos de los que uno no debía separarse jamás, que había olores y sabores asociados irremediablemente a ciertos lugares, que había tanto por descubrir en algunas materias y que para interesarse en aprender algo, uno necesitaba, primero, interesarse en la persona que nos lo iba a enseñar. Había amigos que debían acompañarme mientras durara mi aliento: Camaleón y Tomás. Había olores y sabores que llevaría siempre conmigo aunque yo mismo no lo supiera, como el olor del cuero de las maletas después de la lluvia, el de la cancha de pasto en las mañanas, el del almidón de camisetas recién compradas para el equipo de fútbol, o el tan difícil de describir pero inconfundible de la tiza, polvo impalpable que revoloteaba en el pizarrón y se impregnaba en nuestras manos y ropa cuando salíamos al frente a hacer un ejercicio de Matemáticas. Y el sabor picante de las salteñas de doña Julia me devolvería siempre a los recreos de la infancia y de la adolescencia, así como el de los empalagosos donuts y tostados paceños que le pedíamos fiado a la casera, o el del chocolate Batón y los chicles Ploc y Bazooka y los turrones argentinos de maní.

En clase del profesor Montes, intuí una vez más que saber de la historia de mi país iba a cambiarme, a sacudir mis cimientos; pero era imposible interesarse en algo con Montes, excelente persona pero poco más. Los buenos padres de familia no solían contar historias conmovedoras (otra de mis generalizaciones, pero qué podía hacer, era, como todos, una máquina de generalizar). Decir que «en el siglo XIX Bolivia se caracterizó por una gran inestabilidad política» y no hacernos oler el humo acre de los disparos en tantas asonadas y sediciones y golpes de Estado; señalar que «Melgarejo era un caudillo autoritario» y no contarnos de la vez en que nombró ministro a su caballo, era mantener la historia en la abstracción y no bajarla a tierra, no hacernos comer el polvo de tanta muerte sin sentido. La letra entraba con sangre; la historia con ejemplos.

El que sí era un gran narrador era el Doctor No. La Biología no era una de mis materias favoritas, pero él lograba engancharme con las anécdotas justas en el momento en que la densa explicación teórica estaba dando paso al tedio. Cuando hablaba, movía las manos como si estuviera dirigiendo un concierto, una batuta invisible que indicaba el rumbo zigzagueante pero nunca extraviado de sus pensamientos. En sus clases descubrí que, entre otras cosas, dos de cada tres personas morían por causas relacionadas con sus genes; que el ADN de dos personas difería en una letra de cada mil, lo cual implicaba que había tres millones de lugares en los que difería su ADN; que había una forma de ceguera en Francia, glaucoma hereditario, que trazaba sus orígenes hasta una pareja que vivió en el pueblo de Wierr-Effroy, cerca de Calais, en el siglo xv. La herencia era un misterio y yo me preguntaba en qué siglo había vivido el primer antepasado mío que encontró en la escritura su mejor forma de expresarse, qué incipientes trazos en un papel fueron corregidos una y otra vez para dar lugar a Edgar Lizarazu a mediados del xix, un novelista tarijeño perteneciente al árbol genealógico de mamá, con poca disciplina y muy dado al vino y a las mujeres, que a su vez dio lugar a Silvia y a mí. Silvia con su diario interminable, y yo con mis cuentos, sólo éramos continuadores de una herencia.

Edgar Lizarazu. El único escritor que conocía en mi familia, alguien con quien, de pronto, me sentía íntimamente unido a pesar de no haber visto jamás una foto suya o escuchado anécdotas que convirtieran su nombre sonoro en un cuerpo, un perfil, unos ademanes inconfundibles. Quería saber más de él, enterarme de cómo había sobrellevado su destino de escritor en la Bolivia analfabeta del siglo xix. Quería leer las dos novelas breves que había escrito y que se hallaban perdidas en oscuros desvanes, en bibliotecas municipales o en el Archivo Nacional.

A Tomás no lo había visto desde el último día de clases. Había pasado sus vacaciones en Chile, donde vivían sus abuelos, y me sorprendió su nuevo aspecto: había sacado más cuerpo, y se había cortado el pelo casi al ras. Me dijo que, como no había mucho que hacer y no tenía amigos en el pueblito donde había estado (cerca de Valparaíso), se había dedicado al gimnasio y a la lectura. Me contó que había leído prácticamente un libro cada dos días y le creí: era la única persona que conocía que leía más que yo. Por eso me llevaba muy bien con él, aunque no leíamos las mismas cosas ni con el mismo objetivo. Él era muy utilitario en sus lecturas, le costaba leer un libro sólo por placer; pensaba que la literatura era una pérdida de tiempo, y prefería los libros de política o historia. Estaba obsesionado últimamente por sus orígenes alemanes, y leía todo lo que podía sobre la historia de ese país. Su padre simpatizaba con los nazis, y yo alguna vez temí que le contagiara esa inclinación, aunque Tomás se burlara delante de mí de las teorías de su padre. Y de sus actitudes. «Qué loco es mi viejo. Cuando se pone a ver tele, llama a la imilla, que se tiene que sentar en un sillón fuera de la sala de estar, en el umbral de la puerta, y estar pendiente de sus órdenes, ya que a cada rato le pide que cambie el canal. Y yo le digo, papi, ¿por qué no la dejas entrar a la sala? Y él me mira como si la respuesta fuera tan obvia que ni para molestarse en contestarme.» Sin embargo, su reciente interés en la historia alemana fue suficiente para reavivar mis temores.

Esa tarde, antes de clases, Tomás y yo estábamos en el banco de mi curso en la plazuela Quintanilla, delante de nosotros el Don Bosco, un edificio plácido sin alumnos, siniestro en su quietud. Don Julio cortaba el pasto de la cancha. La casera espantaba moscas en la puerta. Hacía tanto calor que hubiera querido estar en la piscina, paladeando un helado bajo un cielo que no supiera de nubes. Las ramas de los árboles plantados por un comité de jardineros que no se había puesto de acuerdo, olmos al lado de nísperos y jacarandás, se mecían en la brisa. En el suelo había colillas de cigarrillos y restos de chicles. En uno de los cuatro tableros de ajedrez en la plazuela, de jaspeado mármol blanco, que un alcalde diligente había hecho construir «para beneficio de la juventud estudiosa», Aldunate jugaba con alguien de Tercero y le enseñaba por qué le decíamos el Comepeones. Aldunate, el mejor jugador de ajedrez de mi curso y uno de los mejores de la asociación departamental, había encontrado en el tablero de sesenta y cuatro cuadrados la forma de paliar la enfermiza banalidad de su conversación. «Para ser político hay que ser corrupto.» ¿Era verdad que su papá había intentado suicidarse el día de año nuevo, ahorcándose con su corbata? «Las mujeres son más lindas que los hombres.» Se lo había preguntado, y no había querido contestarme. «Pensar que sólo Haití es más pobre que nosotros en Latinoamérica.» Era un ser sin relatos, alguien que me era imposible entender. «Esta crisis es grave para el futuro del país.» Mauricio había organizado el primer campeonato de ajedrez en el curso, en Segundo Intermedio, y a partir de ahí se convirtió en una moda extravagante, el cintillo en el hombro que nos distinguía de los demás cursos y colegios. Yo me puse a estudiar los cuatro telarañados tomos de Grau que encontré en la biblioteca de papá, pero los dejé al poco tiempo, cuando me di cuenta de que para ser un buen ajedrecista debía dedicarle menos tiempo a la lectura. Mauricio dominó en el curso hasta Primero Medio, pero tampoco era muy dedicado, y fue superado primero por Tomás, y luego por Aldunate, cuyo talento para el juego me sorprendía: ¿cómo era posible, en un ser tan intrascendente?

Tomás, con su chaleco café y sus Timberland (la crisis parecía no haber llegado a su hogar) y más rubio que nunca, me hablaba de Chile.

—Es un gran país, hermano. Y te lo digo yo, que sabes que no me gusta exagerar. Un gran país. Para sacarse el sombrero. No sé como lo hacen, pero no tienen inflación. Habría que mandar a nuestros políticos a que se den una vueltita por allá, a ver si así aprenden.

—Sobre todo los del MIR —dije—. Son mucho ruido y pocas nueces. Sobre todo Paz Zamora.

Yo sabía algo de Chile, la guerra del Pacífico, Allende, Pinochet y los lugares comunes —que era la cuna de Neruda y que los chilenos eran muy astutos y muy nacionalistas—, pero nunca había estado allá, de modo que mi Chile no tenía mucho que ver con el verdadero Chile, así como mi Afganistán o mi Perú se debían parecer muy poco a Afganistán y Perú. No importaba: había demasiados países en el globo y no había tiempo para conocerlos todos en profundidad. No nos quedaba más que imaginar y uno ya sabía qué sucedía cuando la imaginación se entrometía en la realidad, cómo se superponía a ella y terminaba absorbiéndola hasta que de la realidad no quedaban más que pálidos trazos, vestigios del templo sagrado donde una antigua religión ofrecía sacrificios a sus dioses.

—Me gustaría irme a estudiar allá. Visité las universidades de Santiago, y me quedé deslumbrado. Como chola en jet. Qué comparación con nuestras universidades públicas, tan chiquitas y tan sucias, tan politizadas y tan llenas de indios.

Asentí: era lo mismo que decía Silvia.

Los autos y los colectivos pasaban cerca de nosotros, de vez en cuando una camioneta llena de chicas con los uniformes marrones del Loyola o blancos del Irlandés distraía nuestras miradas posadas en el edificio de enfrente, esa estructura de ladrillo visto y paredes verdes que había albergado gran parte de nuestras vidas y con la cual teníamos esa relación de amor y odio que caracteriza a las grandes pasiones. El Don Bosco: donde, a veces a pesar nuestro, nos enseñaban a ser buenos hijos, buenos ciudadanos, buenos miembros de la comunidad católica. Donde nos enseñaban a reprimir tantos deseos, a educarlos, aunque no siempre con éxito, por suerte.

—Tú sabes —continuó Tomás—, no soy un racista, pero... Chile anda bien porque los chilenos son otra raza, no son altiplánicos. Y la receta de Pinochet funciona: mano dura, ésa es la única forma de que trabajemos.

«No soy racista, pero...» Ésas eran las típicas palabras que disculpaban todo. Tomás era tan racista como la mayoría de mis amigos, como seguramente lo era yo, a pesar de mis buenas intenciones, tanta Colonia y tanta República no se olvidaban de la noche a la mañana. En esto era posible generalizar: todos, absolutamente todos, éramos racistas; lo único que nos diferenciaba era la forma que tomaba nuestro racismo. Algunos éramos como botes que remaban contra la corriente y luchábamos por superar nuestros insuperables prejuicios. Otros estaban muy contentos con lo que eran y no se esforzaban por cambiar ni su lenguaje ni sus actitudes. Otros se iban afirmando en su racismo, radicalizaban su lenguaje y sus actitudes, cubrían sus inseguridades a través de la jerarquización racial que los consolidaba, inevitablemente, en la parte superior.

—Ya suenas como mi papá con eso de la mano dura. Tiene que haber otra. Tiene que...

—No hay otra, hermano. Aunque te duela. Mirá cómo estamos.

—¿Y qué harías con Aura? —dije, para cambiar de tema.

—Estamos muy bien, mejor que nunca —me respondió sonriente—. No sabes cómo la extrañé. Eso es lo único que me preocupa, porque, si me voy a estudiar a Chile, ¿qué voy a hacer sin ella?

—Seguir en la distancia, supongo.

—El otro día le tanteé el asunto, y me dijo que no quiere saber de relaciones a distancia. Amor de lejos es de pendejos, cosas por el estilo. En otras palabras, me dijo que si me iba, terminábamos. Me enojé, pero no cedió. Es de terca...
—Pero tú no quieres terminar.
—Claro que no. Pero tampoco me quiero quedar aquí.

Aura era una inquietante morena de ojos verdes que salía con él a pesar de la oposición del papá de Tomás. ¿Cómo era posible que su hijito saliera con una mujer dos años mayor que él, y que había tenido un hijo a los quince años sin que jamás se supiera la identidad del padre? Se decía que cuando su mamá le preguntó quién era el padre, ella sonrió y dijo: «Me tendrás que ayudar a encontrarlo. Tengo tres sospechosos». Probablemente era una maledicencia, pero sonaba tan bien que quería que fuera verdad, hacía que Aura me cayera mejor.

Tomás y Aura ya llevaban tres años. Pensé que él la quería de verdad, y que no se separaría de ella si sólo fuera por él. Era su papá quien lo presionaba para ir a estudiar a Chile. Me molestaba que Tomás se hubiera dejado tentar con tanta facilidad por las cuentas de colores que su papá había agitado ante sus ojos, pero no podía decir nada. ¿No quería yo también irme al exterior? ¿No dejaría a mi enamorada si tuviera la oportunidad de estudiar afuera?

Cambié de tema. Hablamos un rato de la situación política. Le conté que mi papá se quejaba todo el tiempo del Gobierno, y que andaba metido en cosas raras con gente de la extrema derecha. Me respondió con una mirada enigmática. Su papá era muy amigo del mío; ¿no andarían los dos metidos en la misma alucinada aventura? ¿Cómo averiguarlo?

Escuché un silbido. Miré hacia la izquierda, hacia la hilera de eucaliptos que bordeaban la cuadra del Don Bosco que daba a la Papa Paulo. Era Camaleón, arete en la oreja derecha y polera rayada de presidiario. Había comenzado a usar el arete apenas vio a Mauricio con uno. Definitivamente, su problema fundamental era querer ser Mauricio y no resignarse a ser Camaleón.

—¿Se enteraron de la última? —encendió un Derby sin filtro, escupió al suelo una flema verdosa. Siempre tan delicado.

—¿Cuál última? —dije.
—¿No sabes nada todavía? —dijo, mirándome—. Qué sorpresa. A ti sí que no te va a gustar nadita.
—A ver, dale.

Camaleón nos contó, gesticulando exageradamente, que el padre Belloni había hecho revisar, por la mañana, a todos los chicos de Básico e Intermedio. En el estricto código disciplinario que había hecho circular desde el primer día de clases, estaba prohibido introducir comida o dulces a los cursos, y objetos peligrosos que no tuvieran nada que ver con el material requerido por los profesores. La sorpresiva revisión de la mañana era una forma de intimidación, de hacer ver al alumnado que había que tomar en serio las nuevas reglas de conducta que pensaba imponer para frenar «la peligrosa relajación de las costumbres producida en años pasados ante la mirada indiferente de anteriores directores». Él ordenaría el desorden, exorcizaría el colegio de los demonios infantiles y adolescentes que se habían apoderado de él, purificaría nuestras almas a base de rigurosos planes de disciplina y control.

Insulté al italiano insolente, le di la razón a los de Chinatown, que se aprestaban a ajustar las cuentas por lo ocurrido con Conejo, y al padre Tejada, que por la mañana me había contado de su discusión con él durante el fin de semana (se habían gritado, Belloni lo había acusado de «moderno» y «liberal»), y que veladamente me había pedido que lo ayudara, que pusiera mi pluma al servicio de su causa: hacer un periódico para todo el colegio, como aquellos que antes hacía para mi curso, y defender en él a Tejada y atacar a Belloni. La idea me tentaba.

—Pero eso no es todo —dijo Camaleón, con cara de haberse guardado para el final la parte más sabrosa. Gozó con mantenernos en suspenso un buen rato, y luego nos lo contó: habían encontrado droga en la maleta de un chico de Tercero Intermedio.

—No jodas.

—Mi fuente de información no me dio muchos detalles de qué tipo de droga se trataba, excepto que el chico fue expulsado del colegio sin contemplaciones, sin darle siquiera la posibilidad de defenderse.

Me puse nervioso.

—Con la droga no se juega —dijo Tomás—. Le doy la razón a Belloni. Hay que sentar un precedente, el cole en los últimos años se ha convertido en un territorio salvaje, donde no hay control de ningún tipo y todo vale.

Recordé incidentes pasados: aquella vez en que Conejo y Camaleón habían sido descubiertos fumando en los baños a la hora de una clase de Literatura, de la cual se habían salido porque se aburrían sin misericordia. O la vez del Salvaje aspirando cocaína a las tres de la tarde al lado del tablero de ajedrez en el que en ese instante Aldunate, un caballo en la mano, trataba de poner en marcha alguna memorizada combinación de medio juego (las de Capablanca y Tal eran sus favoritas). No era novedad que la droga circulaba en el Don Bosco. En general, se trataba de maría, y de chicos de los cursos superiores. Yo sabía quiénes en mi curso eran adictos (Chino, Conejo, Salvaje), quiénes lo hacían de vez en cuando (Pavo, Borracho) y quiénes cada muerte de obispo y sólo maría (Camaleón, yo).

—¿Quién? —pregunté—. ¿No te dijo quién?

—Tu hermano. ¿No te dijo nada en el almuerzo? Qué raro.

Camaleón y Tomás se pusieron a discutir acerca de la decisión de Belloni de expulsar a Alfredo, uno a favor y otro en contra de la medida. Camaleón lamentaba lo ocurrido y se quejaba conmigo de los efectos desastrosos de la droga en su hermano, pero, a la vez, no podía aceptar ninguna decisión autoritaria de Belloni.

Me dije que tenía que hablar con Alfredo.

7

Es de noche. Después de clases, vuelvo a casa sumido en divagaciones, mi silueta de vez en cuando atravesada por los rayos de luz de los focos de los autos que cruzan las calles raudamente. En el quiosco de la Quintanilla, la vendedora, escondida detrás de frascos de tatines y dulces Watts, ha encendido su radio a todo volumen, es la hora del noticiero de Panamericana, quiere compartir con los transeúntes su ansiedad ante las huelgas y manifestaciones del día, el posible anuncio de una nueva devaluación. Todo va mejor con Coca-Cola, dicen las recién pintadas letras en una de las paredes de madera del quiosco. Cae una lluvia fina en la ciudad en la que, detrás de las ventanas iluminadas de las casas y los edificios, hay una esposa que sueña con el crimen perfecto, un sacerdote obsesionado con la venganza, un chiquillo que fuma cosas que no debería, y un hombre viejo que contempla frente al espejo su cara devastada por los años y se pregunta con miedo si llegará el fin esa noche, mientras duerma en la cama que le ha quedado grande después de la muerte de su mujer, cincuenta años de casados, qué cobarde y traicionera la vida, cómo hace que nos encariñemos de las personas para luego arrancárnoslas de nuestras manos.

Hubo un tiempo en que papá venía todos los días a buscarme al colegio. Lo esperaba con ansia en la puerta principal, charlando con otros compañeros en la misma situación. Papá se atrasaba muchas veces, pero siempre llegaba en su prehistórica VW doble cabina; uno podía contar con él. De pronto, un día me dijo, escudado tras el humo de su pipa, «ya estás grandecito como para que te venga a buscar. De ahora en adelante te irás caminando a casa». No era mucho, apenas diez cuadras, el puente del Topáter y la Recoleta, bordear el río Rocha, luego una cuadra al lado de la acequia y a la sombra de los sauces llorones, y de pronto la casa de paredes amarillas y altos pinos —salvación de adolescentes con aliento a chicha—. No era mucho, acaso una forma de aprender que el paso de la niñez a la adolescencia conlleva cortar ciertas amarras familiares, irse alejando poco a poco de los padres aunque no lo queramos, irse alejando hasta que después, sin que uno se dé cuenta de cómo sucedió todo tan rápidamente, no queden más que las reuniones de fin de año, la llamada apresurada por el cumpleaños (si es que uno se acuerda) y llevar a los nietos una tarde de sábado a visitar a los abuelos, a que ellos les cuenten esas historias que nosotros ya sabemos de memoria. Uno no ha dejado de ser hijo y ya es padre, y ya pronto es abuelo y ya pronto polvo. Es corta la vida y no hay tiempo para procesar tantas transiciones.

Por suerte siempre fui un solitario, y pude entender estas cosas, o al menos no dejé que me afectaran, me digo, mientras una pareja pasa a mi lado, un hombre gordo y una mujer de orejas inmensas y algodón en uno de los hoyuelos de la nariz, fragmentos de su charla se alojan en mi memoria con más posibilidades de perdurar, quizá, que la tarde de mi primera comunión o mi temprana visita a un putero. «Sería fácil. El veneno para ratas es muy eficaz.» La crisis crea asesinos todos los días. Corazón morboso, que prefiere pensar en la eliminación de un pariente que en la necesidad de deshacerse de las ratas que asolan los sótanos de Cochabamba. Por suerte pude entender estas cosas. Pero, ¿Alfredo? Alfredo es diferente. Él nunca dijo nada, pero imagino que le afectó mucho descubrir, a los ocho años, que papá no lo vendría a buscar más y que se volvería caminando conmigo. O que papá se olvidaría de su cumpleaños. Aunque es su preferido, él hubiera querido menos teoría y más demostración de afectos.

Algunas veces Alfredo se encerraba en su cuarto a llorar, cuando papá y mamá discutían a gritos y se tiraban platos y vasos, cuando mamá amenazaba con suicidarse y papá aplaudía y yo los miraba con mis ojos impasibles, con mi aparente frialdad y sin dejar de absorber nada: *fantasma depositario* de tanta turbulencia emocional. Muchas veces vi a Alfredo ensimismado, y supe que había algo que lo perturbaba, algún desasosiego que invadía sus noches; pero no me acerqué a tranquilizarlo y a hablar con él más que de vez en cuando, acaso porque lo tenía cerca y me decía que lo haría dentro de un rato, acaso porque mi propio ensimismamiento me impedía preocuparme del de otros, acaso porque sabía que en un momento lo vería saltando por el jardín, riendo y jugando con *Hércules*.

Hay en Alfredo algo que no he terminado de comprender, aunque dedique la mayor parte de mis horas a tratar de descubrir los verdaderos motivos de las personas, aquello que late en lo más íntimo del corazón y que casi nadie conoce, a veces ni siquiera el dueño de ese corazón. Tan diferente a mí, para empezar: tan necesitado de la gente como yo de la soledad. Tan bullicioso y efervescente como yo silencioso y melancólico. Tan presto a la acción como yo a la reflexión. ¿Tan diferente? Una vez que vino a almorzar a casa, Mauricio me dijo que le había impresionado cómo, aunque Alfredo y yo no parecíamos físicamente hermanos y éramos de temperamentos opuestos, teníamos tantos gestos similares que era imposible que no fuéramos hermanos: la forma en que nos pasábamos la mano por el pelo, o apretábamos los dientes en señal de molestia, o bamboleábamos los pies si nos visitaba la impaciencia, o reíamos sin control cuando estábamos nerviosos.

La larga fila de autos del surtidor de la Oblitas bordea toda la Uyuni, tuerce a la derecha en el puente del Topáter y se detiene cerca de la estatua de Eduardo Abaroa, que se recorta imponente ante el cielo turbio y triste de la noche lluviosa. Seguro anunciaron una nueva alza en el precio de la gasolina. La gente baja de los autos sin importarle mojarse, arma corrillos donde se profieren insultos al Gobierno.

¿Qué pensará Abaroa de todo esto? Pronto será el 23 de marzo, día del Mar. Habrá una hora cívica alrededor del monumento, se depositarán ofrendas florales, cuatro discursos vivarán a la patria y hablarán con rabia de los chilenos traidores, bostezaremos por convicción y aplaudiremos con la mirada puesta en las piernas de la guaripolera del Instituto Americano. Dicen que la de este año es beniana y sobrina de Roberto Suárez, mejor no meterse con la familia del rey de la coca.

Mauricio me hizo pensar que quizá no termino de entender a mi hermano porque, a pesar de ser tan diferentes, somos en realidad más parecidos de lo que creo (me digo, divisando, al fondo, la silueta de la iglesia de la Recoleta, donde cada domingo tres curas seniles se turnan para asustar a sus feligreses con tenebrosas maldiciones eternas ante el solo hecho de un pecado de pensamiento, «cierren los ojos si se les cruza una minifalda en la calle, apaguen la televisión si las turgencias de un seno invaden la pantalla»). Trato de entender a Alfredo a través de la diferencia, cuando debería hacerlo a través de la similitud, y no subestimar, por ejemplo, esos breves momentos de confusión y ensimismamiento en medio de su exuberante energía. Mis papás, Silvia y yo cometemos el error de desprotegerlo confiando mucho en su aire de suficiencia, en su permanente sonrisa, en el hecho de que parece estar en perfecta armonía con el mundo. Lo dejamos deambular por patios y calles, y llamamos travesura a pastizales incendiados y robos en el almacén de la esquina y perros envenenados en el barrio. ¿No serán esas «travesuras» los síntomas de una profunda insatisfacción ante la escasa vida familiar que le ofrecemos? ¿La inquieta rebeldía ante tanta libertad que le damos cuando lo que él quisiera es protección, que alguien vele por su sueño, como cuando tenía cinco años, que alguien lo vaya a recoger todos los días al colegio? Pienso en estas cosas porque me extrañó que hoy, en el almuerzo, él que es tan expansivo, tan dado a los chistes, no nos dijera nada de la revisión a la que los sometió Belloni. Nada de la marihuana y de la pipa para fumarla que encontraron en su poder, y que le valió la expulsión temporal del colegio. ¿En qué andará metido? ¿Qué cosas raras ha encontrado en su desasosegado deambular fuera de casa?

Una tarde del pasado invierno, nueve meses antes, yo estaba con Camaleón en la «pieza nueva», la sala de juegos que mis padres habían hecho construir diez años atrás y que por lo tanto ya no era nueva pero aún conservaba el nombre. Las cosas cambian rápidamente pero los nombres no, por eso hay calles que todavía se llaman Diómedes de Pereira o Hermógenes Sejas, aunque ya nadie en la ciudad sepa o recuerde qué hicieron estos señores para merecer la inmortalidad provinciana de una calle que lleve sus nombres, acaso algo glorioso en una de nuestras guerras, acaso un par de poemas que algún hombre influyente juzgó inolvidables. Apuesto a que ni siquiera sus familiares lo saben o recuerdan, pero no es culpa de ellos sino del alud del tiempo, que se la pasa enterrando y desenterrando cosas con rapidez y violencia, que es una máquina de crear anacronismos.

Camaleón y yo, esa tarde, decidimos fumarnos un pitillo de puro aburridos. Yo había comenzado a fumar gracias a Conejo o, mejor dicho, a mi deseo de no quedar mal con él. Cuando se pasó a la cocaína, yo me detuve —la probé una vez y me gustó tanto que tuve miedo de volverme adicto y decidí no probarla más—, pero seguí haciéndole a la maría. Esa tarde a Camaleón y a mí se nos fue la mano, y terminamos riéndonos a carcajadas, el cuerpo adormecido y en beatífica paz con el universo. Camaleón imitaba a un elefante, sentado sobre la mesa, con los brazos juntos sobre la nariz a manera de trompa, cuando entraron Alfredo y Nelson y nos sorprendieron. Suelo ser responsable, pero ese día no lo fui, y apenas vi a Alfredo mi primera, nerviosa, reacción fue ofrecerle el pitillo. Preguntó qué era, le dije que esperara y vería. Aspiró. No lo hizo bien. Camaleón le explicó cómo tenía que aspirar con fuerza hasta que el humo llegara a su garganta y le raspara, mantener el humo ahí, no tragarlo, luego expulsarlo y dar otra pitada. Alfredo intentó hasta que le salió bien. Yo reía con una risa histérica, y me sentía feliz, compartiendo algo muy íntimo con Alfredo. Luego, cuando pasó el efecto de la droga, me sentí culpable: era la primera vez que Alfredo fumaba marihuana. No había habido ninguna mala intención, pero incluso así pensé que no debí haberlo hecho. Nueve meses después, me sentía aún más culpable al darme cuenta de que aquel comienzo inocente y juguetón podía haber tenido ramificaciones todavía insospechadas para mí.

La Uyuni, bordeando el río Rocha, que yo bauticé Fugitivo después de que *mister* Macbeth nos leyera un poema de Quevedo, un río de agua turbia y basurales putrefactos, de gatos muertos y tampones y triciclos oxidados y zapatos sin sus pares y latas de leche en polvo Klim y condones y periódicos con los titulares que algún día fueron urgentes y de vez en cuando los rastros de un aborto, donde los perros del vecindario husmean con los colmillos prestos a defender los restos de comida de los mendigos que viven bajo el puente. En la esquina, La Servidora, el almacén donde un coronel benemérito de la guerra del Chaco, famoso en todo el barrio por sus ataques de epilepsia, libraba una cotidiana batalla contra lo que creía una conspiración general de los chicos del barrio para despojarlo de sus chicles y pastillas, y se atrincheraba, bastón en mano, detrás de mostradores en los que las arañas caminaban sobre las cajas de Batones. Un día, el coronel había venido a mi casa a acusar a Alfredo del robo de una caja de Bazookas. Mi hermano confesó el robo en menos de diez segundos, era una travesura y nada más, y yo logré arrancarle el juramento de respetar a nuestros ex combatientes (a los almaceneros jamás los respetaría), y convencí al anciano de que no hablara todavía con mis padres, los niños merecían una segunda oportunidad sobre la tierra (y una tercera, y una cuarta...).

La Melchor Urquidi se sume en la oscuridad, mientras los focos del alumbrado público, inermes ante tanta noche derraman un poco de luz sobre los charcos que bordean la calle. Estoy empapado y con frío. Uno se esconde de las tormentas, y se enfrenta a las lluvias finas como si éstas no mojaran, y al final ocurre que el trabajo de zapa de los leves hilillos de agua termina por ahogarnos, burbujas sobre la lengua y el velo del paladar. Por eso, Mario Martínez no suele desprenderse de una parka verde con caperuza. Mamá mirará mis zapatos mojados y chillará «eres un desconsiderado, ¿no ves que estamos en época de vacas flacas?». En la esquina al otro lado de la acequia, frente a La Servidora, está la casa de Ramiro y Nelson, todas las ventanas iluminadas. Ramiro, un ex alumno del Don Bosco que ha vuelto a vivir allí al regresar de estudiar Ingeniería Industrial en los States, adonde se lo envió para acallar los rumores. Ramiro, al que nunca se le ha visto con chicas, que a los chicos del barrio les vende peces de lagunas pantanosas como si fueran los más cotizados ejemplares de acuario (tanto desecho químico en el agua produce mutaciones, especies extravagantes, *guppies* con dos colas o tres ojos), y que, a veces, cuando la deuda es considerable, les dice entre tartamudeos, un «pe-pe-pequeño favor en mi cuarto servirá para estar a mano» (una vez caí, pero no quiero hablar de eso; por ello, obligo a Alfredo a pagarle al contado a Ramiro). Nelson, el hermano menor de Ramiro, está en el curso de Alfredo y es su mejor amigo, el cómplice de sus travesuras: pegar timbres con cinta aislante, envenenar algún gato por el solo gusto de hacerlo, el angora de los Kovasevic y el siamés de los Lagos habían muerto en las últimas semanas, yo sospechaba de ellos. Nelson, decía mamá, no era una buena compañía para Alfredo; cuando ambos se juntaban, eran terribles. Recordé, entre otras cosas, el incendio de los pastizales del lote baldío el año pasado, que había causado la desfiguración del rostro del mendigo que ahora vive bajo el puente (papá había pagado la operación y le había dado unos pesos para acallar el caso, como lo había hecho alguna vez el papá de Tomás, cuando éste atropelló y mató a una chola, tres mil dólares para que se repartieran los familiares). El incendio se propagó a una casa vecina y los bomberos de la Municipalidad, famosos por su ineficacia, lograron esa vez controlarlo a tiempo. Mi madre tenía razón: las travesuras de Alfredo y Nelson iban más allá de lo esperado y permitido a su edad; para colmo, estos días andaban con un aire de conspiradores en un plan siniestro, entre cuchicheos secretos que no auguraban nada bueno. Pero, ¿qué se podía hacer? Cruzar los dedos y esperar que la edad del burro terminara pronto. De nada servía intentar forzar el final de algo que debía suceder por causas naturales.

Apuro el paso. Ladran los perros de las casas de la cuadra. Los Lagos, los más afectados por la crisis: el jardín descuidado, una ventana rota en el segundo piso, la enredadera sobre la verja necesitada de cordeles que le den sostén y dirección. La constructora del padre ha quebrado, y todos los días se puede ver, en la puerta, a una gran cantidad de albañiles y obreros reclamando sus sueldos atrasados. Al lado, la casa de los Mendoza: la mamá, que es adventista, trabaja en la alcaldía y debe hacer malabares con lo que gana para mantener a sus cuatro hijos (el esposo desapareció —lo desaparecieron— en la dictadura de Bánzer). Luego, los lacónicos Kovacevic, que parecen no existir y se los ve muy raras veces: ¿asesinos a sueldo?, ¿narcotraficantes? Sólo una actividad ilícita puede permitir, en este momento, que mientras las casas de los demás se desmoronan, la de ellos esté recién pintada —amarillo chillón—, hayan cambiado la puerta de calamina por una maciza puerta de roble con diseños coloniales, y la precaria peta de otros días haya sido sustituida por dos flamantes Volvos.

Eulalia está llorando en la cocina. Había planeado llegar, comer a la rápida y ponerme a escribir, estaba frustrado con el cuento basado en Ellery Queen y se me había ocurrido el comienzo de una historia con un crimen perfecto ambientado en el colegio. Pero, ¿cómo puede uno escribir si el mundo se entromete tanto en nuestras vidas?

Eulalia lloraba porque, una vez más, mi mamá la había reñido. Yo sabía cómo funcionaba ese ciclo perverso: papá llegaba furioso del trabajo y se desquitaba con mamá, que a la vez buscaba un pretexto cualquiera para desquitarse con Eulalia. Pero Eulalia no tenía con quién desquitarse, y entonces se ponía a llorar encerrada en la cocina o en su cuarto.

Trato de calmarla. Tiene los ojos rojos y las pupilas dilatadas.

—No, joven, esto no puede ser. Me voy mañana mismo, no soporto esta situación.

Le doy la razón, le digo que si yo fuera empleado de mi madre no la soportaría ni un minuto. Pienso en la desmesurada cantidad de veces que Eulalia me había dicho que se iría ese mismo instante, o al día siguiente, en los once meses que llevaba trabajando con nosotros. Mi casa es para las sirvientas apenas un punto que deben atravesar en su accidentado peregrinar. Un punto tortuoso, en el que deberán encontrarse con una Furia en forma de señora, una capacidad de pasmo para la cólera, para la invectiva hiriente y despiadada. «Debes tener aserrín en tu cabeza. En tu lugar, yo me ataría una piedra al cuello y me arrojaría al río. Imilla piojosa y pulguienta, hueles peor que una lechuga podrida.» He visto pasar a agraciadas y no tan agraciadas cholitas del valle alto y del altiplano: Carmen, gorda y apasionada por Kalimán; Eugenia, que a cada ataque furioso de mamá se hincaba en el suelo e imploraba por su alma a la Virgen de Urkupiña; Elisa, que no tenía dientes y le robaba joyas a Silvia y le hurgaba la billetera a papá; Ely, una alta y linda beniana que se acostó con todos los chicos mayores del barrio (menos con Ramiro). Todas se han ido por distintas razones, o porque no estaban de pie y barriendo el patio a las seis de la mañana, o no eran buenas cocineras, o no sabían servir la mesa, o no se bañaban con frecuencia, o le contestaban a mamá, o rompían la vajilla, o no regaban las plantas, o tenían hijos que lloraban en la madrugada, o eran acusadas de la misteriosa desaparición de unos aretes. Las he visto irse llorando, su cartera sin plata y la foto del soldadito de turno, su desastrada maleta o un bulto con sus ínfimas y desteñidas pertenencias, cargando su casa como los caracoles, en busca de una señora más comprensiva con sus imperfecciones, de alguien que las deje ganar en paz sus cincuenta dólares mensuales —ahora, con suerte, diez— y no incluya en el contrato el insulto o la humillación. Algunas han venido a preguntarme: «¿Por qué es así?». Otras me han dicho: «A pesar de todo, rezaré por ella, porque lo necesita». Y alguna: «Así se va a ir directito al infierno». Y yo no he podido defender a mamá. Demasiada evidencia en contra. Hasta su abogado se pondría del lado de las sirvientas.

—¿Por qué es así? ¿Es que no tiene un poquito de corazón?

Eulalia tenía una increíble capacidad para no ser rencorosa, y adoraba a mi madre y vivía para que ella estuviera contenta. Para ello, se preocupaba de que la mesa estuviera bien puesta —mi mamá armaba escándalo si los tenedores estaban en el lugar de los cuchillos, o la sopa estaba fría, o la limonada tenía mucho azúcar— y la ropa bien planchada y el salto de cama bajo la almohada y las sábanas limpias cada día y, sobre todo, escuchaba sus quejas contra el «caballero» y apaciguaba sus lágrimas en las tardes en que no estábamos ni yo ni mis hermanos (la adolescencia es despreocupada, las empleadas deben ocupar el lugar de los hijos para consolar a las madres en apuros).

No, Eulalia no dejaría a mi madre, jamás volvería por su cuenta a su pueblito perdido en las montañas, donde había dejado a un padre que se moría sin prisa pero sin pausa, con los pulmones devorados por la silicosis, y a una madre abusiva por la que de todos modos rezaba todas las noches antes de dormirse con la televisión en blanco y negro encendida. Tanto destino contrariado, el de la gente de los pueblitos y el de la gente de la ciudad detrás de las ventanas iluminadas en noches de lluvia.

Eulalia se calma apenas le doy la razón.

—Si me necesitas —le digo—, me llamas nomás.

Silvia está en el *living* con Jean-Pierre, la puerta entreabierta, seguro se besaban y toqueteaban con destreza. Los había visto tantas veces a través de las grandes ventanas del *living* que ya me aburrían, eran de lo más rutinarios, de lo más incapaces de ir más allá de besos y toqueteos, al menos en mi casa. Subo. Saludo a papá, me contesta con un gruñido. En el mullido sillón de plumas de ganso en el que se pasaba la mayor parte de las horas en casa, fumaba su pipa con aire preocupado y veía las noticias en la televisión: «El dólar sigue subiendo, hay escasez de gasolina, el Gobierno prepara un nuevo paquete de medidas económicas». Siempre ocurren cosas importantes en el mundo y, si no, los noticieros se encargan de que ocurran, toda trivialidad puede parecer importante con un par de retoques. Esta vez, no se trataba de trivialidades. Sucedían cosas importantes en el país. La hiperinflación superaba los récords anteriores, de Israel en los setenta y de la Alemania de la República de Weimar. El Gobierno había perdido el rumbo, y asistía impotente a la paralización del país gracias a las huelgas decretadas por la Central Obrera Boliviana, por mineros y estudiantes y fabriles y trabajadores de la salud y maestros y panaderos y lo que a uno se le ocurriera (todos los días, *Presencia* publicaba una tabla de huelgas, mencionaba la larga lista de las que se estaban llevando a cabo, tiempo de duración y motivos, e incluía un calendario de las anunciadas). Había manifestaciones todos los días, bloqueo de puentes y caminos, desabastecimiento de pan, leche, azúcar, aceite y carne, escasez de gasolina, rumores de golpe de Estado, cierre de fábricas. La gente recibía sus sueldos en fajos de cheques de gerencia y billetes devaluados; para una quincena se necesitaba un par de talegos, para un mes una carretilla. «El caos social va a producir el colapso del país», decían los políticos opositores, pidiendo acortar el mandato de Siles Zuazo y convocar a elecciones.

—¿Qué novedades?

—El asco de siempre.

Papá prefería un dictador como Bánzer, «no otro payaso demócrata». Me daban asco sus palabras, pero su precaria situación económica me impedía ensalzar las virtudes de nuestra experiencia democrática. Había que ser paciente. Para mí era fácil serlo. Para papá, no. Para la mayoría de la gente, no.

Mamá ve *Te di la vida entera, y más* en su cuarto, echada en la cama bajo una imagen de la Virgen de Urkupiña, una crema de palta en las mejillas, en la denodada lucha para exorcizar los primeros indicios de arrugas, la vanidad que sabe que será inevitablemente vencida por el tiempo, pero que está dispuesta a vender cara su derrota. ¿Cuántas televisiones encendidas en cada casa? Cada uno conectado a diferentes formas de la nada. El mejor signo de que las cosas andan bien entre mis papás no es cuando están charlando animadamente, sino cuando están viendo el mismo programa en silencio: como si ver las mismas imágenes los uniera de una forma más profunda que una conversación.

Le doy un beso, me embadurno de crema.

—¿Qué tal el día?

—Por suerte hay trabajo en la oficina. Mis jefes están chochos con la campaña de promoción de lugares turísticos. No lo hago mal convenciendo a la gente de que se desprenda de sus billetes comprando un pasaje a cualquier lugar antes de que se devalúen.

Los eslóganes de mamá habían pegado. «Al mal tiempo, buen tiempo: visite Hawái. Cuando se encuentre en crisis, haga lo que los romanos: piérdase en Roma.» Curiosa paradoja: ella, cuyo único conocimiento del mundo venía de los atlas geográficos que *Siete Días* ofrecía cada semana en fascículos coleccionables, era la mejor vendedora de tantas ciudades invisibles en las que la gente parecía siempre pasársela mejor que en nuestro valle encadenado por montañas, «el granero de Bolivia, la ciudad de la eterna primavera», tanto bien intencionado cliché para compensar nuestra pobreza y aburrimiento y las pocas oportunidades que este territorio le ofrecía a su gente para desarrollar su potencial.

—¿Alfredo?

—En su cuarto, castigado.

Me acerco a ella. Veo sus ojos llorosos.

—¿Qué pasa, mami?

—Uno de estos días Alfredo me va a matar de un colerón. ¿Te enteraste de lo que pasó hoy?

Asiento.

—Si a su edad ya está en estas cosas, ¿qué va a ser de él en cinco años? Se le da todo lo que quiere, se lo ha educado bien, y así nos responde. ¿Por qué no te sacó nada a ti? ¿O a Silvia? Ustedes nunca dieron problemas, siempre trajeron buenas notas y jamás me hicieron llamar al colegio por cuestiones de conducta...

Después, como pensándolo mejor, dice:

—No, no puede ser que él tenga la culpa. Es su amigote Nelson el que lo inficiona. No sé qué vamos a hacer. Tu papá como si nada, dice que son cosas de niños y que no exagere. Si sigue así la cosa lo voy a mandar a un internado.

Tantas veces había sido pronunciada esa amenaza que había perdido eficacia. Había que hacerle caso a la moraleja del pastor y del lobo.

—Mañana tenemos cita con Belloni. Estoy preocupada. Si fuera el padre Tejada no pasaría a mayores. Pero este nuevo cura parece de armas llevar.

—De por ahí valga la pena un buen castigo. A ver si así el feto aprende. Pero no reniegues tanto. Te hace mal.

—Es que todo el mundo me da razones para renegar.

—No vale la pena llorar sobre la leche derramada.

—Ya sé. Últimamente estoy muy nerviosa. No sé que me pasa. Hasta insomnio tengo. Necesito Valium para dormir.

Silvia me había contado que mamá le había pedido a papá que le hiciera recetar por un amigo doctor pastillas para los nervios y para dormir. Papá no quiso hacerlo, le dijo que estaba loca, desconfiaba de las pastillas de todo tipo. «Son soluciones temporales —decía—, atacan los efectos y no las causas. Además, son peligrosas. ¿Qué tal que se te vaya la mano?». Al final, mamá consiguió Valium por su cuenta. Papá no dijo nada.

La dejo y voy en busca de Alfredo.

Mi hermano, enfundado en su camisa gris con el Demonio de Tasmania en el pecho, escuchaba a Queen y alimentaba a sus peces en el acuario que papá le había comprado por su último cumpleaños, después que el anterior fuera destrozado una tarde en que mamá, enojada por alguna travesura de Alfredo, le arrojó un zapato de tacón alto, Alfredo se agachó y el zapato impactó con el vidrio. El acuario se quebró, y el agua cálida se desbordó por la habitación arrastrando consigo a los peces multicolores que, boqueando en el suelo, esperaron la llegada del fin mientras Alfredo trataba al menos de salvar a los escalares. El mantenimiento del acuario era el primer *hobby* que le duraba, lo cual me sorprendía, debido a su inherente impaciencia, a su incapacidad de dedicarse durante mucho tiempo a una cosa. Ahí estaban, tirados en su cuarto, los álbumes de estampillas que mi abuelo le enseñó a coleccionar, los Stukas y Zeros que comenzó a armar después de verme horas sentado frente a un Mecano o un rompecabezas, las calcomanías de jugadores de fútbol del mundial de España, una bolsa de monedas de todo el mundo, cinturones de sus días en el karate, banderines de sus tardes en una escuela de fútbol: como diciéndome que mi entusiasmo por lo que permanece y dura es equivocado, y que el entusiasmo, para ser verdadero, debe ser intenso y fugitivo.

Alfredo alimentaba los nuevos peces que había conseguido: muchos habían sido pescados por él mismo en un riachuelo cerca de casa, otros comprados a Ramiro, que le vendía parientes de renacuajos por peces espada. Las estrellas eran dos escalares que se ignoraban entre sí, *Lesbi* y *Prosti*. Era un acuario luminoso y de agua transparente, la decoración de un barco pirata semidestrozado en sus profundidades, las algas creciendo en derredor y un tiburón de plástico atacando uno de sus costados, guijarros de colores en el fondo. Alfredo me sonríe, y yo le pongo mi dedo índice derecho en uno de sus hoyuelos, como solía hacerlo a pesar de saber que ese gesto le molestaba.

—Una de mis *guppies* está a punto de tener crías —me dice, muy animado, señalándome a la sospechosa.

—Ajá —digo, fingiendo interés—. No pasa de esta noche.

«Another one bites the dust», cantaba Freddy Mercury mientras sus compañeros lo acompañaban con arreglos operáticos, sintetizadores y guitarras para envolver esa estentórea voz venida de Tanzania. Pósters de AC/DC y Def Leppard en las paredes, una colección de langostas en frascos de formol sobre un aparador, *Asterix* amontonados en el suelo, el Clue y el Risk en un rincón.

—¿Qué pasó esta mañana? Y no me mientas.

Me mira un segundo, luego vuelve a sus peces.

—El cojudo de Belloni hizo policía en bancos y maletas. Y me pescó con una pipa que no es mía.

—¿En serio? ¿De quién es?

—No puedo, es amigo mío y si digo algo se enoja conmigo.

Se muestra inocente y apesadumbrado.

—Pero tampoco puedes pagar tú los platos rotos.

—¿No? Conmigo no es mucho lío, con él sí. Un amigo es un amigo, y punto.

—¿Nelson?

Silencio.

—¿Pasa algo? Cuéntame, te voy a ayudar con los papis. Si no has hecho nada, bien. Pero si sí, dímelo. No se juega con la droga, menos a tu edad.

Se queda callado.

—Sí —dice al fin, dirigiéndose a su velador—. Hay algo que necesito de ti.

Respiro aliviado. Confiaría en mí. Se me aparece una nostálgica visión de la infancia, cuando Alfredo confiaba en mí. Me veo en una de esas tarjetas que la UNICEF vende los días de Navidad, abrazado a Alfredo, ambos con una amplia sonrisa.

Cuando vuelve, tiene un video en las manos. Leo el título: *Around the World in Eighty Fucks*.

—No te hagas al chistoso.

—¿Es buena o no? —pregunta, muy serio. Por lo visto, no quiere hablar más del incidente.

—Repetitiva —respondo—. Lo cual es lo peor que se puede decir de una porno.

Me pierdo en una digresión. Le tocaba descubrir aquello que yo había descubierto más o menos a su edad: los videos y las revistas pornográficas. Somos curiosos por naturaleza, y más aún con material de contenido explícitamente sexual en la época del despertar del deseo. Queremos, sobre todo, ver lo que sólo podemos imaginar: hermosos e innumerables cuerpos de mujeres (están los hombres también, en sus roles secundarios, aunque codiciamos sus miembros tan gigantes), *close-ups* de senos hipertrofiados por la silicona y vaginas tropicales y nalgas guerreras, posiciones dignas de contorsionistas, imaginativas combinaciones —una mujer y tres hombres, dos mujeres y un hombre, una mujer y un caballo, una que otra orgía—. El momento cumbre del *money shot*: semen abundante, espeso como leche condensada, en trayectoria parabólica, como disparado desde un cañón de artillería (a su lado, qué ridículos nuestros tibios espermatozoides, que caen en línea de plomada como gotas de una pila mal cerrada en la alta noche). Long John Holmes y Bambi Woods aparentan divertirse en la pantalla (qué caras más gastadas, qué vacuidad en la mirada, qué gestos más desganados); somos nosotros, los espectadores, quienes nos divertimos en verdad al hacernos la paja sin tregua. Una vez hace tres años, en casa de Conejo, la mamá, literalmente, olió algo raro, y entró al cuarto para descubrirnos viendo una porno —*Alice Adventures in Fuckland*—, y a Mauricio, a Camaleón y a su hijo en plena competencia para ver quién terminaba primero. La señora le fue con el chisme al padre Tejada, y los nueve que estábamos en el cuarto esa tarde tuvimos que ir a misa y confesarnos y pedir la absolución de nuestros pecados, y luego fuimos suspendidos del colegio durante una semana, sin saber que así se nos daba más tiempo libre para los videos y las revistas (y los libros, me he leído toda la obra de Xaviera Hollander, incluso llegué a escribir unos cuentos porno que el imbécil de Conejo fue a dar a Carola, una respingona del Loyola. Luego me enteré que, en un recreo, Carola se paró sobre la mesa del profesor y leyó el cuento ante las carcajadas y el aplauso de sus compañeras. El primer triunfo literario de mi carrera. Debí haber seguido con ellos, eran originales).

Le digo a Alfredo que intercedería con los papis y que, en otra, fuera más cuidadoso. Me mira con su mirada traviesa, le hago un guiño cómplice. Le recomiendo que vea algo más clásico como *Debbie Does Dallas* o *Deep Throat* (hasta para las pornos uno necesita formarse en los clásicos). Asiente, y me voy a mi cuarto. Me siento más tranquilo, con muchas ganas de escribir, de reencontrarme con Mario Martínez.

8

Mauricio tiene la pelota en el centro de la cancha; con los pies sobre la línea de cal, los botines manchados de tiza, levanta la mirada y divisa al Salvaje corriendo por la derecha. Debería cruzar la pelota ya, pero prefiere avanzar un poco más, con esa seráfica elegancia que posee y que permite que uno piense que carece de peso, que es de aire y su cuerpo no toca el piso, y que cuando un defensor apenas lo toque terminará mordiendo el pasto de la cancha principal del colegio, húmedo todavía por el rocío de la mañana. *Another one bites the grass.* Uno piensa que es de aire pero no lo es, y el cuerpo a punto de desmoronarse logra sostener el equilibrio sin esfuerzo, aguantar las embestidas de los rivales: raro encuentro de lo leve y lo denso en la esencial gracia de un ser. Los rayos del sol iluminan su melena oscilante, sacan destellos del arete en la oreja derecha. El sudor pega la polera anaranjada a su pecho y su espalda, perla su frente marcada por una cicatriz.

Coimbra recibe la pelota, engancha y envía el centro con rapidez y sin destino. Juguetea con sus rizos, las medias caídas, indiferente a los reclamos de Mauricio. Ahora me cae bien, es divertido y a su modo ingenuo, el bien intencionado grandulón que hace cosas malas a pesar de sí mismo —insulta a los profesores sin darse cuenta, es su forma de hablar, trata *de cabrón o cojudo* al de Historia—, pero todavía queda cierta tensión entre los dos, desde aquella vez en Primero Medio en que, en una *Edición Especial* —el periódico que escribía para mi curso—, lo llamé Salvaje porque apenas surgía el más mínimo problema quería irse a los puños. Él acababa de llegar del Beni, y no se llevaba con nadie en el curso. Un recreo, mientras yo orinaba, apareció a mi lado con la *Edición Especial* en la mano, la estrujó, orinó sobre ella y me dio un puñete en el lado izquierdo del estómago, un puñete que todavía me duele. Luego se fue. Los riesgos del periodismo, supongo. Mi única y gran venganza fue que el apodo le quedó.

—Salvaje es un flojo —dice Alfredo—. Tiene pasta, y no la usa.

—No sabes la cantidad de pasta que usa—dice Camaleón, feliz por el juego de palabras. Estamos al borde de la cancha, viendo el entrenamiento de la primera y la segunda selección de mi curso, el campeonato María Auxiliadora, en el que participan dos equipos de cada curso, comenzará la próxima semana. Comemos salteñas y hacemos charcos a nuestros pies con el jugo. Otros compañeros se hallan sentados junto al mástil, que luce desnudo sin la bandera; fuman y se cuentan chistes colorados («papi, ¿tú qué ave guardas bajo tus pantalones? Ninguna, Pepito, ¿por qué? Porque ayer escuché a la mami decirle al plomero, uy, qué paloma más grande que tienes»), y crueles («papi, ¿por qué estamos celebrando la Navidad en julio? Porque con tu leucemia no vas a llegar a diciembre»). El padre Tejada, detrás de uno de los arcos, mira el partido acompañado por Mónica, que es muy alta y sabe explotar su figura con pantalones ceñidos y camisas escotadas (los senos movedizos burlan la vigilancia del sostén floreado, receloso cancerbero, y asoman su silueta por la línea en ve de la tela de algodón púrpura). Al padre ya se lo ha visto tres veces con ella esta semana, suficiente para echar a andar los rumores. No parece importarle; es más, sospecho que se deleita con éstos, a pesar de que ésa sea con toda seguridad una de las razones por las que no lo nombraron director. Es su forma de crear un personaje para nosotros, de mantenernos interesados en él. Es su forma de evitar la indiferencia, de asegurarse de que quedará en nosotros hasta mucho después de que se haya difuminado la memoria de tanta gente conocida en nuestro fugaz paso por la vida. La de cosas torpes y desesperadas que hacemos para dejar una estela detrás de nuestro vacilante andar.

Ayer estuve con él en su oficina ahogada en luz, los libros apilados sobre el escritorio: la Biblia, manuales de filosofía y psicología, *Conozca su personalidad a través de su escritura*. Hacía mucho que no lo visitaba, y él se me había quejado. ¿Qué pasaba conmigo? Nada especial, le dije, y era cierto, lo cual era peor. A los catorce años tenía todas mis tardes libres para charlar con él; como tenía mis fines de semana libres a los ocho, para irme a dormir a casa de mi abuelo Roberto, me esperaban el circo y la heladería y el parque de diversiones. Ahora me interesaban las chicas que iban a pasear al Prado —las chicas que miraba de lejos, impertérrito en mi timidez—, o los amigos con los que hablaba de todo y de nada a la vez, o la escritura. Nada especial, le dije, viendo las fotos de sus viajes que decoraban las paredes —era un fotógrafo y un viajero impenitente—, Macchu Picchu y Teotihuacán e Isla Negra, un convencional turista de la cultura. Admiré la escultura de la Virgen María que acababa de recibir de un ex alumno que vivía en México y al que hacía cinco años no veía. Se me acercó y me abrazó en un gesto paternal.

—Hay alumnos que se acuerdan de uno —me dijo—. Hay otros que son unos ingratos de primera. Espero que tú no seas de los últimos. Espero que, cuando seas un hombre hecho y derecho, te acuerdes de los que te ayudaron a llegar a serlo.

Sus palabras tenían la virtud de desbrozar con facilidad la maleza protectora que cubría mi corazón. Le dije que nunca me olvidaría de él. Me siguió abrazando en silencio: era un período duro para él. Quería ser el director del colegio y sentía que lo habían relegado injustamente. No se trataba, pensé, de una ambición desmedida por el poder, sino del reclamo justo de lo que le correspondía.

—Sabrás que los cerrojos de las puertas principales de nuestra residencia amanecieron pegados con Poxipol —dijo, jugando con sus mostachos. Esquivé su mirada, aparenté no saber nada.

—No te hagas, Roby —dijo—. Sabes muy bien quién lo ha hecho.

Y quién pintó las paredes del colegio con los insultos a Belloni. Eres el periodista, tienes que estar informado de esto. Si no, me decepcionarías.

ITALIANO DE MIERDA. BELLONI HIJO DE PUTA. Lo sabía. Conejo me había llamado anoche y, como lo hacía de vez en cuando, me había pedido que los acompañara a él y a Salvaje en una «misión». Lo hice por quedar bien con Conejo, por curioso, y porque no quería ser tildado de ratón de biblioteca. Me vinieron a buscar a las diez en el jeep de uno de los hermanos de Conejo. Después fuimos al Don Bosco, estacionamos por la Pedro Borda, nos pusimos unas máscaras de lucha libre (me tocó la del Huracán Ramírez) y bajamos del *jeep* con *sprays* de pintura negra en la mano. Conejo y Salvaje se pusieron a escribir como desaforados, me pidieron entre susurros que hiciera lo mismo, pero no pude. Me quedé leyendo, entremezclado entre una serie de eslóganes políticos e insultos a Siles, un grafiti muy poético en la pared de la casa de la esquina, uno de esos grafitis que habían proliferado a lo largo y ancho de la ciudad en los últimos meses, en iglesias y estatuas en las plazas, en las paredes de la Prefectura y en las del estadio. ¡ERES! Y TAN DESNUDA, TAN CONTINUA, TAN SIMPLE QUE EL MUNDO VUELVE A SER FÁBULA IRRESISTIBLE. La prensa había bautizado como Poeta al autor de esos «atentados» a la belleza arquitectónica de la ciudad, y el Municipio, que no hacía nada ante el pintarrajeo de las paredes por parte de los partidos políticos, había establecido una recompensa a quien diera información sobre su identidad. Yo admiraba al Poeta, era uno de los pocos que en esos días de huelgas y manifestaciones hablaba del amor y la belleza del mundo, se atrevía a escribir signos de optimismo en medio de tanta desolación. Fábula irresistible de la ciudad de Río Fugitivo. Tenía mucho miedo a que alguien me viera. Con el espray en la mano, me quedé mirando, no pinté nada, traté de participar en la aventura sin llegar a participar en ella. No era la primera vez. Conejo parecía disfrutar al ponerme en aprietos, al hacerme pasar por pruebas en las que yo quedaba como un cobarde. El padre me sonrió con picardía.

—¿Y tampoco sabes nada de la banda del Ajedrecista?

—No padre —dije, sorprendido—. Eso sí que no. ¿Qué es eso?

—Nadie sabe nada. Supongo que se trata de un grupo de tu curso. Pueden ser los de Chinatown, pueden no serlo, aunque probablemente lo son.

Sacó una hoja de un cartapacio y me la mostró. Decía: TE QUEDAN VEINTICUATRO HORAS DE VIDA, con letras recortadas de periódicos. A manera de firma, alguien había dibujado un alfil negro.

—Es uno de los anónimos que recibió don Bernardo —continuó Tejada—. Me lo dio para que lo examinara, como yo soy el responsable del curso pensó que quizá podría ayudarlo. Belloni también recibió algunos, la mayoría con un alfil negro de firma, uno con la leyenda «la banda del Ajedrecista». Por supuesto, aunque podría ayudarlos no lo haría. ¿Tú qué piensas?

Después del incidente con Conejo, pensé que se trataba de los de Chinatown. No dije nada. Estaba sorprendido porque en mi curso los chismes circulaban con mucha facilidad, y yo terminaba enterándome de todo, pero nadie había dicho nada de los anónimos, y menos del Ajedrecista. Se me ocurrió que era una osadía y una provocación tomar el apodo de Mauricio para bautizar a la banda.

—Agradezco esas muestras de apoyo. Pero el sabotaje y los insultos no nos van a llevar a nada. Habría que hacer cosas más positivas. Tengo algunas ideas. Hay una en la que me podrías ayudar. ¿Te acuerdas de lo que te sugerí el otro día?

Mauricio intenta gambetear a Chino, pero éste le quita la pelota y sale jugando por el lado izquierdo con su acostumbrada rapidez, sorpresiva en alguien tan grande y pesado como él. Me quedo mirando a Mauricio volver, displicente, hacia su campo. Me gustaría decirle a alguien lo que pienso de él, pero no puedo. No, de esas cosas no puedo hablar: me tildarían de maricón, lo cual es un anatema y no tiene nada que ver conmigo. ¿Es que no nos puede producir placer el rostro y el cuerpo de un amigo, o de un desconocido en la calle, o de un actor de cine? ¿Es que nuestros oscuros objetos del deseo tienen que ser obligatoriamente mujeres?

—Me gusta mucho cómo juega Barahona —dice Alfredo, mirándolo hacer de las suyas con la defensa contraria—. Qué gambeta que tiene, es un mini Dieguito. Hasta de su tamaño es.

Alfredo está de buen humor. Se aburre con los de su curso, muy ingenuos y poco despiertos para él; prefiere estar con los de mi curso, que lo miman y lo tratan como si fuera muy especial. Se ha hecho querer por todos con su simpatía y su desparpajo, con su capacidad para no asustarse de las pruebas a las que lo someten. Zambrana le hizo robar dulces a la casera; Chino le hizo fumar once cigarrillos negros al hilo; los de Chinatown lo llevaron a una chichería y lo hicieron tomar chicha hasta que el pobre vomitó bilis. Al comienzo, me molestaba que lo sometieran a actividades que no correspondían a su edad. Poco a poco, me acostumbré, y terminé dejándome llevar y proponiéndole, yo también, cosas indebidas. ¿Soy muy tolerante? ¿Intuyo que si Alfredo hará estas cosas tarde o temprano, es mejor, para poder controlarlo, que las haga cerca de mí? ¿O es que no sirvo para hermano mayor?

—Tengo una fina —dice Camaleón.

Una fina: la palabra que anuncia y le da legitimidad al chisme. «¿Tienes una fina? Te la cambio por la mía. No, la mía vale tres de las tuyas.» Los rumores son nuestros objetos más valiosos de trueque. A veces, como ahora, son ofrecidos gratuitamente al mercado (le había preguntado antes a Camaleón si tenía finas sobre la banda del Ajedrecista. Se mostró sorprendido, me dijo que no las tenía, y que me lo averiguaría).

—Dicen que la Sulfúrica y el Doctor No se están divorciando.

—No lo creo. Dicen eso desde que los conozco.

—Cállense —interviene Alfredo—, y déjenme en paz. ¿Están viendo o no?

—Parece que esta vez es en serio. Parece que la Sulfúrica se metió con un profe de Básico.

La Sulfúrica y el Doctor No: nuestros profesores más capaces y respetados. Él, flaquísimo, narigón y de pelo negro; ella maciza, la nariz aquilina, la cabellera rubia oxigenada. Ambos tan dispuestos a que aprendamos, aunque sea a la fuerza, acerca de las teorías evolucionistas y los múltiples usos del carbón. Hay un dicho que ellos parecen haber adoptado como emblema de su misión educativa: la letra con sangre entra. Nos aplazan sin compasión, nos expulsan de la clase a la menor indisciplina y, sin embargo, los queremos. Son nuestros amigos, se la pasan dándonos consejos que no seguimos y, en especial, saben qué hacer para no aburrirnos, cómo combinar lo útil con lo entretenido. En los recreos, se pasean por el patio agarrados de la mano, se besan con ternura mientras nosotros nos burlamos, pensando que después de cumplir los cincuenta años cualquier beso en público es obsceno. Los rumores sobre su inminente divorcio circulan desde que entré en el colegio, pasados —y tergiversados— de una persona a otra con esas palabras ominosas, impersonales, que parecen anunciar la verdad a través de su reiterativa presencia: «Dicen que...». Dicen que el padre Fabrizio es maricón, dicen que Tejada se hace dar *blow jobs* en el confesionario, dicen que el cuello torcido del profe de Física se debe a una paliza que le propinó su esposa... No quiero creer en los rumores. Creo que la Sulfúrica y el Doctor No forman una de esas escasas parejas escogidas por el destino para superar juntas todas las pruebas que depara el transcurso de la vida a cualquier mortal, y que después de la muerte de uno, el otro no podrá resistir la soledad por mucho tiempo y pronto, muy pronto, le llegará el turno de acompañarlo, como le sucederá a mi abuelo después de la conversión de mi abuela en fantasma, a fines del año pasado: cincuenta años juntos y de improviso la nada: qué despiadada manera de aprender de nuestra irrevocable soledad.

Alfredo se dirige al quiosco de doña Julia a comprar una Papaya Vascal, los pantalones de corduroy azul manchados por el jugo de la salteña. En eso él y yo nos parecemos a papá: torpes estructuras que hacen caer platos —el estrépito que asusta a las madres y hermanas—, manchan manteles y camisas con ketchup y mostaza, dejan caer gotas de orín en sus zapatos —los ácidos corroen cueros y gamuzas—, se sirven el café con la taza dada la vuelta. «Manos de lana», dice mamá. Alfredo está más tranquilo desde el incidente de la semana pasada. Belloni no lo castigó porque lo conmovieron las súplicas de mamá, su promesa de que sería más estricta con él. Alfredo dijo «fue un chiste, jamás fumé, no fumo y tampoco mañana, ni pasado, y así sucesivamente», y Belloni y mis papás le creyeron: difícil pensar en un chico como él de pitillero. Su tranquilidad, sin embargo, no me termina de convencer. Aunque parece ser el mismo al que hasta hace tan sólo un par de años acompañaba al cine a ver *Tarzán* o *El coloso de Rodas,* ahora alberga un enigma que no puedo develar. ¿Qué hace cuando no lo miramos, cuando le damos la espalda y pensamos haberlo dejado jugando solitario a la pelota o con Nelson al fútbol de tapitas?

Gol de la primera selección. Barahona, de emboquillada, mandó la pelota «donde duermen las arañas». Uno a cero. Jurgensen limpia con desgano su ensuciado buzo amarillo fosforescente; en su rostro se instala la angustia existencial de los guardametas vencidos, la dolorosa premonición de los insomnios por venir, «¿por qué no achiqué el ángulo?», «¿por qué me adelanté dos pasos?». Remordimientos que terminan temprano con la vida de los arqueros retirados, entre *delirium tremens* en pantalla gigante y technicolor.

Conejo se acerca a Alfredo, charlan. Ya terminó su castigo; Belloni sospecha que él y sus compinches de Chinatown son los culpables del grafiti insultante, o del Poxipol en los cerrojos. No hay pruebas. Conejo se ríe, muestra sus amenazantes incisivos, su cadena de oro, sus botas nuevas y los pantalones Guess. Tan obvio que el dinero con el que compra esas cosas no viene de sus papás, comerciantes retirados y, además, tacaños. La hiperinflación produce muchos perdedores y pocos ganadores, ¿será el Conejo uno de esos ganadores, tendrá dólares ahorrados que puede cambiar al precio exorbitante de hoy? Improbable. Lo más lógico es también lo más triste, por lo menos para mí, amigo suyo desde Primero Básico: él, con su talento para robar lapiceros y chompas en clase, y dulces en los recreos, ha convertido esa vocación en profesión y se está dedicando a algún tipo de negocio sucio. Se junta con gente que para en la plaza Colón (el Cuchillo, el Manos Largas) y ante la cual los de Chinatown son apenas niños insolentes y malcriados. No tengo pruebas para confirmar lo que digo, y debería por lo tanto quedarme callado: duele sospechar de los amigos. Pero no puedo dejar de hacerlo. Después de conocer desde hace más de diez años a Conejo, sé muchas cosas de él sin saber, como sé sin saber de mis otros compañeros desde Primero Básico, como sé que Camaleón será un mediocre en la profesión que elija, y Mauricio un carismático líder en el partido que escoja su innato pragmatismo. Sé cosas sin saber de estos niños ya grandes. Algo así les debe suceder a los esposos después de años de casados; como mis papás, que sostienen conversaciones que no necesitan ser habladas para que se lleven a cabo.

—¿Te acuerdas o no? —insistió Tejada ante mi prolongado silencio.

Despierta, Marito. Despierta. El padre me había pedido que hiciera una versión sofisticada de los periódicos que solía hacer años atrás, entre mis doce y mis quince. Eran periódicos hechos con hojas de cuaderno, escritos a mano, los titulares en lapicero rojo y la información en azul, con fotos recortadas de revistas argentinas y periódicos nacionales. Con una sección editorial, y otras de chismes, noticias deportivas, chistes, resúmenes de libros para la clase de literatura, y en la contratapa una foto de «la mujer del día» (Bo Derek, Bárbara Carrera, Kim Basinger), las ocho páginas diarias de *Edición Especial* —cuarenta los lunes: suplementos deportivo, cultural, político, y una suerte de *Playboy* para pobres— se habían convertido en la lectura más popular de mi curso, y circulaban de mano en mano en las clases y el recreo, cada vez más arrugado y sucio a medida que pasaba el día. Su fama había llegado a profesores y alumnos de otros cursos, que me sugerían que me animara a hacer una *Edición Especial* para todo el colegio. Sin embargo, a los trece también había comenzado a escribir cuentos policiales y, cuando comencé Segundo Medio, la falta de tiempo para múltiples actividades extracolegiales me forzó a escoger entre el periódico y los cuentos. Ganó la literatura.

De vez en cuando publicaba números especiales, para informar de algún acontecimiento importante, las finales de un intercolegial de fútbol o el retorno de la democracia al país. Ahora, Tejada me pedía que lo ayudara, que dedicara una *Edición Especial* a la defensa de su causa y al ataque sin cuartel a Belloni: me daría los esténciles que necesitara, y haría imprimir trescientas copias que serían repartidas entre todo el alumnado. Sería un trabajo anónimo. Sabía que era peligroso, don Bernardo sospecharía inmediatamente de mí, y tampoco faltaría el compañero que me traicionara (había sucedido otras veces, ediciones anónimas con artículos que se burlaban de algún profesor o de don Bernardo habían llegado misteriosamente a sus manos, aunque en realidad no había tanto misterio, existen lameculos por todas partes), pero no le podía decir no al hombre que me había ayudado tantas veces con sus consejos. Me estaba metiendo en un lío, pero me tentaba el riesgo, la posibilidad de ayudar con mi pluma a una causa en la que creía. Era en el fondo una causa perdida, pero lo haría. Yo creía en Tejada, y eso, para mí, era suficiente.

—Sí, padre —respondí, mirándolo fijamente, tendiéndole la mano—. Claro que me acuerdo. Lo haré con mucho gusto.

Mauricio vuelve a agarrar la pelota; se la lleva pegada a la pierna derecha, elude a un adversario, se enfrenta a Chino; se tira a la derecha, amaga hacia adentro, y Chino queda a contrapié. Mauricio ya lo ha dejado atrás cuando recibe, artera, la patada que lo tira al suelo. La caída es pesada; en el silencio de la mañana se puede escuchar con claridad el impacto del cuerpo contra la tierra dura, apenas recubierta por la grama verdeamarilla. El árbitro, don Julio, se dirige hacia Mauricio hurgando en los bolsillos traseros de los pantalones en busca de tarjetas; hay revuelo, gritos, empujones. Mi hermano viene corriendo y me pregunta qué ha pasado, molesto por haberse perdido el violento *foul*.

—Cayó como costal de papas —digo, uno más en la larga cadena que ha echado mano de un símil gastado. La lengua franca de los clichés, atajo que evita la función de los neurotransmisores, anquilosamiento de la creatividad verbal.

—Como saco de plomo —dice Camaleón.

La acción no ha terminado. Mauricio se incorpora rápidamente, como si la caída le hubiera ocurrido a un doble suyo que recibe los golpes por él y protege su piel de terciopelo, y se acerca a Chino, que da dos pasos hacia atrás. Mauricio parece luchar consigo mismo en el intento por controlarse, mientras el padre Tejada, mis compañeros y yo invadimos la cancha y nos acercamos y formamos un círculo en torno a Chino y Mauricio.

—No lo hice queriendo —dice Chino, afirmándose en su obvia superioridad física. Las líneas de su rostro moreno están rígidas, los puños se han crispado y aguardan el próximo movimiento de Mauricio. «No lo hice queriendo», dice, pero quién de nosotros le va a creer: entre él y Mauricio existe una tensa rivalidad desde Primero Medio, cuando, gracias a haberse aplazado, Chino vino a dar a nuestro curso. Chino es el líder indiscutido de Chinatown, y no soporta el liderazgo de Mauricio en el curso; éste, por su parte, no puede comprender que haya un ser capaz de resistirse con tanta obstinación a su carisma.

—Eres una basura —grita Mauricio, acostumbrado a defenderse verbal y no físicamente, y a que eso sea suficiente—. Un asqueroso hijo de puta, no hay vuelta que darle.

Chino no dice nada. Mauricio se le acerca, se detiene a medio metro; ninguno de los dos desvía la mirada. «Rómpele la mierda, Mauri», grita alguien; «Chino, el cara bonita no te aguanta una pasada», grita otro. Alfredo me agarra la mano, está nervioso: ambos son amigos suyos, aunque, si tuviera que elegir, se iría con Chino.

—Tranquilo, no va a pasar nada —le digo—. Mauri es inteligente y sabe que no llegaría muy lejos en una pelea con Chino.

Su problema, ahora que se ha hecho al gallito, es encontrar una salida honorable, convencernos de que es mentira que decidió no pelear porque le entró miedo. Su salvación es el padre Tejada, que ya llega y los separará.

De pronto, Mauricio le da una violenta bofetada a Chino, tan violenta que conmueve su cuerpo macizo. Todos nos quedamos quietos en medio de un silencio de escalofrío, esperando la reacción de Chino, que se acaricia la enrojecida mejilla izquierda (la sangre se agolpa bajo ese pedazo rugoso de piel, la fogosa sangre que circula intranquila bajo nuestra apacible superficie, la sangre que nos dice lo que tenemos que hacer aunque a veces no la sepamos escuchar). Sus ojillos achinados se concentran en el rostro de Mauricio, como si fuera suficiente el poder de una mirada para pulverizar los labios carnosos, las cejas pobladas, la nariz recta que seguro husmea el conflicto en el que se acaba de meter («si las miradas mataran...»).

Chino baja los brazos. La tensión disminuye. Mauricio pestañea, cierra un segundo los párpados. Cuando los vuelve a abrir, se encuentra hincado en el suelo, una desgarradora mueca de dolor en el rostro. La patada en los testículos ha sido brutal pero precisa, admirable en la concisión de su violencia.

—Eso sí lo hice queriendo —dice Chino, mordiendo las palabras—. Espero que te des cuenta de la diferencia.

—Quién no —murmura Alfredo con un tono de admiración—. Quién no.

9

Anochecer de domingo, después de una semana agitada. En el escritorio de la «pieza nueva», trato de hacer unos problemas de Física. Journey en el estéreo, *Faithfully.* La biblioteca de papá en un estante empotrado en la pared. Libros de arquitectura, las obras completas de Alcides Arguedas en la edición de Aguilar en papel biblia. «Arguedas es lo más grande que tenemos», le escuché decir una vez. Intenté leerlo. No tuve mucha suerte, no pude digerir su resentimiento hacia todo y todos, indios, cholos y criollos. Novelas policiales ocupaban el resto del estante, *Muerte en el Nilo* y *El asesinato de Rogelio Ackroyd* y *El misterio de la cruz egipcia.* Dickson Carr, Van Dine, Rex Stout, Chesterton, Conan Doyle: en sus páginas está mi adolescencia. El primer libro fue uno de Agatha Christie, *El secreto de Chimneys,* que leí todo un sábado de lluvia a mis once años, recostado sobre el sofá frente a la televisión en blanco y negro que acababa de comprar papá para ver el mundial 78. Luego vinieron las demás novelas de la Christie. Compulsivamente, quería leer las ochenta que había escrito, desde *El misterioso caso de Styles* hasta *Telón.* Cuando se acabaron las que tenía papá, comencé a canjearlas por otras en La Orgía Perpetua, en la esquina de la calle España y Colombia, donde papá compraba *Gente* y *El Gráfico* y don Gregorio, siempre preocupado por la pérdida de su pelo y por los ratones que se comían sus libros en las noches, me llenaba las manos de pipocas mientras Alfredo, de puntillas para poder ver, jugaba al *pinball* en una máquina vetusta con dibujos de una mansión embrujada.

Garabateo en mi cuaderno, improviso jeroglíficos. Quién habrá inventado las tareas como método pedagógico para aprender. Hasta leer me cuesta cuando es obligatorio, y tardo lo más que puedo con el *Quijote* o *La casa verde*. Los mosquitos ingresan por la ventana abierta; atraídos por el largo y cilíndrico tubo de luz, vienen a mostrarme las piruetas practicadas en las tardes cálidas con que el verano se ha despedido de nosotros. La brisa también trae las risas de Silvia y Jean-Pierre, sentados en las sillas de mimbre al lado de la piscina vacía, en la que croa un sapo perdido entre charcos llenos de lodo y ramas caídas de los ciruelos (mamá le había encargado a Silvia que limpiara ese abandonado territorio de mosaicos rotos y ella no lo había hecho, ella no hacía nada últimamente). Silvia y Jean-Pierre habían comenzado a tomar Taquiña a media tarde, y ya el alcohol los había desinhibido cuando llegué. Me senté con ellos, destaparon una cerveza y me hicieron tomar un seco. Se agarraban de la mano, se miraban a los ojos, parecían enamorados.

—*While you're thinking up a nice story about what you didn't do* —dijo Jean-Pierre—, *suppose you tell us what you did.*

—Fui al Capitol, a ver *Blade Runner*.

—¿Te gustó? Pronto saldrá el *director's cut,* promete ser buenísimo.

—No me gusta la ciencia ficción. Pero esa película sí. Harrison Ford es buenísimo en su papel.

—Es un *film noir* disfrazado de ciencia ficción. Por eso es bueno. Deckard es el detective privado duro pero romanticón, Philip Marlowe interpretado por Bogart. Está la lucha contra un poder totalitario, en este caso la Corporación, la visión cínica de las cosas en la que tanto los buenos como los malos están atrapados por una inmensa red de corrupción...

El *film noir* era la obsesión de Jean-Pierre. Me había enseñado a distinguir sus características principales, pero a mí me daba lo mismo.

—Lo que nos falta es una *femme fatale*. Sean Young no tiene carne para ese papel.

—No tiene que tener carne. Es una replicante.

El jardín de mamá resplandecía en la luz del atardecer, impregnado por el olor de los jazmines del cielo, colgados de la pared medianera entre mi casa y la de los nuevos vecinos de la esquina. Cucardas, bocaysapos, gomeros, lenguas de zorro (¿quién habrá bautizado así a esas plantas verdiblancas?). Cuatro macetas alineadas con *mujeres trabajadoras*. La inmensa palmera cerca del garaje, de palmas que azotaban mi ventana en la noche. *Hércules* dormía al lado de su plato de lawa, su pelaje negro surcado por filamentos de plata; era un perro guardián que no sabía de su oficio, acaso tortuga o pato pero no perro guardián. Si los ladrones no nos robaban era porque temían que despidiéramos a *Hércules* y nos consiguiéramos alguien que tomara su profesión en serio.

—Bebe, hermanito, bebe.

—¿Qué están festejando?

—Muchas decisiones importantes —dijo Jean-Pierre.

Silvia tenía un vestido azul de una pieza, generoso a la hora de mostrar los muslos firmes, no tanto para esconder los kilos de más. Tenía las uñas de las manos y los pies pintadas de violeta, una cadenilla de plata a la altura del tobillo derecho, aretes en forma de unicornios. Un suave perfume, cítricos en alcohol. Toda la parafernalia de lo femenino a su disposición: mamá y Silvia tienen aparadores en que descansan potes de cremas humectantes y ungüentos y exfoliadores, lápices labiales y delineadores, estuches de maquillaje y polvos faciales; roperos atiborrados de cinturones y carteras y vestidos —telas que sólo llegan al muslo, escotes incisivos—, ropa interior de seda y vaporosos encajes. Objetos que delimitan con arrogancia su mundo del mío, harto menos colorido, harto más pobre. Por suerte existen las tardes solitarias, en que uno puede juguetear frente al espejo con lo que no le pertenece.

—Por ejemplo.

—Voy a dejar la U —dijo Silvia con una carcajada estridente—. Mejor dicho, la U ya me dejó a mí.

Me molestaba ver a Silvia tan frívola. Había entrado a la universidad con tantos proyectos de realización profesional y de participación en la lucha política estudiantil. Una vez allí, descubrió que su mundo privilegiado era otro. No soportaba el mal olor de los cursos, la tardanza o la ausencia de sus profesores, el hecho de que allí hubiera pocas de su clase, o de que las aulas tuvieran las paredes descascaradas, los bancos desencajados, las ventanas rotas por las que se colaba el frío de la madrugada (¡clases a las seis de la mañana!). Era difícil culparla, pues a todo ello se añadía la situación caótica en que el gobierno de Siles tenía al país y del cual la universidad, con sus cotidianas huelgas y asambleas, era el reflejo microcósmico («su sinécdoque perfecta», hubiera dicho *mister* Macbeth).

—En realidad nunca me gustó la arquitectura. No sé por qué diablos me metí a estudiar eso.

—¿Ya saben los papis?

—El papi ni bola que me dio —dijo ella, el semblante aparentando indiferencia—. Le resbala todo lo que haga o deje de hacer. Ni siquiera le molestó saber que ya no continuaría la línea, una hija arquitecta como él, esas cosas del orgullo familiar... La mami, puteando, pero, ¿qué puede decir? Al paso que van las cosas, será una suerte si no cierran la U. Como en la época de los milicos.

—No les hagas caso —dije, tomando un sorbo de cerveza—. Sabes cómo son.

—Ya quisiera saber. ¿Tú ya tienes idea de qué vas a estudiar?

—En la batería de tests que Tejada nos dio esta semana me salió que puedo ser ingeniero, diplomático o algo relacionado con el lenguaje. Es decir, lo que se me cante. La orientación vocacional confunde más que ayuda. Obviamente, los papis quieren que sea ingeniero. Pero si les hago caso me jodo.

—Difícil no hacerles caso.

—Así que chau San Simón... ¿Qué vas a hacer?

—Ni idea. Lo único que sé es que me quisiera ir. ¿Y tú?

—Naranjas.

Jean-Pierre encendió un Marlboro. Dijo:

—No es necesario estudiar para que a uno le vaya bien en la *vie*. Jean-Pierre sabía de ello más que nadie. Había dejado la universidad en Montpellier y, gracias a los contactos de su papá, fue enviado a Cochabamba como representante de una compañía multinacional, encargada de reparar la represa de la Angostura. Se las daba de ingeniero, pero no lo era; se las daba de francés, pero no lo era: nacido en La Paz, su familia emigró a Francia cuando él tenía ocho años, en 1971, con el golpe de Bánzer. Pese a sus años en Montpellier, tenía un acento muy colla. Vivía con un sueldo de cuatro mil dólares mensuales, muy alejado de la realidad de sueldos que debían cobrarse cada semana o quince días, con talegos donde se apilaban fajos de billetes y cheques de gerencia rotos y devaluados. Tenía un *penthouse* en el Jacarandá, se vestía con ropa italiana y era muy apuesto en la forma convencional de los modelos de revista, los ojos verdes, el pelo negro muy corto, las patillas cortadas al ras, la expresión pérfida y lasciva. Lo había visto un par de veces en el Sixty Nine, mis amigos decían que era uno de sus clientes más fieles y en su mesa siempre estaban sentadas las dos putas más caras del lugar, brasileras (yo me mordía la lengua para no contárselo a mi hermana). No leía ni el periódico y no hacía más que hablar de cine: en vez de biblioteca, tenía videoteca. Lo consideraba el culpable de que Silvia hubiera cortado todas las cabezas de su hidra menos la de la frivolidad.

—Sí —dije—. Pero el título ayuda. Sobre todo si tus papás no tienen un negocio en el que puedas apoyarte.

Jean-Pierre dejó pasar la indirecta. ¿Por qué no podía fumar tranquilo, por qué debía intentar círculos concéntricos con el humo del Marlboro, diagramas de Venn, jeroglíficos como los que yo escribía en mi cuaderno de Física?

—¿Otra cerveza? —ofreció Silvia.

Me acordé que tenía muchas tareas por delante.

—Entonces la del estribo.

Sequé un vaso. Me despedí de ellos y me fui al escritorio de la «pieza nueva».

«Anochecer de una semana agitada.» En el estéreo, «Circus Life». Una modelo de Taquiña me sonreía desde el calendario en la pared del escritorio, pedazos de lycra anaranjada sólo le cubrían los pezones y la meseta tropical del monte de Venus, ésa parecía ser la mejor manera de vender cervezas. Estaba aburrido e inquieto. Imaginaba al de Física, gordo y mediocre, más perdido que perro en canoa si le quitaban su calculadora. Debía dejarme de hipocresías, archivar mis tareas, sacar mi cuaderno anaranjado y ponerme a escribir un cuento. O comenzar a hacerle la competencia a Silvia con un diario. O una *Edición Especial*. Escribir, por ejemplo, de la huelga de colegios fiscales a la que no se adhirieron los colegios privados. «Fiscales apedrean al Don Bosco: varios contusos». Al estilo mexicano: «El Don Bosco, apedreado por colegios fiscales: investiga, la policía». El miércoles, clase de Religión con Belloni, repasábamos el misterio teológico de la Trinidad del Espíritu Santo cuando escuchamos ruidos de cristales rotos. Los de Segundo y Tercero, cuyas aulas daban a la avenida Oquendo, salieron agitados a los pasillos, hubo gritos, insultos. Belloni pidió que nos mantuviéramos tranquilos, iría a averiguar qué ocurría, pero no le hicimos caso y salimos detrás de él. Un chico de Tercero tenía sangre en la sien izquierda. Otro se quejaba de dolores en la cabeza. Las dos aulas estaban vacías, había piedras y pedazos de cristales en el suelo y en los pupitres.

—Son alumnos de fiscales —le escuché decir a don Bernardo—. Del Sucre, del Francia.

—No importa de dónde sean —decía Belloni, su voz ondulante perdiéndose en el griterío—. Eso no se hace. Voy a quejarme.

—¿A quién? —dijo Tomás, mirándome—. Este desubicado se cree todavía en Italia.

Chino, Conejo y Salvaje salieron al patio, corrieron hacia la puerta principal con algunos de Segundo y Tercero. Don Julio cerró la puerta. Cayeron más piedras, mis compañeros debieron parapetarse detrás de los cubos rojos y amarillos apilados a la entrada, los que un escultor de Quillacollo quiso hacer pasar por arte posmoderno (¿con qué se comía eso?). «Jailones de mierda. Burgueses imperialistas.» Los predecibles insultos. Caras de rabia en rostros cobrizos de adolescentes más enterados de lo que sucedía en el país que nosotros. «Indios de mierda», gritó Salvaje, y Camaleón me codeó y me dijo:

—¿Tú crees que hay mucha diferencia entre indios y chunchos?

El Pavo intentó interceder. Tenía un hermano dirigente del partido trotskista en la universidad, y se sentía más identificado con quienes se encontraban detrás de las rejas del Don Bosco, apedreándonos, que con quienes llevaban conviviendo doce años con él. Se acercó a la puerta agitando una chompa roja. «Calma, compañeros», gritó. «No confundan a la dirigencia con las bases. Estamos con ustedes.» Una piedra lo hizo tirarse al suelo como paracaidista en prácticas.

A lo lejos, se escucharon las sirenas. Don Bernardo había llamado a la policía. Se inició el desbande: nadie quería ser golpeado con laques o sufrir los efectos de los gases lacrimógenos. Tantas manifestaciones en los últimos días habían puesto nerviosos a los policías, que ya no titubeaban como antes a la hora de ir al choque con el pueblo.

—¡Qué mierdas! —dijo Camaleón—. Sólo aquí es pecado pagar las pensiones a tiempo.

Una imagen de piedras y vidrios quebrados. ¿Sueñan los alumnos de fiscales con ovejas mecánicas? No tengo amigos en fiscales. No sé si ven pornos en las tardes o le hacen a la marihuana. Los noticieros hablan de condiciones lamentables en las aulas, focos quemados y cristales rotos —por eso lo hicieron, para que supiéramos de qué se trataba—, carencia de tizas y mapas donde aprender qué territorios perdimos en el Pacífico y el Chaco. Los profesores enseñan a desgano porque reciben un sueldo miserable. La inercia y la entropía. Fácil decir, como Camaleón, que los del Sucre y del Francia son unos cholos incultos, y que debería ser suficiente pagar pensiones para no ser rozado por las convulsiones de escándalo de un país a la deriva. Fácil. Mejor el silencio, darles el beneficio de la duda y reconocer que los muchachos del Don Bosco nos esforzamos al máximo por cerrar los ojos a nuestro derredor. Por no tener amigos en fiscales.

La risa cantarina y quebrada de Silvia, ya borracha. Terminará la noche en el *jacuzzi* de un motel, acaso llorando. Escribo: «La procesión va por dentro». Ah, hermana. Qué ganas las tuyas, de toparte con las respuestas en un recodo del camino (soluciones de horóscopo, hojas de coca que de pronto revelan el sentido oculto de las cosas). Qué deseo de irte para calmar desasosiegos, sin saber que éstos se irán contigo.

La semana terminó con el incendio de los pinos de la casa de los Rivera, a una cuadra del Don Bosco. Era el viernes por la mañana. Estábamos en recreo, yo en el baño, orinando y leyendo en las paredes La vida es una barca. Firmado: Calderón de la Mierda, y más abajo Muerte a los maricones. La poesía de los grafitis en paredes de yeso con costras calcáreas, en las separaciones de metal de los baños. Los muros hablan, dicen lo que nuestros papás y los padres del Don Bosco no quieren que digamos. Leía el susurro de las paredes cuando alguien señaló las volutas de humo que salían de la casa de los Rivera, y los chicos del colegio corrieron en tropel hacia la plazuela. La posibilidad de un espectáculo gratuito. Terminé, una última gota cayó en los forros de los pantalones ya manchados de tantas últimas gotas (la imperfecta hidráulica de los hombres). Caminé con paso apresurado, tratando de mantener la compostura, de demostrar que no era tan curioso como los demás.

—Bien hecho. El Rivera es un aduanero hijo de puta, le decomisó una maleta a mi mamá.

—¿Qué tenía la maleta?

—Dieciséis pares de zapatos para dos hermanos.

—Injusto el hombre.

—Aduanero.

El tráfico se había detenido. Decenas de curiosos se habían bajado de un colectivo (ese día no había huelga de transportistas), y contemplaban las llamas encabritadas junto a un grupo de niños y adolescentes. Alfredo estaba con Mauricio y el padre Toledo, encargado de Básico. Me acerqué a ellos. Alfredo tenía una expresión extasiada. La expresión que tenía cuando freía langostas u operaba colibríes ya muertos para extraerles el balín con que los había precipitado a tierra. ¿La que habrá tenido la vez que junto a Nelson incendió los pastizales del lote baldío, y vio al anciano mendigo emerger tambaleante entre las llamas, tratando en vano de proteger su cara de la caricia de las lenguas anaranjadas? Me agarró la mano. El fuego, voraz, abrasaba los pinos; la ceniza se esparcía en el aire junto a rescoldos de los troncos y las ramas. Era un espectáculo que removía algo muy primitivo en mí. La fascinación de las llamas que arrasaban todo a su paso, casas y luego ciudades y luego países y luego universos. Pensé que, cuando me tocara, pediría no ser enterrado en un ataúd. Pediría que las lenguas de fuego chamuscaran mi piel, calcinaran mis huesos. Después de la cremación, mis cenizas serían arrojadas al mar (o, en su ausencia, a algún lago majestuoso).

Apreté la mano fría de Alfredo. Ese momento, mirando el incendio, me sentí muy cerca de él. Como pocas veces.

—Algunas cosas deben consumirse para que todo permanezca igual —dijo Mauricio, mientras las sirenas del carro bombero aullaban a lo lejos. Parafraseaba a *mister* Macbeth.

—No es la primera casa —dijo el padre Toledo—. Leí que las últimas semanas hubo incendios en tres casas con pinos. Un pirómano, lo que nos faltaba.

—Estás chau —me dijo Mauricio—. Tú tienes una casa con pinos.

—Y tú también.

—Pero yo vivo en el Mirador.

Sintonizo una estación de frecuencia modulada. Thompson Twins, «Hold Me Now». Dejo a un lado los libros de Física. Saco de mi maleta azul de polietileno (Samsonite, *made in Mexico*) un cuaderno anaranjado. Mi humor cambia. Me espera un crimen perfecto. Me espera Dickson Carr. Un zancudo aterriza en mi brazo derecho. Silvia sigue riendo.

10

—Tenemos fruta de postre, hijito —dijo la mamá de Mauricio, tía Raquel, con esa sonrisa amplia que su hijo le había aprendido—. ¿Naranjas o uvas?
—No gracias, tía. Estoy llenísimo.
—¿Me vas a rechazar? Te traeré naranjas, están sabrosísimas.

Se levantó sin dejar de mirarme, caminó moviendo la cintura, una pierna cruzando la línea imaginaria de la otra, la espalda recta, como en una pasarela, o como si tuviera libros haciendo equilibrio en la cabeza, así aprendían a caminar las modelos y las mises, las mujeres que debían hacerlo todo perfecto porque su hermosura encarnaba lo sublime, su belleza vendía autos y cosméticos y cervezas. Fantaseé: mi tía estaba coqueteando conmigo. *La tía Raquel y el escribidor.* Despertá, Roberto. Pobres mujeres de amplias sonrisas y charla fácil, cuántos escándalos armaban en los corazones de los hombres, tan dispuestos a malinterpretar. Bastaba una sonrisa, o una frase, o un leve gesto —el cierre de los párpados cansados que se nos antojaba un guiño, el casual paso de la lengua por los labios— para que comenzáramos a maquinar, me quiere, no me quiere, poco, mucho, nada; el tren se descarrilaba y no llegaba a destino. Una mujer nos decía «lloverá toda la tarde», y la malinterpretábamos, no era extraño, cada frase reverberaba, se independizaba de su dueña y adquiría vida propia. Éramos máquinas de malinterpretar: tan fácil hacerlo, eran tantas las frases que escuchábamos cada día y habría sido muy extraño si hubiéramos podido interpretarlas todas tal como fueron pensadas. «¿Qué me habrá querido decir?», nos repetíamos con angustia y ansiedad, «¿qué me habrá querido decir?». Probablemente nos había querido decir lo que nos dijo, pero era tan fácil el descarrilamiento, tan difícil que el tren llegara a destino, bastaba un énfasis innecesario en alguna palabra —el énfasis en la boca de quien la había pronunciado, o en nuestros oídos—, o un vocablo que se prestara a ambigüedades. Las palabras tenían eco, decían más o menos de lo que querían decir, era una proeza llegar a interpretar bien una sola frase. «Hoy lloverá toda la tarde», decía una mujer, y había nubes en el cielo y podíamos pensar que su frase apenas tenía un sentido meteorológico; pero recordábamos la letra de una canción, «llueve en mi corazón», cosas por el estilo, y era suficiente «¿qué me habrá querido decir?», la maquina de malinterpretar ya entraba en funcionamiento, habría muertos y heridos en el descarrilamiento.

Porque conocía muy bien a Mauricio y sabía que no daba puntada sin hilo, estaba seguro de que su invitación a almorzar significaba que quería hablar conmigo de algo que le preocupaba. Casi no había abierto la boca mientras comíamos y había dejado que su mamá me atosigara con preguntas. «Deberías venir más seguido por aquí, hijito.» «Sí, tía, cómo no.» «Ustedes son unos parientes ingratos.» «No, tía, cómo se te ocurre.» Estábamos los tres en la mesa y sentí algo extraño en la boca del estómago al ver los cubiertos para cuatro, la silla en la cabecera esperando al esposo y papá. El mediodía de aire seco y gatos lánguidos en los tejados calientes y el noticiero de radio Centro —la voz gruesa e intimidatoria de Pacho Rivas— tenía tanta apariencia de normalidad que pensé que en cualquier momento el Ajedrecista aparecería en el umbral del comedor, otro hombre cansado llegando del trabajo a reclamar la calidez de su familia y el merecido almuerzo que su esposa había hecho preparar con la cocinera recién llegada de un pueblito de Potosí. Pero el Ajedrecista no llegaría, estaba suspendido en un territorio desconocido para nosotros, la muerte acaso o tal vez simplemente una cabaña en el bosque pero en todo momento en el espacio de la leyenda, en la desbocada imaginación popular que materializaba fantasmas con eficacia envidiable.

—Váyanse a tu cuarto porque tengo que poner la mesa. Vienen mis amigas a jugar loba.

—Por hacer algo diferente.

—No seas irónico, Mauricio.

Desde la desaparición de su esposo, la tía Raquel jugaba a las cartas todos los días, excepto los domingos (creía en el precepto bíblico del descanso en el séptimo día). Loba, *rummy*, *bridge*, canasta, póquer: tenía grupos para cada juego, tés con viejitas que a pesar de sus maneras apacibles y circunspectas destrozaban sin piedad a los cochabambinos, con sus «dice que» y sus «no se lo digan a nadie», pero también timbas hasta la madrugada con ganaderos benianos que fumaban puros y apostaban haciendas y avionetas. Incluso hasta con mis papás jugaba a veces. Tenía los dientes amarillentos de tanto cigarrillo, permanentes ojeras y temblor en las manos manchadas, olorosas a nicotina. Era una belleza ajada, sus modales coquetos —la sonrisa, el caminar— los únicos islotes que no se habían hundido en el remolino agitado de una vida disipada. «De algo hay que morir», decía cada vez que alguien le pedía que dejara de fumar dos cajetillas al día. De algo había que vivir también, y nadie sabía de qué vivía ella. No trabajaba, y no era de las jugadoras eximias o con mucha suerte. «Dicen que el Ajedrecista está vivo, y posee una inmensa fortuna que ella se encarga de gastar.»

El cuarto de Mauricio era acogedor. La luz y el aire fresco entraban a raudales por la amplia ventana, ligeramente abierta y con las cortinas descorridas. En las paredes se encontraban sus diplomas de Buen Compañero, un póster de The Police y una foto en blanco y negro de su papá cuando estudiaba en San Marcos en Lima. Había un orden y pulcritud envidiables, incluso en el estante donde estaban sus libros: en una fila, los textos de estudio, un *Álgebra* de Baldor con la encuadernación rota, la *Física* de Schaun, la *Historia de Bolivia* de Finot; en otra, literatura —mucho García Márquez y

Poe—; más abajo, los manuales de ajedrez, varias biografías de su ídolo Bobby Fischer. A Mauricio ya no le apasionaba el ajedrez como antes. En Segundo Intermedio, iba a todas partes con un pequeño tablero de piezas imantadas y libros con títulos como *Las cien mejores partidas*. Hablaba de defensas indias o de la Ruy Pastor con seguridad de experto. En los recreos, jugaba partidas relámpago con chicos de cursos mayores, apostaba salteñas y cigarrillos. Cuando Tomás y Aldunate comenzaron a superarlo con facilidad, en Tercero, se le fue apagando la pasión. Ahora se dedicaba a los crucigramas.

—¿Boy George o Billy Idol?

—Boy George.

A través de la ventana se divisaba el jardín rodeado de pinos, luego la ciudad a los pies de montañas azulnegras, San Pedro y la laguna Alalay a un costado, el monumento a las Heroínas de la Coronilla en el otro (Cochabamba estaba salpicada de lugares para las horas cívicas, entre el Topáter y la Coronilla se encontraban nuestras derrotas más gloriosas del siglo pasado y el aburrimiento infinito de tantas generaciones de estudiantes del siglo xx). Traté de ubicar mi casa mientras Mauricio ponía un casete de Boy George en el estéreo y se sentaba sobre su escritorio, las piernas meciéndose sin tocar el suelo. En algún lugar de ese escritorio debía estar la famosa agenda que registraba los nombres de todas las chicas cotizadas de Cochabamba, los teléfonos y las fechas de sus cumpleaños, sus pasatiempos y un breve comentario acerca de la mejor táctica para conquistarlas («Maura: muy reservada. Hablarle de gatos y perros, su pasión. Verónica: mencionarle al menos tres veces por charla lo linda que está, lo bien que le queda su vestido nuevo. Carolina: complicada. Tratar de provocarle sentimientos de culpa, hacerle ver que uno podría suicidarse en caso de una negativa. Adriana: muy inteligente, muy sobradora, se las sabe todas y actúa como si los chicos no le importaran. Improvisar»). Una línea roja debajo del nombre era la muesca que indicaba que la chica había sido «prende» de Mauricio; una línea azul, que había sido su chica formal al menos un mes; una línea negra, que se había acostado con ella. Era muy generoso y nos dejaba ver su agenda cuando necesitábamos alguna información (y, a la vez, para que supiéramos de sus poderes de seducción. La conquista, para él, no era nada si no venía acompañada de la diseminación de la información).

—¿Qué piensas de lo que me pasó con Chino?

Ah, había sido eso. Mauricio era orgulloso y estaba dolido, primera vez que se había visto vulnerable a los ojos del curso. Me eché en la cama. En el velador, un *Asterix* y la foto de Sara, la chica de turno de pómulos salientes y largo pelo rubio en un barroco portarretrato de plata. ¿Cómo hacía Mauricio para estar a su lado y no tartamudear, no meterse las manos al bolsillo y jugar nervioso con ellas, no hacer caer platos y vasos a su paso? ¿Cómo hacía?

—Cosas del fútbol.

—Hablo en serio, Marito.

—¿Qué puedo pensar? Nunca me he peleado en mi vida porque me parece la forma más estúpida de resolver problemas. En realidad no se resuelve nada y se crean rencores y odios tontos. Toma las cosas cómo y de quién vengan.

—¿Qué más puedes esperar de Chino? Es un tipo acostumbrado a agarrarse a golpes con cualquier pretexto.

—Sí, pero no es sólo eso. Viste lo que pasó con Conejo el otro día. Los de Chinatown siempre han sido jodidos, pero nunca han ido más allá de lo que el curso les ha permitido. Han hecho huevadas, pero con mesura. Y ahora, ¿recuerdas la primera reunión de curso? Prometimos portarnos bien, ser, como alumnos de la promoción, un ejemplo para los demás. No joder nuestro último año.

—Son cosas que se dicen. Pero uno no cambia de la noche a la mañana. No deberías magnificar lo sucedido. Olvídate.

Las líneas de su cuerpo en unos Levi's 501 apretados y una polera verde de mangas cortas. De perfil, tenía un vago parecido con mi madre: la quijada firme, la nariz que terminaba donde comenzaba la frente, sin esa leve hendidura que la mayoría suele tener a la altura de los ojos. Pero no debía forzar los parecidos.

—En general me he llevado bien con ellos —dijo—. ¿Debería hablarles? ¿Qué opinas?

Mauricio siempre me pedía opiniones, y yo se las daba aunque sabía que él había decidido de antemano el curso a seguir. Como buen político, quería dar apariencias democráticas para esconder su innato autoritarismo, su convicción de que no había mejor forma de resolver un problema que la suya. Era cierto que los de Tierra de Nadie manteníamos relaciones cordiales con Chinatown, Mauricio más que ninguno. Pero el tema no era ése, sino la cotidiana batalla de un líder por mantener a su pueblo contento y a la vez bajo su dominio incontestable. Sabedor de sus impulsos de rebeldía, en años anteriores Mauricio había permitido cierta libertad a Chino y sus secuaces. Esos impulsos, ahora, amenazaban con desbordarse y ponían a prueba su capacidad de liderazgo, su necesidad de ser un gobernante benévolo, querido y admirado por todos. ¿Cómo era posible que Conejo no le hiciera caso? ¿Y que Chino llegara a golpearlo? ¿Cómo era posible que alguien, hombre o mujer, fuera capaz de resistir a sus formidables poderes de seducción?

—Sí, habla con ellos. Aunque no creo que llegues a nada. Están en otra.

—Me contaron que tú fuiste uno de los que pintó los grafitis.

—Conejo me convenció. Para decir la verdad, no llegué a pintar ni una miserable letra. Estaba renervioso, y cuando reaccioné ellos ya habían terminado y volvían al auto. No quería hacerlo por ellos sino por Tejada. Belloni no me cae para nada.

—No le cae a nadie. Mejor no te metas en líos. No tenemos pito en ese entierro. ¿Cuándo has visto que la opinión de los alumnos haga cambiar la de los mandamases del Don Bosco? Y luego nos hablan de democracia...

Decidí no contarle nada de la *Edición Especial* que estaba preparando. Me dijo que esa misma tarde llamaría a Chino y Conejo. Noté que se relajaba: le había hecho bien hablar. Yo había cumplido mi papel de fiel oyente para sus pensamientos en voz alta. Pasamos a otros temas, escuchamos «Do You Really Want to Hurt Me?» y coincidimos en que era la mejor canción de Boy George, «maricón de cuarta pero qué voz». Le pregunté si pensaba si uno nacía o se hacía maricón.

—¡Qué pregunta! Supongo que uno se hace. ¿Por qué?
—Las clases del Doctor No me están haciendo pensar en estas cosas. Me alucina la genética. ¿Te imaginas lo increíble que sería si resulta que en verdad hay un gen para todo? Si los maricones no se hacen, sino que nacieran así, no los joderíamos tanto. Y si resulta que hay un gen que dice que a mí no me queda otra que ser escritor, mis papás me dejarían tranquilo.

—Sería deprimente si hacemos lo que hacemos porque no nos queda otra que hacerlo —dijo pensativo—. Cero libertad. Pero si es así, entonces hubo un antepasado tuyo del cual heredaste dicho gen.

La charla era cómica: dos adolescentes cuyo fuerte no era la biología, enfrascados en una discusión seria de genética, rebosando información no comprendida del todo. «Estamos asesinando a Mendel», pensé.

—Tú, por ejemplo —continuó Mauricio, con ese talento suyo para apoderarse de cualquier tema y terminar más interesado en éste que aquel a quien se lo había arrebatado—. ¿De dónde sale tu inclinación literaria? Que yo sepa, no has tenido ningún antepasado escritor.

—Sí, claro que sí —le repetí lo que alguna vez me había dicho mamá—. Edgar Lizarazu. Vivió a mediados del siglo pasado. Escribió dos novelas breves antes de suicidarse a los veinticinco años porque su esposa lo abandonó por otro. Muy romántico, muy idiota. Está en los manuales de literatura, no mucho, una breve mención. Era de la familia de mamá, por lo que quizá también sea pariente tuyo.

—No —dijo Mauricio moviendo la cabeza—. Uno puede heredar el color de los ojos, pero, ¿la vocación de escribir? ¿De ser arquitecto? ¿Abogado? Me suena a mucho.

—Es mucho. Pero si naces en una familia de comerciantes, y te sientes un bicho raro porque tienes una inclinación artística, tendrías curiosidad por saber si hay otros bichos raros entre tus antepasados, y si te une algo a ellos aparte de la pura y simple coincidencia, ¿no?

Tras una pausa. Mauricio preguntó:

—¿Has leído las novelas?

—No. Era un escritor de segunda, jamás lo volvieron a editar y me imagino que su nombre sólo les suena a los que estudian estas cosas. Debe haber un par de ejemplares en Sucre, en el Archivo Nacional. Me da curiosidad leerlas. Algún día iré a Sucre nada más por eso.

—Puedes aprovechar el viaje de promoción para visitar el Archivo. Porque vamos a ir a Sucre y a Tarija, ¿no? Lo veo verde esto de viajar a la Argentina o Brasil, la situación está cada vez más jodida.

—Para ir a Sucre y Tarija, prefiero quedarme en casa.

—Vamos a ver qué dicen los del curso en la próxima reunión. Hay rumores de que Belloni quiere cancelar los viajes de promoción. Cree que es un abuso que los padres de familia gasten plata para nuestra joda en momentos como éste.

—¿Y qué le importa al cura? Lo único que quiere es jodernos.

—Ya veremos si lo dejamos... ¿Qué más sabes del tal Edgar?

—Naranjas. Mamá sabe de la familia hasta sus bisabuelos. Más atrás en el tiempo, a no ser que hayan sido presidentes, es como si nuestros antepasados no hubieran existido.

—Sé quién te podría ayudar si estuviera aquí —dijo Mauricio con una expresión enigmática.

—¿Quién?

—Mi papá.

—¿El Ajedrecista?

—Él no es el Ajedrecista —dijo molesto; el enigma dio paso a una triste, sosegada nostalgia.

Me levanté y me acerqué a la foto de su padre en la pared. Con el rizado pelo negro, las patillas al ras y los cachetes grandes, con una mirada franca e inocente, se trataba de un rostro capaz de perderse fácilmente en la multitud. Un rostro confiable: ése había sido el origen del mal. Diez años atrás, el Ajedrecista era un próspero comerciante de ropa interior de mujer, conocido y respetado en toda la ciudad. Sus amplios márgenes de ganancia le permitieron convertirse en prestamista; el bajo interés que cobraba, combinado con su prestigio social, sirvieron para ganarle pronto numerosos y variados clientes. Al poco tiempo, gracias al alto interés mensual que ofrecía, también captaba los ahorros de mucha gente: señoras encopetadas y cholas dueñas de un puesto de ventas en La Cancha, jóvenes empresarios y jubilados que vivían de su exiguo salario (mi abuelo Roberto era uno de ellos). Un día, el Ajedrecista desapareció; hubo escándalo, un par de suicidios, una orden de captura expedida en su contra, pero jamás se volvió a saber de él. Así comenzó la leyenda. La prensa lo bautizó como el Ajedrecista luego de enterarse que en su adolescencia había sido campeón nacional júnior de ajedrez. Su fama de hombre muy inteligente, que parecía tener respuesta para todo, desde el pasado histórico del país hasta los últimos avances científicos, sirvió de base para convertirlo en la explicación de cualquier cosa inexplicable que sucediera en la ciudad. Si desaparecía dinero del Banco Central, si se producía un secuestro, si se arruinaban las cosechas de papa, era obra del Ajedrecista. Imaginé a un futuro nieto mío diciéndole a su biznieto, en unos cincuenta años, «y si no tomas tu sopa, esta noche vendrá el Ajedrecista y te comerá». Las leyendas tenían un ritmo propio, independiente de la realidad y con seguridad más capaz de persistir que ella.

—A propósito... —le dije—. ¿Te enteraste de los anónimos? ¿De la banda del Ajedrecista que ha aparecido en el cole?

—¿Qué banda?

Le conté lo que me había contado el padre Tejada.

—Están usurpando tu nombre, Mauri.

—No tengo nada que ver con ese nombre. ¿Serán los de Chinatown?

—No hay pruebas. De por ahí ni sean del curso. Pero lo más lógico es que sean los de Chinatown.

—¿Cómo averiguarlo? Se harán a los locos si se les pregunta.

—Mínimo.

Se especulaba con que el Ajedrecista todavía vivía en la ciudad, que jamás se había ido de ella, y que con el único que mantenía contacto era con Mauricio. Mauricio, por su parte, negaba que su padre fuese ese Ajedrecista de cuyas supuestas andanzas se hacía eco la prensa. Según él, su padre había ido una mañana al trabajo, y desde entonces no había vuelto. ¿Era ésa la versión que su madre le había hecho creer? ¿Era, o se hacía? Mauricio tenía siete años cuando sucedió todo, debía de haberse enterado de lo sucedido. Su simple historia, unida a las, a veces, inverosímiles leyendas sobre su padre, había contribuido a crearle una reputación de hombre misterioso detrás del carisma de su sonrisa, de su pronta accesibilidad para cualquiera que se le acercara: mientras que nosotros necesitábamos narrar historias para asegurarnos de que los demás hablarían de nosotros, crear un personaje que circularía incansablemente a través de anécdotas, Mauricio evitaba al máximo mencionar a su padre y nos dejaba así el suficiente espacio entre las líneas para que lo erigiéramos en leyenda, al igual que su padre pero de manera muy distinta.

A veces pensaba que Mauricio se había dedicado a intentar triunfar en todo, tanto en deportes, como en estudios, como en el terreno más complicado de la conquista de mujeres y del liderazgo social, como una forma de borrar el estigma que le había dejado su padre. Mientras su madre se había retirado de la vida pública, él se había zambullido en ésta con rabia, con una fortaleza capaz de hacer olvidar algún día, en toda la ciudad, la leyenda del Ajedrecista para sustituirla por la suya propia, como lo estaba logrando con nosotros en el colegio, conejillos de indias para tanto carisma. Imaginaba a Mauricio despertándose por la mañana, abriendo las cortinas de su habitación, asomándose a la ventana para mirar las cajas de fósforos en que Cochabamba se convertía cuando se la contemplaba desde el Mirador, y diciéndose a sí mismo que algún día todo eso sería suyo.

—¿En qué piensas?
—¿Ah?
—¿En qué piensas?
—Nada importante. No te pareces un carajo a tu papá.
—Suerte la mía. Era medio feo, ¿no?

—Feo no. A los feos por lo menos los recuerdas. Tu papá tiene un rostro... ¿Cómo te lo podría decir?

—Común. Ordinario. Olvidable.

—Tú lo has dicho.

—¿Dirá eso algo de nosotros? —dijo Mauricio, en tono burlón—. Otros países tienen a Billy the Kid. Nosotros, al Ajedrecista. Un rostro vulgar para un país vulgar.

Al despedirme le dije, bromeando, que si se encontraba con su papá, le preguntara por nuestro antepasado escritor. Me contestó también bromeando, o al menos eso pensé, que se lo preguntaría esa misma noche.

11

Esta chichería es inmunda. Uno tiene que carecer de olfato para sobrevivir al penetrante olor a vómito que repta en el ambiente, trepa por las paredes y se impregna en las ropas. Hay borrachos en cada mesa, taxistas con bigotes mexicanos y adolescentes a los que el dinero sólo les alcanza para emborracharse con grumosa chicha de balde. Hay un pianista manco del que se burlan los clientes —«¡Tocas como yo escribo a máquina, con dos dedos!»—, y una chola de senos caídos que nos sirve los picantes de pollo. Hay tantas moscas que me pregunto si no provendrán de algún criadero cercano que las produce y expulsa sin descanso. Hay un perro que pudo ser pequinés o pastor alemán pero no llegó a ser ni lo uno ni lo otro; negro y de ojos saltones, debe de padecer de innumerables problemas de identidad que lo tienen furioso contra el mundo, ladrando como si le hubieran dicho que eso es lo único que se espera de él y mejor hacerlo para asegurarse de que, mal que mal, al menos es un perro.

Nos hallamos sentados en el patio central de la chichería Abaroa, bajo un viñedo de uvas agusanadas. Estamos cerca del colegio, cruzando el puente del Topáter donde se encuentra la estatua de Eduardo Abaroa, que dicen que les dijo a los chilenos, hacia 1879: «¿Rendirme yo? ¡Que se rinda su abuela, carajo!». Un héroe, este

Eduardito: una vida ofrendada a la nación y que sirve sobre todo para la transitoria inmortalidad de las estatuas, muy aprovechada por palomas irrespetuosas de tan cagonas. Una vida que ni mis compañeros ni yo podemos o queremos seguir, porque no tenemos la pasta necesaria para encontrarle la gracia a que nos maten los enemigos de turno y que, cien años después, himnos marciales y ofrendas florales a nuestros pies, unos adolescentes se la pasen mirando a las del Instituto en sus minifaldas azules y contando chistes durante la hora cívica de nuestro día, como ocurrió esta semana mientras nos apostrofaba Gaby del Mar en uno más de sus cansinos y caducos discursos, «el mar nos pertenece, recuperarlo es un deber, por la razón o la fuerza» (cómo se deben reír los chilenos, o quizá ni siquiera eso, quizá ni se molestan en escuchar nuestros reclamos). No tenemos la pasta necesaria para soportar que, cien años después, una inmunda chichería lleve nuestro nombre. Tanta muerte para tan poco. Ser héroe ya no es lo que solía ser.

Hay aquí, de lunes a viernes, alguna mesa llena de estudiantes del Don Bosco. Hoy es el día más concurrido: la tradición quiere que el viernes por la noche los hombres puedan salir de sus hogares, se emborrachen y confraternicen mientras las mujeres se quedan en casa (cada segundo hay un nuevo cornudo en la ciudad). Hay un par de mesas de chicos del Tercero Medio, y está la nuestra, larga, bulliciosa, dicharachera. El grupo acostumbrado —Chinatown— y los que, como yo o Camaleón, que se encuentra a mi lado, venimos de vez en cuando. Platos de pique a lo macho, vasos de chicha, colillas de cigarrillo negro (Casino o Astoria), servilletas donde alguien escribió el nombre de una chica o dibujó un avión o trazó las líneas para anotar una partida de tripleta (los dados se perdieron; mis compañeros no perdonan nada). Alguien se levanta y alguien se sienta, un continuo ir y venir del baño. De los parlantes sale la voz inmisericorde de una cantante tarijeña.

Monotemáticos, hablamos de mujeres. La conversación pasa por las chicas de Tomás y de Mauricio, que no están con nosotros: deben de estar cambiándose para ir luego, con ellas, al Mashmelo: ellos juegan en primera división, nosotros todavía andamos con putas y cueros, o con chicas del Santa María o del Irlandés a las que podemos visitar sólo hasta las diez, y cuidado con tocarles la leve tela de la camisa que protege sus senos incipientes, los papás tienen instalados sofisticados dispositivos de seguridad y las sirenas suenan y cae una red sobre nosotros y la policía aparece en la puerta del *living*. Habrá que recurrir a videos y revistas.

—El otro día vi a la chica de Tomás —dice Borracho Gómez, la voz aguardentosa—. Juro por Dios, hermanos, que es mucha mujer para él. Desayuno desigual: demasiada carne para tan pocos huevos. Estaba con unos pantalones apretadísimos y una de esas poleras para hacer gimnasia. Un mujerón, un camión. Buen tipo Tomás, pero no creo que le pueda seguir el ritmo. Ésta cualquier rato lo va a dejar.

—No me meto con las mujeres de mis amigos —dice Conejo—, pero si Aura me lo pide, con gusto le daría hasta cansarme. O hasta que ella diga basta papito.

—No te hagas al gallo —dice Chino—. Ya te veo tirando la toalla después del primero.

Prorrumpimos en carcajadas maliciosas. Hablar de sexo es nuestro gran deporte, sospecho que por aquello de perro que ladra no muerde. En el plano de la fantasía lo disfruto mucho, aunque termino frustrado: tanta soledad y vacío después de una gozosa masturbación. Me encierro en el baño con mi colección de doscientas veintisiete fotos de mujeres recortadas de *Playboy, Hustler, Siete Días* y *Gente,* dejo correr el agua de la ducha, me siento sobre la alfombra amarilla con motivos andinos y coloco frente a mí las fotos de las favoritas del momento —últimamente Bo Derek y Kim Basinger y una desconocida modelo sueca, Ingamaard Rahwyler—, procedo entonces hasta retorcerme de placer, y después preguntarme por qué hice lo que hice. En el plano de la realidad, es difícil disfrutar en los puteros, lugares tristes y melancólicos por excelencia, donde uno se convence de una vez por todas y para siempre de la irremediable sordidez de la vida. Difícil disfrutar sabiendo que estás pagando por un momento de placer prestado, o que la puta está apurada porque hay una fila de clientes esperándola. La ansiedad y la presión de la *performance* me hacen terminar muy rápido, a veces sin siquiera haber desenfundado el arma: en el país de los «polvos de gallo», me dirían Polvo de gallo. Claro, eso no lo digo a mis amigos, no lo digo a nadie: les hablo de mi gran hazaña en la cama tanto como ellos hablan de sus grandes hazañas entre sábanas que huelen a detergente barato. Los escucho y finjo admiración, convencido de que son tan mentirosos como yo. Y así seguimos: tendríamos que ser lo que no somos para poder sacarnos la máscara sin miedo.

Pasamos a hablar de Sara, la que sale ahora con Mauricio.

—Sara les da a todas vuelta y media —dice Camaleón—. No debe ser de aquí. Parece de Santa Cruz.

Sara es una de las más cotizadas del círculo de consentidos niñitos bien de la plaza Colón y del Mashmelo, el grupo ése que se hace llamar Los Supremos: alta, largo pelo rubio y ojos cafés claros, cejas espesas y el tatuaje de una serpiente en el cuello, labios gruesos («dicen que» se hizo inyectar colágeno), un tintineo continuo de collares y anillos en su cuerpo de curvas benevolentes y cintura estrecha («dicen que» se hizo sacar dos costillas). Por nuestra reacción al verlo con ella o con alguna de las de su lista interminable, puedo decir que Mauricio afirma su poder entre nosotros a través de la conquista de mujeres hermosas. A veces he llegado incluso a pensar que para él las mujeres no son un fin en sí mismo.

—A mí no me gusta mucho —dice Conejo—. Muy artificial. Es tres manos. Las dos que tiene, y una de pintura en la cara.

—Hablas por la herida —defiende Camaleón—. Te haces al más pendejo, pero estás a años luz de Mauricio. Juegas a lo seguro, nunca te metes con las difíciles.

—¿Con esas huelecaca? Las caritas bonitas no me sirven ni de arranque. Y mejor tú no hables porque eres el menos indicado. Tienes más rebotes que boligoma.

—Lo que tú digas. Pero estás a años luz de Mauri.

A Camaleón se le cae la baba cuando habla de Mauricio. Es obvio el porqué: para alguien nacido con un gran talento para seguir, para hacer lo que otros le digan, para triunfar en la medida en que triunfe su grupo, su organización, su partido, el líder por el que ha apostado, Mauricio es un sueño hecho realidad. Camaleón quisiera ser tan popular como Mauricio, vestirse como él, hablar como él. Como no puede hacerlo, vive a través de él, sus conquistas y logros son también los suyos. En todo esto hay algo incómodo: cuando escucho a Camaleón hablar de Mauricio, a veces me escucho a mí mismo y me asusto. ¿Será que yo también siento por él algo más que admiración? ¿Soy una víctima más de sus poderes de seducción, un ciego incondicional más? Así éramos todos en el curso hasta hace un par de años, pero a medida que pasa el tiempo hay gente que se anima a rebelarse: los de Chinatown pueden admirar su capacidad para conseguir mujeres y otras cualidades suyas, pero también son capaces de no hacer caso a sus palabras, como Conejo en el incidente con *mister* Macbeth, o enfrentársele explícitamente, como Chino que le pega una patada en los huevos y sale impune. Pasan los años, y Camaleón no puede afirmar su individualidad en la oposición a Mauricio, y tampoco yo. ¿Será así toda la vida?

La chola retira los platos, nos pide una propina para el pianista que ya se va a casa, tiene una esposa y seis hijos que mantener. Saco mi billetera y digo:

—*Fiat Lux*.

Luego le doy un fajo. El pianista se impresionará ante la cantidad de billetes, luego se decepcionará ante la nimiedad de su valor.

Los de Tercero ya están borrachos y hablan a gritos. Un par de mujeres han entrado al local, son feísimas pero igual las miramos, predecibles juguetes del alcohol. «Más chicha, casera», grita Chino. Se nos acerca el Relator, un tarijeño bajito y cabezón, barbudo, de cuello largo y venoso y de tórax hundido. Dirigente universitario en los setenta y luego exiliado por Bánzer, volvió al país hace dos años, pero todavía parece vivir en el exilio: no entiende al país de hoy. En realidad, me lo dijo una vez, lo que aún no entiende es cómo terminó viviendo ocho años en Suecia tan sólo por defender una causa justa, por enarbolar las banderas de la izquierda. Ahora va de bar en bar por la noche cochabambina, contando chistes y anécdotas de su tierra para ganarse la vida.

—¿Cómo están, hermanitos?

—Bien, hasta que llegaste —dice el Salvaje.

—¿Gustarían de escuchar la desconsolada historia del Guitarrista y la Moza de las Piernas Torneadas?

—Todo lo tuyo es desconsolador —dice Conejo, y Chino y Borracho se ríen, burlones, despectivos.

—Está ambientada en mis pagos.

—Tus pagos te reclaman.

—¡Sí! —dicen todos, a coro— ¡Que se vaya! ¡Que se vaya!

El Relator los mira con cara de no entender la broma, siento incomodidad ajena. Mientras que para mis compañeros es un fracasado más, para mí es un ser digno que sobrevive gracias a su capacidad de fabulación. ¿Por qué no pagar por la anécdota que nos narra de la misma manera que pagamos al carpintero cuando nos hace unas sillas? La narración, ese elemento imprescindible en nuestra cotidianidad y a la vez tan poco reconocido. Pasa el barullo, mis compañeros se desentienden del asunto y yo le doy unos pesos al Relator, me preparo a escuchar la historia del Guitarrista y la Moza.

—Había una vez, allá en la noble y linajuda ciudad de Tarija, la ciudad que pudo ser argentina pero decidió ser boliviana, donde el vino es barato y conmueve el verde de los campos, una hermosa adolescente llamada Beatriz y un joven estudiante bohemio con tentaciones de seminarista...

Siempre la misma estructura: todas las mujeres se llaman Beatriz y dejan o engañan a los hombres, nunca un final feliz, el Relator ha debido de tener una gran decepción amorosa. Pero mejor no proyectar la biografía del narrador en la narración, mejor no revelar la verdad de las mentiras. Si no, yo estaría escondido en mis textos, sería un disfrazado Mario Martínez, y eso no es verdad, Martínez es, como dice Silvia, mucha razón y poca emoción, y yo no soy así, al menos no creo serlo, creo ser más equilibrado. Creo. No lo sé. La mía es una impresión más, no la impresión, habría que juntar a todos los que me conocen o de algún modo han entrado en contacto conmigo —por ejemplo, las chicas del Loyola que, sin saber quién era yo, leyeron mis cuentos pornográficos hace tres años —para que la suma de percepciones pueda dar una imagen completa de mí. Vasta, imposible tarea.

—Gracias, Roby.

Lo veo alejarse con su andar inseguro, perderse en otra mesa que querrá oír su historia pero no pagar por ella. Duro oficio el de relator de la tribu.

Voy al baño con Camaleón. Mientras orinamos, escuchamos ruidos a través de la puerta cerrada del retrete. Aguzamos el oído: alguien aspira con fuerza su nariz congestionada, dos, tres veces. La puerta se abre. Es Conejo. Nos mira, aparentando naturalidad.

—¿Cómo es, campeones? ¿Una pasadita?

—No, gracias —respondo. El miedo a perder el control puede más que la curiosidad. Camaleón duda, como si tuviera ganas de hacerlo pero lo avergonzara mi presencia.

—No, gracias —dice al fin.

Conejo ríe, los ojos inyectados en sangre. Pienso en infancias llenas de aventuras, en adolescencias inquietas de paraísos perdidos en el camino y vueltos a encontrar bajo formas mucho más fulgurantes y perversas. «No juzgues a tu amigo», me digo, mirando al suelo y esquivando la mirada nerviosa de Conejo. «Jamás juzgues a tu amigo.»

En la mesa, sobre la que flota la densa bruma del humo de los cigarrillos negros, la charla ha recalado en las habladurías sobre el padre Tejada y Mónica. «Dicen que dicen que dicen que...». Hemos sido sus amigos desde Primero Intermedio, hemos sido sus protegidos y somos unos ingratos, nos olvidamos de eso por unas cuantas risas fáciles. Por eso los Murciélagos, que lo veneran, nunca están con nosotros: se los acusa de separatistas, pero tienen razón para serlo. No quieren oírnos hablar mal de Tejada, no quieren dejarse envenenar por enrarecidos rumores.

Me ausento de la charla, como lo he hecho tantas veces y como lo haré muchísimas más por el resto de mi vida, porque los compañeros que me tocaron en el viaje y los que me tocarán no hablan por mucho rato de cosas que me interesen. Está bien hablar de mujeres y fútbol y cine y televisión, y compartir chismes sabrosos, pero, ¿siempre? ¿Por qué no hablar de aquello que habita en lo más íntimo de nosotros, de fantasmas que nos besan con sus labios fríos por la madrugada, de crímenes perfectos en páginas pletóricas en letras como negras garrapatas? Me acomodo a ellos, y puedo, con mis palabras y mi actitud, ser tan capaz como el mejor de rasgar apenas la superficie de la vida. Tan capaz que a veces olvido que aquello que está en lo profundo tiene también derecho a salir a la superficie a respirar de cuando en cuando. Soy uno para ellos, y otro para mí mismo: he perfeccionado el arte de estar bien con Dios y con el Diablo. Pero hoy no quiero. Hoy quiero ausentarme.

Camaleón me echa un poco de chicha en la camisa. Yo ya estoy ausente. Estoy en la oficina de Tejada, leyendo una carta que le ha escrito el padre Belloni. Las órdenes que Belloni ha recibido de Italia son claras: a medio año, Tejada se irá a los Estados Unidos, a un colegio salesiano en San Francisco. El padre luce devastado, con el semblante pálido y las profundas líneas en la frente, mientras las grandes manos se mueven nerviosas, hurgando sus mostachos sin cesar.

—Es una campaña en mi contra —dice, la voz firme—. No tienen pruebas de nada, pero me acusan de todo. Un cura moderno, un elemento perturbador en la pacata tranquilidad del Don Bosco.

—Si no tienen pruebas, no tendría por qué dejarlos que se salgan con su gusto. Hay mucha gente en el colegio que lo respalda a usted.

—¿Tú crees en mí?

Lo miro, y veo su escritorio lleno de fotos en blanco y negro de tantas hermanas de sus alumnos, de los Murciélagos y de Mauricio, y veo una foto mía a los trece años, el corte príncipe valiente y los ojos todavía sin lentes pero ya con ese mirar que mira no se sabe dónde pero sí más allá del gran ojo de la cámara y del paisaje detrás de la cámara y de la realidad detrás del paisaje. Vuelvo a ver las caras de tantas hermanas —el padre tiene muy buen gusto: hay una que otra fea, acaso para disimular— y sé que no hay que poner las manos en el fuego por nadie, pero digo: «Sí, por supuesto padre, creo en usted, no hay que hacer caso a los rumores».

Me pasa la mano por los hombros y me abraza. Parece a punto de llorar, pero sé que no lo va a hacer. Los hombres siempre estamos a punto de llorar pero muy pocas veces lo hacemos, tanto nos han dicho que eso no es de hombres que nos lo hemos terminado creyendo. Me siento conmovido por esa muestra de confianza: la carta del italiano que habla español como si fuera italiano es muy privada, qué dirían mis compañeros y los padres de familia si se enteraran. He decidido creer en el padre, más por intuición que por otra cosa, más en honor a tantos años de amistad que al peso apabullante de los rumores, que son despreciables y exagerados pero que muy raras veces se equivocan. «Si el río fugitivo suena, piedras trae.» ¿Si me falla? El problema es suyo, no mío. Ya cumplí mi parte con creerle. Es normal que nos engañen: al menos una vez al día alguien en quien confiamos mucho nos está vendiendo por unos denarios (a veces ni siquiera eso, a veces gratis). Al menos una vez al día unos labios amigos se acercan a oídos ajenos para contarles de nuestros secretos más íntimos (los billetes que sacamos de la cartera de mamá, la atracción por la hermana, la infidelidad a la novia de años, la sangre al hacernos la paja), y sería intolerable la vida si estuviéramos todo el rato preocupados de si alguien nos está engañando o no. Preferible dejar hablar al viento, y esperar lo mejor.

Ahora Chino cuenta cómo ocurrió la muerte de su hermano, dos años atrás. Conducía borracho una lluviosa noche de carnaval y terminó con el auto clavado en las cenagosas aguas del Rocha. A pesar de que ha contado este relato muchas veces, nos sigue cautivando. Es la forma en que lo cuenta, llena de pausas que acrecientan el suspense, y los diferentes detalles que le agrega cada vez, haciendo que la historia siempre sea de algún modo nueva.

—Lo encontraron con los nudillos quebrados. Quebrados. Como si hubiera intentado desesperadamente romper una de las ventanas para poder salir del ataúd submarino en que se había convertido el auto. En la radio había un casete atrancado de Celia Cruz. Cuando pienso en mi hermano escuchando a Celia segundos antes de morir...

No sabía del detalle del casete, Chino seguro que lo acaba de inventar. En treinta años me habré olvidado del relato, pero seguiré acordándome de ese detalle. Chino es un gran narrador.

Mis compañeros quieren ir a un putero, pero yo no, no tengo ninguna gana de amargarme la noche. «Anímate —dice Camaleón—, al Sixty han llegado unas gauchas que ni te cuento. Finísimas. Puedes sacarlas a cenar y a nadie se le ocurriría pensar que son putas.» En la puerta de la chichería, Chino y Salvaje orinan en las llantas de los taxis. Luego, se me acercan.

—Qué bien que hayas venido —dice Chino, extendiéndome la mano.

—Eso, periodista —dice Salvaje—. No se nos tiene que perder.

—Una jarrita de chicha de vez en cuando no le hace mal a nadie —dice Chino.

—Pero tiene que definirse más, campeón —dice Salvaje—. No puede salir con nosotros por la mañana y por la tarde con Mauricio.

—No digas eso —dice Chino—. Él sabrá lo que hace.

Chino me extiende la mano, luego Salvaje me abraza. Es un raro momento de camaradería, quizá más válido que muchos otros por el hecho de que están borrachos. Nos despedimos vigilados desde la rotonda del Topáter por la silueta de Abaroa, que no se rinde, que no suelta el rifle de las manos, nunca lo soltará, inmortalidad para horas cívicas e irreverentes palomas. Conejo me busca y me da la mano, sonriente, como si no hubiera pasado nada. «El medio es el mensaje»: si se preocupa por buscarme para despedirse, por aparentar que no ha pasado nada, es que algo ha pasado. Camaleón se va con ellos.

—¿Cómo es? —grita, ya lejos—. ¿No te animas?

Me hago el que no ha escuchado nada. Camino por la calle de tierra a orillas del río Rocha, tarareo una canción de Prince, «When Doves Cry». La chicha me ha subido. Por suerte son sólo tres cuadras para llegar a casa. Bueno, no tanta suerte: el helicóptero me espera en la cama, terminaré vomitando y luego despertando a Silvia para que me ayude a limpiar mi obra de arte cubista, que no se enteren los papis; de tantas cosas no se enteran los papis. Hay una fogata bajo el puente y un grupo de mendigos en torno a ella, calentando el cuerpo y preparándose para dormir entre la basura y los perros muertos a las orillas de esa inmensa cloaca que es el río. Debe de estar por ahí el anciano de Rostro Desfigurado. «Fascinante fuego, El fuego de todos los días, Fuego Nuestro que estás en el cielo, Todos los fuegos el fuego, Dejemos hablar al fuego.» En una noche como ésta se me ocurrió crear la ciudad de Río Fugitivo. Un río de aguas cristalinas, ningún mendigo bajo el puente, empleo para todos y sueldos elevados, los militares en sus cuarteles, las universidades funcionando, pizarras de cuarzo y computadoras en cada asiento, la inflación a cero y los hogares contentos. Una ciudad para los Lancelotti, Ottolenghi y los demás futbolistas del Blue Red, que jugaban contra los mejores equipos del mundo cuando yo, con una pelota, me enfrentaba a la pared del garaje de mi casa, me gambeteaba a mí mismo y me tiraba al suelo para evitar el gol, mientras transmitía la jugada con mi voz de gallos destemplados. Todos hablan solos y yo más que nadie. Una ciudad para Mario Martínez, sí, y también muchos crímenes para él, pero éstos, que sólo son islas de desasosiego en el sosegado mar de la vida, siempre terminan por resolverse, en Río Fugitivo impera el orden.

Abro la puerta. Me meto ramas de pino a la boca, quizá mamá esté despierta y exija que la salude, quiera sentir mi aliento embravecido (hecha la ley, hecha la trampa: cuando mamá siente en mi aliento la fragancia del pino, concluye, sin necesidad de juicio sumario, que estoy borracho). *Hércules* se me acerca, me huele y me mueve la cola.

—¿Cómo estás, *Hércules*? ¿Te vino a visitar algún fantasma? Las doce, y sereno.

Orino en el pasto al lado de los pinos, es una tradición cada vez que llego con unos tragos en la noche, una costumbre que ha creado un amarillento pedazo de césped que desentona con el intenso verde del resto. ¿Sospechará mamá de mí? ¿O creerá que se trata de un exceso de fertilizantes?

Cruzo el jardín de lánguidas cucardas y, en los escalones de entrada a la casa, encuentro a Alfredo. Con las manos apoyadas en sus rodillas, me mira y parece no reconocerme.

—¡Alfredo! ¿Qué pasa? ¡Soy yo, soy tu hermano, soy Roby!

No me reconoce. ¿Está borracho? Me ha vuelto en un instante la sobriedad. Me acerco, me siento a su lado. Hay sangre en la nariz, huellas de rasguños en las mejillas. Sus ojos no dejan de pestañear. Su chamarra está sucia, sus pantalones tienen manchas de sangre. Había pedido permiso para ir al cine con Nelson, y parece haber salido de ahí convertido en un extra de alguna película de policías y ladrones.

—¡Alfredo! ¡Despierta!

Es inútil. Asustado, pienso en despertar a los papás. Eso me asusta más. *Hércules* nos huele y mueve la cola, desubicado perro que hace gestos de alegría en velorios y aúlla con angustia en fiestas de cumpleaños.

Alzo en brazos a Alfredo, lo cargo hacia su cama. Se deja llevar sin oponer resistencia, los ojos cerrados. Abro la puerta, me saco los zapatos y subo los escalones rogando evitar los sitios en que éstos crujen.

Son años de práctica. Las palmeras del jardín golpean sus largas palmas en las paredes y ventanas de la casa: ese ruido cubrirá los míos. Llego a su cuarto, lo desvisto y le pongo su pijama ayudado por el brillante resplandor de la luz del acuario. Lo arropo entre las sábanas, le limpio las manchas de sangre en la cara, escondo sus sucias ropas.

Mi última visión de él, esta noche, es la de unos párpados entrecerrados, la de un cuerpo que ha entrado en el sueño a pesar de sí mismo. En mi cuarto, pienso en él mientras me desvisto. «¿En qué andas, Alfredo? Deberías contarme más cosas. La edad del burro es peligrosa. Joder, pero no hay que abusar. Todos los Alfredos el Alfredo. Tasmanian Devil.» El cansancio me vence muy rápido. Las aspas del helicóptero, por suerte, no perturban mi duermevela fugaz.

A la mañana siguiente, Alfredo parece no acordarse de nada. En el desayuno, papá le pregunta por los rasguños.

—Me caí.
—Parece que te agarró un gato. O una gata.
Alfredo toma su leche chocolatada en silencio. Ya le preguntaría qué había sucedido.

12

Bajo un sol agobiador en el patio, Alfredo avanza con una pelota entre las macetas de mamá, la patea contra la pared del garaje y luego se tira al pasto para atrapar el rebote. Tiene las rodillas de sus pantalones manchadas de verde, gotas de sudor en la frente, el pelo despeinado. Fútbol para solitarios, como yo lo había hecho. Había mencionado ahí, por primera vez, a Mario Martínez. Martínez era la estrella del campeonato de fútbol que ocurría en el delta caudaloso de mi imaginación. Había ocho equipos, cada uno con veintidós jugadores, director técnico y nombre: el Blue Red era mi favorito, lo hacía ganar, lo dotaba de estrellas. Hablaba mientras jugaba, transmitiendo el partido, comentando las jugadas, creando y destruyendo ídolos a granel: Ívar Lancelotti, a los quince años en primera, las jovencitas suspiraban por él; Pedro de la Reza, gran mediocampista con ambiciones políticas; Claudio Ottolenghi, rebelde y carismático, hacía goles de chilena y de taquito en las giras del Blue Red por Europa. Después de los partidos, entrevistaba a los jugadores, «no se nos dieron las cosas, ganamos porque mojamos la camiseta, un saludo a mi familia que me está escuchando». Los ídolos poco a poco se fueron cansando de ser simples futbolistas, se independizaron y adquirieron vida propia. Lancelotti llegó a ser primer ministro. De la Reza se dedicó a la actuación. Martínez se ganó una merecida fama de mujeriego, dejó el fútbol y, pese a ser tentado por la política, decidió seguir su vocación original: detective privado. ¿Dónde? En la ciudad del río Fugitivo, que se había ido creando por sí sola para albergar a mis futbolistas, a tanta imaginación necesitada de una estructura para perseguir el ardor de su propio infierno, la incandescencia de su plena realización. Me pregunto qué funciones tiene el mismo juego para Alfredo.

Parado al lado del limonero, me dejo embriagar por su fragancia —ahora puedo sentirla pero en general no, el olor de los jazmines del cielo avasallaba los demás olores del jardín— mientras Alfredo pelea con *Hércules* por la posesión de la pelota. Alfredo la tira hacia la pared y espera el rebote, se revuelca con elasticidad y la ataja. *Hércules* se acerca a husmearlo. Aplaudo. Me mira como si recién se hubiera percatado de mi presencia. Con los brazos cruzados, espero que me hable.

—¿Necesitas algo? —me dice, desafiante, mientras se incorpora y aleja de un manotazo a *Hércules*, que babea, juguetón, a diestra y siniestra.

—No te hagas, Alfredo.

—No fue nada.

Pausa.

—Al menos, nada que valga la pena que sepas. La película estuvo malísima, y una cosa lleva a la siguiente, y así sucesivamente.

—¿Qué cosa lleva a qué?

—Nada que necesites que te cuente.

¿Por qué diablos no confiaba en mí? Lo había hecho en los días de su infancia, cuando yo lo llevaba al cine. Él escogía la película, siempre una de acción, pistoleros o James Bond. Caminábamos hasta la Recoleta, luego tomábamos el colectivo hasta el Capitol o el Bustillo. La ciudad se apoyaba en nuestras ventanas mugrientas y nosotros no nos dábamos cuenta, absortos en el pequeño mundo que lográbamos crear sin esfuerzo y en el que podíamos ver la luz de la vela después de apagada, como quería Lewis Carroll en el país de las maravillas. Nos quejábamos del mal olor de las cholas, reíamos con chistes colorados. Alfredo era hábil para las adivinanzas y los trabalenguas; disfrutaba viéndolo luchar para pronunciar bien la ere, lucha generalmente perdida, la lengua no atajaba el sonido y era como si sus dientes mordieran el aire en el intento. «El cielo está enladillado, el que lo desenladille buen desenladilladó seá.» En la puerta del cine, le compraba papas fritas saladas, chicles y dulces Sugus. Nos íbamos a pullman, en el segundo piso; nos reclinábamos en asientos estrechos y de resortes mohosos, y mirábamos las cortinas de gastado terciopelo rojo que escondían la pantalla, ese polvoriento objeto de adoración, hasta que se apagaban las luces, y, mientras de la galería comenzaban a llover papeles e insultos y chicles y escupitajos (la lucha de clases se invertía en el cine, los de los barrios bajos subían a la colina), Alfredo dejaba de respirar y adquiría una expresión catatónica hasta que aparecían los créditos al final, los Thomas y Steven y Susan que habían contribuido para hacernos fugar por el caleidoscopio de las imágenes furtivas y fugaces de la linterna mágica. Era una suerte de experiencia religiosa para Alfredo, una liturgia, lo único que le faltaba era persignarse al salir, cuando divisaba el tosco dibujo de Roger Moore en la cartelera, y le daba la espalda y no se resignaba y lo veía de reojo hasta que nos perdíamos en el gentío, iluminados por esa extravagante, irrespetuosa luz del día que nos bañaba en la calle. A veces volvíamos en colectivo y otras caminando, él contándome emocionado de sus escenas favoritas como si yo no las hubiera visto (en realidad no las había visto, no de esa manera tan intensa). Al llegar a casa, íbamos al jardín y jugábamos a recrear la película; yo era el director, y él Bond o Tarzán, tirándose al suelo o trepando a los ciruelos apenas escuchaba mi orden.

Eran otros días. ¿Ahora? Quizá porque yo era el estudioso y el favorito de mamá, el elogiado sin cesar por los tíos y los amigos de los papás, Alfredo me veía como alguien fundamentalmente incapaz de entender sus travesuras, su decisión de no ser ejemplo para nadie. Yo formaba parte del *establishment,* era la esperanza familiar para que algún día el apellido paterno fuera a bautizar una calle o una plazuela. Me decía que era un «lentudo», y amenazaba con quemar mis cuadernos de cuentos y *Ediciones Especiales* al menor descuido. «Hecho al que se las sabe todas.» Mi hermano era un rebelde con causa: ¿diferenciarse de mí a toda costa? ¿No ser lo que yo era? ¿Ser mi equilibrio por antítesis, darle las espaldas a los triunfos en el mundo mientras yo perseguía premios, aplausos, condecoraciones? ¿Es que él era así porque no tenía alternativa, o porque yo no le dejaba otra alternativa?

—No sé en qué andas. Me haré al loco esta vez, pero la siguiente tendré que avisarles a los papis.

Me mira con desdén, y vuelve a su juego. Cuenta con que me quedaré callado. Me cuesta mucho oficiar de hermano mayor, los roles paternales no han sido hechos para mí. Pienso que cada uno debe encontrar sus propias respuestas, y así como no me gusta que se entrometan en mi vida, no me gusta hacerlo con los demás. A Alfredo todos le aconsejan cómo actuar: mis papás, Silvia, los curas, sus profesores. ¿Para qué uno más tratando de normalizarlo? Aun así, me molestaba su indiferencia ante mi amenaza. Yo no asustaba ni a un canario.

Tenía poca tarea ese sábado, y me hubiera gustado escribir, pero papá había decidido que teníamos que visitar al abuelo Roberto. Tenía ganas de reencontrarme con Martínez en «Los anteojos negros», el cuento que había comenzado a adaptar de Dickson Carr. «El enigma de los fósforos» había sido en general muy bien recibido, les había encantado a Pavo, Murciélago y Tomás («¡ni me sospechaba la solución!»), también a Mauricio, aunque éste, como siempre, deslizó una crítica: «Un poco difícil de creer que ese tipo haya sido bígamo por seis años y nadie se haya dado cuenta. Bolivia es tan chiquita que todos sabemos lo que ocurre en las otras ciudades». Lo peor de todo era que tenía razón. Me costaba aceptar sus críticas, pero a la vez eran un aliciente para escribir otro cuento, más perfecto que el anterior. A veces sentía que escribía para algún día satisfacer del todo a Mauricio, hacerlo mover la cabeza de un lado a otro y decir: «No tengo nada qué decir, este cuento es sublime». Lo paradójico era que en el fondo no quería que llegara ese momento, pues podía significar el fin de uno de mis principales motivos para escribir.

En mi primera versión de «Los anteojos negros» había intentado añadir a Martínez algunas características de Deckard en *Blade*

Runner. Quise hacerlo más reflexivo, más melancólico. Quise recubrirlo con una pátina metafísica, arriesgándome al rechazo de mis compañeros, poco interesados en ir más allá de la superficie de las cosas. Había fracasado: mis reflexiones todavía no adquirían cuerpo, tenían alas incipientes, poco desarrolladas, incapaces de crear la fuerza necesaria para contrarrestar la gravitatoria de lo superficial y levantar vuelo. Quería volver a mi estilo habitual. Martínez estaba furioso conmigo porque todavía no había nada original para él, y ya no aguantaba ser la sombra de otras sombras, repetir los pasos cansados que otros detectives habían seguido en otras historias. Le dije que se tranquilizara, que era cuestión de paciencia para que le tocara el turno, uno no podía inventar ni solucionar crímenes perfectos de la nada.

Mis papás, Alfredo y yo nos sofocamos, pese a la ventana abierta, en el Toyota Corolla dorado en el que atravesamos la ciudad en dirección a la casa del abuelo. Silvia no quiso venir, la invitó la esposa de nuestro nuevo vecino, un importante político joven del MIR (que ha decidido volver a la coalición gobernante), a tomar el sol en su piscina. Papá escucha tangos en el estéreo que suele comerse la cinta con frecuencia, «que el mundo fue una porquería ya lo sé». No me gusta la música de la vieja ola, pero las letras de los tangos me conmueven —cómo sufren los hombres argentinos—, en especial «Cambalache», que de paso menciona a Don Bosco.

—¿Puedes encender el aire acondicionado?

—No funciona.

Mamá tiene una pañoleta azul que cubre su despeinada cabellera castaña, y un vestido azul sin brillo que en otros tiempos ya hubiera tirado hace mucho a la basura. No se ha maquillado, tiene un aire de dejadez que no le reconozco, ella siempre tan primorosa para ir a cualquier parte, tan consciente de que las apariencias cuentan en este mundo que dice esconder algo muy profundo detrás de éstas. Dice, pero en realidad acaso todo no sea más que apariencias, figuras chinescas apoyadas en una sólida pared que también es, en verdad, una figura chinesca.

—Deberías haberlo hecho arreglar hace rato.

—Claro. Como cago plata.

Mis papás siempre tienen algo sobre qué pelear. Las últimas peleas se deben a que papá está molesto con mamá desde el día en que fue contratada por Concepto Publicidad. Es una afrenta para su hombría que ella trabaje: ¿qué dirán los amigos? Ni siquiera puede quejarse en voz alta, porque el poco dinero que nos entra es el del sueldo de mamá. En la oficina de papá no hay trabajo: el otro día fui a visitarlo por sorpresa y descubrí que habían despedido a la secretaria. Lo encontré en un escritorio despoblado de muebles, la pipa en la mano y leyendo una novela de Erle Stanley Gardner (con razón leía una novela al día, tenía todo el tiempo del mundo a su disposición). Dos reproducciones de cuadros impresionistas, Monet y Manet, yacían en el suelo, apoyadas contra la pared. «¿Cómo estás, hijito? ¿Qué se te ofrece?». «Nada, sólo quería visitarte. ¿Van a dejar la oficina?». «Quizá nos tengamos que mudar a una más chica. Verás que no hay mucho movimiento. Todas las construcciones están paradas. Lo único que se mueve en este país es el dólar, y para arriba. Pero ya pasará. No hay democracia que dure cien años.» No paraba de hablar. Estaba nervioso. En la repartición de roles, a él le tocaba traer el sueldo a casa y a mamá llevar las riendas del hogar. Mamá aceptó esa división durante muchos años, se frustró como persona a cambio de la estabilidad matrimonial y familiar. Al final, sin embargo, la frustración personal condujo a la matrimonial. Decidió buscar trabajo, quizá para irse independizando y lograr las fuerzas necesarias para pedir el divorcio. Inteligente y muy simpática, al poco tiempo ya estaba en Concepto Publicidad. Papá se burló. ¿Tanto talento para dedicarse a crear eslóganes repetitivos y banales? ¿Eso era todo? No entendía que lo que hacía mamá, atrapar el aire de los tiempos en menos de diez palabras —«Hotel La Cabaña: más que una elección, una forma de vida; Dale tiempo a tu tiempo: relojes Tissot»—, era una labor muy difícil y digna del respeto acordado a creadores más grandilocuentes. Ser minimalista y comercial a la vez asegura el desdén de los otros, pero yo la admiro precisamente por eso: porque es capaz de expresar sus ideas en pocas palabras; porque es capaz de vender el producto de su labor artística. A algo así quisiera llegar yo, pero si siguen asustándome terminaré estudiando Ingeniería.

Alfredo, a mi lado, está en silencio. Tiene puesta su polera favorita, gris, holgada, en el pecho el Demonio de Tasmania. Sus ojos todavía rojos miran los fragmentos de ciudad que se dibujan en su ventana entreabierta: librecambistas comprando y vendiendo dólares, vendedores informales ofreciendo en las aceras desde limones hasta computadoras, mendigos frecuentando basurales, largas colas en almacenes desprovistos de artículos de primera necesidad. La hiperinflación ya está con nosotros; nuestra permanente crisis ha logrado superarse a sí misma para ofrecernos el preludio de la devastación que le sucede a un país en el que los treinta dólares de salario mensual se convierten en siete dos horas después de recibido el sueldo. ¿En qué pensará Alfredo? No en librecambistas, con certeza, como lo hace mi papá, que los maldice, y exclama: «Si fuera presidente, mi primera medida sería eliminarlos». No en vendedores informales, no en nuevos eslóganes para refrescos Salvietti, no en convencionales intrigas detectivescas. Qué raro verlo tan quieto, él que es más Demonio de Tasmania que el mismo Demonio de Tasmania.

Mi abuelo nos recibe con su calidez acostumbrada, el traje gris lleno de caspa a la altura de los hombros, las pantuflas manchadas de café, la piel que ha perdido su capacidad de tensión y se marchita y se retuerce sin brújula, pliegue tras pliegue, fabricando hendiduras mustias, en una casa necesitada hace mucho de una mano de pintura y que se va desmoronando poco a poco. Hay huecos incongruentes en el *living* y el comedor, pertenecientes a los muebles y aparatos eléctricos que mi abuelo comenzó a regalar a sus hijos en previsión de lo que está seguro le sucederá pronto —la mecedora que acompañó a mi abuela desde 1947, la enorme radio Blaukpunt en la que quizá escucharon las noticias del *crash* de la bolsa en 1929—. Las paredes están empapeladas por los mapas del plan de operaciones de la guerra del Chaco, las cruces rojas son los enemigos paraguayos, los puntos azules el ejército boliviano, figuras agazapadas que algún día fueron reales y se enfrascaron en un combate

insensato, en un imbécil abrazo mortal (quedan los recuerdos, las pesadillas de nuestros abuelos, las tumbas sin nombre de una triste historia).
—Pasen, pasen. Siéntense donde quieran.
—O donde podamos —susurra Alfredo. Hay sillas rotas sin reparar, un sofá en el que los cuerpos se hunden porque sus resortes ya no resisten el peso de nadie, focos quemados que no han sido reemplazados. Se puede escribir una carta en la mesa del comedor, haciendo con los dedos líneas en el polvo de su superficie. Lo único que luce impecable es el cuadro de mi abuela en su dormitorio, rodeado, casi cubierto de olorosos y frescos jazmines. Mi abuela Cristina, que el año pasado dejó de existir, por fin, mucho tiempo después de que su mente la hubiera abandonado, tanta lucidez perdida quién sabe dónde, tanta memoria acumulada para terminar confundiendo a mi abuelo con el único novio que tuvo antes de él, a mí con su hijo y a papá con su nieto. Recordándola, no puedo dejar de preguntarme qué trampas me hará la memoria en mi ocaso, si confundiré también a mi esposa de cincuenta años con una novia que tuve a los catorce y que ahora no recuerdo y pienso que ya olvidé para siempre. Es triste la vida y la vejez lo es más.
—¿Un tecito?
—Café, por favor —dice mamá.
—Vas a disculpar, Patricia, pero sólo te puedo ofrecer té. Se me acabó el café, y cuando fui a comprar una latita casi me muero de la impresión cuando me dijeron lo que costaba. ¡Veinte mil!
—Estamos locos —tercia papá—, por aguantar a este gobierno. Si tuviéramos dos dedos de frente, ya hubiera habido una insurrección general. Pero somos masoquistas, nos gusta aguantar todo.
Sentados en el *living*, Alfredo y yo nos preparamos para aburrirnos. Nos miramos, cómplices un instante, sabiendo lo que vendrá: el abuelo se quejará de la situación política y económica, hablará de los Cuatro Jinetes del Apocalipsis instalados en nuestro medio, dirá que en sus tiempos los gobernantes eran mucho más honrados, y luego recalará, para quedarse ahí por el resto de la charla, en el Chaco. Tres años en esa guerra ocurrida hace cincuenta le sirven

para justificar su vida, para contar anécdotas que, por un momento, nos convencen de que el abuelo, antes de ser abuelo, fue también otras cosas importantes: capitán del ejército nacional, uno de los hombres más condecorados de su generación por su valentía en el frente de combate, en las candentes arenas del Chaco. Cuántos paraguayos muertos con sus disparos, cuánta gloria en ese cuerpo frágil y encorvado que algún día fue muy alto e imponente, en esa apagada mirada algún día alerta e inquisitiva. Las fotos en su escritorio no mienten: les llevaba más de una cabeza a los de su promoción, tenía una presencia que opacaba a los demás, que hacía que las miradas se dirigieran inevitablemente a él.

Comienzan las anécdotas. Mamá reprime un bostezo, papá la mira con rabia. Sabemos lo que vendrá, nos conocemos las historias de memoria, podemos corregir a mi abuelo si se equivoca en algo. Cómo logró descubrir un pozo de agua que salvó de la muerte de sed a su patrulla de reconocimiento, perdida entre secos pajonales. Cómo mató a tres paraguayos que se habían infiltrado en líneas bolivianas y estaban a punto de robarles sus escasas provisiones. Cómo le perdonó la vida a un paraguayo que se había puesto a llorar de miedo al verse encañonado por su rifle. Me gusta la forma tan intensa en que cuenta sus historias: como si cada vez fuera la primera, como si el relato estuviera sucediendo en el instante de la narración. Pero no puedo evitar aburrirme: necesito que los relatos me sorprendan y éstos ya no lo hacen, son demasiado familiares. Desde mi infancia que la guerra del Chaco vuelve, cíclica, a mi vida, todos los fines de semana en que vengo a visitar a mi abuelo. En clases de Filosofía, Tejada nos habló del Eterno Retorno: ese concepto lo aprendí mejor en este *living* polvoriento.

Al salir, mi abuelo me abraza y me pregunta si ya he decidido qué voy a estudiar.

—Todavía no.

—Sea lo que sea, que sea útil para el país. Y no los abandones a tus papás.

Seguro papá le contó de mi idea de estudiar afuera. Pienso en las cosas que pueden ser útiles para el país. Escribir no está incluido en ellas. ¿Construir casas y puentes? ¿Aprender sus leyes para ser abogado o congresista? ¿Ser un soldado para defender sus fronteras, y si tengo suerte participar en una guerra para proveerme de anécdotas por el resto de la vida, o para que una calle sea bautizada con mi apellido, o para que una estatua mía adorne una plazuela y los colegiales se aburran en horas cívicas y las palomas me caguen a su regalado gusto? Cuántos crímenes se cometen en nombre de lo útil, cuántas imaginaciones truncadas, cuánta maravilla de vocaciones reducida a cuatro opciones.

Llego al auto, Alfredo ya está dentro con cara de sueño.

—Tu mamá dice que sigues leyendo novelas policiales y escribiendo tus cuentitos —dice mi abuelo. Asiento.

—Deberías dedicar tu tiempo libre a otras cosas. Tanto leer de crímenes, de sangre por aquí y por allá, te está produciendo una mente morbosa. Te vas a volver insensible.

Lo miro fijamente. Soy su nieto favorito porque, dicen, soy idéntico a él en su juventud. Reconozco el parecido en esos ojos cafés oscuros que no se esconden, como los míos, detrás de gruesos lentes, en el encaje macilento de la cara y en las apenas trazadas líneas de los labios. Recuerdo aquellas tardes de la infancia, en que me recogía a escondidas de mis hermanos para llevarme al circo, o me llamaba aparte para darme las monedas que no le daría a ningún otro de sus nietos, o me compraba figuritas para llenar mi álbum de futbolistas del mundial de Alemania. Sé de muchas cosas más, aparte de los rasgos físicos, en las que me parezco a él: su hipocondría; su compulsión temática: antes coleccionaba lapiceros y relojes, ahora se la pasa comprando analgésicos de todas las marcas —lo conocen en todas las farmacias de la ciudad—, del mismo modo que yo me la paso rastreando nuestras deprimentes librerías en procura de comprar o canjear policiales que no he leído. Sé que hay muchas cosas más que he heredado de él y que todavía no conozco y quizá nunca sepa. La herencia es un enigma y aquí estoy, una colección de fragmentos de tantos otros seres que vinieron antes de mí, mirando fijamente al ser de quien parece que más he tomado prestado sin que ésa hubiera sido mi intención.

Se me ocurre, mientras lo miro, que hay una conexión más entre los dos, una extraña pero válida conexión: él ha sido capaz del crimen perfecto que yo todavía no soy capaz de imaginar. ¿No es la guerra, en el fondo, una máquina de producir crímenes perfectos? Mi abuelo, tan bonachón, tan caballero, mató a más de diez paraguayos y recibió aplausos del pueblo y condecoraciones del Gobierno. Nuestros beneméritos, decrépitos ya y de apariencia inofensiva, con sus trajes gastados y sus medallas en la solapa, tomando el sol y leyendo los periódicos en la plaza principal, se han manchado de sangre alguna vez y han salido indemnes.

—No te preocupes, abue —le digo—. Mamá me compró las obras completas de Shakespeare, y son más sangrientas que todas mis novelas juntas. Los libros me aburren si no tienen una muerte por ahí. ¿Pero de ahí a hablar de mente morbosa? Ni de equivocación. Todo lo que sucede en lo que leo es de tinta y papel.

—Apúrate, Roby —dice mamá.

Me despido de mi abuelo con un beso en la mejilla; le extiendo mi mano derecha y recibo la suya, temblorosa, sus dedos de piel suelta tan capaces de apretar el gatillo tantas veces, de cometer los crímenes perfectos que mi imaginación quiere soñar para, una vez soñados, señalar su imperfección. Me lleva aparte, como si se le acabara de ocurrir algo. Me entrega una cajita de reluciente laca negra: hace mucho que ya empezó a despojarse de las cosas que acumuló en su paso por el territorio de los Cuatro Jinetes, y ahora quiere que yo comience el proceso, para que una nieta mía termine con la cajita y sin saber qué hacer con ella (acaso sea menos sensible que yo y la venda a una tienda de objetos usados o en el Thantaqhatu, uno nunca sabe con los nietos).

Abro la cajita, me encuentro con un revólver de caño oxidado y cacha nacarada.

—Era de un coronel paraguayo muerto en el campo de batalla. Nunca lo usé, pero supongo que funciona. No te lo doy para que lo uses. Sólo para que te acuerdes de tu abuelo. No se lo digas a tu mamá, ¿bueno?

—Muchas gracias —murmuro, todavía sorprendido, sin quitar los ojos del revólver. Para Mario Martínez, me digo.

—¿Te apuras o no? —grita mamá.

En el auto pienso, morboso como soy, que ahora mi abuelo volverá a su taciturna soledad, a la presencia de la esposa ausente en el quieto retrato que naufraga en el mar de jazmines, con el rostro atrapado antes de los treinta años y cuyo original no existió más que en aquella tarde en que fue dibujado. Pienso, morboso como soy, en la diferencia que existe entre matar por decisión propia y matar siguiendo las órdenes de otros, superiores jerárquicos de los que jamás conoceremos sus rostros. ¿Existen diferencias entre una cuchillada por la espalda, una madrugada de regreso a casa, y un disparo en el pecho con un revólver de cacha nacarada en el frente de combate, un rojizo crepúsculo?

Habrá que preguntarles a los muertos.

13

Las nueve y treinta y ocho en mi reloj: pronto acabará la misa, por suerte. En el patio del colegio, en el que sopla una brisa tierna que acaricia la piel y huele a incienso, a flores de funeraria, a perfumes de refinadas esencias cítricas y a pachulí, mis compañeros y yo, con corbatas y camisas de manga larga, escuchamos, colmo de colmos, al padre Belloni. Un gran mural de Don Bosco y Domingo Savio supervisa la escena, un lienzo de lona pintado con trazos titubeantes por algún ex alumno que quiso tomar un atajo para ganarse el cielo. Qué caras más angelicales. ¿Tienen los santos cara de santos desde su nacimiento? ¿O es que los dibujantes de estampas y cuadros religiosos tienen algunas reglas que siguen al pie de la letra, «religiosamente» como se dice, acerca de cómo debe ser la cara de un santo? Más interesante sería un Don Bosco con una sonrisa irónica y no con la bondadosa de ahora, un Domingo Savio con una mirada maliciosa y no con la tierna del mural. Como diciéndonos «no saben lo que se pierden al no seguir este camino de santidad». Así quizá hasta uno de nosotros terminaría de cura.

—Por nuestro querido país, tan necesitado de *orientatzione* en momentos como éste.

—Roguemos a san Juan Bosco.

Mauricio, al lado de su madre, envuelta en una túnica púrpura de penitente del Señor del Gran Poder (o algún Dios de los jugadores impenitentes), viste pantalones cafés claros y una camisa de seda color ladrillo. Su melena tiene irisaciones doradas, estrías de luz en medio de lagos de tenue oscuridad. Las manos en la espalda, los labios movedizos como musitando una plegaria en esperanto, la mirada horadando el rostro demacrado de Belloni. Fue a Mauricio a quien se le ocurrió que organizáramos una *kermesse* para recaudar fondos para el viaje de promoción (con esta crisis, tendremos suerte si vamos a Sucre). Fue a él también a quien se le ocurrió una misa previa de unidad entre las familias de la promoción, los profesores y los curas. Con actitudes como ésta se ha ido ganando desde Primero Básico a nuestros padres, que no cesan de ponerlo de ejemplo para nosotros, y «cuándo lo vas a invitar a ese chiquito a almorzar, tan educadito y simpatiquísimo». Da para vomitar. Pero debemos reconocer el lado bueno: una misa nos hace ganar puntos con papás, profesores y curas. Nada más conmovedor que un adolescente de saco y corbata, bien peinado y con las mejillas lustrosas de tanta Nivea, comulgando y luego arrodillado en su banco con gesto contrito, como que está pasando revista a sus pecados y arrepintiéndose cuando en realidad está fantaseando con alguna de las hermanas o de las enamoradas o incluso de las mamás de los compañeros —los senos cálidos de las mujeres maduras andan necesitados de arrullos—, tan arregladas y con los vestidos vaporosos, o contando los minutos para que se acabe la misa, total Dios no se da cuenta de nada y si se da se hace al loco, siempre se hace al loco.

—Por nuestra querida promoción, que sepa llevar en alto el nombre de Don Bosco.

—Roguemos al Señor.

—Amén.

—¿Querida promoción? Hipócrita y mierda.

—No blasfemes, Camaleón. Te irás derechito al infierno.

—Me cago en la puta madre que lo parió.

Cualquiera que en este instante observara a mis papás pensaría que forman la pareja perfecta, juntos y mirando al mismo lugar, las manos entrelazadas y el aire de satisfacción de esos seres que, después de una búsqueda agobiadora, de un largo desfile de pretendientes imperfectos, de enamorados que comenzaron como el tierno doctor Jekyll e invariablemente se tornaron en *mister* Hyde (¡ah, resbaladiza esencia!), lograron encontrar, al fin, la que dicen que es su «alma gemela», su «media naranja», el lugar común del momento en las tarjetas para el día de los enamorados. Algo así debieron pensar los dos hace veinte años y terminaron casándose. Hay que cuidarse de los espejismos y de los clichés.

Alfredo está a mi lado, de la mano de Silvia. Está más impaciente que yo, hace rato escuchó los estruendosos motores de un 727, se dio la vuelta y vio su rauda sombra cruzando el patio, le hubiera gustado correr a verlo perderse. Parece recién salido de la ducha y listo para su primera comunión, pinta de futuro fraile. Mamá le hizo poner corbata y siente que es un atropello a su dignidad, se la sacará apenas Bellotas nos diga que nos podemos ir en paz, nos lo tiene que decir en algún momento, las misas son predecibles y después de los rostros compungidos y culpables por el Señor que murió por nosotros, por los innumerables pecados de todos los días (por obra u omisión), llega el final feliz, el coro celestial de un órgano de fuelle engripado que nos desea una semana dedicada a ganarnos la vida eterna, amén. El pelo de Alfredo huele al champú de manzana de Silvia, que vino con Annaliz y Sandro, los nuevos vecinos llegados de Tarija que se han hecho muy amigos suyos pese a las protestas de papá («¡es un infeliz del gobierno!»). Sandro parece más un próspero empresario privado que un político del Movimiento de Izquierda Revolucionaria: tiene un terno negro hecho a su medida, casimir inglés y sastre particular, quizá Sillerico, el que le hace el traje a los presidentes. Es muy apuesto, tiene la cabellera negra como lamida por un tigre, sin un pelo fuera de lugar, la gomina Lord Cheseline trabajando a destajo; las manos consteladas de lunares y de gestos afeminados (pobres hombres, debemos cuidar cada uno de nuestros actos, un gesto raro de la mano al agarrar un vaso o llamar al mozo en un bar y somos unos maricas, «te has fijado cómo camina el fulanito, dicen que se la come»). Parece el padre de Annaliz, y con razón: tiene treinta y cinco, ella dieciocho. Annaliz es alta, casi de mi tamaño, y tiene una sobria media melena de señora, pero a nadie engaña su rostro de adolescente.

—Por algunos muchachos de nuestra querida promoción, que arrojan la piedra y se esconden.
—Eso no fue muy hipócrita.
—Roguemos al Señor.
—Yo no le ruego a nadie.
—¡Cállate!
—Podéis ir en paz.
—Amén.

Desbande general. El Doctor No y la Sulfúrica, acompañados por su hijo, un niño rubio de ojos grandes y nariz chorreada, se dan un beso en los labios y se acercan a charlar con los papás de Conejo. Me quedo mirando al hijo, que camina dando pequeños saltos, inmerso en una rayuela invisible. No se parece en nada a mis profesores, y me asalta un pensamiento: quizá el Doctor No desconfía de su paternidad. Quizá, por eso, su obsesión con la genética. Para confirmar que él no es el que es, para rastrear posibles sospechosos en los vecinos. Melodramáticas fantasías de domingo: yo podría dedicarme a escribir telenovelas.

El papá de Tomás, bastón en mano y braqueta abierta, renguea en dirección a Belloni, para darle la mano y pedirle, como suele hacerlo, una bendición particular. A los ojos de los curas, se lo merece: ha donado el Cristo de mármol en la capilla y la somnolienta Virgen María labrada en piedra negra que adorna la sala de reunión de los profesores. Inclina la cabeza y Belloni hace una señal de la cruz en el aire tibio de la mañana, aire de moscas aletargadas de tanto perfume. El sol elude nubes e incendia el día. Abren las puertas del colegio, para que entren los que no son de la promoción. Comienzan a sonar, a través de los altoparlantes, los aires andinos que han terminado por convertirse en representativos de lo nacional (con razón los cruceños son tan regionalistas). Será un domingo de rifas, boxeo, un partido de fútbol con los de Tercero Medio, venta de tortas y sándwiches de chola, cosas que no entretienen a nadie y aburren mucho a los papás (mi hijo me pedirá algún día que vaya a la *kermesse* organizada por su curso, la historia es cíclica y una suerte de justicia cósmica se vengará de nosotros).

Nelson se acerca a Alfredo y grita:

—Maldición eterna a los maricones.

—Castigo divino a los veintiochos —replica Alfredo. Se dan la mano, hacen figuras con sus dedos en una suerte de código secreto, de contraseña para iniciados. Desaparecen, mientras Alfredo se saca con prisa la corbata. Quisiera ir detrás de ellos y espiarlos, escuchar de qué hablan, cómo planean agotar el tiempo para ellos infinito de este domingo.

Mamá me pregunta:

—¿A qué se refería con eso de los que arrojan la piedra y se esconden?

—A nada. Ha recibido unos anónimos y jura que es alguien del curso.

—Algo de razón tendrá.

—Yo, argentino.

Mister Macbeth saluda a mamá, le llena de saliva la mejilla derecha. Tiene un chaleco con un escalofriante diseño romboidal, y una corbata de moño rojo que provoca hipo a Silvia.

—Don Roberto —le dice a papá, estrechándole la mano con fuerza—. Me alegra de verlo. Por un momento pensé que usted se escondía de mí.

—No es eso, profesor. Hace mucho que no vengo al colegio.

—Se perdieron un buen tiempo.

—Hemos estado ocupados —interviene mamá.

—Dígamelo a mí —dice *mister* Macbeth, pasándose la mano derecha por la barbilla—. Trabajo en tres colegios, cuarenta horas aula. Salgo de aquí corriendo al Loyola, y por la noche soy director de un nocturno.

Mamá mueve la cabeza con pena, dirigiéndose más a mí que a él. ¿Para eso quieres estudiar literatura?

—No hay tiempo para nada —dice Macbeth, apoyando una mano en mi hombro izquierdo—. A uno tiene que realmente gus-

tarle esto para aguantar.
Siento la tensión en mis papás. Están esperando el momento en que Macbeth les dirá que deben dejarme estudiar lo que realmente quiero estudiar, y no lo que más me conviene. Yo también espero lo mismo. Pero Macbeth prefiere algo menos directo:
—El problema es que esto uno no lo elige, sino que es elegido. Por más que uno haga todo lo posible por escapar, volverá al lugar que debió haber elegido al principio.
Macbeth limpia los cristales de sus anteojos y se retira. Mis papás se quedan pensativos. Sonrío.
Tomás aparece a mi lado.
—¿Aura?
—No le dije que viniera. Sabes que a mi papá no le gusta verme con ella.
—Y tú bien obediente.
—No es eso. Para qué hacerme de líos.
Mauricio saluda con una venia a mis papás, charla con ellos como si no tuviera ningún apuro y no hubiera nada en el mundo que le pareciera mejor que hacer lo que está haciendo en ese instante. «¡Qué bien te queda ese vestido, tía! A ti sí que no te pasan los años.» Huele a Drakkar, o quizá sea Kouros, o Azzaro, algo por el estilo. Le da un beso en la mejilla a Silvia.
—Hola, primita.
—Hola, perdido.
Silvia le presenta a Annaliz. Sandro charla con mis papás, noto a papá incómodo. Tiene que fingir, ésa es la naturaleza de las relaciones sociales aquí, todos se odian y se llevan muy bien a la vez. Y que no se descuide Sandro porque Mauricio ya está desenfundando su sonrisa más compradora ante Annaliz, arrastrando las palabras al saludarla, mirándola con los párpados entrecerrados, enarcando las cejas pobladas para poner su mejor cara de romántico y misterioso. Annaliz tiene una nariz grande y aquilina y un grano gigante en la mejilla derecha. No es el tipo de Mauricio, pero él coquetea igual con ella. «No puede con su carácter.» Todo parece tan natural pero no hay nada natural en él, ésa debe de ser la son-

risa catorce del catálogo, o acaso la veintitrés, y el cruce de brazos también tiene un propósito definido aunque yo no sepa cuál, e incluso la posición del cuerpo, de espaldas al sol, es la ideal para que los rayos iluminen con exquisito refinamiento el arete en la oreja derecha. Quizá estoy exagerando, pero más de diez años juntos no han pasado en vano.

—Ese acento cantarín... Apuesto que eres de Tarija.

—Hasta un sordo adivinaba eso, Mauri.

—Y no mienten los que dicen que la mujer tarijeña es hermosa. No, no mienten los fabricantes de clichés.

—¿No se van a ir todavía, no? Tengo que vigilar que todo esté en orden, vuelvo en un rato.

Tomás acompaña a Mauricio. Sandro ha desaparecido con mis papás, han ido a comprar salteñas. Annaliz dice, sonriendo:

—Qué chico más churro. No lo botaría de mi cama.

—Descuida —dice Silvia, punzante—. Él tampoco haría eso contigo. A decir verdad, parece que no hace eso con nadie.

¿No lo botaría de su cama? Para una mujer casada, y con el esposo tan cerca, atrevido su comentario.

Caminamos por el patio, saludamos al Pavo y al Gordo Chávez, que les hacen gastar sus billetes a los chicos de Básico en un juego de tiro al blanco. A las once me toca encargarme del juego, tengo una hora. Las mamás de los Murciélagos venden tortas y masitas en una mesa al lado de los tableros de básquet en el centro del patio, hay olor a pan recién horneado. Cerca de una columna, Aldunate juega una partida de ajedrez con el padre Fabrizio. Mónica, la amiga de Tejada, charla con *mister* Macbeth, que seguro intenta elaborar párrafos coherentes sobre Shakespeare mientras su mirada pugna inútilmente por quedarse en un revoloteo inocente por el cuello de ganso y no terminar posándose en el escote. «Por más que uno haga todo por escapar, volverá al lugar que debió haber elegido al principio.» Bien dicho.

¿Me botaría a mí de su cama?

—¿Jean-Pierre? —pregunto.

—No le dije nada. No lo quería ver hoy.

Jean-Pierre está más enamorado de ella que ella de él, y ella lo sabe y se aprovecha de ello. Con todo, hacen una linda pareja. Jean-Pierre hace todo lo posible por ganar puntos conmigo. Me charla mucho y me aburre: su conversación es muy limitada, no lee el periódico y jamás toca un libro. Silvia me ha contado que no tiene libros en su departamento, sólo películas; algunas como *Casablanca* y *Ciudadano Kane,* para decir que sabe de cine (como la gente que dice leer literatura y no ha pasado de García Márquez), pero la mayoría son *noir,* donde los detectives se la pasan corriendo de un lado a otro aunque se sepa de entrada quién es el asesino, y se han puesto de acuerdo para usar el mismo modelo de sobretodo, fumar los mismos cigarrillos, beber las mismas bebidas, manejar los mismos autos y hablar de la misma manera cortante y entre dientes, incapaces de pronunciar una frase de más de diez palabras. «You're a pretty nice guy, for a girl. If I had a gun, I'd stop you. You don't need a gun, baby. You don't want that junk —diamonds would only cheapen you. Yeah— but what a way to be cheap.» Me encanta el cine, pero me es imposible imaginar una casa sin libros, una vida sin libros. Y si yo me aburro con él, imagino lo que sentirá mi impaciente hermana. Sin embargo, está con él. ¿Será eso el amor, la posibilidad de lo imposible? Hay cosas que jamás entenderé.

Aparece Conejo, los negros Ray-Ban y los pantalones anchos y un aire *retro,* se está dejando crecer las patillas, le quedan bien. Tararea una canción de chichería, «Lo siento pequeña mía, tenemos que separarnos». Silvia le pregunta dónde se perdió.

—Negocios, negocios —dice él, sonriente.

—Se nota que te está yendo bien, Coutinho —dice Silvia sin malicia, tocando la gruesa cadena de oro. Prefiero no abrir la boca.

—Me he antojado de un helado —me dice Annaliz—. ¿Me acompañas?

Camina a paso rápido, me deja atrás. Tiene pecas como una lluvia de estrellas fugaces en su espalda descubierta, un cuerpo de curvas armoniosas que se adivinan a través del vestido celeste que le llega a la mitad de los muslos. Se da la vuelta y me descubre mirándola, me hace un guiño y me ruborizo. «Sucede en las mejores familias», dice, arrastrando las palabras, una mueca insinuante que hace las veces de sonrisa. Ah, las cosas que suceden en las mejores familias. El suyo es un rostro común, de rasgos que no son feos pero tampoco excepcionales: pequeños ojos negros, labios recogidos sobre sí mismos y de líneas muy marcadas. Un rostro que necesita de maquillaje para oficiar de lindo. Excepto la nariz, rasgos comunes, pero la salvan sus gestos, el compendio de guiños, pestañeos y mohínes que hacen de ella una mujer atractiva.

Compra su helado en el quiosco de doña Julia, de canela y dulce de leche. Al regresar hacia donde se encuentran Silvia y Conejo, diviso a Alfredo saliendo del colegio con Nelson y Chino, dirigiéndose a la plazuela. Siento celos de Chino.

—¿A qué te dedicas? —pregunta Annaliz.
—Intento salir bachiller este año.
—Viva la obviedad. Me refería a tus ratos libres.
—Nada interesante. Me gusta escribir.
—Ajá —un gesto entre la compasión y el escepticismo—. Qué, por ejemplo.
—Cuentos. Tengo un detective que se llama Mario Martínez. ¿Has leído a Agatha Christie?
—No me gusta leer. Soy demasiado inquieta para quedarme una hora sentada con un libro en la mano. ¿Escritor de novelas policiales?
—De detectives. Tipo Clue: ¿quién fue el asesino, en qué cuarto y con qué arma? Un día quisiera escribir novelas así. Por lo pronto, escribo cuentos.
—¿Para qué? Disculpá que sea tan franca, pero no le veo el sentido. ¿Alguno de tus amigos lee? Apuesto que todos se la pasan yendo al cine, y no leen ni *Condorito*.
—*Condorito* sí leen. Y mis cuentos también.
—Al menos eso es lo que te dicen. Que es lo que importa, ¿no?
—Preferiría que fueran sinceros conmigo.

Silencio.

—Clue me encantaba —dice ella—. El coronel Mostaza fue el asesino, en el conservatorio, con el candelabro. Hace tiempo que no lo juego.

—Yo tampoco. Será la edad, supongo.

Una empalizada de nubes acaba de cubrir el sol, cúmulos de lluvia aparecen en el horizonte. La brisa tibia se enfría, agita los eucaliptos del colegio, los hace silbar cuando golpea sus retorcidas ramas.

—Pensé que escribir ya era algo en vías de extinción. Primera persona de mi edad que conozco que le gusta escribir. Tengo un abuelo historiador, pero eso no cuenta. Si me prometes que la voy a pasar bien, me gustaría leer algo tuyo.

—Con tal de que no esperes mucho, perfecto. Son historias simples.

—¿Quieres?

Pruebo su helado, delicioso. Recuerdo, mientras Conejo se le acerca y le dice lo mucho que se parece a una amiga suya —típica frase suya para iniciar la conversación de tanteo con las mujeres que le llaman la atención—, lo que me había contado Silvia de ella. Se había casado con Sandro a los diecisiete años, no por amor sino para huir de un padre autoritario, celoso y posesivo que iba personalmente a recogerla de las fiestas a las que iba, que le prohibía usar minifaldas o maquillaje y que no quería darle permiso para que fuera, como tantas compañeras suyas de promoción, a estudiar a La Paz. Ella, pese a todo, no quería tener problemas con su padre, a quien, aparte de temerle, amaba y admiraba, y pensó, ingenua, que casarse era la solución ideal: el matrimonio le permitiría, a la vez, irse a vivir lejos pero mantener el contacto con él. El elegido, por supuesto, debía ser alguien aprobado por el padre: lo encontró en la persona de Sandro Echazú, un político pedante, de la alta sociedad tarijeña, que coqueteaba con ella regalándole chocolates o ramos de rosas cada vez que iba a la casa a visitar a su padre, de quien era muy buen amigo. Echazú tenía mucho dinero, un apellido de alcurnia (al menos para lo que la gente de Tarija consideraba alcurnia) y, gracias a su labor como jefe regional del MIR, era considerado una de las figuras ascendentes en la política nacional: ¿qué más se podía pedir? Era cierto que era divorciado y tenía un hijo, pero ésos eran detalles menores que podían comprenderse (las mujeres son capaces de comprender tantas cosas, la sociedad les dice todo el tiempo que ellas son muy comprensivas y terminan creyéndoselo). El padre no lo entendió así, y armó un escándalo cuando Annaliz le comunicó que se casaría. Alegó que Echazú era muy mayor, y que debido a su estado civil ella no podría casarse con él por la Iglesia. Annaliz, terca e inflexible, no cedió. Y...

—¿En qué piensas, Marito? —dice Conejo, devolviéndome al Don Bosco. Respondo lo primero que se cruza por mi cabeza:

—Ojalá no se nuble. Tengo unas ganas locas de ir a la piscina.

—Si quieres ir a la piscina —dice Annaliz, una mirada capaz de prestarse a múltiples interpretaciones, insinuante pero también amistosa—, sólo tienes que decírmelo. En mi casa tenemos una piscina muy grande.

¿Qué más se puede pedir? Sandro Echazú se acerca con mis papis, todavía con saco para mantener la elegante compostura, debe de estar sudando bajo la camisa de seda. ¿Qué más se puede pedir? Escucho por los altoparlantes el charango de Ernesto Cavour, esa música folclórica que desempolvamos necesariamente en actos públicos como éstos, qué falsos que somos, en la casa todo el día Billy Idol y AC/DC pero en público no, ahí hay que fingir que nos gusta la música nacional.

Echazú ya llega. ¿Qué más se puede pedir?

—Muy, muy grande —continúa Annaliz, clavándome contra la pared con la mirada—. Tan grande, que en ella siempre suceden cosas interesantes.

14

El último miércoles de marzo, Camaleón, Tomás y yo fuimos a ver *Hábitos nocturnos* en el cine Víctor, en la misma cuadra en la que se hallaba la Biblioteca Municipal, donde, esa tarde, había terminado sin éxito mi búsqueda por Cochabamba de las novelas de Edgar Lizarazu (después de dos semanas, concluí que el único lugar donde podría encontrar esos libros era el Archivo Nacional de Sucre). La película, italiana, narraba en una copia de mala calidad, llena de saltos e imágenes mal encuadradas, la historia de una monja que se acostaba con todos los curas y las monjas de la ciudad. Prometía más de lo que cumplía —las pornos en el cine no se animan a mostrar todo como en un video—, pero tenía una escena final increíble: una orgía en plena capilla del convento. Ulrika Braschi, la italiana-escandinava en el papel estelar, caminaba desnuda por la capilla, con sus largos rizos rubios cubriéndole los senos a la manera de *lady* Godiva, y echando agua bendita a las parejas y tríos copulando con hiperbólico entusiasmo. Me persigné y me sentí mal pero igual mis ojos no se desprendieron de la pantalla, y Tomás no sé si se sintió mal pero sí sé que se mandó una paja mientras Camaleón, misterioso, decía que él también quería mandarse una pero no podía. En la oscuridad del Víctor, con su rancio olor y su clientela de adolescentes babosos y jubilados con resignada nostalgia en la mirada, recordé mi primera vez, a los once años. Mis amigos mayores del barrio, Lippy, Negro y Gordo, me preguntaban con insistencia si ya me había hecho la paja, y yo les decía que sí, temeroso de preguntarles qué significaba exactamente hacerse la paja. Una noche, decidí experimentar por mi cuenta, y me metí en el baño con unas cuantas pajitas que había sacado de una escoba. Me eché en la tina, hice correr el agua y, nervioso, elegí la pajita más recta y más fina. Después, con la mano derecha agarré mi miembro lleno de manchas como un test de Rorschach y, con la mano izquierda, aproximé la pajita a la punta de éste. La fui metiendo lentamente, esperando, tenso, los placenteros resultados de los que hablaban mis amigos. Nada. Moví la pajita con fuerza, como si estuviera batiendo huevos. Me comencé a preocupar cuando vi salir la sangre por la punta de mi miembro. Me detuve, asustado. Apagué la ducha, me envolví en una toalla y fui corriendo en busca de papá. Le expliqué lo sucedido, y prorrumpió en una carcajada que todavía no olvido. «Sólo a ti te puede ocurrir una de estas cosas —me dijo—, sólo a ti.» Después me explicó lo que realmente significaba hacerse la paja, asegurándose de que Alfredo, tan chiquito todavía, escuchara la explicación. El ardor al orinar me duró tres días.

Lloviznaba al salir del cine. Fuimos, en el Ford Escort de Tomás, a comer pollo con papa frita a las tierritas en la avenida Humboldt, el peligroso pollo que meses atrás había mandado a quince albañiles al hospital (nosotros nunca aprendíamos). Cuatro borrachos charlaban en un auto, la voz chillona de Cindy Lauper en la radio a todo volumen. Los puestos de comida estaban vacíos, las vendedoras tenían rostros malhumorados y ahuyentaban a perros hambrientos que intentaban escamotearles una presa de pollo o una milanesa. ¿Era la llovizna? ¿O la gente ya ni siquiera podía pagarse un sillpancho en un lugar tan de mala muerte como las tierritas? Nos era tan fácil perder la perspectiva de lo que pasaba en el país: la catástrofe económica podía sentirse también en nuestro mundo, pero era cierto que estábamos en general protegidos, las ventanas con vidrio reforzado ante la inminencia del huracán, incapaces de sentir la fuerza máxima del impacto. Podíamos privarnos de algunos lujos y no comprar la ropa de última, pero jamás pasaríamos hambre o caminaríamos descalzos o abandonaríamos el sueño de estudiar en el extranjero, aunque fuera en la Argentina si no se podía en los States. Para haber nacido en un país tan pobre, éramos muy afortunados. O quizá no.

Nos sentamos en una mesa con un mantel manchado de llajua y mostaza, bajo un toldo de plástico que nos protegía de la llovizna. Pedimos tres porciones de pollo y Coca-Colas a una obesa mujer con un párpado caído. A sus pies, un bebé lloraba sin consuelo. Tomás y Camaleón encendieron sus Derbys. Camaleón estaba serio, con la expresión preocupada.

—Tienes cara de haber ido a un entierro —dije bebiendo mi Coca-Cola de la botella—. ¿Pasa algo?

—Les cuento otro día —dijo Camaleón.

—Dale, hablá.

—Ya que insisten.

Camaleón no sabía callarse. Ni siquiera era cuestión de presionarlo un poco. Era suficiente pedirle que hablara.

—Es lo de siempre, pero cada vez peor. Mi papá lo botó a mi hermano de casa. Es un tronado, pero me da pena. Va a terminar como los polillas en El Prado, haciéndole a la clefa y robando gasolina.

—*Bolivian Marching Powder*.

—Durmiendo bajo el puente. Hace una semana que no lo veo y me preocupa. Mi papá, ni signos de arrepentimiento. Feliz porque dice que al fin se respira buen aire en la casa. También mi hermano, ni siquiera disimulaba. Para colmo, mi mamá está hecha un atado de nervios y una bolsa de huesos. El tratamiento le está haciendo más mal que bien.

—Es jodido desintoxicarse —dije—. Te viene una perseguidora jodida.

—Como si supieras algo del tema —terció Tomás—. Pero lo tiene que hacer, ¿no?

—No hay otra. Eso dicen los médicos.

Pausa.

—Además...

—Qué.
—Les dije que quería pero no podía mandarme una en el Víctor. Me han aparecido unas heridas *you know where*. Como ampollitas reventadas.

Tomás y yo sonreímos.

—¿No has ido al médico?

—No me animo. Me va a pedir que me haga poner ocho inyecciones en dos días, y me meo de ver una aguja.

—No debiste haber ido al putero —dije.

—Los caminos del Señor son misteriosos —dijo Tomás.

—Se me va a caer la paloma, y no es chiste. Esto más que charla parece un parte de guerra.

Camaleón tenía la cara encarnada. Se alisó el bigote, se rascó un grano en el cuello. Aunque era famoso por sus exageraciones, sonaba sincero. Era uno de los que más lo conocía, pero debía reconocer que no lo conocía mucho. Su lado jovial, sí, pero nada más. Estaba seguro que había un lado en el que Camaleón tiraba puñetazos en las paredes de los baños (un día apareció con una inexplicable venda en la mano derecha), y dejaba la almohada húmeda en las madrugadas (todos teníamos lacrimales, debían de servir para algo). Los problemas familiares, las bajas calificaciones, las chicas que sólo sabían decirle no. Todo eso no podía conducir sólo a la risa fácil, a la burlona automisericordia. Todo eso debía conducir a frustraciones y complejos que, si no emergían ahora, lo harían cuando todo fuera muy tarde, acumulados y multiplicados por la larga espera.

—¿En qué piensas, Marito?

—En nada. Mejor pongámonos al día en chismes.

Hablamos de los cada vez más notorios enfrentamientos entre Mauricio y los de Chinatown mientras la mujer del párpado caído ponía tres platos de pollo con plátano frito en la mesa. Las pechugas y las entrepiernas nadaban en un aceite negro, requemado, utilizado una y otra vez a lo largo de meses. Me metí un pedazo de pollo en la boca y les conté que Mauricio había hablado conmigo, y que me había dicho que se reuniría en privado con Chino y Conejo. Por lo visto, no había dado resultado.

—Lo que pasa es que no entiende que ya no somos unos chiquitos de diez años —dijo Tomás, quien, de pronto, se había puesto taciturno. Si no era uno, era el otro—. Lo mal acostumbramos a decirle sí a todo sin que le costara mucho esfuerzo, y ahora se raya apenas alguien le contradice.

—Sea lo que fuera —dije—, se saldrá con su gusto. Y no es que le hagamos caso porque nos tiene dominados. Simplemente, ocurre que lo que él decide suele ser algo muy lógico, muy de sentido común. ¿Para qué discutirle si está en lo cierto? No va a ser por gana y gusto de llevarle la contra.

—Ningún extremo, un poco para cada uno y todos contentos. Sería un buen político.

—No me extrañaría que llegara algún día a ser presidente —dijo Camaleón, un ala en la mano, los labios manchados de grasa.

—Eh, tampoco exageres —dijo Tomás—. No es para tanto.

—Espera y verás. ¿Quiénes crees que van a gobernar en unos veinte años? Nosotros, pues, quién más. Seguro alguien que conocemos va a ser ministro de algo. Este país es más chiquitito de lo que crees. ¿O te imaginas a un indio de ministro? Aparte del Ministerio de Asuntos Campesinos, obviamente.

—¿Por qué no? —dije, más por abogado del diablo que por tener convicción en mis palabras—. Son la mayoría, algún rato les tiene que tocar.

—Ése va a ser el día en que haga mis maletas y me vaya de aquí —Camaleón elevó el tono de voz, furioso.

—Yo también —dijo Tomás, tirándole un hueso a un chapi de respiración acezante—. Si estamos como estamos sin ellos arriba, ¿cómo sería con ellos?

—Yo me quedaría —dije—. Todos somos iguales, ¿no?

—Ya te quiero ver. Vas a ser uno de los primeros en huir.

Preferí no continuar la discusión, siendo como era de convicciones tibias, conciliador por vocación, incapaz de enfrentarse del todo a los amigos cuando hablaban barbaridades acerca del país o de los indios.

«Haga patria, mate un indio.» «Cholo de mierda.» «Se nos viene la indiada.» «Amor indio.» «Huele a cholo.» «India mugrienta.»

«País de cuarta: estamos así por culpa de los indios.» Mejor pensar en otras cosas. Una vez más, aparentar no haber escuchado nada.

—¿Otro platito, casero?

El pollo era un riesgo para la salud, pero estaba delicioso. Hubiera querido comer un plato más, pero el fétido olor del río Rocha detrás de los puestos de venta, arrastrado por la brisa nocturna, comenzó a hacerse sentir (qué diferencia con el fragante olor del río Fugitivo. Martínez la tenía fácil).

—Estamos sin plata, casera. Otro día será con repete. ¿Cuánto es?

Pagamos, subimos al Ford Escort. Bajamos por la Humboldt, cruzamos el puente Cobija y pasamos por el zoológico, donde búhos de ojos pasmados se hipnotizaban entre sí y leones famélicos les mostraban sus costillas a los fantasmas (decían que el lugar estaba embrujado). Dimos vueltas por El Prado, vacío a esa hora excepto por dulceras e incansables librecambistas cerca de la plaza Colón y del monumento a Bolívar (en agosto nos tocaría visitarlo y llenarlo de ofrendas florales). Había aparecido un nuevo grafiti en las paredes de la heladería Sabor: ESTA MI CLARIDAD O JÚBILO DE SER EN LA CADENA DE LOS SERES, DE ESTAR AQUÍ. Un edificio a medio construir en la esquina de la calle La Paz, y otro enfrente, encargado por un banco, asomaban como testigos de la falta de trabajo de papá. Sus fachadas sin pintar, los fierros sobresaliendo por entre el hormigón armado como venas y nervios colgando de una herida abierta, los ladrillos y los tablones amontonados en el suelo, hablaban de una fuga repentina, como cuando a un narcotraficante le avisaban en pleno almuerzo que la redada se produciría en quince minutos y él debía huir y dejar todo a medias, la humeante sopa de fideo, el tenedor todavía ensartado en un pedazo de carne, el vaso de cerveza rebosando espuma. Así había sido, una ruptura sorpresiva, una tarde comprando una cara reproducción de Monet para el vestíbulo de su oficina y al día siguiente la imposibilidad de comprar el marco para colgarlo. Sentí pena por papá. Traté de ponerme en su piel, entender su nostalgia por un hombre de mano dura, por el «orden, paz y trabajo» de un dictador de los setenta. No pude.

La llovizna fue convirtiéndose lenta, imperceptiblemente, en lluvia furiosa. Tomás aceleraba y se acercaba al intento a la vereda, para salpicar a las dulceras que montaban guardia, estoicas, al lado de sus puestos cubiertos por una bolsa de plástico. Los jacarandás de El Prado, bajo el aguacero y la luz anaranjada de las lámparas de sodio, eran espectrales apariciones, falanges de soldados apostadas a las puertas de una borrosa ciudadela, flotante e incorpórea como el sueño de una noche de otoño. En la radio, Men at Work, *down under, where women glow and men chunder.* ¿Qué significaba *chunder*?

Hablamos de la guerra desatada por Belloni y don Bernardo contra la promoción.

—El italiano es un hijo de puta —dijo Camaleón—. Dicen que es casi un hecho que prohibirá nuestro viaje de promoción.

—Don Bernardo los tiene de un huevo a los de Chinatown —dijo Tomás—. Dicen que mandó llamar a los papás de Conejo, para decirles que dos faltas más y lo expulsaba del colegio.

—A Salvaje también lo amenazó con algo así. Belloni los tiene entre ceja y ceja.

—No lo culpo —dije—. La verdad que abusan. ¿Cómo, pues, tirarse un pedo en pleno padrenuestro? Chino es un asqueroso. Y nada que ver eso de los anónimos.

—No está comprobado que ellos sean la banda del Ajedrecista —dijo Camaleón—. De por ahí ni siquiera sea una banda. De por ahí se trata de alguien que se está haciendo la burla de todos.

—¿Quién? ¿Aldunate con sus ojos saltones? Tampoco pues. ¿Quiénes más si no Chino y compañía? Lo que me preocupa es que por culpa de ellos nos joda a nosotros más. Justos no tienen por qué pagar por pecadores.

—¿Por qué no? —dijo Tomás—. Además, no hay ningún justo en el curso. Bueno, sin contar los Murciélagos. Es un desorden general. A mí me da vergüenza decir que soy de la promo. Vieron nomás el dibujo que se aprobó para la camiseta del curso. Dos imágenes: el *antes*, un adolescente tomando cerveza en un bar; el *después*, el adolescente tirado en el suelo. Bajo éstas, el lema: *Carpe diem.*

—En vez de *Carpe diem* —continuó Tomás—, yo hubiera sugerido *Requiescat in pace*.

—Tampoco seas tan conservador —dijo Camaleón—. Sólo se vive una vez. Hay que joder, hay que sacarle el impuesto. Mejor arrepentirnos de las cosas que hicimos que de las que no hicimos.

¿Qué pretendía Camaleón? ¿Hacer un compendio de todas las frases hechas de la juventud? Sólo faltaba que dijera: «Caminante no hay camino, se hace camino al andar», con perdón del poeta español al que se le ocurrió esa frase, original en su momento pero ya trillada de tanto uso y abuso por parte de las promociones a lo largo de los años.

—Todos votamos —continuó Camaleón—, y ganó ese dibujo. La democracia es la democracia.

—Así nos va con la democracia —dijo Tomás en voz baja, como para sí mismo.

—Ya no discutan —intervine—. Les tengo una fina increíble sobre Tejada. Pero, *please,* no se lo digan a nadie.

Abrieron los ojos y entreabrieron la boca, perritos relamiéndose en espera del hueso. Mi reino por una fina. Por la fina baila el mono.

—Ya hombre, qué esperas.

—Sumamente.

Les conté de la carta que me había mostrado Tejada, que lo destinaba a los Estados Unidos en julio. Se suponía que era un secreto, pero qué podía hacer, estábamos conversando, no jugando a los dados o viendo un video. Ver un video era una buena manera de pasar el tiempo, tanto como jugar a los dados, uno estaba ocupado haciendo algo y no podía charlar, y si hablaba eran comentarios referidos a la película o al juego de dados. La gente ya no charlaba mucho, se decía, se había perdido el arte de la conversación, y acaso fuera mejor así. Era peligroso hablar, pasar el tiempo llenando de palabras los diferentes territorios en que habitábamos cada día. Uno comenzaba, y luego ya era difícil decir «de esto mejor no hablar». Habría que contar una historia, revelar algún secreto de nuestra vida o de las vidas de los otros que nos quemaba las manos, que nos envenenaba el cuerpo, y decir como una frase encantatoria «por favor no se lo cuentes a nadie» sabiendo que, una vez dicho, el secreto no dejaba de volver a decirse, eran otras las palabras y las intenciones pero el secreto era el mismo, tergiversado una y otra vez hasta que a veces no quedaba nada reconocible de la historia original. Así nos íbamos enterando de cosas de las que jamás debimos enterarnos, nuestra vida se poblaba de infinitas verdades y mentiras acerca de los otros, sin saber por qué sabíamos o creíamos saber que Aldunate era impotente, y que Michelle le había sido infiel a Lanza con su primer amor, o que Cardona iba perdiendo la vista y el proceso era irreversible. Tanta información verdadera y tergiversada, uno ya no sabía qué sí y qué no, pero no podía dejar de hablar y seguir cubriendo el mundo de ficciones. Por eso era peligroso hablar, y uno aprendía el secreto del mundo cuando descubría que era mejor no escuchar ni divulgar secretos, pecar de reservado, discreto, silencioso, terca esfinge que estaba pero no estaba en los diferentes territorios que habitábamos cada día, la habitación que se iba inundando de frases a la hora del almuerzo o de la cena, o en la reunión con los amigos antes de ir a bailar. Por eso era mejor ver un video, o jugar a los dados.

Me miraron sorprendidos: era una muy buena fina, mejor de lo que esperaban (no era famoso por mis chismes). Hablamos de Tejada, recordamos algunas anécdotas suyas.

—Lo extrañaré mucho pero se lo tenía merecido —dijo Tomás—. Por jugar con fuego, por no darse cuenta de que Belloni fue enviado con la expresa orden de poner las cosas en su lugar y de que estaba buscando una excusa para deshacerse de él, y él, tan ingenuo e inocente, se la dio.

Mencionamos a Mónica, volvimos a especular sobre si sí o si no, el deporte favorito del curso.

—Estoy harto del tema —dije—. Hablemos de otra cosa.

Me arrepentí de haber abierto la boca. A ellos todo esto no les despertaba nada más que una curiosidad morbosa. No sentían mi pena inmensa de sólo pensar que Tejada se iría del colegio, y tampoco me comprenderían si les decía lo que sentía. Acaso era mejor así.

Les conté que tenía una nueva vecina, «está fuerte pero ya casada, ni chances por ahí». Después Camaleón nos habló de Verónica Ríos, su nueva camotera.

—La invité a tomar té al Zurich, el sábado. Me dijo que me avisaría mañana. Si me acepta le caigo ahí mismo. Porque ayer, ayer sí que fue alucinante.

—¿Qué pasó ayer?

Day after day it reappears, night after night my heartbeat shows the fear, ghosts appear and fade away. ¿Qué significaba *chunder*?

—Fui a visitarla y le llevé todos mis últimos casetes, impresionadísima porque eran *made in USA,* Prince, Madonna, Van Halen. No sé qué dirán ustedes, pero a mí me parece que está buenísima. Se viste con esas soleras para hacer gimnasia... Le conté mi historia del accidente haciendo esquí acuático en La Angostura, cuando me tuvieron que hacer treinta y seis puntos en el cuello, esa historia jamás falla, a las mujeres les despiertas compasión y ya está, te las metiste en el bolsillo. Le contaba esa historia y me iba acercando, terminamos sentados lado a lado, vio mi arete, le encantó, comenzó a acariciarme la oreja.

—¿En serio?

—Juro que yo temblaba, era una hoja de árbol sacudida por el viento, mamá congela este instante. Y luego, y luego...

—Luego qué.

—La besé, lengua y todo. Justo entró la tonta de su hermana y se rompió la magia del momento. Verónica se hizo la loca, hablamos de otras cosas, y luego, al despedirnos, me dio un pico y me dijo que hablaríamos. Sumamente. Ya está en la olla. Mañana le caigo, es coser y cantar.

Lo más probable era que no hubiera habido nada. Pobre Camaleón, nunca aprendería: desde que lo conocía que estaba detrás de las chicas más cotizadas de Cochabamba. Parecía no darse cuenta que ellas, preocupadas como estaban por los chicos más cotizados, lo ignoraban por completo. Era muy chiquito para ellas, muy feo (y luego decían que sólo los hombres nos preocupábamos por el físico), sin nada que lo distinguiera de los demás excepto su capacidad, rayana en la hipocresía, para adaptarse a cualquier persona —de ahí su apodo—, y su envidiable talento para narrar historias, para convertir un beso en la mejilla de una chica en un tórrido fin de semana en La Cabaña de la Torre (un gran narrador era, necesariamente y por sobre todas las cosas, un gran mentiroso). A veces le aceptaban invitaciones, porque cuando Camaleón invitaba era en serio, sin tacañearse, pero nada más, lo exprimían un poco y listo, jamás llegaría a sacarles siquiera un pico. Era un excelente amigo y nadie se animaba a decirle de frente que no perdiera el tiempo, que se fuera con la música a otra parte, y ahí lo veíamos, llamando a Verónica Ríos, enviando flores a Amanda Detmers, visitando a Cora Corrales. Se lo dije una vez, en clave: «Cuando todo falla, uno debería bajar sus estándares». No entendió, o no quiso entender.

Lo dejamos en su casa. La lluvia había arreciado, el limpiaparabrisas no funcionaba bien (el Ford Escort era industria brasilera, todo el mundo se daba el lujo de ser imperialista y colonizador con nosotros, hasta los fósforos eran industria paraguaya, el papel higiénico peruano, y en la tele daban *El Chavo* y *El Chapulín*), y Tomás tenía que agacharse sobre el volante para poder ver. Yo limpiaba el vidrio empañado con la mano y pensaba que no sería nada gloriosa una muerte así, como la tuvo el hermano de Chino. Tomás estaba sobrio, pero aun así tuve miedo y ansié la pronta llegada a casa.

—Voy a terminar con Aura —me dijo Tomás por la Uyuni.
—No jodas —dije, sorprendido—. ¿Qué pasó? Si estaban de lo más bien.
—Papá no quiere que siga con ella.
—¿Y qué? Ésa no es razón. Ni que tuvieras diez años. Mándalo al diablo.
—No puedo. Ayer me dijo que, si quería ir a estudiar a Chile, tenía hasta el domingo para cortar con ella.
—¡Tremendo chantaje!
—Ya sé.
—Entonces.
—¿Qué harías en mi lugar?

Tosí.

—Está jodido. Me muero si me quedo a estudiar aquí. Por otra parte, me costaría dejar a alguien si estuviera loco por ella.
—Jodido, ¿no? Pero hay que sumar y restar, y tomar decisiones.

Era una voz que buscaba firmeza en vano, que temblaba a pesar de sí misma. Era una voz que no podía tomar la decisión que me acababa de anunciar.

—Pero Chile no es los States —dije.
—Los States no son ninguna maravilla. En todo caso, Europa. Por algún lugar hay que empezar.
—Se va a morir cuando se lo digas.
—Yo me voy a morir.
—Podrías verte de ocultas.
—Papá se entera y estoy chau.
—¿Ya es una decisión tomada?

La respuesta tardó en llegar:
—Ajá.
—¿Sin vuelta que darle?
—No hay vueltas.
—¿Y si te arrepientes luego?
—De eso se tratan las decisiones, ¿no? Algo ganas, algo pierdes, cruzas los dedos y esperas ganar más que perder. Pero en el fondo uno nunca sabe.

Sonaba maduro, tan maduro que lo sentí falso. Sus reflexiones acerca de las grandezas y miserias de la toma de decisiones no me convencían, no convencían a nadie. Me estaba mintiendo, o quizá no, pero tampoco me estaba contando toda la verdad. Todos mis amigos me habían dicho al menos un par de veces que estaban enamorados, pero ninguno con la convicción de Tomás. Él era esa rareza, alguien que desde los catorce años estaba seguro que quería compartir el resto de su vida con la chiquilla que acababa de conocer en una fiesta de San Juan (como mis abuelos Roberto y Cristina, como el Doctor No y la Sulfúrica, aunque ellos provenían de otros tiempos, antes era más fácil persistir en los afectos). El cambio era tan brusco que era obvio que algo no encajaba. ¿Chile o Aura? Si de geografías se trataba, para Tomás no había ningún territorio en el extenso mapa comparable al de Aura. El sabueso policial olfateaba un misterio en el aire. Pero, ¿cómo averiguarlo? Tomás era, de lejos, el menos transparente de mis amigos.

En la puerta de mi casa, cuyos pinos andaban necesitados de un corte que volviera a dar forma a sus líneas, Eulalia hablaba con su novio, un soldado bajito que una vez por semana venía en su bicicleta a visitarla, a escondidas de mamá. Los dos estaban completamente mojados pero la lluvia parecía no importarles. O, mejor, no tenían otra opción: Eulalia no tenía, como Verónica Ríos cuando la visitaba Camaleón, un *living* para hacer pasar al soldado, o, como mi hermana cuando venía Jean-Pierre, un comedor donde sentarse a charlar. Eulalia no tenía nada, excepto un cuartucho en la parte de atrás de la casa de la distinguida familia Morales, el padre arquitecto y la madre en el ramo publicitario, los hijos con un gran futuro por delante aunque uno de ellos, el del medio, ruega que uno de los hermanos se convierta en millonario antes de los treinta, así lo mantiene a él y a sus locos sueños de escritor.

Eulalia siguió charlando, sabía que yo no le iría con el cuento a mamá. Me despedí de Tomás, le dije que no se apresurara, que pensara las cosas con calma. Me contestó que le daba muchísima pena, pero que había soñado ya tantos años con estudiar en Chile, y si era posible quedarse luego a vivir allí. ¿Chile o Aura? ¿Es que sería capaz? ¿Y qué haría yo en su lugar? ¿Y sería el primero en huir dentro de veinte años? Pensé en tantos amores contrariados, en lo fácil que era que una gran relación se convirtiera en nada, en el leve hilo que nos unía a las personas y que estaba presto a cortarse al menor movimiento en falso, a veces ni siquiera en falso, a veces era suficiente el continuo desgaste que el tiempo traía consigo para que los jóvenes que alguna vez se miraron a los ojos con intensidad y altura terminaran como mis papás, mirando la televisión en cuartos separados.

Una vez en mi cuarto, miré a través de mi ventana hacia la casa de los vecinos, que se encontraba a oscuras. Me pregunté cuál ventana daba al cuarto en que dormía Annaliz con el político que podía ser su papá. Qué contraste, ella con tanta energía y él ya muy encaminado al asilo. Pobre viejo, me dije, no le debe aguantar una pasada, debe tomar pastillas para el corazón porque cualquier rato, en el tercer polvo, ella va a estar como nueva y a él le va a dar un infarto.

La lluvia había amainado. *Hércules* ladraba. Mejor no escupir al cielo. Uno no sabía qué bifurcaciones tomarían nuestras vidas. Quién sabía, acaso en uno de mis posibles futuros me aguardaba, a mis treinta y cinco, un casamiento con una chiquilla de dieciocho.

15

Esa noche, descalzo y en pijama, bajé a la cocina en busca de un vaso de leche. Papá había pedido que nos fuéramos temprano a la cama, tendría visitas y necesitaba el más completo silencio. Lo noté muy nervioso; había discutido con Silvia, que respondió de mal tono a un comentario despectivo suyo acerca de la huelga de hambre de los universitarios («que los dejen morir a esos rojos»). Silvia no estaba a favor de ningún «rojo», pero le molestaba que se ofendiera tan fácilmente a las personas: esas ofensas rechinaban en sus oídos, y parecía no advertir la contradicción de ser ella una de las que las pronunciaba más a menudo, aunque de manera indirecta. «La universidad huele a mierda de caballo.» Se gritaron, Silvia terminó levantándose de la mesa y encerrándose en su cuarto a llorar, acompañada por Alfredo.

Fui después al cuarto de Silvia. Alfredo ya no estaba. Ella estaba echada en la cama bajo el resplandor de la luz de la lámpara, con una falda de motas negras sobre fondo blanco que le llegaba a la rodilla, y una holgada camisa verde oliva. La soledad nocturna de Hopper en la pared, un casete de Billie Holiday en el estéreo. Sobre una cómoda un sostén color vino se inmiscuía en el paraje poblado de cosméticos y perfumes y tijeras para las uñas y pinzas para las pestañas. No debía de ser divertido ser mujer, una profesión a tiempo completo (la nuestra era más relajada). Me acerqué, acaricié sus cabellos. Ella se dio la vuelta.

—Tranquila —le dije—. No le hagas caso.

—Tranquila, tranquila —me dijo, sin mirarme, la voz ahogada por el edredón sobre el que yacía su rostro—. Eso es lo único que sabes decir. Viste lo que pasó, me buscó lío de nada. Y tengo que quedarme tranquila.

No supe qué decir. Me quedé callado.

—¿O es un invento mío?

No, no lo era. Cuando éramos niños la llamábamos María Magdalena. Bastaba que papá le alzara la voz, lo cual ocurría muchas veces, o la castigara encerrándola en su cuarto, para que se echara a llorar con expresión de desamparo, como si acabara de enterarse que planeábamos irnos de viaje sin decirle nada. Papá, Alfredo y yo cantábamos a coro: «María Magdalena siempre eres tú, María Magdalena siempre eres tú...». Al principio creí que exageraba, luego me di cuenta de que no. Si ella traía buenas notas del colegio, papá la ignoraba; si le pedía que la ayudara en su tarea, papá lo hacía, pero de mala gana. ¿Qué podía hacer yo? ¿Qué decir? Lo peor de todo era que Silvia había convertido el trato de papá en el centro de su vida: él debía, tarde o temprano, aceptarla como su hija, darle el mismo cariño que nos reservaba a Alfredo y a mí. Ella no tenía por ningún lado fotos de su padre verdadero, y aunque todos los primeros domingos de cada mes iba con mamá a visitar su tumba al cementerio, sospecho que lo hacía por cumplir, y mientras se hacía a la que rezaba con un ramo de jazmines en la mano, pensaba en nuevas formas de ganarse la voluntad de papá.

—¿No tienes nada que decir?

—Tienes razón. No es un invento tuyo.

Me miró y me dijo «gracias» con un tono sarcástico. No dije nada. Un rato después, abandoné la habitación.

Eran las once, no había llegado nadie todavía. Me quedé charlando con Eulalia, que sentada en una silla al lado de un horno en desuso, con un mandil azul muy elegante y *Hércules* a sus pies, esperaba las órdenes de papá. La cocina olía a detergente de limón, con el que ella, siguiendo órdenes estrictas de mamá, refregaba no sólo los platos y las ollas y los sartenes después de cada comida, sino todo el recinto, porque «al rato la grasa se acumula y huele mal». Además, los cuatro mil gérmenes que mamá había leído que convivían en cada casa debían ser atacados sin cuartel, como ensayando con ellos alguna teoría revolucionaria del siglo, la ofensiva permanente o la guerra de guerrillas.

—Mi telenovela bien se ha puesto. Ha aparecido una joyera muy linda, parece que es la hermana de Claudio. Pero ella no lo sabe, y Claudio tampoco, y los dos trabajan juntos y están echándose el ojo. Cualquier rato va a pasar algo, y zas, ya está, la maldición va a caer sobre ellos.

Eulalia no tenía nada interesante que contarme, pero igual quería hablar: tantas horas al día que se las pasaba hablando sola, eran entendibles sus ganas de compartir lo que pensaba o le ocurría con alguien (no todos le hallamos sentido a monologar maniáticamente). Y no es que lo suyo no fuera interesante, simplemente yo no lo encontraba así: qué ganas de ofrecerle mucho más que mi paciencia y mi buena voluntad, de apasionarme cuando me relataba la telenovela que seguía. Qué ganas de conmoverme una vez más ante la historia de su familia, relatada con voz quebrada por las fuerzas unidas de la nostalgia y la tristeza. Qué ganas de sentir por ella algo más que compasión, de verla como mi igual y no como ahora, sutil pero inevitable, esa mirada de arriba abajo, el genuino cariño mezclado con la conciencia de nuestra desigualdad, la pena por los reducidos horizontes de su mundo, porque en tantos años de trabajar de empleada doméstica apenas había ahorrado para comprarse una máquina de coser. Eulalia hablaba, retorciendo nerviosa el mandil, las uñas cortadas a ras de las manos que envejecían más rápido que el resto de su cuerpo, y yo quería ponerme en su lugar, ver la vida con sus ojos, ver en mi reducido cubículo a ese chiquillo imberbe con un vaso de leche en la mano, hablándome e impaciente por volverse arriba a continuar con sus cosas. Quería, pero no podía. Por más esfuerzos que hiciera, no podía dejar mi aburrido yo. Estaba bien así.

—¿Sabes quién viene? —pregunté.
—Qué pues. Tu papá hecho al misterioso está. Ni tu mamá sabe. Me dijo que cuando llegaran, entrara a ofrecerles algo de tomar, y que después me fuera a dormir, que no quería ningún tipo de molestia. Ojalá se calme la señorita Silvia. Usted nomás es tranquilo, joven.
—Tampoco exageres.
—Cierto es. El joven Alfredo es un cuete, corretea como loco con ese rubiecito.
—Nelson.
—Ese Nelson es un terrible. Si viera las cosas que me ha contado la chica que trabaja en su casa. Se la pasa abriéndole la puerta cuando ella va a la ducha. Una noche, el muy fresco apareció en su cama, bien calato. ¡Imagínese, a su tamaño! Yo que sus papás, no lo dejaría salir a Alfredo con ese mocoso. Y a Silvia le daría horas de regreso. La señorita y su hermano no pueden estar de andantes por ahí, como dejados de la mano de Dios. Y si no cumplen, a chicote limpio.
—Silvia ya es grande, no se le puede poner horas de entrada y salida.
—Ay, joven Roby, usted sabe que es bien peligroso de noche.

Descalzo en el piso de baldosas de la cocina, sentí frío. Debía volver a mi habitación. Pensé en lo que acababa de decir Eulalia. Mis papás habían sido siempre muy permisivos con nosotros, nos habían dado mucha libertad. A diferencia de otros que conocía, que se habían creído el cuento de hadas de la Cenicienta e iban a la medianoche a recoger a sus hijos de las fiestas, o eran muy firmes y explícitos en cuanto a los permisos que otorgaban, mis papás nos dejaban hacer la nuestra y parecían confiar en nuestro buen juicio y no preocuparse mucho por nosotros. Creían que con esa política de puertas abiertas nosotros aprenderíamos a autorregularnos, a usar pero no abusar. Eso había funcionado a la perfección hasta hacía un año, en que Silvia conoció a Jean-Pierre y Alfredo comenzó a exhibir síntomas de rebeldía. Las nuevas versiones de mis hermanos, sin embargo, no habían producido el consiguiente reajuste paternal.

Papá y mamá, sofocados por el trabajo y por sus propios problemas personales, parecían haberse olvidado de que todavía eran los encargados de regular el orden doméstico. Curiosamente, al único que regulaban era a mí, que era, creo, el que menos lo necesitaba o, al menos, el que más tiempo pasaba en casa. Era mi culpa: los había mal acostumbrado a sobreprotegerme.

Acabé la leche, dejé el vaso en el fregadero, me despedí de Eulalia y de *Hércules*, que juntaba las garras sobre su hocico, como obedeciendo a los dictados de un sueño en el que peleaba con otro perro y necesitaba protegerse de sus zarpazos. En ese momento, escuché un silbido proveniente de la calle.

—¿Oíste?

—¿Qué?

Esperé. Escuché los pasos de papá dirigiéndose hacia la puerta principal, los goznes chirriantes de la puerta, las voces roncas que intentaban disimularse en vano en un susurro que se llevaría la brisa nocturna.

Los pasos se detuvieron en el *hall*, a tres metros de donde yo estaba. ¿Debía esperar a que ingresaran al *living* para subir a mi habitación? Era muy difícil: mi curiosidad era irrefrenable. Lo único que tenía que hacer era abrir la puerta y aparentar espontaneidad. Lo hice, sin darme tiempo para pensarlo mucho.

La mirada de los cuatro hombres que acababan de entrar se dirigió hacia mí. Estaban vestidos con chamarras de cuero y pantalones negros, llevaban anteojos oscuros que no iban con la noche, y tenían en el rostro una expresión rígida, como sacudidos por una tensión interna que, al intentar ser controlada, se convertía en un macabro rictus hierático. Papá, disgustado, me dijo que me fuera de una vez a la cama. Dije «buenas noches», y entonces el hombre que estaba delante de los otros y que parecía ser su líder me extendió la mano. Recibí un doloroso apretón, de esos que te producen un sonido en la muñeca, como si los huesos se descoyuntaran por una fracción de segundo: el saludo de alguien que se ha tomado muy en serio lo que le dijeron familiares y amigos en su infancia, «los hombres deben saludar con firmeza, como triturando castañas o nueces, para intimidar desde la entrada; una forma de reconocer maricones es por la forma en que te dan la mano, como entregándote un pescado muerto». Tantas cosas me faltaban para ser hombre de verdad, era increíble.

—Buenas noches, jovencito —la voz quería ser cordial pero no podía evitar una pátina autoritaria. Era una voz acostumbrada a mandar. ¿De quién era? El rostro me era familiar, las cejas tan pobladas que una parecía la continuación de la otra, las mejillas picadas por una viruela voraz. Lo había visto en fotos en el periódico y en los noticieros en la tele. ¿Quién era?

Cuando subía las escaleras, me acordé: acababa de dar la mano al ex coronel Alberto Farías, que, más de cuatro años atrás, había dado un golpe de Estado y gobernado el país durante dieciséis días. Eso había ocurrido en el período en que Bolivia era el blanco preferido de los humoristas del continente por la desmesurada sucesión de golpes de Estado. Farías había sido el más ridículo y deplorable de aquel desfile de militares que se creyeron capaces de regir los destinos del país.

En mi habitación, arrebujado entre las sábanas, quise leer pero no pude concentrarme. Apagué la lámpara de mi velador. Por las ventanas con las cortinas abiertas entraba la indiscreta luz de la luna, se apoyaba suavemente en los muebles de la habitación, les proveía de contorno. «La luna, que siempre nos sorprende.» ¿Quién había escrito ese verso? Lo había oído en boca de *mister* Macbeth. La luna... Mis pensamientos se desplazaron, sin conexión aparente, de la luna a Farías. El pensamiento muchas veces pensaba lo que quería pensar, no lo que queríamos que pensara. O quizá sí, pero de una forma tan disfrazada que tornaba imposible para nosotros intentar atrapar el porqué de nuestro razonamiento: veíamos los muertos diseminados en el campo de batalla, el polvillo que levantaban los cascos de los caballos después de la fuga, no la batalla en sí. ¿Qué hacía papá con ese payaso que, ante la convocatoria de la Central Obrera a la resistencia popular, convirtió durante dos semanas el Palacio Quemado en un búnker, y que, según los rumores, tuvo como asesor principal al escocés Johnnie Walker y, cuando renunció a la presidencia, se escapó llevándose dieciséis millones de dólares de las arcas del Banco Central? De pronto, todos los comentarios que le había escuchado a papá desde el retorno de la democracia adquirían otro sentido, tomaban un cariz perverso. Ya sabía que se reunía de vez en cuando con un grupo de gente insatisfecha por la fragilidad del Gobierno de Siles, por su incapacidad para articular un plan económico coherente que nos sacara de la hiperinflación y por su populismo ideológico de izquierda, en el que cabían tanto el Partido Comunista como el MIR. Pero una cosa era despotricar contra el Gobierno —estábamos, después de todo, en democracia—, y otra conspirar contra él. Y aunque una vez había escuchado a papá hablar de sus planes con mamá, no lo había tomado en serio, o al menos no tanto como debía. Los terremotos ocurrían a mi alrededor, las personas se desintegraban como bandadas de patos en el cielo de invierno, y yo seguía ajeno a todo, perdido en otra realidad que, de algún modo, se las ingeniaba para ser más real que ésta de melancólica luz lunar y medrosos perros con turbios sueños y ex militares apretándome la mano como para romperme los huesos —eso sí dolió, eso sí fue real—. ¿Qué dirían las células grises de Mario Martínez a todo esto, qué reflexiones metafísicas podría hacer con un cigarrillo negro en los labios, la astrosa parka verde en la que anidaban las arrugas y las manchas de café?

Me dormí pensando en los agridulces sueños de grandeza de arquitectos con veleidades políticas, que pensaban que la vida no les había dado la oportunidad que merecían si alguien los hubiera escuchado otro habría sido el destino de la nación. Arquitectos sentimentales que algún día soñaron en llegar al poder por méritos propios, y que ahora buscaban hacerlo por el atajo golpista. Cuánto tiempo por el camino ascendente, y en qué instante se pasaría al otro lado de la vida, qué mañana nos levantaríamos sin saber que lo nuestro ya era descenso, que ya habíamos llegado al punto más alto de nuestras vidas y a partir de ahí íbamos rumbo hacia el más completo desvanecimiento. Por ahora abrigábamos la ilusión de la conquista, de los innumerables planes por realizar, del edificio que construiríamos y del proyecto de ley bautizado en nuestro nombre, de la gran novela que escribiríamos y del busto que sería descubierto en una plazuela por que la ciudad reconocería nuestros esfuerzos. Después, después sería otra cosa. Habría que contentarse con un par de pequeños triunfos y una multitud de fracasos, habría que comenzar a legar nuestros sueños a los hijos o proyectarnos en alguien que recordara el impulso de nuestra juventud, cruzar los dedos y rogar por que el hijo mayor nos saliera arquitecto, como nosotros, o político, como hubiéramos querido serlo en otra vida, y erigiera en nuestro lugar la ciudad futura en la que tantas noches nos habíamos desvelado. Alguien tenía que hacer lo que quisimos y no pudimos hacer. Y acaso el hijo arquitecto o político hiciera lo mismo con alguno de sus hijos, y así *ad infinitum*. La vida era corta, pero había mucho tiempo para las ilusiones frustradas, para los irremediables fracasos.

Me despertó el ruido de piedrecillas en la ventana, que en principio creí parte de un sueño en el que mi hermana y yo nos besábamos en público y unos transeúntes nos arrojaban piedras. Era un sueño recurrente desde mi infancia, y ya no me escandalizaba como al principio: había decidido que se trataba de un sueño con una función positiva, que gracias a él yo podía besar siempre a mi hermana sin tener necesidad de hacerlo de verdad —eso sí me escandalizaba—. Imposible educar mis deseos, hacerlos aprender qué permitía la sociedad y qué no. Mejor, por lo tanto, darles rienda suelta, dejarlos pastar en las praderas de la fantasía para que así no quisieran inmiscuirse en la realidad. Claro que a veces eran tan irrefrenables y tan deliciosos que uno hubiera querido invitarlos a su vida, convertirlos en actos. Para evitar problemas, habría que aprender a convivir con infinitas frustraciones (aunque hubiera el riesgo de que esa convivencia produjera, a la larga, una frustración mucho más intolerable).

Abrí la ventana y divisé, en la calle, la silueta de Conejo. Desesperado me gritó que le abriera. Eran las tres y diez de la mañana en mi reloj. ¿Qué hacía a esa hora en la puerta de mi casa? Le dije que me esperara un rato. Al bajar las escaleras, escuché que Alfredo hablaba en sus sueños. «Maldición eterna a los maricones. Castigo divino a los veintiochos.» Aparte de esa voz fantasmagórica, un silencio profundo envolvía la casa. Farías y compañía se habían ido, dejando el primer piso impregnado de un penetrante olor a cigarrillo negro que ahogaba el olor perfumado de la pipa de papá. Mamá protestaría en la mañana, papá se enojaría y discutirían.

—¿Qué pasa?

—Te cuento otro rato... ¿Me puedo quedar a dormir? Por favor, luego te cuento.

Lo hice pasar. Su lindo rostro estaba asustado, sus ojos un refugio del miedo y la incertidumbre. Me abrazó, sin decir una palabra más. Hacía esfuerzos por contener el llanto. Estaba despeinado, sin su bandana, lo cual indicaba, más que cualquier otra cosa, la medida de su desesperación. ¿Qué furias lo asolaban, hacían latir su corazón con turbulencia salvaje?

—¿Tienes un vaso de agua? Gracias, Roby.

Antes, cuando éramos inseparables, Conejo solía dormir en mi casa cuando se peleaba con sus padres, lo que sucedía muy a menudo. Sus padres, una pareja muy respetable, muy tradicional, muy clase media, habían puesto todas sus esperanzas en sus cuatro hijos, todos hombres. Querían que fueran ciudadanos honestos, estudiosos, triunfadores. Todo indicaba que los cuatro triunfarían, pero no como modelos de rectitud, sino como magistrales transgresores de la ley. Los hijos eran ladrones, borrachos y peleadores, le hacían a la cocaína y frecuentaban a gente de dudosa calaña. Los mayores habían dormido muchos fines de semana en celdas putrefactas, de las cuales ni siquiera los buenos contactos de sus padres habían logrado salvarlos, y Conejo, el menor, parecía muy encaminado a seguirlos. Conociendo a esa familia, a una pareja que jamás faltaba a su reunión semanal de los Testigos de Jehová, y a hijos como Amadeo, que tenía dos hijas que no quería reconocer, o Gonzalo, arrestado una vez por romper un vaso y luego estrujarlo en la cara de un adolescente que se había atrevido a coquetear con su novia, uno se reía de aquel dicho popular que señalaba «de tal palo, tal astilla».

Le di un vaso de agua, lo instalé en el sofá del *living* y lo dejé arropado con un par de frazadas.

—Dale, contame.

—Sabes que no me hago drama, que te contaría si pudiera. Ahora no puedo. No tengo ganas de hablar. Dame tiempo, y te contaré todo con pelos y señales.

Al despedirme y ver por última vez su rostro esa noche, supe que no se trataba de una pelea con sus papás. Era algo mucho más grande, de lo cual quizá nunca llegaría a enterarme del todo. Conejo y yo seguíamos siendo amigos, pero de la intimidad de años anteriores sólo quedaba un rescoldo pálido y triste.

Era como para dejarse invadir por la nostalgia, tan creativa y tramposa con nuestros recuerdos.

Mamá se había despertado. Me preguntó qué hacía subiendo y bajando las gradas. Le conté lo que había pasado. Hizo un comentario sobre la pena que le daban los pobres papás de Conejo, y me dijo que me fuera a dormir. Así lo hice.

16

En el recreo, Conejo me pidió que lo acompañara al baño. Cruzamos bandadas de chiquillos corriendo de un lado a otro, me vi jugando con él en ese mismo patio diez años atrás, molestos cuando los mayores se metían en nuestros imaginarios territorios de batalla. El cielo de hoy era el mismo de aquellos días de la infancia, un pizarrón para el desborde creativo de las nubes. Unos cúmulos grises formaban con esfuerzo un esquelético dinosaurio.

Conejo encendió un cigarrillo. Tenía los ojos rojos, su bandana púrpura envolviendo la cabellera rebelde. Le quedaba bien el *look* descuidado. Cuando comenzara a crecerle la barba y no se la afeitara un par de días, causaría más sensación de la que ahora causaba entre las mujeres.

—Gracias por lo de anoche —dijo mientras orinaba, sus palabras poco inteligibles, tenía el cigarrillo en la boca. No me quedaba más que orinar, acompañarlo como acto reflejo—. Te debo una explicación.

—No me debes un carajo. Pero me muero de la curiosidad.

Una pausa para crear un clima de suspenso.

—Casi me mataron anoche.

—No te hagas.

—Un papá celoso. ¿Te acuerdas de Karina, esa gordita pecosa que nos perseguía a todas partes y no le dábamos bola porque era más fea que pisar mierda descalzo? Pues me encontré con ella el sábado, en una fiesta, y me quedé lelo. Sigue feísima, pero tiene un cuerpo que ni te cuento, y se ha vuelto más puta que las arañas. Fui ayer a su casa, me dijo que no habría nadie, sus papás se irían a jugar loba donde unos vecinos. El asunto es que tomamos un par de tragos, y nos quedamos dormidos. Su papá llegó y nos pescó en la cama, nos agarró a patadas. Logré escaparme pero me amenazó, me gritó que me buscaría y me pegaría un tiro. Por eso fui a tu casa. Me cagaba de susto.

La historia era creíble, aunque sospechaba que Conejo no era del todo sincero conmigo. Había miedo en sus ojos, y un nerviosismo que contrastaba con su habitual seguridad. Me conmovió saber que la opinión que yo tenía de él le interesaba lo suficiente como para inventar una historia. Mentíamos a quienes queríamos, para proteger la imagen que tenían de nosotros, para evitarles el dolor y la decepción que la verdad les habría causado. La verdad la reservábamos para aquellos a quienes nos daba lo mismo lo que pensaran de nosotros.

Al salir del baño vi, escritos en tiza celeste, unos versos en una de las puertas: Ni es la torcaz benigna ni es el cuervo protervo: son formas del enigma la paloma y el cuervo. El enigma es el soplo que hace cantar la lira. Sentí el soplo de lo siniestro. ¿Quién era el autor? ¿Jorge Guillén, a quien, como me había dicho *mister* Macbeth, pertenecían la mayoría de los versos diseminados en la ciudad en forma de grafiti? ¿Era el Poeta alguien relacionado con el colegio? ¿O es que su influencia comenzaba a multiplicar Poetas? Imaginé una bandada de adolescentes llenando de versos las calles y paredes de Cochabamba, haciendo de ella una ciudad grafiti...

—¿Qué pasa, boludo?

—Naranjas.

Cuando volvíamos a clases, los dos en silencio, de pronto sin nada más que decirnos, le pregunté si no había algo que quería contarme. «Anímate, Conejo, le dije, no creo poderte ayudar pero al menos te escucharé, te escucharé como siempre lo he hecho. ¿Te acuerdas?».

—Hay una fiesta el sábado —dijo, tirando la colilla al suelo, mostrándome sus dientes amarillos—, en casa de las hermanas Tardío. Ojalá te aparezcas.

—Seguro. No tengo planes para el sábado.

Pensé mucho en él ese día, al principio intensa y exclusivamente, pero poco a poco mi mente se fue dejando llevar por otras cosas: Annaliz, en quien pensaba mucho sin saber por qué. Papá, que me había decepcionado una vez más y a quien quería decirle unas cuantas verdades. Tejada, molesto conmigo porque me había echado atrás, no publicaría la *Edición Especial* para todo el colegio, había decidido que era muy arriesgado y no quería complicar mi último año (lo haría sólo para mi curso, una edición secreta que circularía de mano en mano). Silvia, que no le hablaba a papá por orgullo, aunque terminaba haciéndose más daño ella misma que el que le hacía a él... Uno hubiera querido pensar con coherencia pero no se podía, cambiábamos frecuencias e íbamos mezclando todo, leíamos los libros a medias, charlábamos con varias personas a la vez, nuestra preocupación por algo o alguien aparecía en la superficie del pensamiento hasta que una incongruente asociación de ideas la desplazaba y la escondía hasta la próxima reaparición, encabalgada en otra harto incoherente asociación de ideas. Qué combinaciones químicas se producirían a cada instante en el cerebro, qué turbulentas o metódicas sinapsis, llevándonos de un lado a otro como velero en un mar embravecido.

Conejo. Tomás y Aura. Alfredo. Mauricio y el Ajedrecista. En esos días, me asomaba al misterio del mundo y mis ojos se llenaban de magia. Todas las caras eran máscaras que ocultaban secretos, todas las paredes escondían entradas a pasadizos. Caminaba por el suelo polvoriento de una casa embrujada, una linterna en la oscuridad, maravillado ante cada ruido y cada soplo fantasmal en las ventanas. ¿O es que el mundo era prosaico, pero mi mente acostumbrada al misterio lo transformaba en un territorio fascinante en el que nada era lo que parecía y el mapa de la isla del tesoro servía para todo menos para descifrar lo indescifrable?

El domingo era el cumpleaños de Alfredo. En clase de Historia, mientras escuchaba la monótona voz de Montes quitándole toda su aura romántica a las guerrillas del Che, pensé en su regalo. «El problema del Che era que tenía asma, y ya sabemos que los asmáticos son muy inflexibles.» Alfredo era una de esas personas que necesitaba de regalos en su cumpleaños, confirmaciones materiales de que sus amigos y sus familiares lo querían. En eso éramos muy diferentes: yo tenía un miedo inmenso a los cumpleaños y a las navidades porque en ellos uno acumulaba cosas. Qué hacer con tantos regalos, con los libros que nos regaló papá (predecible: Vargas Llosa y García Márquez; ¿quién compraba los libros de los demás escritores?), con los discos que nos dieron los amigos (Thompson Twins, con suerte Queen), y el perfume de la enamorada y el vecino que se acordó de ti y te regaló la figura tallada en madera del Narrador de historias de una tribu africana. Habría que leer los libros, escuchar los discos y ponerse el perfume. Eso era fácil. El problema comenzaba al buscar un lugar para el Narrador, un espacio para los libros al lado de otros libros, para los discos al lado de otros discos, para el perfume junto a frascos de perfumes ya casi vacíos. Los objetos se acumulaban y formaban librerías, colecciones de discos y de adornos de cerámica, había siempre un espacio más en una de las paredes de la casa para colgar un cuadro. Nos íbamos llenando de cosas y eso complicaba la vida. Demasiado peso acumulado en nuestras espaldas para una travesía tan difícil, demasiado peso para que, de todos modos, aunque fuera al final del viaje, como mi abuelo, debamos desprendernos de todo lo que habíamos ido adquiriendo: las cosas no nos pertenecían en realidad, a lo sumo éramos custodios de ellas durante algunos años. Por eso, como los aviones cuando perdían altitud debido a desperfectos mecánicos, había que aligerar siempre la carga, mantenernos en la levedad, deshacernos de objetos con la menor excusa, quedarnos sólo con tres fotos —y no con tres álbumes— que recordaran a ese ser que habíamos sido en la infancia, con veinte libros favoritos y no con trescientos veinticuatro. Por eso había que evitar los cumpleaños, no decir cuándo habíamos nacido, y dejar a la enamorada si tenía la mala costumbre de regalar cosas (los osos de peluche ocupaban mucho espacio). Era más difícil evitar la Navidad, habría que irse esos días a un lugar en el que nadie nos conociera, Aruba o Río Fugitivo, un lugar en el que nadie tuviera la tentación de darnos algo que no necesitábamos. O que sí necesitábamos pero en el fondo no. En clase de Literatura, mientras *mister* Macbeth leía con su voz de estruendo una divertidísima página de *Historias de Cronopios y de Famas,* se me ocurrió que a Alfredo le gustaría un reloj. Había visto a vendedores ambulantes ofrecer relojes de marca a precios aceptables. Si no me alcanzaba el dinero, le sugeriría a Silvia que lo compráramos entre los dos.

—Es Darío. Sin dudar.

—¿El guatemalteco? Gracias, profe.

—Nicaragüense. *El coloquio de los centauros,* si no me equivoco. No, estoy seguro. ¿Por qué?

—Curiosidad.

A la salida, me puse a mirar en el pasillo los cuadros de las promociones que habían pasado por el colegio, las fotos carné de los esperanzados bachilleres alineadas como en un prontuario policial, los peinados estrepitosos y el aire sobrador de los futuros triunfadores en la vida. Me detuve en la foto de Juan Carlos Borja, promoción del 73 y jugador de la selección nacional. Era vergonzoso, los del Don Bosco nos creíamos lo máximo y sin embargo habíamos dado apenas un personaje a nivel nacional.

Mauricio se me acercó y me pidió que cerrara los ojos.

—¿Me darás un beso?

Reí, cerré los ojos. Puso un pedazo de papel entre mis manos. Abrí los ojos. Era una foto viejísima, en desvaído papel sepia, de un hombre con bigotes estrafalarios y sombrero de copa. Rígido, incómodo, miraba a la cámara con altivez, casi diría con arrogancia. Era alguien seguro de su importancia, consciente de que su imagen merecía sobrevivir a ese instante y proyectarse hacia el futuro en un rectángulo de papel.

—¿Quién...?

—No me digas que no adivinaste todavía.

—¡No!
—Sí.

Mauricio irradiaba satisfacción. Era el mago que no se cansaba de sacar conejos de la galera, o flamencos de alborotado plumaje rosado. Yo no salía de mi asombro.

—¿De dónde la sacaste?

—Hay un baúl lleno de fotografías viejas en el escritorio de mi papá. Daguerrotipos. El otro día, después de nuestra charla, me puse a buscar y la encontré. Al pie de la foto estaba su nombre, en la letra de papá, y la fecha: 1854. No se te parece en nada.

Volví a mirar la foto. La cara alargada, los ojos hundidos, las cejas como leves trazos de lápiz, la quijada prominente. No me parecía en nada a Edgar Lizarazu. Quizá, con un poco de esfuerzo, los labios finos podían imaginarse parecidos a los míos.

—Ni a ti.

—Ni a nadie. Pero pinta de intelectual, la tiene.

—O de cómo nos imaginamos a un poeta del siglo pasado. ¿Me la puedo quedar?

—Es para ti. ¿A mí qué me interesa?

El sábado fui un rato a la fiesta de las Tardío, y después me di una vuelta con Camaleón por el famoso Mashmelo. Había una larga cola, y el temido Miguel te dejaba entrar sólo después de hacerte esperar un buen tiempo y escudriñar tu árbol genealógico con sus ojos bizcos. Adentro, el aire era casi irrespirable, el humo de los cigarrillos creaba densas y opresivas murallas. Las luces de colores se movían como reflectores de prisión, y el *discjockey* enganchaba «Uptown Girl» con «Jump» y con «Let's Go Crazy». Había más chicas de las soportables vestidas a la usanza de Madonna, los transparentes guantes negros con los dedos al descubierto, los negros botines de tacón y el pelo alborotado como nido de palomas después de la cópula. Los chicos tenían un vaso en la mano y te miraban mal si los rozabas al pasar. Los conocía a la mayoría, eran hijos de los amigos de mis papás y habíamos sido pajes juntos en algún Quince, pertenecíamos al mismo círculo pero en general no me caían, vivían para dar vueltas por El Prado y hablar de mujeres y música y ropa, te saludaban cuando les daba la gana, se creían dueños de la ciudad. Sobre todo los Supremos, que ese momento, aretes y poleras recortadas, copaban la pista y bailaban entre ellos, siempre inseparables (Wiernicke y Lafforet y Gavilán y los demás se besaban al saludarse, a veces en la boca, y hablaban inglés todo el tiempo). No me caían, pero los saludaba atentamente cuando me topaba con ellos.

Mauricio estaba en una mesa del fondo, sonriente y con un saco negro, Sara a su lado con un vestido plateado que fulguraba a la luz de los reflectores. Charlaba con Ibarnegaray, uno de los Supremos. No me quise acercar, ni le dije a Camaleón de la presencia de Mauricio.

—Pidamos una Cuba —sugirió Camaleón.

Nos acercamos al mostrador, me dijo que yo me encargara de la primera ronda. Había que empujar para ganar espacio y que los dos *barmen* te vieran. Alguien me dio un codazo. Me harté rápido, le pedí a Camaleón que nos fuéramos. Él quiso quedarse, deslumbrado por una morena que lo ignoraba sin pena. Me fui en taxi.

Volví a casa y terminé de escribir «Los anteojos negros». Era un cuento aceptable, todavía no la ansiada ruptura. Había fracasado en mi intento de crear un detective más metafísico, y había vuelto al estilo lacónico que les gustaba a mis compañeros y que a mí ya me cansaba. Después escribí tres páginas de posibles argumentos para una novela. En uno, el director del Don Bosco aparecía envenenado una mañana, y se sospechaba de un cura con quien tenía frecuentes discusiones. Al final, se descubría que el asesino era un mediocre profesor que acababa de descubrir que lo despedirían... Mario Martínez se impacientaba. Era fácil dibujar su silueta contra la lluvia y su parka verde en un cuento que no me pertenecía originalmente; otra cosa era tratar de crear algo propio, hacer que sus células grises funcionaran por sí solas.

Había hecho enmarcar la foto de Edgar Lizarazu, y la había colocado en una repisa sobre mi escritorio. Hacía una pausa al escribir, levantaba la mirada, y ahí estaba él. Una figura talismánica, un ser de otro siglo con quien me sentía extrañamente más vinculado que con tantos otros seres que había conocido en persona. Un escritor en la familia, un precursor que en cierto modo me había preparado el terreno. Acaso sin él yo no hubiera existido hoy. Tantas cosas tenían que suceder para que uno apareciera en el mundo, asustaba pensar que era muchísimo más fácil no haber aparecido que haberlo hecho.

Ahora sólo me faltaba leer las novelas. Quizá Mauricio ya las tenía en su poder, y esperaba el momento adecuado para mostrármelas: una suerte de gradación de las sorpresas. ¿Un baúl con fotos viejas? Preferí pensar que Mauricio se había puesto en contacto con el Ajedrecista, y éste le había entregado la foto y las novelas. Yo tampoco podía evitar el hábito citadino de atribuirle al Ajedrecista cualquier suceso imprevisto. ¿Para qué recurrir a la realidad si tenía la leyenda a mano?

Decidí que ese año Edgar Lizarazu, joven escritor, ganaría el premio de Literatura de la ciudad de Río Fugitivo, con *Algo está podrido en Dinamarca*, su primera novela. Le entregaría el premio la ganadora del año anterior, Silvina Reyes. Asistirían a la ceremonia destacadas personalidades del lugar, entre ellas Lancelotti, De la Reza y Ottolenghi.

Mamá veía televisión en su cuarto. Me acerqué a ella con la foto de Lizarazu, me eché en la cama. Ella me pasó la mano por el pelo.

—Tu antepasado —le dije—. Edgar Lizarazu.

Encendió la lámpara del velador, se puso sus lentes.

—No te puedo creer.

Miró la foto con detenimiento.

—Tiene algo de mi abuelo. ¿La encontraste aquí?

—Me la dio Mauricio.

—Qué bigotes más chistosos. Ay, los artistas, siempre buscando hacer cosas raras para distinguirse de los demás. ¿Así quieres ser tú?

—Sí. Voy a salir a la calle con un loro en la cabeza.

Se rió. Me devolvió la foto.

—Cada loco con su tema.

—Hay que dejar en paz a los locos.

—Hablando de locos, tu papá no llega.

No estaba muy interesada en su antepasado. El presente le importaba más.

—¿Dónde fue?

—A una de sus reuniones políticas.

—¿Con esos tipos que vinieron el otro día?

—Lo más probable.

Hizo un gesto de rabia contenida. Imaginé a papá con su sobretodo negro, sentado junto a Farías y otros tres gorilas en una mesa en la que estaba extendido un mapa de Bolivia. Los cinco hombres tenían en sus manos fichas de colores del Risk, y se hallaban empeñados en probar estrategias de emplazamiento de tropas y batallones. Colocaban las fichas en distintos departamentos, ponían dos más allá, sacaban una aquí: niños grandes jugando a mariscales. Risible y patético.

—Le debe estar faltando un tornillo.

—Mejor no me des cuerda para hablar de tu papá.

Con esa frase, me indicaba que quería que le diera cuerda. Decidí no hacerlo. Se limpió la nariz con un *kleenex*.

—¿Y Alfredo?

—Le di permiso hasta un poco más tarde. Iba a festejar su cumpleaños con sus amigos.

—A su edad, yo estaba a las diez en cama.

—¿Qué puedo hacer? Alfredo es como el jabón: se me escurre por todos lados. Pero es un buen chico. Mientras se trate de diversión sana, no hay problema.

—¿Cómo sabes que se trata de diversión sana? Hace poco nomás estabas despotricando, que no lo ibas a dejar salir con el tal Nelson, etcétera.

—Estaba preocupada, pero creo que entendió la lección. Eso parece, al menos. Sabría al instante si anda metido en algo raro.

—¿El famoso instinto maternal?

—Con sólo verlos un segundo sé cómo está cada uno de ustedes.

La abracé. Mamá, con su corazón de siete vidas. El pasado era un país extraño: ¿cómo imaginar a esa mujer a mi lado, ya de carnes flojas y con algunas arrugas, viuda casi dos décadas atrás de un hombre con el que había estado casada apenas un año y del que, sospechaba, todavía seguía enamorada? Ambiciosa mamá, incapaz de contentarse con la vida simple que le ofrecía papá, frustrada con un arquitecto que no era el centro de la atención en ningún lugar al que iba, y contando los días para el inevitable momento en que se animaría a pedirle el divorcio. Mamá, que me soñaba ingeniero industrial, con un sueldo que serviría para curarme de mis veleidades literarias y para asegurar la tranquilidad de su vejez y el disfrute ciego, sin pensar en el presupuesto, los viajes y los vestidos y las joyas que quiso pero jamás pudo comprar. Mamá, por quien yo era capaz de dar todo y más.

Me dormí a su lado hasta las tres de la mañana, hora en que papá llegó y me despertó con su aliento a whisky. Mientras mamá gritaba y mandaba a papá a dormir al sofá, me fui a mi cuarto con los ojos entrecerrados. Una discusión más. Yo no sería así. No haría que mis hijos aprendieran a temerle al matrimonio como el sendero más corto y directo a la infelicidad. Acaso todos decían eso en algún momento de sus vidas, y luego la demoledora rueda del presente se llevaba consigo todas las promesas y los sueños, y uno terminaba insómnico haciendo planes para deshacerse de la pareja («un envenenamiento que parezca muerte natural») con la que, algún día, hubo tiernas caricias furtivas y dulces charlas para ponerse de acuerdo en el nombre de los hijos por venir.

Alfredo había invitado a diez amigos a su fiesta de cumpleaños, a la que papá se había opuesto al principio, «creen que voy a sacudir un árbol y va a caer dinero». Mamá lo convenció, sería una fiesta sencilla. Alfredo no había invitado a chicas. Era raro, ya estaba en edad de sentir curiosidad por ellas y nada, las ignoraba. No tenía una sola amiga. De vez en cuando lo llamaban pero él se hacía esconder, prefería las travesuras con Nelson y compañía. Bajo un cielo encapotado, jugó con ellos en el jardín, se tropezó con las serpentinas con que Silvia y Eulalia habían adornado el patio, gritó y rió a carcajadas. Llevaba pantalones azules de corduroy, camisa azul con tela de jean, zapatos de cuero negro recién estrenados. Hubo música, una torta donada por Silvia (con dinero de Jean-Pierre, seguro), una ensalada de frutas con crema chantilly, hubo regalos. Los chiquillos desplegaban una frenética actividad, tan pronto molestaban a *Hércules* y le ataban la cola al limonero como se metían a la «pieza nueva» a jugar con el Atari de Nelson o salían a jugar a fútbol a la calle, mamá detrás de ellos con la cámara fotográfica, obsesionada en capturar cada instante digno del recuerdo, más fuerte que ella su desesperada necesidad de marcar de algún modo el paso obstinado del tiempo, los hijos que crecían y que ya pronto se irían, la familia todavía unida pero en la inexorable marcha hacia su desintegración.

Papá me dijo un par de cosas y lo ignoré. Seguía molesto con él.

—Te comieron la lengua.

—Ajá.

—Debe ser muy difícil vivir sin lengua.

—Ajá.

Silvia estaba con Jean-Pierre, los dos ayudando a mamá en la organización general de la fiesta, trayendo y llevando platos y vasos, apartando macetas del paso arrollador de los chicos (Alfredo se molestó al ver a Jean-Pierre, quería que se fuera, era su fiesta y a él no lo había invitado. Mamá tuvo que interceder, necesitaba su ayuda, se iría apenas estuviera todo en orden). Eulalia lloró cuando cantábamos el *happy birthday*, se emocionaba con facilidad, imaginé que pensaba en cuánto había cambiado Alfredo en los once meses que habían transcurrido desde su llegada, Alfredo tan grande ya y tan lindo. Se secaba las lágrimas con el mandil blanco que mamá la obligaba a ponerse en ocasiones especiales.

Esperé hasta el final para darle su regalo. Alfredo rompió el envoltorio con manos ansiosas, se encontró con el reloj, se colgó de mi cuello y me dio un beso en la mejilla. Escuché el *click* de la cámara de mamá.

—Me encanta —dijo Alfredo—. Es lo más lindo que me ha tocado.

Le dije, bromeando, que se lo quitaría si se portaba mal.

—Que no se repita lo de aquella vez, ¿no, Alfredito? —susurré para que sólo él me escuchara. Me guiñó el ojo derecho, sonrió ampliamente, y me sentí feliz.

Sonó el timbre y fui a abrir la puerta. Eran las seis de la tarde, comenzaba a oscurecer. Noté una vez más que el pino frondoso que rodeaba mi casa necesitaba de un jardinero para devolverle la armonía. En el horizonte, el cielo adquiría una coloración entre púrpura y anaranjada.
—¿Quién?
—El amor de tu vida.
Era Annaliz.
—Que yo sepa —dije haciéndola pasar—, no tengo ninguno.
Tenía un aspecto deportivo: zapatos de tenis de inmaculada blancura, pantalones azules y un suéter morado. Un lunar en su cuello, cuatro anillos de plata en sus manos surcadas por venas. La cabellera recogida en una cola de caballo. Se había excedido en el perfume, parecía haberse puesto dos o tres a la vez, combinando una esencia floral con un fresco aroma de playa en la madrugada.
—¿Están listos tu hermana y su franchute? Vamos al cine. ¿Vienes con nosotros?
—No, gracias. Tengo que hacer tareas. Si me hubieran dicho antes...
—Si hubiera que avisarte con anticipación de las cosas que vendrán, terminaríamos asustándote mucho. Y no queremos eso. ¿O sí?
Con su mirada inquisitiva, no tardó en intimidarme. Silvia y Jean-Pierre, por suerte, llegaron al rescate.
—Espero que cuando te invite a ver video no te me escapes.
—Si va conmigo, ningún problema —dijo Silvia, medio en broma medio en serio.
—No te preocupes por él. Es inofensivo.
—No me preocupo precisamente por él.
Extrajo un lápiz labial de su cartera, lo sacó de su estuche plateado, se pintó los labios. Cuando lo guardaba en su estuche, éste se le cayó al suelo. Lo recogí, se lo quise entregar. No me lo aceptó.
—Guárdalo —sonrió, coqueta, entregándome el lápiz—. Así tengo una excusa para volver a esta casa. O para que tú vayas a la mía.

Se fueron en el Honda Accord guindo de Annaliz. Me quedé un rato en la puerta con la mejilla pintada y todavía húmeda donde ella había posado sus labios al despedirse, muy cerca de mi boca, el lápiz labial entre mis dedos, el aire a mi alrededor todavía enrarecido por las ondas expansivas del perfume. *Hércules* se me acercó, me miró con la lengua afuera, batió la cola con frenesí. Traté de decidir si era mejor quedarme parado o sentarme para recobrar el aliento.

Cuando cerré la puerta y volví hacia la casa, un crepúsculo más había concluido.

17

Al recibir la libreta de notas del primer bimestre, pensé en la forma invisible y artera que tenía el tiempo de acumularse. Finales de abril, tres bimestres más y se acabaría un año que no tenía nada de mítico, un año que sólo se volvería mítico a través del incesante trabajo del recuerdo, pobres de nuestros hijos que escucharían y aprenderían de las mentiras que convertiríamos en verdades de tanto repetirlas. Mayo, mes de María Auxiliadora y de la gran Peña Folclórica que organizábamos para el viaje de promoción en julio, a Sucre y Tarija, no daba para más, la crisis nos haría conocer el país. El mes no había comenzado y ya lo veía irse, escaparse de mis manos como se habían escapado tantos otros meses, tantos otros días de los que ya no quedaban ni las sombras de lo que ocurrió en ellos pero que de algún modo tortuoso formaban, hacían al ser que abría la libreta rosada y observaba que le había ido excelente en Lenguaje, Biología y Física, y en las demás materias regular, tanto conocimiento acumulado para tratar de rescatarlo del pozo ciego del cerebro en futuras tardes de sopor: ¿cuáles eran las leyes de la termodinámica? ¿Dónde se inventó el cero? ¿Qué sucedió en el Precámbrico?

En años anteriores el padre Tejada colocaba, en una esquina del aula, la tabla de posiciones del curso, con la idea de hacer que los que se hallaban en la parte superior se esforzaran por lograr el primer puesto y así el honor de llevar la bandera del colegio en los desfiles, y los que se hallaban al final de la tabla intentaran mejorar, aunque fuera para evitar la humillación pública. No sé si de algo positivo sirvió esa infame cartulina pintada con marcadores de colores —el rojo para los diez primeros, el negro para los diez últimos, el amarillo para los demás—, pero me alegré de saber que había sido prohibida por Belloni: era una de las pocas cosas en las que le daba la razón al italiano. Yo fluctuaba entre el quinto y el décimo lugar, y no me interesaba competir con Cardona o Chávez, dedicarme más a las Matemáticas para tener entre mis manos ese paño rojo —la sangre derramada por los padres de la patria—, amarillo —las riquezas minerales— y verde —la fecunda naturaleza—, «Bolivianos, el hado propicio coronó nuestros votos y anhelo, es ya libre ya libre este suelo...». Tampoco me interesaba ver a los de Chinatown peleando por el último puesto, convirtiendo la derrota en triunfo, socavando las buenas intenciones de Tejada, ¿Chino o Conejo o Salvaje este bimestre?

Abril era cruel otoño, los eucaliptos del colegio que se deshacían de su verde y adquirían tonos amarillentos, el viento que soplaba en las tardes de patios desolados y adolescentes inquietos, dibujando en sus cuadernos a mujeres con curvas más exageradas que las de Barbie, mientras los profesores repetían una vez más aquello que hacía tantos años habían aprendido en alguna Normal y que jamás se habían molestado en actualizar, nueve planetas que seguirían siendo nueve al menos para una generación más, ciento tres elementos mientras viviera la profe de Química... Camaleón se metía el lápiz a la boca y soñaba con las mujeres que le faltaban para lograr el récord de haberse enamorado de toda cochabambina linda entre los quince y los diecinueve, «mi reino por una mirada». Tomás deambulaba por los pasillos, extrañando a Aura e intentando averiguar si era cierto lo que decían los rumores, la habían visto en la fiesta del Irlandés, besándose con alguien que se parecía tanto a Mauricio que no podía ser otro que él. Chino le había abierto la ceja a Jurgensen después de que éste le dijera «indio de mierda». Lapiceros y chamarras seguían desapareciendo en los recreos, se sospechaba de Conejo, que todos los lunes aparecía con ropa nueva para desesperación de don Bernardo, diligente y fracasado sabueso de presa. Borracho había pasado un fin de semana en el hospital, después de un trancazo en el que mezcló chicha con cocaína. Lanza seguía comprándome poemas plagiados a Cardenal y Benedetti, cuánto dinero podría ahorrar él si se le ocurriera leer más allá de sus narices. Proliferaban los anónimos de la banda del Ajedrecista, les había llegado a todos los profesores, incluso a Mauricio, parecía una gran broma. Los de Tercero iban primeros en el campeonato de fútbol, nuestra selección andaba falta de estado físico, el alcohol y el cigarrillo (y, acaso, las drogas) diezmaban a nuestros mejores jugadores. Belloni había dado una oportunidad más para corregir su conducta a los de Chinatown, había amenazado con expulsarlos del colegio y ellos se habían reído y planeaban nuevas travesuras, más cerrojos trancados con Poxipol e insultantes grafitis en las paredes del colegio y del vecindario, ventanas rotas en la protección de la noche y acaso el robo de la estatua de la Virgen en la puerta de la capilla. A Tejada ya no se lo veía con chiquillas, pero a los ojos de estudiantes y padres de familia los rumores se habían transformado en verdad.

Todo sucedía de espaldas al país, que giraba en espirales y daba espasmódicos manotazos de ahogado: la gente debía ir a recibir sus sueldos en bolsas de plástico o cajas de cartón, papel impreso que valía menos que el inmaculado Bond que usábamos en clases de Dibujo, papel que valía menos a cada centésima de segundo, del banco a cualquier tienda o al librecambista más cercano una eternidad aunque sólo fueran dos minutos. Una tarde papá llegó a casa con un talego de yute, nos convocó a todos y luego procedió a vaciarlo en la mesa del comedor. Aparecieron montones de fajos de billetes viejísimos, atados con ligas. «Mi última comisión —dijo papá con los mofletes rojos de ira—. ¿Qué les parece? Tanto papel, ni para limpiarse el culo. Aplaudan a su famosa democracia.» Papá comenzó a reír con una risa histérica, se atoró y luego se sentó en una silla y puso sus manos sobre su cabeza y miró al suelo con gesto de impotencia. Ésa era la famosa democracia: las huelgas y las manifestaciones se propagaban tanto como los rumores de golpe de Estado, la universidad estaba cerrada, y mi hermana se afirmaba, pese a sus dudas, en su deseo de fugarse del país y aprovechar la oportunidad que le había ofrecido Jean-Pierre. Yo miraba tenso los noticieros, esperando que en alguno anunciaran la captura de un grupo de conspiradores contra la democracia, papá en blanco y negro con las manos esposadas y el rostro golpeado, mamá lagrimeando al lado mío pero en el fondo feliz, por fin se libraba de él.

Y Annaliz... ¿Era posible que todavía quisiera irme? ¿Yo, que atisbaba desde mi ventana el jardín de al lado, cruzando los dedos para que junto a la piscina encontrara a Annaliz tirada sobre la toalla negra en la que resaltaba su fosforescente bikini verde, tanta carne para tanta adolescencia, tanto espacio para imaginar conquistas territoriales, minuciosas invasiones que no dejarían nada librado al azar, ningún accidente topográfico sin explorar? De pronto, le había tomado cariño a caminar por las calles empedradas del barrio, a pedirle a Eulalia que me enviara a hacer mandados a La Servidora, a una cuadra y media en la esquina de la calle que bordeaba el río —arañas paseándose entre chicles y chocolates, las ventanas polvorientas—, con la esperanza de cruzarme con aquella incongruente mezcla de perfumes que mi piel reconocería antes que mi olfato. De pronto, me sorprendía tarareando las canciones romanticonas del imbécil de Julio Iglesias y vistiéndome con más cuidado, que el color del cinturón fuera igual al de los zapatos, y jamás medias blancas con pantalones de tela: era la enfermedad del primer amor. Una mujer real me habitaba por primera vez, una mujer real no tan hermosa como las que desde los once años había recortado de revistas, pero que se las ingeniaba para hacerlas olvidar a todas, convertirlas en papel de menor valor que los billetes del sueldo de papá. Una mujer real para mis sacudidas en la ducha. ¿Qué anticuerpos podrían salvarme? ¿Quería salvarme? Inquieto, resistía a los ramalazos del sueño y me quedaba hasta muy tarde escuchando el ronco gemido de las palmeras en las paredes de mi habitación y el inquieto caminar de las palomas en el techo, mientras ella se multiplicaba en fantasmas a veces pálidos y a veces envueltos en resplandores de espanto, capaces de quitarme el habla cuando apoyaban sus labios secos en los míos tan húmedos. Ah, cruel abril de libros no leídos, tareas hechas a medias y la prometida novela no escrita, cruel abril en el que todo, menos ella, adquiría una somnolienta irrealidad. Cruel abril de corazón cautivo y sobresaltadas vigilias en la lechosa luz del amanecer.

—¿Dónde podrá estar ese chico?

Ese lunes por la noche, estábamos en la mesa del *living* bajo la luz crepuscular de la lámpara, un par de focos quemados no habían sido reemplazados. Papá leía *Los Tiempos,* sus piernas cruzadas mostraban una mancha de ketchup en los pantalones, yo tenía a quién salir. Las uñas largas y rosadas de mamá tamborileaban sobre la mesa; estaba preocupada porque Alfredo no había aparecido a la hora de la cena. Las últimas semanas lo había notado raro: pasaba poco tiempo en la casa durante el día, llegaba al atardecer y se encerraba en un mutismo que contrastaba radicalmente con su habitual locuacidad. Le dije que no se preocupara, lo había visto en la tarde con Nelson. Yo iba al cine Capitol, a ver *Blade Runner* una vez más, se me había cruzado decirle a Alfredo que fuera conmigo, como en los viejos tiempos, pero no lo hice, parecía muy entretenido con Nelson. Estaban semiescondidos detrás de uno de los sauces llorones que bordeaban la acequia, tiraban clavos antes del paso de un colectivo con la esperanza de que alguna llanta se pinchara. Mamá se preocupó más: Nelson no era una buena compañía para Alfredo. Mientras papá mostraba impaciencia con la intranquilidad de mamá, e iniciaba una perorata sobre lo alarmista y exagerada que era, siempre viendo tormentas en el pausado oscilar del agua en un vaso, me levanté de la mesa y me fui a mi cuarto. Quería escribir, no sabía qué.

A las diez y media de la noche, Alfredo todavía no había llegado. Mamá, angustiada, llamó por teléfono a la madre de Nelson, que estaba en su casa y dijo haberse despedido de Alfredo un par de horas atrás.

—¿Dónde estará ese mocoso? ¡Ay, ya va a ver cuando aparezca! Estaba con el lapicero en la mano, intentando en vano que una frase se materializara en mi mente y mirando hipnotizado el sombrero de copa de Edgar Lizarazu, cuando sonó el teléfono. Era Annaliz, invitándome a ver video el miércoles. Le dije que sí, intenté que mi voz no me traicionara y le contara de mi nerviosismo. Si me invitaba era porque su esposo no estaría en casa el miércoles. ¿Estaría en la ciudad? Por un instante, me vino la imagen de Conejo bajando desnudo las escaleras de la casa de Karina, el papá tras él con una escopeta de repetición en la mano.

Asustado, colgué. Uno le hablaba a la gigantesca imagen en el cine, le decía: «Querida Bo Derek, si me conocieras, te mostraría lo que es bueno». Pero si la imagen se corporizara a un metro nuestro, carne y sangre dispuestas al contacto físico, lo que en verdad haría uno es orinarse en los pantalones, escribir un capítulo deprimente en la deprimente historia del machismo. «Ten cuidado con lo que deseas —me dije—, tus sueños pueden cumplirse.»

Pensaba en Annaliz como alguien en quien podía basar un personaje enamorado de Martínez cuando una voz apremiante susurró mi nombre a mis espaldas. Era Eulalia, las retinas dilatadas en una mirada de susto, la mano derecha estrujando su mandil.

—¿Qué pasa?

—Su hermano... Venga conmigo, joven, por favor.

Debía de ser grave, me había buscado a mí y no a mis padres. Bajamos corriendo, hundiendo nuestros pies en los crujientes escalones. Salimos al patio, bañado por la vaporosa luz de la luna e impregnado del perfume de los jazmines del cielo que cubrían la pared medianera entre mi casa y la de los vecinos en la esquina. Era un olor muy fuerte y delicado a la vez, que se extendía por el jardín y ahogaba el olor de las rosas y los geranios y el limonero. *Hércules* dormía con la lengua afuera, las cosas raras sucedían cuando los perros no ladraban, eso lo había descubierto Sherlock Holmes antes que nadie. Eulalia me llevó hacia la «pieza nueva».

La puerta estaba entreabierta, todas las luces estaban apagadas, regía una oscuridad que hubieran aprobado los más exigentes fantasmas. Al lado de la pieza se divisaban apenas los bordes de la piscina vacía, rectángulo espectral que se devoraba la noche. Sentí miedo.

—En el fondo —susurró Eulalia, quedándose en el umbral, negándose a entrar.

Entré, tanteé en la pared hasta encontrar el interruptor, encendí la luz y me sentí en alguna tonta película de policías y ladrones, sólo que el miedo era en serio. En la pared forrada con listones de madera una mujer en traje de baño y con una lata de cerveza Taquiña en la mano me sonreía desde un calendario del año pasado. Las hojas amarillentas de los helechos que bordeaban el recinto se me antojaron amenazadoras, al igual que el espasmódico ronroneo del refrigerador en una esquina, reliquia de museo disfrazada de aparato electrodoméstico.

—En el fondo... Tiene que estar aquí. Yo lo vi entrar.

Entré a la salita del fondo, la salita donde solía escribir mis *Ediciones Especiales,* y lo vi. Estaba tirado de espaldas y con los ojos vacuos y bien abiertos mirando al techo. Gotas de sangre salían por la nariz, un hilillo de espuma chorreaba por las comisuras de los labios. Estaba inmóvil, manchados con barro los flamantes pantalones azules de corduroy, mojada la polera gris con el Demonio de Tasmania en el pecho. Los zapatos negros estaban llenos de barro, y no veía en su muñeca el reloj que le había regalado para su cumpleaños, hacía apenas un mes. Su crispada mano derecha oprimía un alfil blanco. Quise gritar, pero no pude. Me hinqué, apoyé mi rostro en su pecho, busqué signos de vida y no los encontré. Busqué el latir del pulso en su muñeca, y no lo encontré. Vi un leve movimiento en sus labios y no supe si se trataba de algo positivo, o una contracción nerviosa muy común en la gente cuando acababa de morir y todavía no lo sabía. Acerqué mis labios a los suyos, me sobrepuse al asco que me producía la espuma blancuzca que salía de su boca, y le di respiración artificial, no porque eso era lo que tenía que hacerse sino porque no sabía qué otra cosa hacer, sólo conocía de casos similares en las películas y en las novelas y allí la clave era siempre la respiración artificial.

De nada sirvió: Alfredo persistía em morirse como había persistido con ardor en su vida, había cruzado a otro territorio en el que yo ya no lo encontraría, en el que de nada serviría que yo encendiera la luz. Él ya se había marchado de mí y comenzaba a buscarse otra familia y otros amigos y otros juegos, un pasatiempo diferente al de contar aviones en las tardes luminosas, un dibujo animado favorito que ya no sería el Demonio de Tasmania, unas mascotas diferentes a sus peces de nombres extravagantes que quizá también morirían al enterarse de su ausencia, era tan difícil sobrevivir con tanta muerte a cuestas.

Quise gritar, pero no pude. Quise llorar, y pude, abrazado a Alfredo. Y no sé si hacía frío, pero sentí mucho frío, y no sé si había soledad en el mundo, pero me sentí muy solo. Me sentí solo, y desolado, y pensé que tenía razón la persona que dijo que *inconsolable* era la palabra más triste y conmovedora de nuestro idioma. Sentí una pena inconsolable, que se extendía más allá de esa pieza nueva que ya no era nueva, y que podía penetrar a todos los vivos y los muertos con los que compartía mi aventura por los parajes de aquella vida de vez en cuando feliz y hermosa, pero casi siempre atroz y melancólica.

Ha venido mucha gente al velorio. El *living* se ha convertido en un recinto improvisado para la última parada de mi hermano en esta casa. No está la mesa donde nos encontrábamos tres veces al día, no están los cuadros de paisajes anodinos y el del indio de expresión grave y solemne. Hay coronas de flores por todas partes, tanto olor a rosas me recuerda a los días de la infancia en que Alfredo molía pétalos y los depositaba en una botella de alcohol para fabricar perfume. En el reluciente parquet alguien ha dejado huellas de barro, huellas que se acercan con cautela al ataúd al fondo del recinto y luego desaparecen. Como tantas otras, esa persona se acercó al ataúd de nogal negro para despedirse por última vez de alguien que quizá conocía o quizá no, se persignó y rezó un padrenuestro con rapidez, murmuró un par de frases poco originales acerca de la injusticia de un mundo de duelo y de espanto, y luego dejó su tarjeta en un recipiente de plata (no se trata sólo de ir al velorio, hay que hacerse ver, hay que dejar constancia de la presencia), se dio la vuelta —las manos cruzadas, el rostro compungido, los zapatos con barro—, para perderse entre tanto terno y vestido elegante, a mirar de reojo el reloj, pronto será mediodía, hora de recoger a los chicos del colegio.

Están los profesores, desde la tía Juana, una anciana de pelo blanquísimo que en Pre-kinder y Kinder le enseñó a Alfredo que era de mal gusto orinar en jardines y en la vía pública, a doña Dula, la de Música, que no cesa de llorar y limpiarse el rostro con un pañuelo anaranjado a pesar de que tres días antes de su muerte tuvo un ataque de nervios en el patio y le dijo a Belloni que Nelson y Alfredo eran «la encarnación del diablo en esta tierra» (ahora lo niega, no quiere tener roces espinosos con alguien que ya no vive, no quiere pesadillas sin consuelo). Están los compañeros de colegio y los amigos del barrio, está Nelson, la expresión asustada, los ojos enrojecidos y con legañas, las pecas que amenazan desbordar su rostro e invadir pieles cercanas; el traje le queda largo, las mangas esconden sus manos, los botapiés arrastran consigo el invisible y siempre presente polvo del suelo. Están los amigos de los papás (los velorios, como los matrimonios, convocan sobre todo a los allegados de los padres, los años acumulan demasiadas deudas sociales que deben ser pagadas); los familiares tan lejanos que no están en la larga lista que tiene mamá para enviar tarjetas en las navidades; mi abuelo Roberto que se pregunta, mientras se acaricia la mejilla izquierda que olvidó afeitarse, por qué le tocó a un «infante» y no a él, tan apurado por reunirse con mi abuela, tan seguro de que coincidirá con ella en el espacio infinito del cielo, el purgatorio o el infierno (no importa cuál de los tres, lo importante es estar con ella, «polvo será, mas polvo enamorado»); mis compañeros de curso, Mauricio más primo que nunca, tan respetuoso que se sacó el arete, un pañuelo en el índice derecho del cual no cesa de salir la sangre —no es fácil sostener rosas en la mano, nos distraemos con facilidad, las espinas lo saben— y Chino y Conejo lado a lado con el rostro más desolado que jamás les haya visto hacer. Están todos los que tienen que estar. Estoy yo, que me he quedado viendo por un buen rato el rostro de cera de mi hermano en el ataúd con una raspadura en una de las paredes laterales, acaso los chicos de la funeraria rasparon el cajón con alguna puerta mientras movían a Alfredo después de instalarlo en ese recinto rectangular en que buscará la nada, o acaso ese cajón era usado, uno nunca sabe hoy en día, los ataúdes son caros, macabros objetos de lujo. Es raro el rostro de Alfredo sin una sonrisa que estire sus músculos, sin hoyuelos dibujados en las mejillas, con esa expresión seria y los párpados cerrados. El color de la piel ya no es carne, o en todo caso es una carne recubierta de una fina pasta blanca, del polvillo de la tiza que abunda en las aulas. Aprendo ciertos recovecos del cuerpo que estuvieron con él toda una breve vida y que me acompañarán a partir de hoy —dos lunares cerca de la oreja derecha, una leve hendidura a la altura de la sien izquierda—. Ahora sí, los dibujantes de Don Bosco y Domingo Savio podrían capturarlo para una estampa angelical, dotada de una paz profunda capaz de contagiar al más inquieto. Pero ése no era Alfredo, ya lo sabemos, como tampoco lo era sólo el chiquillo de pastizales incendiados o estupores producidos por las drogas. Hay un enigma, un misterio retroactivo para muchos —trece años vividos en el límite entre la travesura infantil y el mal que no tiene edad— y con proyecciones de futuro para otros: ¿qué diría Mario Martínez de mi hermano? Me persigno, cierro los ojos.

Entreabro los párpados. Toco el ataúd. Alfredo es un cadáver único. Es un cadáver que sabe cosas que otros cadáveres no saben. Sabe de la trama de muchas películas tontas, de un acuario con peces finos mezclados con ordinarios peces de río, de noches durmiendo con la luz encendida por miedo a los fantasmas (sus compañeros de juego, ahora), de macetas y vidrios rotos jugando al fútbol en el jardín de mamá, de incendios y de colibríes cazados con un rifle a balín y langostas en formol, de sirvientas con las que uno se encariña y que siempre terminan por irse, de lecciones no aprendidas y consejos no seguidos y amigos para las tardes solitarias y padres de discusiones trasnochadas y una hermana a la que quería mucho y un hermano que lo olvidó por culpa de la ciudad de Río Fugitivo.

Tropiezo con una canasta de crisantemos al salir al jardín y me abro paso entre la gente en busca de un lugar solitario en el cual llorar sin necesidad de escuchar las repetitivas palabras de sentido pésame —sentido, sin duda—; un lugar solitario en el que pueda llorar y acariciar a *Hércules*, que no sabe qué es lo que ocurre pero huele a pesadumbre en todas partes y tiene por primera vez un estado de ánimo acorde a las circunstancias, o consolar a los que lo necesitan más que yo, como Eulalia. Ella hace mucho que no duerme y, aunque persiste en la impasibilidad que requiere su oficio, limpiando esta mañana las cagadas de paloma a la entrada de la casa para ofrecer a los visitantes una digna bienvenida, acomodando las coronas y las canastas de flores para evitar que inunden los pasillos, llevando vasos de agua a Silvia y a mamá, tiene dentro suyo un frágil espectro intranquilo, un salvaje corazón destrozado.

Hace mucho calor. Algunas nubes espumosas no son suficientes para combatir los embates del sol, tan dispuesto hoy a abrasarnos con su abrazo. El aire quieto de esta ciudad necesita de una brisa que nos refresque y haga más llevadera esta mañana que discurre con intolerable lentitud, segundo a segundo, minuto a minuto, tiempo que se estira como elástico que ha perdido su punto de tensión. Tengo ganas de aflojarme el nudo de la corbata, pero no lo hago. Mi camisa blanca de seda, recién estrenada, está húmeda y se me pega al cuerpo. Gotas de sudor perlan mi frente, se escurren por mis mejillas.

El padre Tejada se me acerca y me abraza en silencio. Me pierdo entre sus brazos, siento su acostumbrado olor a vino barato (tantas hostias repartidas en la cotidiana misa de las siete de la mañana, no es para menos). Tengo ganas de estirarle los mostachos, un día lo hice y no me habló por una semana, son su más preciada posesión. Y ahí sí, escondiendo mi rostro en su pecho, apoyando la nariz en su traje sacerdotal desempolvado para la ocasión, ahí puedo largarme a llorar con confianza. Llorar como dicen que lloré apenas nací, con todas las fuerzas del cuerpo y del alma, como si dejarse ir de esa manera al menos alguna vez durante el corto espacio de tiempo en que se nos ha prestado el aliento fuera suficiente para justificar la existencia. Y todo se conjuga en esas lágrimas, la presencia que se convirtió en ausencia aunque no deja de ser presencia, la fugaz felicidad en compañía y la innecesaria e injusta distancia de la última época, el amor que siempre existió aunque muchas veces, acaso por esa tonta parquedad expresiva heredada del padre, no llegó a manifestarse. Todo se conjuga, y yo me ausento, y puedo ver a Alfredo abriéndome la puerta del baño cinco años atrás, o yendo al cine conmigo, de la mano, o aquella vez en la «pieza nueva» hace tan sólo un año, esa tarde en que el bayer nos unió artificialmente, esa tarde que no olvido aunque debería, uno no puede vivir con tanto recuerdo a cuestas, uno debe aligerar la carga para continuar la marcha sin hundirse en las cenagosas aguas de la vida.

—Oscuros son los caminos del Señor.

Padre: quédese callado.

—Él sabe lo que hace.

Sí, seguro.

—No nos queda más que acatar su voluntad.

¿Por qué?

—No nos queda más que resignarnos.

¿Por qué?

Tienen que suceder estas cosas para que me dé cuenta de cuán conservador es en realidad Tejada. El hábito no hace al monje, y uno no es moderno simplemente porque use *jeans* o le guste la compañía de adolescentes hermosas. ¿Por qué no me dice que lo que le sucedió a Alfredo es lo más injusto que pudo haber pasado? ¿Que ese señor conocido como Dios es ciego y perverso las más de las veces, un demiurgo torpe al que su propia creación se le ha escapado de las manos y que anda por ahí, a la deriva, carcelero de almas angustiadas? De pronto, ya no quiero estar abrazado a Tejada. Lo que quiero es insultarlo, escupir en su rostro tan comprensivo que no comprende nada.

—Porque todo tiene su razón de ser en los inescrutables designios del Señor.

—Padre, padre... cállese, por favor.

—Roberto, tranquilízate.

—Padre, padre... váyase a la mierda, por favor.

Me doy la vuelta y salgo corriendo, cruzo el jardín y me mancho los zapatos con barro (llovió mucho en la madrugada), entro a la casa por el *hall* inmaculado donde se aglomera la gente y hay una línea formada para ofrecer las condolencias a mis papás y a Silvia (hasta en el caos se forman estructuras, hasta el dolor provoca orden). Miro de reojo el rostro devastado de mamá y el de magistral jugador de póquer de papá y el de equilibrista en la cuerda floja, con un ataque de vértigo a la mitad de su número, de Silvia (Jean-Pierre a su lado), y subo las escaleras que algún día subí con el cuerpo inconsciente de Alfredo entre mis brazos (entonces no sabía lo que hoy sé, todavía no sé lo que debería), la respiración acezante, el pulso frenético. Esto tiene que acabar pronto. Tiene que acabar pronto. ¿Dónde, por dónde? Ah, sí. Por ahí.

    Hay jazmines del cielo esparcidos sobre la cama de Alfredo, sobre el edredón negro con motivos deportivos —pelotas de fútbol, fórmulas uno, caballos de carreras—. Hay en el velador una foto pequeña de mis papás y una foto inmensa de Silvia (¿dónde estoy yo? ¿Dónde carajos estoy yo?). Tomo el portarretratos con la foto de Silvia, fotogénica, muy parecida a Alfredo. Lo tiro sobre la cama. He dejado de llorar, produzco patéticos suspiros entrecortados. En una esquina, sus cachos de fútbol, y los cómics que leía, *D'Artagnan*, *Fantasía*, *El Tony* (su ídolo era Pepe Sánchez), y los *Asterix* ya deshechos después de tantas lecturas. El Clue de los largos fines de semana encerrados en la «pieza nueva». No fue el coronel Mostaza, ni fue en el conservatorio, y menos con el candelabro. En el acuario, casi fosforescentes bajo una luz brillante, *Prosti* y *Lesbi*, el *Pistolero de las Siete Lunas* y el *Agente Lleno de Secretos* divagan por sus rumbos sempiternos, evitando por milímetros encontrarse en un choque violento que enturbiará el agua, golpeándose en el vidrio sin saber que detrás de esas paredes entre sucias y transparentes el ser que los alimentaba y mimaba y algún día los bautizó a su capricho ya no está más. No lo saben, no lo sabrán, no tienen ni tendrán siquiera la posibilidad de husmear la pesadumbre que tiene *Hércules*, tan equivocado en su intuición la mayoría de las veces, esta vez en lo cierto (Alfredo se lo merecía).

    Mirando a los peces pescados me tranquilizo. Pronto tendré que bajar, a soportar más bien intencionadas condolencias, a caminar bajo el sol avasallador en el cortejo rumbo al cementerio, transeúntes y curiosos en las aceras, quizá una manifestación de la Central Obrera en una esquina, alguno que otro librecambista que se persignará a la rápida antes de volver a sus transacciones, el mundo no se detiene para las ceremonias, el mundo funciona gracias a las ceremonias.

Al final del día, cerca de la medianoche, cuando voy al baño, escucho ruidos en el cuarto de Alfredo. Me acerco de puntillas hacia la puerta entornada. Es mi padre sentado en la cama, la mirada fija en el rectángulo de luz del acuario. Tiene el rostro apesadumbrado, la mano derecha en su barbilla. Lo miro un buen rato sin que se dé cuenta de mi presencia. Luego dejo que continúe su homenaje privado y vuelvo en silencio a mi cama.

19

Releo un libro de historia de la novela policial en el sillón de papá, frente al televisor, en la esquina de la casa que huele al tabaco mentolado de su pipa persistente. La mañana se filtra a través de las cortinas de seda y me atrapa en un cálido rectángulo de luz. Dos días que no voy a clase, que no hago otra cosa que acompañar a mamá a la iglesia y a tratar de no pensar en Alfredo saturándome de crímenes. ¿Escapar de la muerte leyendo un libro que la tiene como eje matriz, punto central hacia el cual se dirigen todas las coordenadas, todos los pasos, vacilantes o no, de los personajes? Nada inteligente, sin duda. Y este libro... He aprendido, pero ya lo sabía, que el primer detective de la literatura policial es Auguste Dupin, que apareció en abril de 1841 en *Los crímenes de la calle Morgue*. Que el detective como una «máquina pensante», todo lógica y razón, fue Van Dusen, creado por Jacques Futrelle en 1907, pero que su estilo no se puede generalizar, como lo hace Silvia, al resto de los detectives, aunque también existe *El Viejo de la Esquina*, creado por la baronesa Orczy en 1902, y que resolvía crímenes sin visitar jamás la escena en que se llevaron a cabo. Que la muerte de Hercules Poirot apareció en la primera página de *The New York Times*, el 6 de agosto de 1975. Que Erle Stanley Gardner —el favorito de papá— escribió ochenta y dos novelas con

Perry Mason como protagonista. Que el letárgico Sam Spade no se parecía en nada a Humphrey Bogart, protagonista de la versión de 1941 de *El halcón maltés*. Que a Philip Marlowe le gustaba mucho jugar al ajedrez. Que Dorothy Sayers ya había aprendido latín a sus siete años y fue una de las primeras mujeres en graduarse de Oxford. Que el especialista en venenos exóticos en sus novelas se llamaba Douglass Clark. Que la frase «el crimen no paga» es de Chester Gould, creador de Dick Tracy. Que Norbert Davis era el autor policial favorito de Wittgenstein.

La noche de la muerte de Alfredo la ambulancia llegó más temprano de lo habitual, apenas quince minutos de espera, acaso era una noche floja, la gente no suele hacerse daño los lunes, prefiere en todo caso los viernes. El hombre alto y de lentes oscuros, incongruentes para ese momento, más para la playa o para El Prado, y la mujer baja y con manchas de mostaza en el delantal blanco, se abrieron paso con eficacia entre el caos de Silvia, Eulalia y mamá, tiradas en el suelo de la «pieza nueva» sin saber si volver a intentar la respiración artificial o si de una vez dedicarse a rezar, quizá una plegaria le llegaría a Alfredo en su súbito viaje de la tierra hacia la ciudad del Demiurgo Torpe. El de lentes oscuros miró a Alfredo con displicencia mientras la mujer se arrodillaba al lado del cuerpo y procedía a tomarle el pulso, más siguiendo las instrucciones de algún manual de hojas amarillentas que los dictados del sentido común, que debían haberle dicho que había más pulso en los estantes de libros que en esa carne joven ya vencida por una de las mil maneras que tiene la carne de ser vencida, tan frágil, tan vulnerable a los embates de cosas tan disímiles como una pequeña navaja de bolsillo; el lento apretar de unos dedos en el cuello; la mezcla confusa de unas drogas. Porque de eso yo no tenía dudas: Alfredo había muerto de una sobredosis. El de lentes oscuros parecía pensar lo mismo mientras sacaba un chicle de uno de los bolsillos del pantalón y se lo metía a la boca. Era un Bazooka, el que le gustaba a Alfredo.

La mujer de las manchas de mostaza hizo algunas preguntas del tipo «quién encontró el cuerpo». Yo no las respondí, me quedé en una esquina con una mano en la cintura de papá, que no salía de una bruma que le había cortado el habla, que le hacía abotonarse y desabotonarse la camisa con un nerviosismo contagioso. Al rato llegó la policía y me preparé a responder las preguntas que realmente contaban. Papá había hecho un par de llamadas y movido sus influencias, le habían enviado un hombre importante a pesar de que todavía nada lo justificaba. El inspector Daza, fornido y de mediana estatura, con un sobretodo negro que denunciaba que había aprendido en la tele y en el cine cómo debían lucir los inspectores, entró a la pieza con un aplomo digno de un desfile militar. Se ajustó los pantalones negros —tenía un cinturón café, el color equivocado, se notaba que su mujer no lo ayudaba a vestirse—, pasó al lado nuestro sin mirarnos y pidió que le dejaran ver el cuerpo. Quince segundos después de que hicieran caso a su pedido, estaba llorando. Se abrazó a mamá, que, sentada en una silla, parecía haberse tranquilizado, pero volvió a llorar apenas vio las lágrimas en las mejillas cobrizas del inspector.

—Era tan lindo... —dijo Daza, un pañuelo en la mano, mientras uno de sus ayudantes metía el alfil encontrado cerca de Alfredo en una bolsa de plástico—. Tiene... tenía algo de parecido a mi sobrino.

«Tiene, tenía»: en su vacilación pude reconocer la incertidumbre de los vivos con respecto a los muertos recientes, su dificultad para acomodarse a la nueva realidad. «Somos un fui que no será mañana.» El inspector ordenó que se llevaran el cuerpo, y luego lo seguimos al jardín, a la fragancia acogedora de los jazmines del cielo en la noche oscura del alma.

—Siles es un pésimo presidente —dijo Daza, encendiendo un cigarrillo—. Para ser presidente se necesita mano dura, y él no la tiene. ¿Vieron a cuánto está el dólar? ¡A tres mil! Lechín es un zorro, lo va a hacer caer a punta de huelgas, es un viejo zorro y no me extrañaría que por ahí esté conspirando Paz Estenssoro. Su hijo, ¿cómo se llama su hijo?

—Se llamaba Alfredo —respondió papá, sorprendido por la pregunta después de una parrafada que no tenía nada que ver con lo que acababa de suceder.

—Ya el médico dirá lo que sucedió. Por lo pronto nada se puede hacer. ¿Quién descubrió el cuerpo?

—Eulalia, la empleada —respondí deseoso de ver en acción a un policía de carne y hueso. A lo lejos se escuchaban los sollozos de mamá; Silvia le había dado un par de tranquilizantes, pronto se dormiría.

—¿Estaba con alguien?

—Yo lo vi con Nelson en la tarde. Luego desapareció unas horas.

—Claro, ésa era la palabra que me faltaba en el crucigrama de ayer. Nelson... El almirante Nelson. ¿Quién es Nelson?

—Un amigo suyo del barrio.

—Habrá que hablar con él.

Había seguido caminando mientras hablábamos, exhalando bocanadas de humo que espantaban a las mariposas nocturnas y flotaban por segundos en el aire quieto antes de desvanecerse. Vecinos y curiosos se agolpaban a la puerta, tocaban la ambulancia como si jamás hubieran visto una, inquirían acerca de lo sucedido al impasible —o muy profesional— hombre alto que metía, con la ayuda de un policía, el cuerpo de mi hermano a la ambulancia con la sirena dando vueltas, emitiendo destellos rojos en silencio e iluminando la cuadra con su parpadeo continuo.

—Confíe en mí —dijo Daza al despedirse de papá, apretándole con fuerza la mano, fijando sus pupilas negras en las cafés de papá, cafés como las mías, cafés como las de Alfredo—. Confíe en mí.

La autopsia confirmó mis sospechas: un cóctel de pastillas para dormir habría acabado con Alfredo. Barbitúricos, fármacos con nombres como amilobarbitona, fenobarbitona y tiopentona, depresores de la actividad del sistema nervioso central. Valium, probablemente. Luminal. Daza se reunió con mis papás y, sin mucho tacto, les dijo que había hablado con Nelson y que tenía el lamentable deber de informarles que hacía diez meses que Alfredo fumaba marihuana, que hacía cuatro meses había comenzado a experimentar con cocaína aunque no lo había hecho muchas veces por falta de dinero para comprarla, y que, de vez en cuando, cuando no le quedaba otra, improvisaba explosivos cócteles de pastillas sacadas del botiquín de la casa, de farmacias, compradas a alguien de identidad todavía desconocida. Por lo tanto, mientras no hubiera nada que indicara lo contrario se veía inclinado a pensar que la muerte de Alfredo había sido una sobredosis accidental. Papá miró a mamá con expresión de reproche.

—Tengo entendido, señora, que usted usa Valium.

—Últimamente —mamá miraba al inspector con expresión incrédula, el azul de sus venas resaltaba en el cuello pálido y las manos se entrelazaban y separaban sin descanso—. No podía dormir bien. Pero tenía las pastillas contadas, y no noté que Alfredo las hubiera sacado. Quizá una o dos, no más.

—No se sienta culpable, no la estoy acusando de nada. Obviamente, para una dosis fatal se necesita más de dos pastillas. Quizá los Valiums que vio en la casa le dieron la idea, y luego él los consiguió por su cuenta. Alfredo tenía un proveedor.

Papá se acariciaba la barriga.

—Eso sí —continuó Daza—, de acuerdo a Nelson, el proveedor de Alfredo y de otros chiquillos del colegio es un alumno del mismo Don Bosco. ¿Alguien vendiendo droga a unos niños? ¡Santos pulpos en su tinta, no permitiré tremendo ultraje a la moral! Estén seguros que haré todo por atrapar al indirecto responsable de la muerte de su hijo.

Releo un libro de historia de la novela policial en el sillón de papá. El cielo apoya nubes en las ventanas, el sol resplandece en un otoño que juega a ser primavera. El teléfono suena de rato en rato: tíos de La Paz que llaman a ofrecer sus condolencias, Camaleón que me pregunta si necesito algo, Jean-Pierre que quiere saber cómo está Silvia. ¿Sabrán ellos de Wilkie Collins, de Chesterton y Highsmith?

Silvia se me acerca. Tiene un vestido negro de una pieza, le queda muy ajustado, ha engordado en los últimos meses. Se sienta en el suelo, apoya su cabeza en mis faldas, tintinean sus manillas. Cierro el libro, huelo un perfume familiar. Es el de Annaliz, la esencia floral y el fresco aroma de playa a la vez. ¿Qué había sido de ella? No había venido al velorio ni ido al entierro; el único rastro suyo los últimos días había sido una firma en la tarjeta muy formal que acompañaba la inmensa corona de flores enviada por su esposo. Mis sentimientos, ¿qué había sucedido con mis sentimientos por ella? No habían desaparecido, pero sí, como las anclas de los barcos detenidos en puertos muy lejanos —ah, Chile—, se habían hundido con rapidez en las profundidades de mis océanos interiores. ¿Volvería a levar el ancla? No lo sabía, no me interesaba saberlo.

—Annaliz llamó esta mañana —dice mi hermana, adivinando lo que pensaba, su voz un susurro—. Estabas durmiendo, no te quise despertar. Me pidió que te enviara sus condolencias. Me dijo que hace cuatro años su mejor amiga murió en un accidente, que por eso comprendía lo que sentíamos, y que por eso también no había venido, desde entonces no puede soportar los velorios.

—No la culpo. Si yo hubiera tenido la opción, tampoco habría venido.

Nos embarcamos en un largo silencio. ¿Diez, quince, veinte minutos? ¿Qué pueden hacer las palabras en momentos como éste? Nada, salvo arruinarlos con su estela de lugares comunes. En un rincón de una casa de pronto vacía, en una mañana de un otoño que se niega a reconocerse como tal, dos hermanos vestidos de negro se comunican con un lenguaje no verbal aprendido en la niñez, recuerdan aventuras compartidas años atrás con el otro hermano materializado en la memoria, el ser incorpóreo más corporal que ellos dos juntos. Se dicen de dolores y de ausencias, de presencias más allá de las ausencias, de besos húmedos en el aire translúcido de la madrugada, de cálidos abrazos en bulliciosos atardeceres. Somos un fui que no será mañana.

Al fin, Silvia habla sin mirarme:

—Nunca vi a papá así. Nunca fue muy expresivo, y ahora tampoco lo es mucho. Pero el dolor atraviesa por su piel a pesar suyo. Está sacudido, y parece más vulnerable que mamá o que nosotros. Anoche deambuló sin parar por la casa, no durmió ni cinco minutos.

—Era su preferido.

—Sí, pero aun así nunca lo demostró mucho. Ahora, ahora es otra cosa. ¿Y sabes qué? ¿Te puedo decir algo? Tú pensarás que soy una egoísta, o que estas cosas no se deberían decir en voz alta, pero...

¿Por qué cuando Silvia y yo hablamos terminamos, de una manera u otra, refiriéndonos a papá?
Silvia tiene una fijación, sin duda. Una nada saludable obsesión.
—Estoy segura que papá no habría reaccionado así si se hubiera tratado de mí.
Sigue sin mirarme. Su voz ha dejado de ser un susurro, se eleva, adquiere un temblor que hace que sus palabras tengan una resonancia extraña, un eco que las dota de intensidad y altura.
—Y quizá tampoco de mí, Silvia. Pero no se trata de una competencia.
—Estoy segura que no habría habido insomnio, y que, al día siguiente, hubiera estado en este sillón como si nada, la pipa en la boca, el periódico en las manos, la televisión encendida. Siempre lo supe. Pero tienen que suceder estas cosas para que una se dé cuenta de su verdadero lugar en los corazones de la gente que se quiere tanto. ¿Para qué querer, si el sentimiento no es retribuido?
—Quieres porque sí y punto. Sin esperar nada —miento, claro. Pero debía romper la lógica inexorable de Silvia—. Como Jean-Pierre, que babea por ti y se contenta con lo poco que le das. ¿O no? Además, estás exagerando. Papá te quiere mucho, y le va a doler un montón si... si algo te pasa.
La conversación comienza a adquirir un tono surreal. ¿Discutir acerca de los sentimientos de papá después de la muerte de Silvia? Era lo único que faltaba.
—Ni tú mismo te lo crees. Pero no importa. Sabía que no me entenderías. Ahora resulta que Jean-Pierre es el único que me entiende.
Un largo silencio.
—Ya no sé qué hacer en esta casa. Y para colmo, la U cerrada. Este país es una mierda.
—Pensé que ibas a dejar la U.
—Sí y no. Bueno, quizá. No sé. ¿A ti qué carajos te importa?
Silvia se levanta súbitamente y se dirige a su cuarto. Me quedo con la sorpresa trazada en el rostro. Ya se tranquilizará.
Se me ocurre reescribir el final de *Los anteojos negros*. Busco mi cuaderno anaranjado y, cautivado una vez más por la fiebre de la creación, escribo unas cuantas líneas agridulces.

20

Regresé al colegio sin muchas ganas de hablar de lo sucedido, aunque sabía que sería inevitable: con mis zapatos de charol, pantalones y camisa negras, invitaba al tema, a la compasión a través de las palabras. Le había pedido a Mauricio que dijera a mis compañeros que evitaran mencionar a Alfredo de una forma u otra, y lo hicieron muy bien al principio. Su silencio, paradójicamente, no hizo más que recordarme a Alfredo. ¿Por qué no me hablan de mi hermano?, me decía en el recreo, comiendo una salteña mientras Tomás y Camaleón me miraban con ojos entornados y huidizos y trataban de hablar de la pésima campaña del Wilsterman bajo un cielo de nubes dispersas. ¿Es qué no tenían curiosidad por saber qué había pasado el lunes? No quería que me tocaran el tema; me molestaba que evitaran tocarlo. ¿Quién me entendía? Recordé haber visto a Chino en una heladería tres días después de la muerte de su hermano, recordé haber pensado que era frívolo y superficial aparentar que no había ocurrido un naufragio cuando todos los signos indicaban lo contrario. ¿No estaba cayendo en el mismo error, el traje negro y la salteña en la mano y mis incoherentes comentarios acerca del Wilsterman? ¡Háblenme, háblenme de Alfredo!

Pero nada.

Después de la clase de Filosofía —algo sobre Ortega y Gasset, «yo soy yo y mis circunstancias»—, me acerqué al padre Tejada, que se dirigía hacia su oficina con sus papeles bajo el brazo. Quería disculparme por haberlo insultado el lunes. El buen padre ya tenía muchos problemas por su cuenta, no merecía ser el blanco de mis deseos de desahogarme. Me pidió que lo acompañara a su oficina.

Había mucha luz en su cubículo al fondo del pasillo. Dos macetas nuevas, gladiolos y tulipanes inmensos, el regalo de alguna madre agradecida. Un libro de García Márquez sobre la mesa llena de papeles y lapiceros. Ah, Arcángel Gabriel, cuántas lecturas se cometían en tu nombre (y cuántos otros escritores no eran leídos por tu culpa).

—¿Cómo estás? —me preguntó Tejada, la voz compasiva de tantas ocasiones. Tantas travesuras que uno magnificaba en la adolescencia porque carecía de la perspectiva de los años (el día en que nos agarraron viendo una porno en casa de Camaleón), cuántos corazones que sufrían más de lo que debían por ser primerizos (Gianna en el aeropuerto, embarcándose rumbo a Miami y dejándome con un closet lleno de osos de peluche y muchas lágrimas en las madrugadas): la voz de Tejada devolvía todo a su lugar correspondiente. Tanta comprensión, me decía, era digna de aplauso pero no era normal. Por eso me alegraba que, por fin, Tejada hubiera decidido no comprender cuando la orden salesiana decidió escoger a Belloni y no a él para la dirección del colegio.

—No muy bien, padre. Y disculpe por lo que pasó.
—¿Disculpas? ¿Por qué?
—No se haga.
—Tengo muy mala memoria.

El padre hizo una pausa, jugó con sus mostachos.

—Escucha... Te llamé porque quería decirte que sé lo que estás sintiendo. Puedo sentir tu dolor, créeme. Y también sospecho lo que estás pensando. Aunque a ratos creas que todo esto es muy injusto, no te alejes del Señor. En todo este año no te he visto ni una

vez en la capilla. Ahora más que nunca vas a necesitar de la fortaleza espiritual que sólo te puede dar una constante comunicación con el Señor.
—Rezo todas las noches. Antes de dormirme.
—Eso no es suficiente.
—Es que, ¿cómo puede ser posible que...?
Callé, dejé que el ruido de los autos en la calle ahogara mis palabras. El padre y yo no llegaríamos a entendernos. Pero ahora no se trataba de entender. Se trataba de absorber la paz que irradiaba Tejada, la envidiable gracia en los momentos de mayor presión. Miré hacia la alfombra sucia en el suelo, me mordí los labios y dejé que los fantasmas pasaran por mi corazón. Tejada se me acercó, puso su brazo derecho en mis hombros. Los minutos transcurrieron en silencio. No quería llorar. Ya había llorado mucho, había dejado húmedas mi almohada y la camisa de mi pijama, lágrimas que aun en su abundancia no se comparaban ni remotamente a la labor de mamá, Silvia y Eulalia, que iban anegando la casa con sus gotas saladas, la iban llenando de pañuelos y *kleenex,* papeles y telas para combatir los a veces tímidos hilillos, o el estruendo de goterones al caer sobre colchas, delantales y pisos de parquet. No quería llorar. Pero, ¿qué hacía uno cuando tenía un nudo en la garganta? Pues, lo desataba. Eso había hecho.
Traté de hablar en medio de sollozos entrecortados.
—Padre, yo fui el que le di un... pitillo por primera vez. Y después, pude hacer algo para impedirlo y no lo hice. Tuve tantas oportunidades, y no lo hice. Cuando encontraron marihuana en su maletín... creí su versión y ni se me movió un pelo. Y esa noche en la puerta de mi casa, estaba más ido y yo nada.
—¿Esa noche? ¿Qué noche?
—No se lo dije a mis papás, no se lo dije a usted, no se lo dije a nadie. Quería ganarme su simpatía, recuperar su confianza. Porque nos llevábamos bien, íbamos al cine juntos y todo, y de repente se alejó de mí, así, de pronto, sin razón. Me perdió la confianza, no sé por qué. Y no quería ser el típico hermano mayor alcahuete, y por eso me quedé callado.

—No es tu culpa. La culpa es un sentimiento inútil. —¿Un cura católico, apostólico y romano diciéndome eso? Tejada era moderno, después de todo—. Las cosas que suceden suceden porque tienen que suceder. —¿Era un trabalenguas?—. Alfredo se separó de ti no porque no te quería, sino porque no le quedaba otra opción. Era muy difícil para él ser tu hermano menor. El buen hijo, el buen estudiante, el chico al que todos aplauden y elogian. Sus travesuras exageradas, su rebeldía sin sentido, eran su forma de competir contigo por la atención de tus papás y de la gente... A falta de periódicos y cuentos, buenos son los pastizales quemados.

—Me está diciendo que después de todo fue mi culpa... —dije, sacándome los lentes.

—Tú única culpa fue haber nacido antes que él. Nada más. Había diferentes formas de lidiar con eso. La que él eligió no fue la correcta. Tú no eres responsable de eso.

Tejada solía darnos clases de Psicología en Primero y Segundo Medio. Debía de saber del tema; al menos, hablaba con la convicción de los que sabían. Su teoría era sólida y verosímil, pero era sólo una teoría más. Más allá de explicaciones convincentes, había un lugar en el corazón y en la mente de Alfredo al que no había llegado ni llegaría nadie. ¿Quién podría saber qué cosas habían cruzado por su cabeza? ¿Qué tumultos habían ocurrido en su interior? Nos desgastaríamos preguntando el porqué, y jamás lo llegaríamos a responder del todo. Alfredo permanecería en el misterio, y estaba bien así. Las respuestas fáciles, la causa y la consecuencia unidas por un cordón umbilical, pertenecían a la geografía de las novelas de misterio que leía, o de los cuentos que escribía, o de la ciudad de Río Fugitivo que flotaba en las alborotadas brumas de mi imaginación.

Me despedí de Tejada prometiéndole que le haría caso.

Cuando volví a clase, supe al fin lo que me sucedía. No me había sentido a gusto con mis compañeros en toda la mañana, y no sabía exactamente por qué. Ahora sí. Levantaron la cabeza y me vieron dirigirme a mi asiento con paso rápido mientras la duda cristalizaba en convicción: uno de esos adolescentes con los que había compartido más de diez años de vida le había vendido cocaína a mi hermano, y quizá las pastillas que ocasionaron su muerte. Uno de mis treinta y nueve compañeros había sido su proveedor, el autor indirecto de un crimen perfecto, de ésos que no llegaban jamás a tocar al responsable. Una de las treinta y nueve miradas fingía candor y escondía en los charcos empozados de las pupilas la mirada de mi hermano entregándole unos billetes a cambio de droga. Alguien que me miraba de frente o de reojo en las clases y en los recreos, alguien con quien me cruzaba en los pasillos e intercambiaba bromas insulsas, alguien que a lo largo de los años había jugado Risk o Clue conmigo en la «pieza nueva» y me había dado muchas veces la mano y a quien quizá le había prestado mis tareas. Alguien que en ese momento garabateaba en un cuaderno o miraba a escondidas una edición brasilera de *Playboy* o le escribía una carta a su chica o se reía de los jeroglíficos que escribía la Sulfúrica en el pizarrón.

¿Quién? No tenía idea. Podía ser alguno de los más obvios sospechosos, Conejo, Salvaje o Chino, o alguno de esos compañeros que parecían oficiar de actores secundarios o extras para seis o siete actores principales, uno de los que olvidaría apenas me entregaran el diploma, con los que de vez en cuando me cruzaría en la calle, ambos prometiendo llamarnos para reunirnos a tomar unas cervezas pero seguros de no hacerlo nunca, nada que nos uniera aparte de la azarosa decisión de nuestros papás de enviarnos al mismo colegio. Algo estaba podrido en Dinamarca, y no sabía qué hacer. Pero en ese instante cada asiento de esa aula, con un paisaje tranquilizador en una de sus paredes, ventanas en que los rayos del sol se trizaban en mil pedazos y que ofrecían una visión panorámica de los contornos del Tunari y del San Pedro y un pedazo de cielo pródigo en nubes, estaba ocupado por hombres de paja, máscaras que hacían muy bien su trabajo de ocultar para mí motivos y sensaciones.

Pero a veces no era necesario saber la verdad para caer fulminados; a veces era suficiente sospecharla. Yo, ¿de quién sospechaba? Con amor y sordidez, de Conejo. Y ahí estaba él acercándose a la salida de clases, mientras los papás llegaban a recoger a sus hijos, se estacionaban en doble y triple fila ante la mirada de pasmo de un policía en motocicleta. Conejo llevaba una camiseta sobre la polera anaranjada de mangas recortadas, tenía las patillas larguísimas, siempre experimentando con su pinta, las mujeres tenían razón en volverse locas por él. Lo miré con unos ojos que no querían enfrentarlo, con unos ojos que más que nada querían revisar sus bolsillos.

—Esto es para ti, Roby—me dijo mientras se sacaba su cadena de oro con un crucifijo y la ponía en mi cuello. Sorprendido, tomé el crucifijo entre mis manos, lo escudriñé aparentando interés.

—Es muy gruesa. No sé si...

—Por favor.

—Gracias —murmuré, la mirada huidiza—. Muchas gracias.

—De nada, Roby —dijo él, los dientes que no asomaron, la mano derecha acariciándome el pelo con cariño.

—No me toques —dije con brusquedad, apartando su mano.

—Disculpá. No era mi intención.

—Disculpá tú. Estoy un poco tenso.

—Se entiende.

Al llegar a casa, fui a mi cuarto y me saqué la cadena. Mi primer impulso fue tirarla a la basura, pero era demasiado. No debía apresurarme. La dejé sobre el velador.

Luego me dije que la culpa era un sentimiento inútil y que las cosas que sucedían sucedían porque tenían que suceder. Alfredo ya no estaba más con nosotros, y todo lo demás, lo que pude haber hecho y no hice mientras él estaba vivo, los motivos por los que se había distanciado de mí y me había perdido la confianza, era secundario y palidecía ante la realidad del presente. Lo importante, ahora, era encontrar al autor indirecto de su muerte, al responsable de ese crimen perfecto.

Necesitaba un Watson, un Hastings. Llamé a Camaleón.

21

Camaleón aceptó mi plan. Sentados en un banco de la Quintanilla, bajo un jacarandá pletórico en flores púrpuras, le había contado lo que pensaba hacer. La idea le había parecido muy interesante, «¿así que vamos a jugar a los detectives? ¡Yo quiero ser Sherlock Holmes!».
—Podrás ser Watson, pero no Sherlock.
—¿Por qué no?
—Porque Holmes hubo uno solo. Con sólo ver a una persona, podía saber que se trataba de un doctor militar acabado de llegar de Afganistán, como en *Un estudio en escarlata*. O que era masón, había vivido en China y escrito mucho últimamente, como en *La liga de los pelirrojos*. Si puedes hacer eso, con mucho gusto serás Holmes. Si no, callado como en misa.

Camaleón sería mi Watson: necesitaba de alguien a quien contarle mis deducciones, para que él asintiera y me dijera: «Muy bien pensado, ¿como lo hiciste?». «Pues, con mis células grises.» (Un poco lo que hacía Mauricio conmigo, el amigo que nos devolvía la imagen que queríamos que nos devolviera, la confirmación y no la contradicción.) Camaleón acarició los pelos incipientes que oficiaban de bigote y, después de un largo rato de abstracción que me hizo pensar que estaba analizando mi plan en detalle, dijo que había que conseguir una lupa para buscar huellas digitales, y guantes para no dejar las nuestras. ¿Había hecho bien en hacerlo partícipe de mi plan? Camaleón veía mucha tele y su idea de un detective tenía mucho más que ver con Cannon o Starsky y Hutch que con Poirot. Hace años había intentado convencerlo de que leyera mis novelas policiales, para tener alguien con quién discutirlas, pero él no había pasado de las diez páginas de la primera que cayó entre sus manos, uno de mis clásicos de todos los tiempos, *Asesinato en el Orient Express*. ¿Volvería a fracasar? Era muy probable.

—¿Y qué pasa si el inspector está equivocado? —dijo—. Porque, por lo que veo, te estás basando en lo que él ha dicho, que fue un accidente. ¿Qué pasa si no es un accidente?

—¿Qué, entonces? ¿Que alguien lo mató?

—Podría ser una opción. Otra podría ser que...

—Descartemos eso. No iba con Alfredo. O fue un accidente o alguien lo mató.

—Lo siento, Roby, pero no podemos descartar opciones así por así.

—En el fondo no nos interesa eso por ahora. Si pensamos en grande nos vamos a confundir, ni que tuviéramos experiencia en esto. Vayamos por partes. Preocupémonos de encontrar quién le pudo haber vendido las pastillas. Ése es nuestro único hilo, por ahora. Y eso nos podría llevar a descubrir qué fue lo que realmente sucedió con Alfredo.

Asintió. Lo noté preocupado. Le habían aparecido granos en la parte inferior de sus mejillas.

—¿Y esos granos?

—No sé, la mantequilla, el chocolate.

—¿Estás bien?

—A decir verdad... ¿Te acuerdas de esas ampollitas que te dije?

—Claro que sí.

—Lo que te digo, entre tú y yo. ¿Palabra?

—Palabra.

—Si no, te mato.

—Ya dale.

—Es herpes.

—Bueno, gajes del oficio, ¿no? —sonreí—. Unas inyecciones y listo.

—Eso también creía yo. Pero el herpes igual va a estar conmigo por el resto de mi vida. ¿Sabes lo que es eso? Que se lo voy a tener que decir a toda chica con la que me encame, porque si no me voy a sentir culpable. Qué papelón. Y de por ahí ellas no quieran saber de mí, y ni me quieran tocar.

—No te lo tomes tan a la tremenda. Te apuesto que es curable. Los médicos aquí no saben un pito.

—Palabra que es así, Roby. Hasta a la biblioteca he ido para informarme, no hay vuelta que darle.

Camaleón se tocó el arete, que le quedaba ridículo. Nunca dejaba de sorprenderme. Le hubiera querido preguntar cómo estaba todo en casa, pero seguro me habría dicho que su mamá estaba a punto de tirarse por el balcón, su hermano seguía sin aparecer y su papá había quebrado. Siempre tenía una tragedia a mano, y uno no sabía si creerle del todo o no, con su fama de mentiroso o, en el mejor de los casos, exagerado.

—Estoy seguro que no es tan trágico como lo pintas. ¿Qué te dijeron? ¿Necesitas algún remedio en especial?

—Hay unas pastillas que son carísimas. Ahora, aparentemente ya no tengo nada, pero es que mi virus está durmiendo, dice el médico. Pero se activa cuando le da la gana, porque estoy ansioso o porque me cojo a alguien o por la puta que lo parió. Me dijeron que si vuelve a aparecer en menos de dos semanas estoy jodido, y voy a tener que comprar esas pastillas.

—¿Y si no?

—Pues, el virus puede reaparecer de aquí a ocho meses, o a cinco años. Cuando esté activo, simplemente tendré que aguantármelas hasta que se me pase.

—No veo que sea algo tan grave. Con lo mucho que tiras.

—No es chiste, Roby. ¿Qué hago?

—En mal palo te apoyas. No sé nada de estas cosas, no sé cuál es la diferencia entre el chancro y la sífilis y la gonorrea y el herpes. Que no panda el cúnico, voy a hacer averiguaciones por mi cuenta.

Hubo un largo silencio, en el que vimos pasar los autos por la Quintanilla y por la Papa Paulo. Pasó una peta roja y me acordé de otro juego de Alfredo, hace muchos años, cuando papá solía ir al Tennis Club y nosotros lo acompañábamos y nos hartábamos de Coca-Colas y Alfredo se aburría y salíamos a la calle y nos dirigíamos a la plazuela en la subida del puente de Cala-Cala, de nardos fragantes y un estanque cubierto de hojas amarillentas, y Alfredo me desafiaba a contar autos, él las petas y yo las doble cabinas. Él ganaba, invariablemente.

—Me intriga el detalle del alfil —dije—. ¿Qué hacía un alfil en su mano?

—Quizá algún mensaje en clave.

—Viva el sentido común. ¿Para qué? No le veo. Siente que se está... siente algo raro y agarra un alfil. ¿Para señalar a alguien? ¿O algo? No le veo.

—Si estás pensando en alguien del curso, hay muchos candidatos.

—Tomás le estaba enseñando a jugar. Y practicaba todo el tiempo con Pavo y Mauricio.

—Y Aldunate...

—Aldunate es un mosca muerta. Lo descartaría de entrada.

—No continúes con tus descartes, porque vamos a terminar sin sospechosos y sin nada de nada. Probablemente el alfil no signifique nada.

—Precisamente —dije, siguiendo la lógica aprendida en Poe y Conan Doyle, aunque sin mucha convicción—. Es un detalle importante porque no significa nada. Elemental, mi querido Camaleón.

Ahora sólo me faltaba la pipa. Y la cocaína.

Antes de tocar el timbre fui corriendo a la capilla. El padre Fabrizio estaba sentado en un rincón, con los ojos abiertos como en estado de trance en dirección a la inmensa y moderna cruz sin Cristo en la pared detrás del altar. Recé un rápido padrenuestro, y luego le dije a Alfredo que se divirtiera lo más que pudiera, que no cambiara. Le dije que encontraría al culpable. Me persigné y me fui.

Estos días mis papás se peleaban con más furia que antes. Había comenzado después del entierro, cuando mamá quiso parar un rato en La Cancha y volvió al auto con catorce marcos y portarretratos. Papá preguntó para qué tantos. Ella planeaba llenar las paredes de la casa y todas las repisas disponibles con las fotos de Alfredo. Papá se negó: no era saludable, dijo, que cada esquina de la casa nos tuviera que recordar a Alfredo. Ya era suficiente con lo que teníamos. Su voz se iba elevando y de pronto se quebró; parecía haberse atragantado con un hueso de pollo. Las lágrimas se habían agolpado en los ojos y, desesperado, luchaba contra ellas. No sabía qué hacer, nosotros tampoco, no estábamos acostumbrados. Sólo una vez lo había visto llorar. Había sucedido diez años antes, la primera vez que mamá lo echó de la casa por una borrachera que se prolongó más de la cuenta. Silvia, Alfredo y yo lo rodeamos mientras hacía sus maletas en silencio para irse a casa de sus papás. No nos miró hasta que terminó de hacerlas. Luego, nos dijo con una voz queda: «Hijos, veánme llorar». No recordaba sus lágrimas, pero sí esa frase. «Hijos, veánme llorar.» En ese entonces no sabía cuán importante era su anuncio. Ahora sí.

Mientras papá se secaba los ojos con un pañuelo, me pregunté si nuestra vida sería así de ahora en adelante: como en una telenovela venezolana, una escena de llanto y corte.

Silvia pasaba las horas en su habitación, escuchando a Billie Holiday y a Serrat. Me decía que quería concentrarse en sus estudios, como una forma de no pensar en lo ocurrido.

—Ayuda que la U parece haber entrado en un período tranquilo, algunos días de clases, sin asambleas de profesores o manifestaciones estudiantiles. Voy a hacer un intento más.

Mentía. A ella ya no le interesaba la U, en todo caso no San Simón. Parecía más desahogada después de nuestra conversación en el sillón de papá, aunque creía que se arrepentía de haberme revelado algunos secretos.

A las siete de la mañana fui a la iglesia de la Recoleta con mamá y Eulalia. La iglesia estaba vacía, salvo unas cuantas ancianas beatas que aceleraban su muerte coqueteando con una bronconeumonía al salir de sus casas en ese frío. En la semipenumbra del recinto que olía a madera quemada, tiritaban, azules, las velas de las luces. Mamá y Eulalia se hincaron en las frías baldosas. Me conmovía verlas lado a lado, tomadas de la mano, olvidadas por un momento —¿o no?— de tantos mundos que las separaban —¿o no?—. Rezaron en silencio, se persignaron, volvieron a rezar, se levantaron y recorrieron los pasillos que alternaban luz y oscuridad, iban de santo a santo, de virgen a virgen, había para todos los gustos, el sufrimiento, la compasión y la piedad esculpidos toscamente en esas estatuas de yeso que iban resquebrajándose con el tiempo, la pintura que desaparecía en algún recoveco del espacio. Por suerte sólo era cuestión de fe para que esas figuras marchitas aparecieran resplandecientes a los ojos de los feligreses. Me quedé parado cerca de la puerta, como hacía papá en los tiempos en que toda la familia solía venir a la iglesia, con los brazos cruzados rezando un padrenuestro y hablándole a Alfredo, pero incómodo y con muchos deseos de huir. Traté de no dramatizar, de contarle en las palabras más simples lo que hice y dejé de hacer, lo que sentí y pensé y lo que no, las cosas de papá y mamá, Silvia y Eulalia, cómo estaba el colegio en su ausencia. Nada del país, porque a él eso nunca le interesó. Seguro que quería saber de Nelson, pero yo no sabía nada, todavía no había hablado con él. Y *Hércules*, no había que olvidar a *Hércules*.

«Te extraño mucho. Ni te imaginas cuánto.»

El inspector Daza parecía habernos adoptado. No había día en que no apareciera por la casa al menos por quince minutos. Quizá fuera una coincidencia, o no tuviera otro tiempo libre, pero siempre aparecía a la hora del desayuno, del almuerzo o la cena. Comenzaba rechazando la invitación a comer; pero luego era el primero en sentarse a la mesa y terminar su plato con una voracidad envidiable, ensuciando servilletas como si ése fuera su oficio natural. No importaba. Era un tipo que se hacía querer, una figura cómica, con el sobretodo que no se sacaba ni al sentarse a la mesa, con sus grandes y peludas manos que me daban palmadas en la espalda: «Cómo está ese jovencito, ¿ah? Me estará estudiando mucho, ¿ah?». Ah: ésa era su interjección favorita, la forma en que solía rematar sus frases y parrafadas. Ah, la boca bien abierta, dejando al descubierto sarro inmisericorde y tapaduras de plata oxidada, con un tono de pregunta que no necesitaba ser respondida, más una pausa para distinguir una frase de la siguiente, un tema del otro. Se acercaba a Eulalia y le pellizcaba los cachetes: «Usted es una gran cocinera, ¿ah?».

Daza y papá se llevaban muy bien. Estaban de acuerdo en su rechazo a Siles (aunque lo de papá no era tan específico, no era sólo contra una persona sino contra la democracia en general, qué hubiera dicho Daza si se hubiera enterado de sus tendencias conspiratorias). La otra noche, el inspector me hizo recordar algo que le había visto hacer a papá: sacó de sus bolsillos una numerosa cantidad de fajos de billetes ajados, las devaluadas figuras de nuestros próceres envueltas en ligas.

—Parece mucho dinero, ¿ah? —dijo Daza—. Es mi sueldo. No llega ni a los cien dólares. ¿Me pueden decir que hago con esto? ¿Empapelo mi casa, cocina y todo? ¿O pido una audiencia con el presidente, y apenas aparece orino en los fajos y pego la vuelta, si te he visto no me acuerdo? ¡Ah, cómo quisiera hacerle eso a Siles! ¿Ah? ¿Ah? ¿Ah? ¡Vejete y mierda!

Papá no sabía si compartir su enojo con el presidente, o reírse de sólo imaginar a Daza orinando en su sueldo en el Palacio Quemado.

Me reí, y papá me siguió. Daza nos miró con una expresión de extrañeza, como si no supiera de qué reíamos. Cuando se dio cuenta, esbozó una sonrisa que dejaba entrever la ausencia de un canino.

Esa noche hablé dos veces por teléfono. Primero llamó Mauricio. Me preguntó cómo estaba.

—Mejor —le dije.

—Es difícil —dijo él, y se embarcó en una convencional tirada acerca de ser fuerte en estas circunstancias, etcétera. Luego me dijo que tenía buenas noticias para mí.

—Es una sorpresa. Te aseguro que te va a encantar. Te la llevaré mañana al cole.

—No me dejes así. Abriste la boca, ahora terminá de contarme de qué se trata.
—No me vas a sacar una palabra más. Nos vemos mañana.
Colgó. Me preguntaba a qué podía referirse Mauricio cuando el teléfono volvió a sonar. Era Annaliz. Me puse nervioso.
—John Hastings es invitado por su amigo John Cavendish a visitar Styles Court, la casa de campo de los Cavendish cerca de Styles Saint Mary en Essex —dijo ella. Parecía tener la nariz tapada—. Cuando llega a la casa, Hastings encuentra una gran tensión entre los miembros de la familia. Emily Inglethorp, la madrastra de John y su hermano Lawrence, ha estado en control de la fortuna de la familia desde la muerte de su esposo. John, que se dedica a la buena vida, y Lawrence, que aspira a ser poeta, dependen del dinero que les da su madrastra, que acaba de casarse con Alfred Inglethorp, un hombre de dudosos antecedentes que es veinte años menor que ella. ¿Sigo?
—¿Cómo sabes todo eso?
—De la única manera posible. El que quiere, puede, ¿no? Pero todavía no he terminado. Escucha: «¿Dónde estaban los pies del detective Martínez? Sobre su polvoriento escritorio, naturalmente. ¿Y dónde estaba su escritorio? En una destartalada oficina del centro de San Francisco, naturalmente. ¿Y qué pasó? Que sonó el timbre, como es lógico. Y entraron tres orientales en fila con el sargento Sullivan encañonándolos detrás».
—Suficiente —dije—. Ya sé como sigue.
Era uno de los *Enigmas de Mario Martínez,* que había plagiado de unos juegos de verano en *Siete Días,* cuatro años atrás. Pertenecía al tomo tres de la serie (ya estaba en el doce).
—Pero apuesto que no lo has vuelto a leer desde entonces. «¿Qué significa esta visita, Sullivan? ¿Vienes a presentarme a tu familia?
»No te hagas al gracioso, Mario. Ha habido un crimen en Chinatown.
»¿Quieres que llore, Sullivan?
»No, quiero que pierdas tu licencia, y lo lograré si no averiguas quién de estos hermanitos Kin es Ton Kin, el criminal.

»¿Qué sabes de ellos?

»Sé que son medio raros. Según como se levantan, cada uno se dedica ese día a mentir, o a decir la verdad en todo. Y sé también que Ton Kin, el asesino, es el mayor de los tres.

»Es muy fácil. A ver, jóvenes, ¿cuál de ustedes ser Ton Kin?

»Yo no ser —dijeron los tres a coro.

»Por lo menos uno miente —dijo Martínez sonriendo.

»Eres un genio —masculló Sullivan malhumorado.

»Yo ser Zon Kin, ser el mayor de los tres —dijo el primer oriental.

»¡Estás mintiendo! Yo ser Zon Kin —dijo el segundo.

»Ton Kin ser yo —dijo el tercero.

»¿Cuál de los tres, por la paz celestial, es el asesino?.

Me reí.

—Te prometo que ahora escribo mejor—dije.

—A mí me gusta. No seas tan tímido. Todavía está en pie la invitación a ver un video. ¿Te vas a animar?

—Sí, por supuesto.

—Pasado mañana.

—Está bien.

—Nueve de la noche. No te retrases. Un beso.

Me quedé pensando en Annaliz. Era divertida, me caía muy bien. Unas inteligentes palabras suyas habían bastado para agitar las profundas aguas en que se habían estancado mis sentimientos por ella. De repente, me descubría con muchísimas ganas de dar, de entregarme, de perderme en los brazos de una mujer de la que hacía rato creía haberme enamorado, de una mujer que había estado en mí aun en esos días en que parecía no haber estado en mí. Ya no tenía miedo de nada, ya no me preocupaba que ella fuera mayor que yo, o que tuviera en la mano un anillo de casamiento, esos anillos sólo servían cuando la persona que los llevaba estaba enamorada, por lo demás eran fáciles de ser sacados de anulares inquietos y olvidadizos.

Me fui a mi cuarto, lleno de ánimo, a comenzar a trabajar en la *Edición Especial* antiBelloni. Puse un casete de The Police, quería escuchar «Every Breath You Take». Hojeé un *Siete Días*, recorté la foto de un arrugado y enclenque monje budista, corté letras de diversos titulares hasta armar EL ITALIANO SE LA COME. No, era muy vulgar. No se me ocurrían muchas ideas. En el escritorio estaba el lápiz labial de Annaliz. Abrí el estuche plateado, acerqué el lápiz a mis labios, me miré en el espejo. Recordé tardes iniciáticas de mi adolescencia, la casa vacía y yo en el baño probándome la ropa interior de Silvia, los sostenes rosados para mis pezones sin pechos, el calzón con diseños florales que se me entraba a la raya del culo, los labios pintados y el perfume de mamá en el cuerpo, mamá siempre se quejaba: «Alguien desordena mis cosas —decía—, alguien usa mis perfumes», las empleadas eran las culpables.

Me miré en el espejo, me saqué los lentes y, lenta y delicadamente, me pinté los labios. Hice los gestos de concentración que hacían mamá y Silvia frente a sus espejos, los ceños fruncidos y las caras extrañas en aquel ritual de guerreras momentos previos al combate. Era ridículo. Era más que ridículo: era patético. Tenía que transcurrir tan poco tiempo para que la maravillosa curiosidad fuera reemplazada por un corazón prisionero, en un ámbito harto más cruel e inconsolable. Me limpié los labios con rabia.

Esa noche, volví a ver a papá frente al acuario. Esta vez no me quedé al lado de la puerta entreabierta, esta vez fui a sentarme junto a él. Papá siguió mirando en silencio las burbujas del oxigenador elevándose hacia la superficie del acuario, los peces flotando sin prisa y sin rumbo definido en el agua ya sucia y turbia, había que cambiarla, había que continuar la vida, los peces no nos lo perdonarían. Imité a papá, me recluí en el silencio y me dediqué a mirar las burbujas.

Quince minutos después, papá me abrazó.

22

Apoyados en los cubos de colores chillones a la entrada del colegio, cerca al gigantesco molle mecido por la brisa, Tomás y Camaleón me ponían al día. Unos chiquillos de Intermedio jugaban a fútbol en la cancha de tierra, escuchaba sus voces gritando con tonos aún no definidos, voces que iban adquiriendo consistencia pero que de vez en cuando dejaban escapar risibles gallos. Al fondo, recortados por un cielo plomizo que auguraba lluvia, los eucaliptos semejaban figuras espectrales, sus largas sombras sobre la calle. En la puerta, la casera vendía sus dulces y chocolates, su bebé llorando en el suelo, ella acaso feliz porque alrededor suyo no había ningún adolescente robándole pastillas. Unos chicos de Medio fumaban en el quiosco de la esquina, algunos compañeros de curso charlaban en nuestro banco en la Quintanilla. Estábamos instalados en un día de otoño de abrumadora cotidianidad, día que se dirigía con disimulada prisa hacia su ocaso, tantos detalles para convencernos de la materialidad de la vida y para ocultar nuestra apresurada fuga hacia la nada, el desvanecimiento de nuestros cuerpos hoy tangibles y mañana no, nuestra pronta conversión en fantasmas.

Tomás nos dijo que ya había solicitado el ingreso en la Católica de Santiago, se había decidido por Ingeniería Industrial.

—No te hago ingeniero —le dije—. Te veo más metido entre libros.

—Los ingenieros también leen.

—Sabes a lo que me refiero.

—En todo caso, es mi problema y estoy refeliz.

Camaleón nos contó que Tejada se había vuelto a pelear con Belloni, y que parecía que se iba cualquier rato a los Estados Unidos. Puse cara de no saber nada.

—Vieron a la tal Mónica saliendo del cuarto de revelado con él. Alguien le fue con el chisme a Belloni. Sus días están contados.

—Ése es un chisme viejo. Se lo han hecho con todas nuestras hermanas. No creo que el padre sea tan boludo como para escoger siempre el mismo lugar, sabiendo que están a la pesca de cualquier huevadita que haga.

—Qué sabemos nosotros —dijo Tomás—. De por ahí le excitan los colores fosforescentes del cuarto, o tiene un *sleeping bag* escondido por ahí. Cuándo aprenderás a no defender causas perdidas, Roby.

Me sorprendía la tranquilidad de Tomás. Camaleón me había confirmado que Aura no quería saber nada de él y estaba saliendo oficialmente con Mauricio, los habían visto el domingo comiendo salteñas en El Prado, agarrados de la mano en una mesa llena de Supremos (Sara no había perdido el tiempo y se la había visto con Lencina, un rubio grandote del Instituto Americano, tan atractivo como tonto, famoso entre las chicas por su actuación en una deplorable versión local de *Jesucristo Superstar*). Pensé encontrar en el rostro de Tomás algunos trazos de dolor, los ojos rojos por el llanto o los párpados que se le caían por no haber dormido nada las últimas noches (como yo, el blanco de los ojos inundado de rojizas estrías, las ojeras de escándalo), pero nada. No debía haberme sorprendido: Tomás era la persona más orgullosa que conocía, con una innata capacidad para no mostrar a nadie, acaso ni siquiera a sí mismo, las heridas de su corazón. Lo imaginé solo en su cuarto, escribiéndole una carta larga y febril a Aura, diez o doce páginas que inevitablemente terminarían en el canasto de basura.

—Vi un video buenísimo de U2 el domingo —dijo Camaleón—. Hay un programa brasilero que es puro videos.

—¿Tú también tienes la cajita? —dijo Tomás—. Yo vi uno de Billy Joel, nada que ver, unos mecánicos bailando, la coreografía daba pena. A ti te gustaría, Roby, aparece la Christie Brinkley.

Me explicaron de la cajita que se había puesto de moda y que permitía captar canales brasileros.

—Lo que deberían ver —dije— es *Blade Runner*.

—La vi —dijo Tomás—. Buenísima. ¿Es Harrison Ford un replicante o no?

—Parecería que sí, pero no queda muy claro. El chico de mi hermana dice que este año va a salir el *director's cut,* que lo explica todo.

—Lo que tardará en llegar. El que se roba la película es Rutger Hauer.

—Obvio que te tenía que gustar. Como es alemán.

—Es holandés.

—Es lo mismo.

—No jodas.

Don Bernardo estaba más insoportable que nunca, castigando a diestra y siniestra bajo el amparo de Belloni. Las pensiones habían vuelto a subir. Los lapiceros y las chompas seguían desapareciendo en el curso. El equipo de fútbol había ganado un torneo relámpago en el Instituto Americano, las figuras habían sido Chino en defensa y Barahona en ataque. Recordé cómo admiraba Alfredo a Barahona, era su Maradona de bolsillo. En eso estaba cuando vimos pasar al profesor Montes en su desvencijada bicicleta, los pantalones de terno gris y el chaleco crema que conocíamos de memoria.

—Tomás —dije, de improviso—. Tú le estabas enseñando a jugar ajedrez a mi hermano, ¿no?

—Un día se me acercó y me dijo que el ajedrez se estaba poniendo de moda en su curso, que quería aprenderlo.

—¿Dijo «ajedrez»?

—No recuerdo bien. ¿Por qué?

—No pronunciaba ninguna palabra con ere.

—Ahora que lo pienso, se me acercó con un alfil en la mano, y me dijo: «Necesito que me digas cómo se mueve, y el caballo y el peón también, y los demás». Era muy original tu hermano, la forma retorcida en la que hablaba.

—¿Un alfil?

—Un alfil blanco. ¿Qué es esto? ¿Te estás haciendo al Sherlock Holmes? Pensé que ya se sabía... que la policía ya había dicho que...

—Sí, sí... no es nada importante.

—El hecho es que tu hermano era vivísimo. Sólo llegamos a reunirnos un par de veces, pero la segunda ya sabía qué era una Ruy López, qué una Siciliana. ¿No practicó contigo? Si tú le haces al ajedrez.

—No. Nunca me dijo nada.

Mauricio se acercó por detrás nuestro, no lo vi hasta que sentí su brazo en mi espalda. Llevaba chamarra marrón *Members Only* y botas. Le quedaba la onda *cowboy*. Charlamos un rato, nos dijo que estaba un poco preocupado porque se acercaba la peña para el Día de la Madre y la organización estaba en pañales.

—Si la organización está así es tu culpa —dijo Camaleón—. Para algo te hemos elegido.

—Sí, pero yo no puedo hacer todo.

Tomás hizo una mueca sardónica. Aparte de eso, actuó con Mauricio con escandalosa naturalidad, preguntándole acerca de la organización de la peña, en qué podía ayudar, etcétera. Utilicé mi lógica paradójica: su actitud era tan natural que no era nada natural. La procesión iba por dentro, cuadras y cuadras de gente desfilando detrás de la estatua de una virgen.

Mauricio me dijo que *Los anteojos negros* le había parecido un poco rebuscado, «y nada que ver eso de hacerte el experimental y no usar guiones». También me dijo que el final parecía añadido a último minuto.

—Está muy transparente... Se nota cuándo lo escribiste. Como que nos hace pensar más en el escritor que en el cuento en sí.

—A mí me gustó —dijo Tomás.

—Además, ¿acaso Martínez tenía familia? Jamás los mencionaste antes, y eso que ya llevas años relatando su saga.

—El cuento fue muy bien recibido en general —dije, tratando de no mostrarme a la defensiva. Quería cambiar de tema—. Sobre gustos no hay nada escrito. ¿Trajiste lo prometido?

Tardó unos segundos en responder. Abrió la boca, aparecieron sus hoyuelos pronunciados. No se había vuelto a poner el arete desde el velorio, pensé que Camaleón se sacaría el suyo pronto. Hubo un gol, los chiquillos lo festejaron tirándose al piso y armando un alboroto. La brisa se había convertido en un tímido viento, recibimos en nuestras caras una oleada de polvo.

—Te lo daré otro día.

—No jodas, Mauri.

—En serio. Cambié de opinión. Confía en mí, es por tu bien.

—Con lo que dices me pica más la curiosidad.

—Confía en mí.

Me miró con su famosa mirada, ésa de párpados entrecerrados que le daba una expresión entre soñadora y enigmática. Este tipo no puede dejar de seducir ni a los amigos, pensé. Este tipo es peligroso. Decidí no insistir. No sacaría nada. Pero me quedé pensando en qué podía ser la sorpresa a la que se había referido la noche anterior. ¿Algo relacionado con Alfredo? ¿El Ajedrecista? ¿Edgar Lizarazu?

Al volver del colegio pasé por la casa de Nelson. No lo había visto desde el entierro, y quería hablar con él. Lo pensé mucho antes de tocar el timbre, no quería encontrarme con su hermano. *Tobías*, su doberman, se acercó a la verja y me ladró con odio. Iba de un lado a otro de la verja, dejando a su paso un reguero de saliva. Debía traer a *Hércules* y presentárselo, que se hicieran amigos y que *Tobías* le enseñara a cuidar casas.

Me abrió la puerta la mamá de Nelson. Era una mujer alta, de pelo blanco, bozo tupido y senos que debían haber tenido sus días de esplendor pero ahora se dejaban vencer miserablemente por la ley de la gravedad. La veía caminando por el barrio en las mañanas, aferrada a una cartera gris como si en ello le fuera la vida. No había tratado mucho con ella, apenas esos estúpidos diálogos que las circunstancias obligan a entablar a personas sin nada en común, «cómo has crecido hijito, gracias señora», «cada vez te pareces más a tu papá, gracias señora».

Me hizo pasar como si me esperara, mientras la empleada amarraba al doberman.

—¿Cómo has estado, hijito? No me digas, no me lo quiero imaginar —me besó en ambas mejillas—. *Tobías* es un energúmeno, no le hagas caso. El otro día mordió a mi sobrino, hubieras visto cómo le quedó la mano. Aparte de eso, es pura boca.

—Seguro que sí.

Apenas entramos a la casa a oscuras, la señora, sin hacerme preguntas, me indicó el cuarto al fondo del pasillo. En las paredes había retratos en blanco y negro de sus antepasados, hombres de levita y sombrero y pálidas mujeres de cofia y brocado.

—Hace días que no va a la escuela. A ver si lo convences.

Luego se fue a una sala de la cual salían las voces chillonas del Coyote y del Correcaminos.

La puerta del cuarto estaba entreabierta, una luz brillante se colaba por las hendijas hacia el pasillo. Di tres golpes a la puerta. No hubo respuesta. Asomé mi cabeza. Nelson estaba en la cama, en pijama y con los ojos bien abiertos mirando un gran zancudo posado en el techo. Mis ojos recorrieron las paredes. Estaban empapeladas de fotos de Alfredo. En blanco y negro y a colores, cuadradas y rectangulares, nítidas y opacas y mal enfocadas, pequeñas y grandes, sacadas con cámaras desechables y con Polaroids.

Alfredo sonriendo en la puerta del Don Bosco, la luz de un sol de verano a sus espaldas. Alfredo haciendo equilibrio sobre la reja del lote baldío que después incendiaría con Nelson. Alfredo desfilando muy elegante y con una mueca de aburrimiento. Bañándose desnudo en un río que no era el Fugitivo, las aguas turbias en contraste con su piel blanca. Abrazado a Chino y Conejo en la Quintanilla, al fondo Tomás jugando ajedrez con alguien de espaldas a la cámara, yo, yo de espaldas a la cámara. Besando con ternura los labios de Silvia. De bebé en su cuna. A los cuatro años jugando en el jardín con papá, la sonrisa franca, los hoyuelos compradores. Llorando con una tutuma de chicha en la mano, abrazado a Nelson. Subido a un árbol. Al lado de una carpa en el San Pedro, el rostro travieso y lleno de barro. Disfrazado de payaso. Con los labios pintados y con ropa interior de mujer. Sentí una masa de gélido aire trepando por mi garganta. Salí con prisa de la habitación. Me senté en una de las gradas que conducían al segundo piso, la respiración acezante. A lo lejos se escuchaban las incongruentes voces del Coyote y del Correcaminos, los ladridos furiosos del doberman.

Nelson vino a sentarse a mi lado. Las pecas le daban a su rostro un aire de mapa de la Polinesia, millares de islas e islotes y atolones en un espacio reducido.

—Te estás haciendo daño—murmuré—. No deberías estar rodeado de tantos recuerdos.

—Me hace muy bien. Así siento que está todavía conmigo. Éramos inseparables, y eso no puede cambiar.

—Esa foto... en la que él está con ropa interior de mujer, y con *rouge* en los labios. ¿Cuándo? ¿Cómo fue?

—Es la foto que llama la atención de todo el mundo —su voz era firme y triste a la vez—. Dudé en ponerla, pero pensé que tenía que dar una visión completa de la vida de mi hermano del alma. Porque si no, no sería justo, ¿no? Fue una noche en que me quedé a dormir en tu casa. Estábamos en su cuarto, charlando, ya acostados y con las luces apagadas. De pronto, me dijo que esperara y salió del cuarto. Volvió, me dijo si yo estaba listo, le dije que sí, y encendió la luz. Me sorprendí un montón. Los dos nos reímos mucho.

—¿Sacaste la foto ese rato?

—Una hora después. Él volvió a la cama, y yo me quedé pensando en lo que acababa de ver. No se me iba de la mente. Entonces le dije que posara para mí, tal como había estado. Quería tener el recuerdo de esa noche.

—Una reconstrucción de los hechos, entonces.

—Algo así.

Pensé en esa foto que replicaba a una realidad que a la vez había replicado a otra, y que quizá, eso ya no lo sabía y tampoco me atrevía a preguntarlo, replicaba mi realidad. En una de mis tardes solitarias, ¿me había visto Alfredo con los labios pintados y los sostenes color durazno y los calzones floreados de Silvia? O acaso a él se le había ocurrido por su cuenta: el aterrador abismo de la coincidencia, los hermanos tan diferentes pero en el fondo no, los genes que sabían más de nosotros que nosotros mismos, los genes que nos sobrevivirían así como habían sobrevivido a nuestros desconocidos antepasados.

—Habíamos fumado unos pitillos esa tarde, cuando nos viste —dijo Nelson en voz baja—. Porque en realidad a eso has venido, ¿no? Después vinimos a mi cuarto, a escuchar música a todo volumen. «Bohemian Rapsody», «Another One Bites the Dust», una y otra vez, tratando de memorizar las letras. Alfredo estaba pensativo, no hablaba mucho. Pensé que era el efecto de la maría, que a mí me hace hablar mucho pero a él más bien lo tranquilizaba.

Hizo una pausa.

—Después él sacó unas pastillas y me ofreció probar. Eran rojas y redondas. Le dije que no, como le había dicho antes, cuando me ofreció cocaína.

—¿Cómo las conseguía?

—Supongo que era el mismo que le conseguía las otras cosas.

—Por eso. ¿Quién?

Nelson se quedó callado.

—No te quería interrumpir. Continúa.

—Me dijo que no fuera tan gil, la vaina de siempre, y se metió un par de pastillas a la boca. Eso me hizo abrir los ojos, desperté no sé cómo. Le dije que eso era malo para él, y que si no me hacía caso, que al menos me respetara y no lo hiciera delante mío. Se rió de mí. Entonces le dije que se fuera.

—Lo botaste de tu casa.

—Ajá.

—Y se fue.

—Eran como las siete de la noche. Ésa fue la última vez que lo vi.

Yo conocía otra historia: que Nelson era el terrible del dúo, y que

Alfredo no hacía más que seguirlo. El rostro angustiado de Nelson me quería convencer de lo contrario. Lo miré molesto.

—No te creo nada. Dices eso porque nadie te puede contradecir ahora. Puedes hablar mal de mi hermano a tu antojo. ¿Y dices haber sido su mejor amigo? No entiendo qué concepto de amistad usas.

—Me da lo mismo lo que creas. Yo no era la mala compañía para Alfredo. Él era la mala compañía para mí. Y sin embargo, fui el único que intentó ayudarlo. Ni tus papás, ni tú, ni nadie. Yo.

Me levanté, dispuesto a irme. Di unos pasos, me detuve.

—Ésa no es la forma —dije girando sobre mis talones—. Si te sientes culpable de lo que pasó, si tú le diste las pastillas —alcé la voz—, ésa no es la forma. Es mucho mejor que te quedes callado y reconozcas lo que hiciste.

—Yo no hice nada. Nada de nada. ¿Y tú? ¿Y tú? —Nelson gritó—. La primera vez fue gracias a ti. ¿Recuerdas esa tarde en tu casa? ¿Qué me vienes a acusar, entonces?

Entró corriendo a su cuarto, tiró un portazo. Me quedé parado en el pasillo de luz crepuscular, sin saber qué hacer. Me había equivocado de táctica, y sólo había conseguido ganarme la mala voluntad de Nelson. Escuché un *jingle* de mamá en la lejana televisión, unos clichés bien vestidos que les pedían a los cochabambinos que fueran a gastar sus billetes devaluados en artículos para el hogar. «La Mansión: para usted, la solución.»

Fui hacia la puerta de salida y me detuve en el umbral un buen rato, esperando que alguien amarrara o se hiciera cargo de *Tobías*, lo habían vuelto a soltar y me esperaba en el jardín con la boca abierta y ansiosa y la lengua afuera. Escuché unos pasos bajando las escaleras. Era Ramiro. Había enflaquecido, tenía la cara demacrada.

—¿Cómo estás, Roby? —me extendió la mano. No le devolví el saludo—. Hace mucho que no te veo.

Se dirigió al jardín, amarró a *Tobías* y volvió.

—Sien-siento lo de Alfredo, de veras. Lo quería mucho. Era un lindo chico.

No dije nada, evité mirarlo. *Tobías* ladraba con todas sus fuerzas. Sentí que Ramiro se me acercaba. Se detuvo a mi lado.

—Pero en fin, qué se le va a hacer. Nosotros proponemos, y Dios dis-dis-dispone.

No dije nada. Él seguro que proponía, en su cuarto oscuro donde solían haber tres peceras, medias y zapatos tirados por el suelo, un agresivo olor a gato viejo en la cama y un póster del Boca Juniors en las paredes.

—Supongo que tú-tú te harás cargo de los peces de Alfredo. Cuando quieras comprar alguno, sólo tie-tienes que avisarme. Hago pre-pre-precio especial a los amigos.

Me tocó la mejilla derecha. Salí corriendo.

23

Poirot tenía siempre a mano a la Christie para solucionarle los problemas, la furia desatada de los trabajos de Hércules, los crímenes en la biblioteca y en la vicaría, la muerte con un dardo envenenado a bordo de un avión. Gideon Fell tenía a Dickson Carr, Holmes ya sabemos a quién, el candoroso padre Brown a Chesterton. Incluso Martínez tenía a su lado a un tipo de lentes que, aunque tropezaba cuando se trataba de ideas originales, al menos leía mucho y con ello le bastaba para continuar con el *ars combinatoria* de la solución al misterio: un asesino, dos asesinos, diez indiecitos, un crimen que parecía suicidio, un suicidio con cara de asesinato, *cherchez la femme*.

¿Y yo? ¿A quién recurrir?

Aprendía mucho de quienes me rodeaban, excepto lo que se necesitaba para resolver un caso policial. Papá me enseñaba que había muchas maneras de expresar los sentimientos que no pasaban por el gesto o la transfiguración fisonómica: el dolor no sólo podía ser una tragedia, un drama o un melodrama, también podía ser un espacio vacío en el que había cabida para el silencio de los corderos inocentes en la madrugada de duelo y espanto. Me llevó al estadio a ver al Wilster, en el entretiempo compró un sándwich de chola y se lo comió de dos mordiscos, en los pasillos que apestaban al azufre de los cohetes y a cebolla asada. Después vimos el triunfo del Bolívar y nos quedamos sentados en el gélido cemento hasta que los hinchas terminaran de desahogarse tirando botellas a los jueces y dejando caer sobre nuestras cabezas una lluvia de papel picado. Volvimos a casa caminando, no era lejos, los perros ladraban a nuestro paso y la calle se poblaba de hinchas cabizbajos escondiendo sus banderas rojiazules.

Después de los días de turbación inicial, mamá me enseñaba que no había que tenerle miedo a la muerte, las comunicaciones entre uno y otro mundo no estaban cortadas, había que mirarse a uno mismo para poder percibir más allá de la realidad y sus espejismos, si Dios no escuchaba nuestros balbuceos alguien lo haría, puede que Alfredo, puede que no. Tenía la tez sin maquillaje y pronunciadas ojeras. Se había olvidado de pintarse las uñas. Una religión propia la consolaba, una mezcla de la Biblia y un libro de Kempis que una amiga le había regalado y un montón de libros esotérico-astrales de la Editorial Kier, la transmigración de las almas, la vida después de la muerte, el ángel particular que nos acompañaba. Tenía en su cuarto velas encendidas al lado de la estatuilla de yeso de san Roque y la imagen de la Virgen de Urkupiña. Me decía que había que ser fuerte, pero en el fondo no lo hacía por ella sino por nosotros, para que no nos quebráramos. Y sospechaba que seguía llorando, pero ahora esperaba a que nos fuéramos de su lado, ahora cerraba la puerta antes de hundir la cabeza en la almohada.

Tejada me enseñaba a no sentirme culpable, curiosamente él, culpable según todos, según el rumor, la única moneda de cambio estable que teníamos. Y Daza, Daza me enseñaba que no había placer más grande y puro que el de la venganza.

—Ésta es una historia larga... —estábamos en el jardín de mi casa, flanqueados por los ciruelos estériles, una multitud de hormigas pululaba por las cortezas arrugadas, un grupo cargaba un gusano muerto, diminutas trabajadoras con un tesoro abrumador a sus espaldas—. ¿Fumas?

—No, gracias.

—Más te vale. Igual no te hubiera dado nada. ¿Qué crees que es mi oficio, corruptor de menores?

Daza encendió un cigarrillo. Las migas de las marraquetas devoradas a la hora del té se colgaban de las solapas del sobretodo, puntos que al ser unidos por líneas revelarían un dibujo, un somnoliento dragón, los contornos de una pipa, una mariposa de alas translúcidas. Aspiraba con lentitud, sin mirarme, como si hubiera estado acordándose de cómo fumaban los detectives en la tele, cada pitada un paso más hacia la solución del caso, una duda ahogada por el humo que iría a enrarecer el aire de la oficina, del *set* de filmación, era tan corto el cigarrillo y tan larga la toma. En el atardecer, la luz tenía un tinte anaranjado.

—Decía. Aunque no. Pero mejor sí. Sucedió en los años cincuenta. El cincuenta y siete, para ser más precisos, durante el primer gobierno de Siles. Fue por eso que decidí ser policía, ¿ah? Yo era un niño, vivía con mi madre en un barrio que no se lo deseo ni a mi peor enemigo, o mejor dicho mejor. Mejor enemigo, eso es... A mi padre no lo llegué a conocer, creo que mi madre tampoco, fue una noche de carnaval, ella no le llegó a ver la cara, él estaba con una máscara de oso, pero se dejó llevar por una voz gruesa, así, bien de hombre de pelo en pecho —carraspeó, fingió una voz gruesa, me causó gracia—. Además era alto, muy alto, dicen que un larguirucho como no has visto dos. Se dejó llevar literalmente: salieron de la fiesta, fueron a un parque oscuro, y ahí él comenzó a forcejear, ella a resistir, y... Pero ésa no era la historia que te quería contar. Decía. —Hizo una pausa. Yo quería que siguiera con esa historia.

—Había ido a jugar fútbol con mis amigos, a una canchita de por ahí pampas. Volvía a casa al atardecer cuando encontré a mamá tirada en la calle. Estrangulada. No creas que me es fácil usar esa palabra. Naranjas. No la habían robado, tampoco violado, nada de nada. Habían usado una cuerda muy fina, más blanca que la nieve en el Tunari, cuando nieva. ¿O es *neva*? Nieva, nieva. Su cuerpo estaba intacto, pero su cara tenía una coloración violeta, o al menos eso es lo que creo recordar ahora, tantos años, he visto tantas mujeres estranguladas desde aquel entonces, ya ni sé lo que recuerdo. Una muerte sin sentido, al menos para la policía, que declaró cerrado el caso luego de una investigación a la rápida y un par de semanas. Ni huellas ni sospechosos. Claro, éramos pobres, para qué preocuparse por nosotros, para qué gastar pólvora en gallinazos.

¿Le había agarrado ahí odio visceral a Siles? ¿Había decidido que, como presidente, era el responsable final de la falta de interés policial en solucionar el caso?

—Ahí fue cuando decidí ser policía. Para, algún día, solucionar el crimen.

—¿Y lo logró?

—No. Pero sigo buscando. Y lo que me mueve es el ansia de venganza, ¿sabes? Mañana, tarde y noche, en lo único que pienso es en vengarme del asesino. Tú eres muy chico, y quizá no me entiendas. Pero lo vas a entender pronto. Deberías entenderlo. Deberían picarte las ganas de hervir en aceite al que le daba droga a tu hermano. Deberías soñar con retorcerle el pescuezo, nada de medias tintas.

—Quisiera saber quién lo hizo, y que lo pague sin pena. Pero de ahí a vengarme con mis propias manos... Hay otras formas.

—Tiene que pagar, ¿sabes? —me apretó la muñeca izquierda—. Tiene que pagar. Yo que tú, no confiaría en la justicia. La justicia aquí vale un par de billetes verdes, es una puta ni barata ni muy cara, al alcance del bolsillo medio, no del mío, los policías estamos literalmente en la calle.

Literalmente.

Cuando Daza se fue, yo todavía miraba el sendero de hormigas en el ciruelo y saboreaba sus palabras agridulces. «Tiene que pagar.» A medida que las saboreaba, iban perdiendo su barniz agrio y me envolvían con su dulce corazón.

Fui a cambiarme para ir a casa de Annaliz. Decidía qué camisa usar, si jugármelas por un par de calcetines guindos o si irme a lo seguro, negros, cuando mamá entró a mi cuarto. Tenía su salto de cama color marfil.

—¡Qué olor! Se te ha ido la mano con el perfume.

—Ideas. Apenas dos pasaditas. Mauricio se pone siete. Me miró de arriba abajo. Me preguntó dónde iba.
—Aquí al lado. A ver un video con Annaliz.
—¿Y para eso necesitas perfume?
—Siempre lo uso, mamá. Es normal.
—Tengo miedo, hijito. No salgas.
—Es aquí al lado. No va a pasar nada. Si quieres te saludo cada quince minutos desde la ventana.
—No es un chiste —tenía el semblante agotado: no era un chiste—. Voy a estar temblando hasta que llegues.
—Volveré temprano, apenas termine la película.

Me besó como si me estuviera preparando para un viaje que duraría años. Luego me contó que Eulalia quería irse.

—Dice que no puede dormir. Que *Hércules* aúlla porque cree que hay una presencia en el jardín.

—La casa de los espíritus...

—No te burles. Está asustada y no la culpo. Era tan apegada a...
—su garganta hizo el ruido de los gatos al arrojar los pelos tragados al lamerse el cuerpo. La abracé, le pedí que se calmara.

—No quiero que se vaya. ¿Qué voy a hacer sin ella? Por fin una con la que me llevo bien y... tan difícil que es encontrar alguien de confianza y... no me podría acostumbrar a otra empleada.

Le dije que hablaría con Eulalia. La había visto caminar por la casa como si hubiera perdido los mapas, la cartografía que guiaba sus vacilantes pasos por el jardín y el parquet polvoriento de los pasillos. No se daba cuenta que cometería un error si se iba. No se trataba de que la casa estuviera habitada por Alfredo, Alfredo estaba también en ella como estaba en cada una de las personas que lo habían conocido, y al irse ella él se iría con ella; él la acompañaría por el resto de sus días sin importarle si ella estaba en el pequeño cuarto al lado del garaje o en su pueblito perdido en las montañas de los Andes.

—Tu papá se va a enojar si se entera dónde has ido.

—¿Y? Él hace sus cosas raras y nadie le dice nada ¿no?

—Yo le digo.

—Mucho caso que te hace.

Alfredo estaba conmigo cuando toqué el timbre en casa de Annaliz y miré con recelo sobre mi hombro, uno no quería que lo vieran visitando a la esposa de un político importante, no quería que un ciudadano que acusaba a Siles del caos lo escupiera en la calle, que un matón del servicio de seguridad del político le rompiera los huesos. Alfredo estaba conmigo cuando ella abrió la puerta, un largo vestido rojo que dejaba los hombros al descubierto, los labios rosados, un collar de perlas sobre la piel con lunares del cuello, aretes plateados en forma de medialunas, pulseras que tintineaban en sus muñecas como si se trataran de carillones en el viento de otoño. Estaba conmigo cuando ella me llevó al *living* con almohadones en el suelo y estilizadas figuras *art decó* sobre una mesa de cristal, un dibujo auténtico de Guayasamín —muy comprometido, un barbudo a imagen y semejanza del Che enfrentándose, con las manos alzadas, a unos tanques—, y dos reproducciones de Degas en las paredes, las ubicuas bailarinas que persistían ya más de un siglo en sus incómodas poses. Quien decoró este salón había comprimido entre cuatro paredes, sabiéndolo o sin saberlo, un siglo de la historia del arte. Estaba conmigo cuando ella me sirvió un vaso de vino tinto de Tarija y me pidió que sonriera, «a los muertos no les gusta que sigamos sufriendo por ellos, preferirían que celebremos la vida mientras podamos, ya nos tocará visitarlos». Encendió la radio, Men at Work, buscó algo menos bullicioso en el dial, se detuvo en una balada de una cantante cuyo nombre no recordaba, «y tiene el corazón de poeta...». Ah, sí, Janet. Gianna me había dedicado esa canción hacía dos años. ¿Qué sería de ella? Le había prometido visitarla algún día, ver atardeceres tirado junto a ella en una playa desierta. La imaginé viendo la puesta del sol de la mano de su novio cubano, la piel tostada y una foto de Cindy Lauper en su camisola, *girls just wanna have fun...*

—Sonríe, no muerdo.

Estaba serio y tenso, y era por Alfredo, y por mamá, y por la mujer que se sentaba a mi lado y cruzaba las piernas y me envolvía con la fragancia de su perfume, los olores compitiendo y entremezclándose en el aire frío del recinto, el aullido de *Hércules* que cruzaba jardines y penetraba en los silencios incómodos de las casas del vecindario.

—Leí algo más tuyo —dijo.

Sonreí con nerviosismo.

—«Los crímenes de ABC». Me lo prestó tu hermana.

—Ya me pusiste incómodo. Es un cuento pésimo. Lo escribí a los doce años.

—¿A los doce? Tú sí que no tuviste infancia. Para tu edad, está buenísimo. Es un cuento entretenido.

—Ni siquiera es mío. Era en mi época de fanático de la Christie. Leí todas sus novelas, ese cuento es una mezcla de dos de ellas. Ahora prefiero a Ellery Queen o a Dickson Carr, la Christie se te pone predecible si la lees un buen rato. ¿Leíste algo más?

—Nada, todavía. Tengo dos de tus tomos en mi velador. Qué manera de escribir. No te enojes con Silvia, yo se los pedí.

—Me sorprendiste en el teléfono. ¿Qué más sabes de mí?

—Que ha habido más de una noche en que te has imaginado qué hay detrás de este vestido.

Ella llevaba toda la iniciativa. Me sentía un niño a su lado, inexperto, ignorante, tímido. Bueno, no me sentía: lo era.

—Qué cara que pusiste. No te preocupes, no te voy a hacer nada. Cualquier rato llegará mi marido.

—¿Tu marido?

—Llegaba mañana de La Paz. Pero me llamó para decirme que había cambiado de planes. Vendrá directo del aeropuerto a buscarme, quiere que vayamos a cenar a un restaurante fino. Típico de él.

El vestido no era para mí. Tampoco el perfume. Ni el collar ni los aretes y acaso ni siquiera el vino. Una ráfaga de desilusión me recorrió el cuerpo. No sabía qué era peor, si el miedo a mi inexperiencia o la decepción que me acababa de visitar.

—Típico de él —repitió, la expresión del rostro de pronto sombría—. Hacer lo que le da la gana.

Una pausa.

—Tú no sabes lo que he vivido —continuó—. Tampoco te gustaría saberlo.

Me acordé de mamá y me dije que no había edad para la frustración conyugal. ¿Qué hacía una mujer de dieciocho con un vaso de vino en la mano y con muchas ganas de contarme de desasosiegos?

—Cuéntame, y te diré si lo sé o no.

Ella miró al techo.

—No digas que no te lo advertí.

—Dale. Con confianza.

—Si sólo se tratara de eso... —juntó sus manos como si fuera a rezar, tintinearon las pulseras.

—Dale.

—Un mediodía él me vio, a la salida de la universidad, charlando de lo más entretenida con un compañero —hablaba sin mirarme, en un tono impersonal—. Había ido a recogerme. De pronto, lo vi partir. Me dejó, y me tuve que ir a casa caminando. Cuando llegué, apenas abrí la puerta recibí un sopapo que me hizo caer.

Dejó el vaso sobre la mesa.

—O la vez que me botó de la cama porque esa noche estaba cansada y no tenía ganas de nada con él. Bajé al mueble bar llorando. Lloraba por la forma en que todas las ilusiones con las que me había casado se hacían añicos. Me acordaba de mi sonrisa de oreja a oreja en la iglesia, cuando dije que sí con tantas ganas, pensando en mis futuros hijos, en la familia propia que tanto ansiaba. Me acordaba de cómo se había opuesto papá, y de cómo yo estaba tan segura de que él se equivocaba, no habría una mujer más realizada que yo... Saqué una botella de whisky, salí al jardín y tomé hasta quedar inconsciente.

—La verdad, no sé de esas cosas.

—Por supuesto que no —dijo, mirándome al fin—. Estás en pañales todavía. Y lo que te acabo de contar es sólo el comienzo.

—Te escucho.

Se pasó la mano por el pelo. Tenía una expresión seria que no la favorecía.

—No es el momento... —forzó una mueca amistosa en los labios, un intento de distender los músculos de la cara—. Más bien tú cuéntame de tu hermano. ¿Te llevabas bien con él? ¿Eran buenos amigos?

Quería que me contara todo lo que quisiera. Quería consolarla, abrazarla y decirle que lo peor había pasado y de ahora en adelante las cosas mejorarían. Había fracasado antes en mi oficio de protector y quería redimirme con ella, no dejar que nada le sucediera. Era un sentimiento fraternal. A su lado en el sofá, había descubierto que no se trataba de amor ni de atracción física, sino de algo mucho más fuerte que transcendía ambas cosas, la necesidad que tenía de entregarme a alguien y sentir que no estaba solo en el vasto mundo. Había encontrado un cómplice para refugiarme del campo minado de desconsuelos por el que debía transitar todos los días. Se me ocurrió que el sentimiento era mutuo.

La abracé. Me dio un beso en los labios. Sorprendido, me eché hacia atrás. Y ella se montó a horcajadas sobre mi cuerpo esmirriado y metió sus cálidas manos entre los pliegues de mi camisa y me besó en el cuello y sentí mi erección y quise pensar en ovejas, en tableros de ajedrez, en crímenes perfectos, en los mostachos del padre Tejada. Sentí los muslos belicosos entre mis manos temblorosas a través de la leve tela del vestido, sentí mi piel erizada, y no pude más. Cuando ella me bajó la bragueta y metió la mano, se encontró con la triste sorpresa.

—No.
—Sí.
—Te pasaste, Minute Man.

Se echó a reír con una risa cristalina que no quería ofender pero ofendió. Me acomodé la ropa y me levanté. Pensé que era hora de irme y se lo dije.

—No te vayas. Por favor, no me dejes sola. Cuéntame de ti, de Alfredo...

Yo no quería hablar de él. Yo no quería hablar. Se lo dije, mientras una mosca se posaba en el borde de mi vaso. Annaliz no insis-

tió, lo cual me sorprendió; terminó su vino y, bruscamente, se levantó, puso en orden los pliegues de su vestido y me dijo:
—Te acompaño a la puerta.

Mientras nos despedíamos, ella procuraba con esfuerzo no reírse. No pudo, la risa la venció. Entonces, me reí. De mí, de ella, de la situación, de todo. Sobre todo de mí. Primero una risa tímida, luego una carcajada franca capaz de espantar a los fantasmas que turbaban el sueño de Eulalia e inquietaban a *Hércules*.

Al abrir la puerta de mi casa, la seriedad luchaba por volver a mí. No podía. Nadie podía contra Minute Man.

24

Hacía mucho que no tenía una buena charla con Mauricio. Estaba molesto con él por cuestiones de amistad, que me colocaban al lado de Tomás por el dolor que Mauricio le había causado al meterse con Aura. Creía que él lo sabía: lo notaba evasivo conmigo. O quizá no se trataba de algo personal, en una semana sería la peña en honor al día de la Madre y, debido a su incapacidad para delegar responsabilidades, él estaba encargado de la organización hasta en sus detalles más nimios. También decían que Aura ocupaba toda su atención, que el galán de pueblo chico había caído por fin en las redes de un amor más vasto que el que se profesaba a sí mismo.

Pero necesitaba hablar con él. En la reunión de curso, me ofrecí de voluntario para acompañarlo por la tarde a buscar una amplificación en la zona de la Cancha (también en esa reunión comencé a hacer circular la *Edición Especial*: un compendio de artículos satíricos, chistes vulgares y caricaturas inspiradas en Belloni. Mis compañeros habían colaborado como nunca antes, yo apenas había dado una estructura a sus trabajos y escrito un artículo sobre las costumbres sexuales de nuestro director, titulado «Las virtudes del pájaro solitario»).

El cielo estaba nublado. Típico día de otoño, templado, incapaz de decidirse entre el frío y el calor.

Las calles se llenaban de hojas amarillentas y parduzcas, se acumulaban en los bordes de las aceras, la municipalidad no tenía presupuesto para un servicio adecuado de limpieza (a veces contrataba unas cholitas por una suma miserable, se las podía ver recorriendo las avenidas a las seis de la mañana con sus rústicos escobillones de paja). Bajamos por la 16 de Julio, llena de baches, en el Mazda de Mauricio. En el trayecto, nos cruzamos con un grupo de universitarios que se dirigían a la plaza principal, a una más de sus manifestaciones en contra del Gobierno. Llevaban pancartas con insultos a Siles y arrojaban al aire panfletos rojos y morados, algunos se colaban por mi ventana abierta: uno era del Partido Obrero Revolucionario, otro del Partido Comunista Marxista Leninista. Pedían tomar las calles, crear comités de justicia popular, «abajo la burguesía explotadora, el pueblo al poder». Los esperaban perros furiosos, gases lacrimógenos, acaso los cascos de un caballo o una noche en los confines de una celda. Me pregunté dónde estaría Silvia.

Hablamos de los crecientes rumores de un golpe de Estado, de la propuesta de acortar un año el mandato de Siles. Del viaje de promoción.

—No sé si deberíamos tener uno —dije, el auto detenido en un semáforo. Una campesina se acercó a mi ventana y extendió su mano arrugada. La ignoré.

—De por ahí no lo tengamos. Parece que Belloni está decididísimo a cancelar los viajes como forma de solidarizarnos con la situación.

—Tal como están las cosas, sería un abuso para los viejos. No todos van a poder ir. Yo, particularmente, no iré. No tengo ganas.

—Lo tuyo es diferente. Pero creo que deberíamos tener un viaje, aunque sea a Quillacollo. Es una cosa muy importante, que marca nuestra transición. Cuando nos acordemos en unos años de los días de la promo, tenemos que acordarnos de las locuras que hicimos en el viaje.

—Me acordaré de otras cosas que pasaron este año antes que de la promo.

Hubo un silencio incómodo. Pero no quería que Alfredo emergiera a la superficie, no en ese momento, de modo que destrocé el silencio con palabras, que aun las más tontas son útiles para eso:

—Ayer estuvo en casa el inspector Daza. Es muy divertido el tipo, muy interesante. Deberías venir uno de estos días a almorzar, sólo para conocerlo.

—Lo vi un par de veces en los noticieros. Es hecho al bueno, al clave. Muy consciente de que lo están filmando, ¿no?

—Tiene algo de actor. Y tiene cada teoría..., un poco traída de los pelos.

Por impresionar a Mauricio, improvisé una:

—Está convencido que la muerte de mi hermano está relacionada con la banda del Ajedrecista.

—¿Ah, sí? —Mauricio no se inmutó—. Parece que hasta de ochenta años seguiré escuchando la misma historia. El Ajedrecista aquí, el Ajedrecista allá. Para haber muerto hace ya tanto, papá es un hombre orquesta. Alguien se ha ido, y sin embargo no.

—No, no, nada que ver con tu papá. Me refiero a esos anónimos que circulan en el colegio con la firma de un alfil...

—Ah, me olvidé decírtelo. Recibí otro.

—¿Cuándo? ¿Qué decía?

—La anterior semana. Decía que mis días estaban contados. Estoy seguro de que es una broma pesada de los de Chinatown. Típico de ellos.

—Había un alfil blanco al lado del cuerpo de Alfredo.

—¿Y cuál es la conexión? Eso no prueba nada.

—Tal vez..., digo tal vez. Son ideas de Daza, no mías, por si aca... Cuando Alfredo se da cuenta esa noche de lo que le está sucediendo, agarra un alfil del tablero de ajedrez en el escritorio de la «pieza nueva». ¿Por qué? Pudo haber agarrado cualquier cosa, pero agarró un alfil. Quería indicar algo. Por ejemplo, que el que le había vendido la droga estaba conectado con la banda del Ajedrecista. Entre paréntesis, yo tampoco creo que tu papá esté vivo. Probablemente se trata de alguien que se está aprovechando de la leyenda.

—Roby, tanta novela policial te está confundiendo el cerebro. Deberías leer a García Márquez, o ir más al cine, cosas así.
—Leí *Cien años de soledad*. Leí *Crónica de una muerte anunciada*.
—¿Te gustaron?
—Mucho. Muchísimo.
—Di si *Crónica* no es una joya. Yo me dedicaría a escribir si me garantizaran que todas mis obras van a ser mínimo de ese nivel.
—Así qué chiste escribir.

Mauricio estacionó en una callejuela de tierra cerca a Miamicito, ese reducto de contrabandistas en el que uno podía encontrar desde ropa interior colombiana hasta televisores japoneses. En las aceras, cholas de polleras multicolores ofrecían tostado paceño sobre el que se posaba una multitud de moscas. No había mucha gente en las calles: había escasez de artículos de primera necesidad, y los artículos suntuarios parecían no interesar a nadie. Un borracho yacía tirado en una esquina, un perro con una cola enroscada como la de un cerdo le lamía las mejillas. Seguí a Mauricio, que me decía:

—Comprendo tu desesperación. Y te voy a ayudar en todo lo que pueda. Pero a mi modo de ver, y perdona que te lo diga, no hay culpables en la muerte de Alfredo. Y tú estás queriendo forzar las cosas, encontrar un culpable... Es cierto, fue una muerte a destiempo. Pero...

«Una muerte a destiempo», me dije, pisando mierda de gato en la acera. No había muerte a tiempo, todo sucedía de improviso, sin que pudiéramos terminar de construir el edificio que habíamos empezado hace un año, o la carta que habíamos iniciado por la mañana y dejamos a medias para salir de compras, sin saber que en la esquina nos esperaba un auto que cruzaría el semáforo en rojo y nos encontraría cruzando por las líneas de cebra. Habría un video que no llegaríamos a devolver al videoclub y quizá ni siquiera a ver, una novela con una hoja doblada señalando la página setenta y cinco, la trama que fluía la noche anterior, pero el sueño nos había ganado y nos hizo cerrar el libro. Habría un disco de Queen que no llegaríamos a comprar, una relación iniciada que no tendría desenlace (nuestra pareja tendría, a cambio, una historia exótica y extravagante para contar, el novio que se había muerto una tarde de abril, no había mucho amor pero en el relato lo habría). Habría una madre con la que nos habríamos peleado la noche anterior, pobre, la angustia que la acompañaría hasta su muerte, esa sensación amarga de haber dejado que el hijo se fuera al otro mundo tras una torpe discusión. Todas las muertes ocurrían a destiempo, incluso las de los enfermos con cáncer terminal, se les daba una semana de vida y no duraban dos días, o quizá diez pero aun así, jamás sin sospechar que el próximo suspiro sería el último. Dejando a medias un pensamiento, o una imagen alucinada después de escuchar una frase de la enfermera fuera de contexto, «las margaritas que crecen en los tejados» o un deslavado recuerdo de la infancia.

Mauricio se detuvo ante una puerta en la que alguien había dibujado, con tiza, las curvas exuberantes de una mujer. Una anciana nos abrió, pasamos a una sala que apestaba a chicha. Un hombre de melena grasienta y tez cobriza apareció en el umbral. Mauricio le extendió la mano, le preguntó quién lo había recomendado. El hombre me miró, y Mauricio me pidió que saliera.

—¿Cuál es el misterio? —dije—. Sólo se trata de contratar una amplificación, ¿no?

—Esta gente es rara. No les gusta hablar de negocios en frente de extraños. Espérame un ratito afuera.

—Qué ridículo.

Salí. Me entretuve imaginando cosas. Esa casa podía ser el escondite del Ajedrecista. Mauricio, en realidad, había ido a visitar a su padre. Charlaban, el Ajedrecista lo abrazaba, le daba el dinero para costear su elevado tren de vida y las deudas de mamá...

Mauricio apareció al rato. Ya en el Mazda, reinicié la conversación:

—Sospechas que uno de tus compañeros le ha vendido droga a tu hermano menor. ¿Qué harías? ¿Te quedarías sentado, con los brazos cruzados?

—Dime quién.

—No tengo pruebas. Pero...

—...

—Esto entre los dos.

—...

—Conejo.

Mauricio se quedó callado. Vi su perfil de reojo, la recta nariz que yo hubiera querido tener, la recta nariz de Mario Martínez. Me intimidaba. Había planeado decirle que me parecía mal que no le hubieran importado los sentimientos de Tomás y estuviera saliendo con Aura. Pero, frente a él, no me animaba. Era un cobarde.

—Me extraña que digas eso —dijo—. Conejo es un tipo insolente, un alzado de lo peor, pero no me lo imagino...

—¿No ves cómo se viste ahora? ¿De dónde saca tanto dinero? Sus papás no le dan un peso.

—Era uno de tus mejores amigos, ¿no?

—Tú lo has dicho. Era.

—Es peligroso acusar sin tener pruebas.

Mauricio tomó la Oquendo. Había un embotellamiento. La universidad había sido acordonada por soldados. ¿Dónde estaría Silvia? En la pared de una tienda de fotocopiadoras, al lado de un póster anaranjado del MIR con la foto sonriente de Paz Zamora, leí en letras rojas y temblorosas: Los sabios, entretanto, predican la conformidad. Sólo los dioses saben que esta virtud incierta es otro vano intento de abolir el azar. Esos versos no eran del Poeta, a menos que éste se hubiera dejado llevar por el aire de los tiempos y hubiera perdido ese desaforado optimismo con el que nos esperaba, emboscado, en cualquier vuelta de la esquina.

Hubiera querido ser yo el creador de esos versos. Hubiera querido ser yo el Poeta.

Un soldado se acercó a Mauricio, el rostro adolescente, las facciones aindiadas. Llevaba un casco desproporcionadamente grande para su cabeza, y un rifle de caño oxidado que parecía de juguete. Nos ordenó con torpeza desviarnos hacia la derecha, dar un gran rodeo.

—A mí me preocupa la situación general —dijo Mauricio, cumpliendo la orden después de despedirse del soldado con un burlón saludo militar—. El otro día, en un partido contra los de Tercero, el Salvaje se acercó al borde de la cancha y se puso a vomitar. Al día siguiente, Chino eructó en clase de Física. Los de Chinatown son los peores pero no los únicos. Hay drogas y trago por todas partes. Soy presidente de un grupo de alcohólicos y drogadictos.

Y de mujeriegos como tú. Expertos en el arte de la mentira y el engaño, voraces y refinados a la hora de la infidelidad, pichones de impasibles adúlteros.

Mejor callar. Que otro arrojara la primera piedra.

—La situación se me ha escapado de las manos —continuó—. Y no soy papá de nadie para aconsejarles qué hacer y qué no.

Mauricio sí que podía, pensé recordando otros tiempos. Él hablaba, y el curso callaba y lo escuchaba. Había uno que otro rebelde recalcitrante, pero sus palabras servían para convencer a los demás de lo que los quería convencer. Ya no estaba dispuesto a hacerlo. ¿Ya no podía hacerlo? Acaso sentía que había perdido la autoridad moral de la que había gozado hasta hacía poco, antes de descubrir su patética fragilidad ante un lindo rostro de mujer. Ahora lo admirábamos quizá más que antes, pero por razones menos convincentes, de agresivos machos de gallinero y no de futuros herederos de un país al que había que sacar de las ruinas. Mauricio era tan débil y vulnerable y bajo como nosotros, aunque su debilidad era diferente a la nuestra.

Hablamos de otras cosas. Quise preguntarle de Aura, pero me desanimé nuevamente, seguro que no me diría mucho, sabía que le iría con el chisme a Tomás. Estacionó en la puerta de mi casa, extrajo un sobre papel manila de la guantera, me lo dio y me dijo que lo abriera cuando él se fuera.

—Lo prometido es deuda —me dijo. Mandó saludos a Silvia y a mis papás, y se fue.

Apenas desapareció el Mazda, rompí el sobre. Era un libro de cubiertas rústicas, las páginas amarillentas y frágiles, resquebrajándose al contacto con mis manos. Leí el título: *Laura*. El nombre del autor en letras góticas: Edgar Lizarazu. La Paz, Bolivia, 1853. Por un momento me olvidé de Alfredo, y sentí un golpeteo arrítmico y acelerado en el corazón. Tenía entre mis manos el eslabón que me conectaba con mi pasado, la obra del hombre que podía haberme legado la salvadora y/o maldita predisposición a escribir.

Abrí la primera página. Leí: «¡Cómo me alegro de haber partido! ¡Ay, amigo, el corazón del hombre! ¡Dejarte a ti, pese a quererte tanto; dejarte, siendo inseparable, y sentirme dichoso! Me lo perdonas, lo sé. Parece que el destino me ha puesto en contacto con mis demás amigos con el exclusivo fin de atormentar mi corazón. ¡Pobre Juana! Y sin embargo, no es culpa mía. ¿Podía yo evitar que se desarrollase una pasión en su desdichado espíritu, mientras me embelesaba con las gracias hechiceras de su hermana? Así y todo, ¿no tengo nada que reprocharme? ¿No he alimentado esa pasión?».

Me dirigí a mi cuarto con el libro en la mano. *Hércules* dormía plácidamente sobre un mullido tapiz junto a la puerta a la entrada de la casa. La radio estaba encendida en la cocina, voces en quechua cantaban canciones tristes sobre las cuales se superponía la voz melodiosa de Eulalia. Ella planchaba, vestida de negro. Me saludó, dejó la plancha a un lado y en un acto reflejo bajó el volumen. El basurero al lado de la cocina olía a podrido. Después de saludarla y preguntarle quién me había llamado, le dije si era cierto lo que me había contado mamá.

—Cierto es, joven —respondió ella sin mirarme, con timidez—. Tengo mucho miedo en las noches.

—Es normal, Eulalia. Todos estamos igual —abrí el refrigerador, estaba casi vacío. Me serví un vaso de limonada—. Pero ya pasará, no te apures en tomar decisiones. Te necesitamos, sobre todo mi mamá.

—Tan vacía está la casa desde que no está su hermano, joven. —Ahora sí me miró, la cara de mejillas chupadas y arrugas prematuras. ¿Cuántos años tenía?—. Me da no sé qué quedarme sola en las tardes y que no haiga ningún ruido. Ay joven, por qué pues su hermano. Tantos maleantes hay, y le tiene que tocar a él, que era tan bueno, un pan de Dios. No mataba una mosca.

Me hubiera gustado responder a la pregunta del porqué. Me hubiera gustado.

—No puedo joven, yo me voy. La quiero mucho a su mamá, y me da pena dejarla solita, pero no puedo. Lo quiero mucho a usted, pero no puedo.

—¿Y tu chico?

—No me haga recuerdo. Es un infeliz. Había estado también con otra, una orureña horrible que trabaja en casa del doctor Delgadillo, aquicito nomás, a dos cuadras.

Preferí no insistir. Había que dejar que se tranquilizara. Confiaba en que, al final, triunfaría su sentido de la lealtad hacia mamá, el tiempo que había pasado en casa y el cariño que sabía nos tenía.

Esa noche hice un poco de tareas con desgano y luego leí la novela de Lizarazu hasta la madrugada, en el silencio de la casa roto de cuando en cuando por los aullidos de *Hércules* (papá no estaba, mamá me había dicho que había ido a reunirse con Farías, regresaba a sus viejas costumbres conspiratorias, no aprendía. Silvia tampoco estaba, había llamado de casa de Jean-Pierre, se quedaría a ver *El halcón maltés*). Escrita en una prosa intensa, de gran poder lírico, era una novela melodramática, sentimental hasta el exceso, de esas que yo tenía como antimodelo para mi escritura. Era la historia de Simón, un hombre enamorado de una mujer casada, que, al ser rechazados sus avances, decidía suicidarse. Tenía potencial de novela detectivesca, si Lizarazu se animaba a convertir en realidad ciertos pensamientos de Simón, el «terrible demonio» de asesinarla a ella o al esposo. Con un muerto en la mitad de la trama, la novela habría adquirido otro ritmo y se hubiera abierto a un infinito de posibilidades. Pese a su argumento convencional, quizá original cuando fue escrito, Simón se hacía querer y uno se interesaba en sus desventuras. Sin ser una gran obra, era una novela que al menos cumplía el requisito fundamental del género: narrar una historia que cautivara y entretuviera al lector. Mientras la leía, mirando de cuando en cuando la foto de Lizarazu, me emocioné buscando algunos puntos de contacto entre esa obra tan lejana y mi estilo a todas luces tan disímil. Aunque las digresiones líricas no iban conmigo, creí reconocerme en el respeto sagrado por el argumento, en la economía narrativa, en la instintiva convicción de que el rol principal del cuentista o novelista era narrar una buena historia y de que todo lo demás era secundario, aderezo para el plato fuerte. Creí que era cierto que algo de Lizarazu había en mí.

Me dormí con una sensación extraña, que me había asaltado un par de veces mientras leía la novela: que lo que acababa de leer me era de algún modo familiar. No se trataba de nada relacionado con alguna extravagante superstición genética —que yo hubiera heredado no sólo la inclinación literaria de Lizarazu sino también lo que él había escrito, almacenado desde mi nacimiento en la geografía accidentada de mi memoria y ahora de pronto reactivado por los vientos alisios de la lectura—, sino de una familiaridad más simple. La de haber leído antes lo que acababa de leer. La de haber escuchado antes esa historia, de boca de otro escritor. Me asusté de mi propia sensación. Tardé mucho en conciliar el sueño.

25

Le di la novela a Silvia, que se peinaba frente al espejo de su cuarto. Las gruesas cejas, los ojos grandes y almendrados. Los tres lunares en la juntura de los senos. Percibí, una vez más, que era muy linda sin maquillaje, dueña de una belleza natural destinada —condenada— a llamar la atención de los hombres. Incluso de los hermanos. Hojeó el libro sin mucho interés. No entendía mi fascinación con Lizarazu, decía que «era mejor dejar que los muertos enterraran a sus muertos». Pensaba que yo estaba magnificando el rol de la herencia en nuestras vidas.

—Los escritores, más que nacer, se hacen —dijo—. La lectura de las novelas policiales de papá te ha influido más que unos cuantos genes perdidos del siglo pasado. Habría sido diferente tu historia si a papá no le hubiera gustado leer, o le hubiera gustado leer otra cosa. Aunque no lo creas, él ha influido más en tu vocación que Edgar Lizarazu. ¿Qué quieres que haga con esto?

—Que la leas y me digas lo que opinas.

—La leeré apenas pueda.

—Algo más rápido. Ese «tu apenas pueda» suena muy vago.

—Qué temático que eres. Está bien, el fin de semana. Huele a orín de ratones. ¿De dónde la sacaste?

—Mauricio me la dio.

—Nuestro primito loco. ¿Qué es de él? Hace tiempo que no lo veo.
—Lo de siempre últimamente. Metido en líos de chicas. Tan metido, que le importa un comino cómo está yendo el curso. Se ha lavado los manos como presi. Está saliendo con Aura, la ex de Tomás. Sabes que nunca nadie le ha dicho nada, pero esta vez se pasó de la raya. Tomás no dice nada, pero yo lo conozco y sé que en el fondo está que arde. Lo entiendo, y estoy de su lado.
—Seguro que la cosa es más complicada de lo que me cuentas. ¿Por qué ustedes tienen esa necesidad de ponerse siempre del lado de algo o alguien? Es más complicado que eso.

Me hubiera gustado hablarle de *Laura*, contarle qué me había parecido, pero sentía que perdería el tiempo. Silvia parecía distraída, desinteresada, ausente. Me había contado que no escribía desde la noche de la muerte de Alfredo, interrumpiendo así cinco años de escribir todos los días. Me había tomado por sorpresa, aunque quizá debí haberlo previsto. Vi la foto de Alfredo en el velador, la sonrisa que quizá persistiría más intacta en esas cartulinas rectangulares que en nuestra memoria, nosotros la tergiversaríamos en el recuerdo, la adaptaríamos a nuestro propio muestrario de sonrisas almacenadas en la mente, de modo que a la larga habría una para papá y una para mamá y para mí, y así sucesivamente. La franca sonrisa de Alfredo en el jardín, abriendo la boca con desmesura, poniendo en juego todos los músculos de la cara, me produjo tristeza. Silvia tenía razón: ¿qué escribir después de lo sucedido? De improviso, muchas cosas carecían de sentido, o adquirían otro mucho más ambiguo.

—Ayer pasé por la U —dije, al salir de su cuarto—. Vi algunas compañeras tuyas yendo a la manifestación. Escuché en la tele que hubo muchos detenidos.

—¿Ah, sí? No fui. Es lo mismo de las otras veces, mucho ruido y pocas nueces. Política, política, política. Politiquería, mejor dicho. Estoy hasta aquí con el tema. No vamos a llegar a nada, la U va a seguir con este jueguito de abrirse y cerrarse, y seguiremos como estamos hasta quién sabe cuándo. Me hubiera gustado haber nacido en otro país.

Su voz sonaba molesta, cansada. Recordé a la Silvia de hace dos años, tan feliz de entrar en la universidad para tomar parte en actividades políticas, tan orgullosa del regreso de la democracia.

—Quién lo dijera. Tú diciendo esas cosas.

—Eres el menos indicado para opinar —la voz cortante—. Tú ni siquiera quieres pisar la U aquí. Y como a ti siempre te terminan dando gusto, lo más probable es que te manden a estudiar afuera. Así que no me vengas con esas cosas.

Tenía razón.

En el recreo, Camaleón y yo nos acercamos a Nelson, que jugaba con cachinas con dos larguiruchos de su curso, bajo el molle de la entrada. Camaleón era amigo suyo y me dijo que confiaría en él. Yo era la afabilidad encarnada. Debía recuperar la confianza perdida la vez que lo visité; todos los caminos para saber más de Alfredo pasaban por él, y él lo sabía. A lo lejos, cerca de la capilla, el padre Tejada charlaba con la Sulfúrica. Parecía que esta vez Camaleón había estado en lo cierto, ella le había puesto cuernos al Doctor No con un profesor de Básico.

Nelson estaba nervioso. Sus pecas parecían agitadas, su labio inferior temblaba. Daza había interrogado a algunos de su curso temprano en la mañana.

—Yo no sé de las otras drogas —dijo después de escuchar nuestros circunloquios—. No soy un alcahuete. No quiero ser un alcahuete.

—No te preocupes —dijo Camaleón, mascando chicle como si en ello se le fuera la vida—. Esto queda entre tú y nosotros.

—No sabes de las otras —dije—. ¿De cuáles sabes?

—Mis compañeros son unos mariquitas. Pero yo no soy así.

—Ni alcahuete, ni mariquita —dijo Camaleón—. Sólo nos estás ayudando a descubrir la verdad. Quieres que se sepa lo que pasó con tu mejor amigo, ¿no?

No debió haberlo dicho. Apenas escuchó «mejor amigo», Nelson se replegó sobre sí mismo y nos dio la espalda.

—Dale, Nelson.

—Ayúdanos.

—Anoche soñé con Alfredo. Todas las noches sueño con él.

Nelson no diría más. Habría que volver a intentarlo en otro momento. Había que tener paciencia. Le pedí que me contara su sueño, para ganar su confianza.

—Alfredo y yo estamos en un parque de diversiones, y subimos a la montaña rusa, y a los autitos chocadores y a la rueda. La estamos pasando excelente, comiendo algodón y rosquetes. Después, él me dice que entremos al castillo del terror. Estamos juntos en un carrito, gritando como locos al ver los esqueletos que se nos asoman, y las brujas con sus escobas, cuando de pronto...

Sonó el timbre del fin del recreo. Nelson hizo una pausa, tomó aire, trató de tranquilizar su labio inferior.

—De pronto pasamos por una serie de lápidas rodeadas por una luz fosforescente. Y veo en una lápida su nombre: Alfredo Morales, 1971-1984. Cierro los ojos, y cuando los abro... veo otra lápida, esta vez con mi nombre... Y lo peor, lo peor de todo es que no puedo leer las fechas bajo mi nombre.

Caminamos hacia los cursos. Estaba asustado. Le pasé la mano por su melena. De pronto, le había cobrado simpatía.

Esa noche vi *Blade Runner* en el departamento de Jean-Pierre, junto a mi hermana y Annaliz. Era un departamento lujoso, muy alejado de nuestra realidad. Yo, que pertenecía a una familia de relativamente cómoda situación económica, con problemas pero en todo caso mucho mejor que la mayoría, me sentí abrumado. Las sillas metálicas, de reluciente negro. El mullido sofá, de cuero negro. El piso alfombrado de punta a punta, elegantes diseños persas formándose a través de las erizadas estrías de tonos terrestres. Un equipo de música Sony, con dos parlantes como para una discoteca, y un televisor Phillips de treinta y dos pulgadas, con un control remoto lleno de botones. En las paredes, un póster original de *Angel Face,* con Robert Mitchum y Jean Simmons (SHE LOVED ONE MAN... ENOUGH TO KILL TO GET HIM!), y otro de *Born to Kill* (LOOK BY LOOK... KISS BY KISS... THEY BECAME PARTNERS IN MURDER!). Una foto en blanco y negro de una rubia con un mechón cayéndole sobre el ojo izquierdo («Veronica Lake», me dijo

Jean-Pierre al verme contemplarla ensimismado). Videos y discos por todas partes, libros por ninguna. Sobre la mesa de cristal en el centro del departamento, un látigo negro, sinuoso y largo como una serpiente, hermoso como un animal desterrado del Paraíso. Lo toqué, curioso, pero no me animé a preguntar qué hacía ahí, para qué era utilizado.

—Me alegro que hayas escogido *Blade Runner* —me dijo Jean-Pierre palmeándome la espalda—. Es una excelente película no por su ciencia ficción sino a pesar de eso. En realidad, es un *film noir* ambientado en el futuro.

—Ya me dijiste eso.

—El *voice-over*, por ejemplo, como en *Out of the Past*, o *Gilda*, o *Dead Reckoning*. Y ni qué decir de *Double Indemnity*.

Jean-Pierre continuaba hablando entusiasmado. Sólo cuando hablaba de películas decía cosas medianamente interesantes. Yo había querido ver *Blade Runner* para tratar de revivir lo que había sucedido ese lunes fatídico. Mientras veía la película en el Capitol, la semivacía sala sin calefacción, Alfredo comenzaba a atravesar el túnel oscuro que lo conduciría al fin. Mientras divagaba acerca de lo interesante que sería incorporar algunas cualidades de Deckard a Mario Martínez, Alfredo comenzaba a dejar de ser. ¿Habría alguna imagen o frase capaz de alertarme de la inminencia de lo por venir? ¿Me ayudaría la música de Vangelis?

La poesía de la primera escena, las torres industriales arrojando fuego en el aire enrarecido de Los Ángeles. El test Voigt-Kampf a Leon Kowalski. ¿Y qué habría hecho yo si hubiera encontrado una tortuga pataleando de espaldas en la arena? ¿Le habría dado la vuelta? Deckard comiendo *noodles* en el White Dragon. Gaff, y el auto policía elevándose entre la lluvia ácida y los gigantescos signos de neón anunciando Coca-Cola en japonés. Rachel, y la lechuza. Luego perdí mi concentración, el cuerpo robusto de Annaliz a mi lado, su tibia mano izquierda entrelazada con mi derecha, el excesivo perfume que me embriagaba. Pensaba en la cadena de oro que me había regalado Conejo; en la foto de Alfredo con los labios pintados; en el libro de Lizarazu; en un pastizal incendiado; en un alfil blanco; en un látigo negro; en una estela blanca en Chinatown.

Jean-Pierre fue a su cuarto y volvió con una bolsa de plástico que contenía marihuana. Preparó un pitillo —«*Blade Runner*, chineado, es lo máximo»—, aspiró y luego se lo pasó a mi hermana, que aspiró y se lo dio a Annaliz. Me sorprendió la destreza de Silvia. También su capacidad para hacer lo que acababa de hacer a tan pocos días de la muerte de Alfredo. Debía haber dicho no.

Annaliz aspiró: escuché su ronca respiración raspándole la garganta. Luego me dio el pitillo. La habitación se fue llenando rápidamente de humo. Con el fino cilindro de hierba y papel entre mis dedos, pensé en todo lo que hacíamos presionados por la situación, en la falta de firmeza de la edad, que prefería decir sí a decir no, con el sí uno hacía muchos amigos. A mí me gustaba la marihuana. Incluso me había gustado la cocaína la única vez que la había probado. Pero ese rato no quería nada. Todo estaba todavía muy fresco, y tampoco quería hacer algo dictado por la situación.

Devolví el pitillo a Annaliz. Seguro pensaba que yo era un chiquillo, Minute Man y purista. Nadie dijo nada en la habitación, nadie me insistió: eso fue lo peor. Sentí que en silencio reevaluaban la idea que habían tenido de invitarme a hacer algo con ellos, mientras yo tenía la mano de Annaliz entre mis piernas y el olor agreste de la yerba consumida se esparcía por el departamento. Me hundí en la atmósfera melancólica de la película, en el depresivo y lluvioso ambiente futurista en que Harrison Ford buscaba a los replicantes, aquellas máquinas rebeldes más humanas que los seres humanos. Quizá mientras veía en el Capital la escena del tiroteo en las calles, Zhora cayendo en cámara lenta, de espaldas contra la cristalería, Alfredo había sentido en su lengua el primer barbitúrico (un «error brutal en una película casi perfecta —dijo Jean-Pierre—. Zhora se pone botas de taco alto en su camarín, y cuando está corriendo sus botas son de taco plano...»). Quizá en el encuentro romántico-brutal de Sean Young con Ford en su departamento Alfredo había sentido el primer espasmo de fuego arrasándole el interior. ¿Soñaban los androides con ovejas eléctricas?

La melancolía me invadió y pensé que era mejor irme. Me levanté y les comuniqué mi decisión. Jean-Pierre apretó el botón de pausa, congeló en la pantalla un *close-up* de Daryl Hannah, la letal muñeca Pris, el maquillaje indeciso entre *punk* y *New Wave*. Ninguno me pidió una explicación. Silvia, sentada sobre las faldas de Jean-Pierre y con una expresión muy diferente a la de esta mañana, muy distendida, me dijo que no me preocupara por ella —¿cuándo lo hice?—, se iría después. Pensé que acaso la esperaba un instrumento de cuero negro, sinuoso como un animal desterrado del Paraíso. Sentí celos del francés de barba rala y ojos pequeños y rojizos (si yo hubiera sido mujer, no le habría dado ni la hora). Mi hermana estaba en sus manos, no lo amaba pero parecía muy feliz. ¿Qué hacer? Una vez más, nada. Yo no había sido un buen hermano mayor. No era un buen hermano. Era apenas un testigo de los corazones que se manchaban detrás de mis gruesos cristales, de los pies metidos en charcos de barro y de sangre, de los pasos que dejaban huellas culpables.

Me sentí responsable de Annaliz, pero ella no quiso irse conmigo.

—Nunca he visto esta peli y todo el mundo me habla de ella —dijo—. Parece interesante. Me quedaré a verla y luego me voy con tu hermana. ¿En serio no te quieres quedar?

Casi le dije que no fuera una violinista, que los dejara solos.

—No le insistas —dijo Silvia, con soma—. Mi hermano es así, un aguafiestas. No le gusta divertirse, mandar todo al diablo y disfrutar del momento. Siempre se frena, se controla a sí mismo.

No dije nada, no tenía ganas de discutir. Me puse mi chamarra, le estreché la mano a Jean-Pierre, le di un beso en la mejilla a Silvia, que me ignoró. Annaliz me acompañó abajo. En el ascensor, me besó con urgencia y me metió mano por entre el borde de los pantalones. Mi miembro se despertó con premura, me esforcé por no dejar que mi semen quisquilloso se fugara con la celeridad habitual, lo logré. Cuando me vine, el ascensor ya había llegado abajo hace rato.

—¿Tienes un pañuelo? Me dejaste la mano toda pringada. Estabas cargadito.

—La juventud.

—Me debes una.

Sentí que le debía una explicación pero no pude evitar molestarme al ver que ella no insistía en que me quedara. En la puerta, le dije que la llamaría mañana.

—Cuando quieras —me dijo con un tono entre serio y burlón, limpiándose la mano con un *kleenex*—. Estaré esperando.

Las calles quietas en la noche. La felicidad de estar sin gente. La diagonal de la Salamanca, la plaza Quintanilla, el edificio del Don Bosco como un gigantesco teatro con el escenario vacío. Sauces llorones, jacarandás y nísperos en el camino hacia el puente del Topáter, hacia el sempiterno Abaroa. No había manifestaciones obreras o estudiantiles, ni soldados, ni librecambistas bajo la pálida luz de la luna. En la penumbra, Cochabamba se parecía mucho a la ciudad de Río Fugitivo.

El caso del alfil blanco. ¿Qué hubiera hecho Martínez en mi lugar? «Las células grises. Elemental, querido Camaleón.» Alfredo dejaba la casa de Nelson, se dirigía acaso a su escondite, el lote baldío a dos cuadras, donde meses atrás él y Nelson habían provocado un incendio de considerables proporciones. Estaba solo, había algo que lo inquietaba, no sabía qué. Sacaba del bolsillo varias pastillas para dormir. Las tenía un largo rato en su mano, jugaba con ellas. De ahí, *fast-forward* al momento en que ingresaba a la casa y se dirigía a la «pieza nueva» sin que nadie se diera cuenta, sin que *Hércules* lo saludara con ladridos. Estaba bajo el efecto de las pastillas, sentía sus pies pesados y no podía pensar con claridad; le quedaban pocos minutos de vida. Desesperado, con su último hilo de lucidez, quería indicar algo. En la tarde había jugado ajedrez con Tomás; al llegar a casa había colocado en el tablero de papá las fichas tal como habían quedado en el juego después de la apertura. Agarró un alfil blanco entre sus manos. ¿Qué significaba? Tenía que estar relacionado con su propia muerte. Era lo más probable. El alfil blanco indicaba al Ajedrecista. A la banda del Ajedrecista. ¿Qué tenía que ver Alfredo con ellos? ¿Que conseguía la droga a través de alguien relacionado con la banda? ¿Y quiénes eran ellos?

Compañeros de curso, como sospechaba Daza. Los de Chinatown, como sospechaba yo. «Los de la banda del Ajedrecista son los de Chinatown», la misma chola con otra pollera, para despistar, para divertirse. Conejo. Chino. Salvaje.

Pero el alfil también podía llevar a otras personas. Alfredo tomaba clases con Tomás y, esa tarde, había jugado con él. Alfredo practicaba con Mauricio. Alfredo, alfil... Como para marearse. Con un poco de esfuerzo, una pista podía significar múltiples cosas, y lo que comenzaba incriminando a una persona podía terminar incriminando a todo el universo.

Al pasar por el puente escuché voces que provenían de abajo. Asomé la cabeza. Cinco personas cantaban alrededor de una pequeña fogata. La luz de la lumbre iluminaba sus ropas harapientas. Una mujer tenía en sus brazos un niño de pecho. Hacía años que vivían bajo el puente pero nunca había hablado con ellos, excepto para contestar con un seco «de nada» al emocionado «gracias» que pronunciaban después de recibir mis limosnas en la puerta de la iglesia o en la plazuela de la recoleta. Decían que ahora vivía con ellos el anciano del lote baldío. El que un día se apareció en el escondite de Nelson y mi hermano y se quedó a vivir ahí, a pesar de que ellos le tiraban piedras y lo insultaban. El que motivó que un día Nelson y mi hermano le prendieran fuego a los pastizales del lote. El que, como consecuencia, quedó con el rostro desfigurado. Decían que ahora vivía bajo el puente, pero no lo vi.

Me quedé un rato mirando hipnotizado la fogata. De todas las acciones despreciables de mi hermano, la única en la que me hubiera gustado estar en su lugar era la del incendio. Esos días, me había emocionado al leer en los periódicos los reportes de los siete incendios que habían ocurrido en casas con pinos. Algún pirómano llevaba a cabo sus deseos más primigenios. Había algo magnético en el crepitar de las llamas, en el chisporroteo de los troncos chamuscados. Había algo en el fuego que me atrapaba con una fuerza primitiva, arrasadora. Me hubiera gustado estar en el pellejo de Alfredo, o en el del pirómano. Fácil pensarlo y difícil hacerlo. Más que difícil, imposible para mí. El principio de responsabilidad se imponía en todos mis actos. Como decía Silvia, pensaba mucho en las consecuencias de mis acciones. ¿Incendiar un pastizal sabiendo que corría peligro la vida de un ser humano? Sólo Alfredo. Mejor así.

Los mendigos dejaron de cantar. Se habían dado cuenta que estaban siendo observados. Uno de ellos me insultó con voz aguardentosa. Proseguí mi camino. Sería interesante buscar al anciano de rostro desfigurado y hablar con él, pensé.

Estábamos en clase de Historia. El profesor Montes se las ingeniaba para mantenerse fiel a sí mismo y aburrirnos con cualquier tema que tocara, Alejandro Magno, la segunda guerra mundial, el descubrimiento de América, el colgamiento de Villarroel, la toma de Constantinopla por los turcos. Ahora le tocaba a la guerra civil de 1899. Decía, con su voz cansina, que en una población del altiplano unos indios aymaras, aliados de los liberales, se habían comido a unos blancos. Recordé mi lectura apasionada de *Sobrevivientes en los Andes:* el canibalismo era un tema muy efectista que cualquier narrador podía utilizar para capturar una audiencia. No el profesor Montes.

Había varios bancos vacíos. No estaban ni Chino ni Conejo. Los de Chinatown venían a clases cuando se les antojaba, para cólera de Belloni. Camaleón leía un *Asterix,* Pavo hacía un crucigrama, Lanza dibujaba corazones. Yo tomaba notas. Acababa de escribir: «Proceso Mohoza, 1901-1904, como enjuiciamento simbólico cultura criolla sobre indígenas», cuando don Bernardo apareció detrás de los vidrios catedral de la puerta. Montes fue a abrir. El san Bernardo le dijo algo. Montes se dio la vuelta, y me llamó.

—¿Yo? —dije, con cara de desentendido.

—Sí, usted, jovencito.

Don Bernardo me pidió que lo acompañara. Lo seguí. Me llevó a la oficina del padre Belloni, sin hablar una sola palabra en el trayecto.

Cuando entré, Belloni estaba de espaldas a mí. En las paredes, un póster de Don Bosco y otro de la Virgen María, y una gigantesca cruz de marfil. El escritorio estaba atestado de papeles. En una de sus esquinas, cuatro biblias descansaban una sobre otra. En los anaqueles, libros y libros de antropología filosófica. Era un lugar en el que se respiraba la dedicación exclusiva a la vocación religiosa. Pensé en mi vocación literaria, en el escritorio que tendría dentro de quince años, atiborrado de libros y manuscritos y con un póster de algún escritor en una de las paredes. Los extremos se tocaban, después de todo.

Belloni se sentó y me alcanzó unas hojas de cuaderno. Era mi *Edición Especial*.

—¿Qué tienes que decir a esto, jovencito?

Su voz era hosca, de rabia contenida. Hojeé mi trabajo con una distante curiosidad, como si lo que había hecho hubiera ocurrido siglos atrás y ya no fuera mío.

—Tendría que leerlo para opinar. Pero parece bien hecho.

—No te hagas al chistoso. Por cosas mucho menores he expulsado a gente del colegio. Y si la *decitzione* está tomada, no hay quien te salve. Ni aunque me venga a rogar el papa.

Me pregunté cuál de mis compañeros le había hecho llegar la revista. Cualquier grupo que se respetara tenía su traidor, alguien que susurraba al enemigo acerca del emplazamiento de la artillería pesada; mi curso tenía más de los necesarios.

—El artículo de la página tres... ¿quién lo escribió?

Lo había escrito Pavo. Sin ningún tipo de sutileza, acusaba a Belloni de hipócrita. Era la primera oportunidad que se me daba para oficiar en serio de director de un periódico. La tomé:

—No puedo decir los nombres. Es secreto periodístico. Lo único que le puedo decir es que yo no lo escribí, pero, como director de *Edición Especial*, asumo la total responsabilidad de cada una de las frases de ese artículo.

—¿Incluida: «Belloni debería sentarse a hablar con los de la promoción y no continuar sonriendo a los padres de familia y, al mismo tiempo, aprovechar cada vez que puede para clavarnos un puñal en la espalda.»?

—Ésa, sobre todo. Padre, usted vino con la idea de poner orden en el colegio. No tenemos nada contra eso; es más, algunos lo aplaudimos y lo secundamos. El problema es el estilo. Usted está poniendo orden a base de castigos, y así cualquiera. Ése es un orden mentiroso. Unos cuantos se rebelan con más ganas. La mayoría le hace caso, pero termina odiándolo y buscando cualquier oportunidad para darle con palo. Si siguen así las cosas, las paredes que rodean al Don Bosco van a seguir llenas de insultos a usted, y habrá más *Ediciones Especiales*, aunque yo ya no las haga por miedo a la expulsión.

Me sonó a discurso. Me faltaba finalizar con un sonoro «He dicho».

—Existen *circunstantzias* atenuantes —hizo una pausa, carraspeó—. Ustedes son los protegidos del padre Tejada, y lo van a defender a como dé lugar. Mas no es tan simple la cosa. Esto no es un invento mío. Hay pruebas, hay... No puedo *parlar* ahora, pero esperaré el momento adecuado. Ustedes son unos niños, tienen *molto* que aprender.

No dije nada. Belloni suspiró; miró a la cruz de marfil, como buscando inspiración. Con su plumafuente hacía garabatos en una hoja de papel Bond.

—¿Cómo está tu familia? —preguntó, sorpresivamente.

—Sobreviviendo.

—¿Y tú?

—Sobreviviendo.

—Es ahora que hay que ser fuertes, no cuando las cosas vienen bien y no hay motivo para desalentarse. Dile a tus padres y a tu *sorella*... hermana, que pienso mucho en ellos. Y tú, cuando lo necesites, puedes venir a *parlar* conmigo. A tu hermano mucho no lo conocí, pero todos me han hablado muy bien de él. Está bien, no todos, pero no quiero *ricordarme* de eso ahora. Me *sembraba* muy

travieso, mas, ¿quién no lo es a esa edad? No quiero *ricordar* las veces que dejé caer gatos de segundos pisos...
Una tímida sonrisa, como a pesar de sí mismo. Belloni se incorporó, se dirigió hacia la puerta, la abrió y me señaló el camino.
—Aunque a don Bernardo no le guste lo que voy a hacer —dijo—, te voy a dejar pasar esta vez. No creas que lo hago por débil, y no te aproveches de eso y abuses de mi confianza. Es un gesto de buena voluntad, porque creo que eres uno de los pocos de tu curso con los que se puede *parlar*. Entiendo que puedas estar ofuscado, los acontecimientos recientes... Vuelve a clases.
Le devolví la *Edición Especial*.
—Pídemela después de finalizadas las clases.
Me fui preocupado: Belloni no me había caído mal. No era tan antipático como parecía. Y si Belloni me caía así, cada vez me iba a ser más difícil tomar la posición incondicional que había tomado por Tejada hasta ese entonces.
—¿Qué te dijo? —me preguntó Camaleón en el recreo. Le conté lo ocurrido.
—Perro que ladra no muerde —dijo—. Hay que hacer caso a los refranes.
—No es eso. Creo que de verdad tiene buenas intenciones.
—Ya te pasaste al otro lado. Te compran con un chupete.
—No jodas.
—Cambiando de tema. Mi hermano apareció —dijo Camaleón.
—¿Cuándo?
—Esta mañana. Como si nada, en el desayuno. Mi papá estaba tan sorprendido que no dijo nada. Estaba feliz, creo. Yo también. Mi hermano tenía una pinta que daba lástima, estaba muerto de hambre. Quería preguntarle mil cosas pero no lo hice. Lo vi comer, nomás. Ahora solo falta que el herpes se pase, cosa que no creo.
—¿Sigue el asunto?
—Cada vez peor. Ahora me arde al mear.
—Deberías hablar con tu papá. Que te lleve a un buen médico. Puede ser peligroso.

—Ya me vieron buenos médicos. Veremos, dijo el ciego. Me voy a dar una semana. Así que así Belloni resultó una mansa paloma. Y yo que tenía miedo a faltar a clases, dijo que nos expulsaría a la quinta. Y Chino y compañía se faltan cuando les da la gana, y no pasa ni mierda. Sumamente.

Esa tarde volví al puente del Topáter. Bajé al río por un promontorio formado por la inmensa cantidad de desperdicios que los vecinos arrojaban sin descanso, como si el objetivo de eliminar residuos de las casas hubiera sido olvidado hace rato y reemplazado por el de acumular basura como un fin en sí mismo. El olor pestilente me mareó. Me dije que me acostumbraría, a todo se acostumbraba uno, ése era el problema. Casi pisé un cocker spaniel muerto; había hormigas encaramadas en sus orejas alargadas y peludas, en su negra cabeza despellejada. Sentí asco. Cuando era niño, había venido muchas veces al río, había pescado renacuajos y tirado piedras lisas a la superficie del agua turbia para ver cuántas veces saltaban antes de perderse en la profundidad, me había bañado feliz al lado de gatos muertos en los basurales de las orillas mientras las libélulas revoloteaban a mi alrededor. Decían que en el fondo los hombres nunca dejaban de ser niños, pero ese instante yo sentí mi infancia como un territorio extraño, un país con habitantes y costumbres muy diferentes a las mías.

Distinguí unas siluetas bajo el puente en penumbras. Me acerqué. Una mujer con manchas sarnosas en el cuello y las mejillas estaba sentada en un banquillo, a sus pies alguien durmiendo de barriga. Una ráfaga de aire me abofeteó con su pestilencia; intenté no respirar por la nariz.

—¿Qué quiere? ¡Váyase! —gritó la mujer con una voz aguda que sobresaltó al hombre que dormía a sus pies. Se levantó a medias, atontado. Me acerqué con pasos cautelosos. Su mejilla derecha era un amasijo sanguinolento, el hueso al descubierto sobre el ojo derecho, un ínfimo pedazo de cartílago como residuo de su oreja derecha.

—Quiero hablar con él un rato.

—Lléveselo si quiere. Es un borracho de los infiernos. Lo único que sabe hacer es chicha y más chicha.

Me lo llevé a un costado. El viejo olía a alcohol de quemar. Llevaba un saco lleno de remiendos, un saco hecho de retazos de otros sacos, a la manera de los aparapitas. Temblaba, y me miraba con expresión asustada.

—No tenga miedo, no le voy a hacer nada.

El viejo había llegado al lote baldío y había hecho en él su hogar. Había puesto periódicos en el suelo de una especie de cueva que Nelson y Alfredo habían construido entre los arbustos, y se refugiaba allí para dormir y emborracharse. Ya sabíamos cómo seguía la historia. Mi papá pagó la operación y le dio trescientos dólares a manera de compensación. Era evidente que ese dinero no le había servido de mucho. Acaso se lo habían robado, o lo había perdido de borracho.

—Qué... qué... —tartamudeó el viejo. Era cierto, ¿qué?

—El incendio. Sólo quiero que me cuente cómo sucedió. Qué llegó a ver usted. Había dos chiquillos. Uno pecoso, el otro rubio, con un cerquillo que le cubría la frente, un poco más alto y flaco.

Se quedó callado. Como en las películas, le ofrecí dinero para refrescarle la memoria. Me lo rechazó. Se trataba de una situación absurda, algo que no hubieran aprobado ni Poirot ni Martínez. Bajo el puente del Topáter, interrogaba sin convicción a alguien que no había tenido nada que ver con la muerte de Alfredo. ¿Qué sacaría con ello? Estaba perdido en el predecible laberinto de la novela detectivesca. Se cometía un crimen, se interrogaba compulsivamente a cinco o seis sospechosos —las mismas preguntas, la inevitable repetición—, se los reunía al final y se develaba el misterio. Tenía razón Mauricio: yo no tenía un crimen, estaba forzando uno. Tampoco tenía cinco o seis sospechosos. Pero necesitaba interrogar a alguien para que la narración continuara.

O quizá no. Quizá estaba utilizando la muerte de Alfredo como una excusa para hacer lo que jamás hice mientras él estaba con vida: intentar conocerlo. Quizá. Lo cierto es que no tenía una idea clara de por qué hacía lo que hacía. Algo me había impulsado a buscar al viejo y hablar con él: eso era todo. Nada más. Nada menos.

Pero el viejo no pronunció una sola palabra coherente. Insistí alrededor de quince minutos, y me di por vencido. Cuando me iba, dejando tras de mí una silueta que murmuraba frases ininteligibles, me di cuenta de que el olor ya no me molestaba. Pero el cocker muerto me volvió a dar asco.

Al llegar a casa, encendí la radio en mi cuarto y me enteré de que habían arrestado a Farías. Pensé en lo peor. Llamé a papá a su trabajo. Estaba, por suerte. Me dijo que iba a casa en un rato más, que no me preocupara por él. Quise decir algo, pero luego pensé que el teléfono podría estar intervenido.

Colgó. Me quedé un buen rato con el auricular en la mano.

27

Toda la semana, papá se refugió en su cuarto y maldijo al Gobierno. Hizo correr todas las cortinas de la casa, sumiéndonos en una penumbra enervante y depresiva, y nos prohibió el uso del teléfono, para desasosiego de Silvia. Mientras mordía su pipa, le pidió a Eulalia que vigilara a los vecinos, que espiara sus entradas y salidas, seguro que ellos eran los culpables del arresto de Farías. Nos pidió que no nos juntáramos con Annaliz. Había pensado pasar a la clandestinidad en principio, acaso recordando esos días tan poco productivos pero muy fértiles en anécdotas, veinte años atrás. Pero luego se dijo que su deber, si no entregarse, era esperar el arresto, en palabras suyas, «al pie del cañón». Era un acto meritorio, que contó con el apoyo de mamá, sin duda cruzando los dedos para librarse de él sin tener que hacer nada por cuenta propia.

Papá leía el periódico y seguía las noticias en la radio y en la televisión con afiebrado detenimiento, tratando de encontrar una mención, siquiera la más mínima, relativa al caso Farías y a los siguientes pasos que tomaría el Gobierno. No encontró nada en toda la semana, aparte de tres líneas en la página dieciséis de *Los Tiempos* del martes. Eso lo tenía intrigado, al igual que el hecho de que nadie viniera a arrestarlo, y que Annaliz y su esposo saludaran a Silvia como si no supieran nada de lo que ocurría. ¿Es que no sospechaban de las conexiones de su vecino con el ex presidente?

¿Era Farías capaz de no hablar y no entregar a sus cómplices? Yo prefería pensar que la conspiración de papá era tan intrascendente y su rol en ésta tan sin importancia que los servicios de inteligencia del Estado habían decidido ignorarlo. Era su destino: ni siquiera intentando asesinar a un papa o destrozar la Pietá, como otros bolivianos cansados de la oscuridad, saldría del anonimato, que protegía y a la vez agobiaba. Yo, desde luego, no hubiera querido que lo arrestaran, aunque estaba muy molesto con él. Esos días había llegado a apreciarlo bajo una nueva luz, lo había visto sentir y sufrir como muy pocas veces, y, cuando me enteré que seguía en la fantochada con Farías, me costó comprender cómo ese ser sensible coexistía con el autoritario y verticalista de antes. Así eran las cosas: éramos una suma desordenada y contradictoria de virtudes y defectos, el presente se superponía pero nunca eliminaba del todo al pasado.

Silvia nunca fue una mujer doméstica, pero esos días se quedaba en casa todo el tiempo. Su función parecía ser la de, simplemente, estar ahí, estudiando alguno de sus libros de arquitectura, para, solícita, alcanzarle el periódico a papá, buscar sus lentes o su tabaco mentolado, llevarle un vaso de whisky o una cerveza. Ella proveía el equilibrio en la casa: a medida que mamá ignoraba a papá con más entrega, Silvia se dedicaba a servirlo y hacer lo posible para que él estuviera satisfecho. Yo entendía la situación, pero no las razones, al menos no del todo. Pensaba que lo que buscaba Silvia era que papá, de algún modo tácito o explícito, la admitiera formalmente como la hija de sangre que no era. Pero había algo más, una razón que no llegaba a develar, uno más de los misterios que me rodeaban. Como si todos los caminos vinieran a formar un dédalo sin hilos de Ariadna, todos los paisajes en forma de rompecabezas con fichas incompletas, la vida siempre ingeniándoselas para permanecer fugitiva y oculta a sí misma.

Una tarde le pregunté a Silvia si ya había leído la novela de Lizarazu. Sentada en el sillón de la sala, estaba descalza y tenía las uñas pintadas de verde. Dejó de leer su cuaderno de notas y me dijo que

no, no había tenido tiempo. Tenía un examen la semana siguiente, la universidad parecía haber vuelto a la normalidad.
—¿Me lo das? Se lo quiero prestar a *mister* Macbeth.
—Dame hasta el próximo fin de semana.
—Pero si no te interesa.
—Te prometo.
Asentí. Cuando me iba, la volví a escuchar.
—Vi la invitación a la peña de tu curso sobre la cómoda de mamá. Estaba pensando en ir con Jean-Pierre, no tenemos nada que hacer esa noche. ¿Me la recomiendas o no? Sinceramente.
—Supongo. Aunque no sé. No te gustan mucho los charangos y las zampoñas. Te vas a aburrir. No quiero ir, pero tengo que. Y mamá dice que no irá.
—¿Por?
—No quiere ponerse a llorar en público.
Era inevitable que la peña le recordara pasados días de la Madre, como el anterior, cuando, a la medianoche, Alfredo la sorprendió con un inmenso ramo de flores, pagado con sus ahorros (ésos eran los gestos que debía aprender de él, eso debía recordar y no los perros heridos por su rifle a balín, los ancianos con quemaduras de segundo grado en el rostro).
—¿En qué quedamos? ¿Sí o no?
—Sí. No. Decidí tú.
—Ya está decidido —dijo mamá—. No insistas, no iré.
Mamá se quebró y no pudo continuar hablando. Estábamos en el Toyota, la llevaba a su trabajo. Lloviznaba. La gente se escondía bajo paraguas de fierros doblados por el viento y hacía largas colas en las puertas de los bancos, ansiando cobrar sus sueldos. Los vendedores ambulantes ofrecían relojes y calculadoras en carretillas cubiertas por un toldo de plástico. Recordé a mi abuelo Roberto, su inveterada afición por los relojes.
—Disculpá —musité—. No debí haber tocado el tema.
—No es tu culpa.
Luego de una larga pausa pareció recobrarse y me contó que sus jefes estaban felices con la campaña que había diseñado para la

agencia de viajes, era el único ingreso estable que tenían. Claro, ese reconocimiento era sólo simbólico, ningún rato se hablaba de un posible aumento de sueldo.

—Qué paisito el que nos tocó, ¿ah, hijito? Más pobre que una rata desnutrida. Tú tendrás que hacer las cosas que yo no pude hacer. ¿Me lo prometes? Tú conocerás el mundo por mí.

Me acarició la cabeza. Sentí el frío metal de sus anillos, un universo de ternura en ese gesto.

Al atardecer, antes de prepararme para ir a la peña, escribí un cuento breve de un tirón. Se llamaba *La especialidad de la casa,* robado a Stanley Ellin. No tenía un detective como personaje central. Se me había ocurrido que para ser original con Martínez debía volver a mis inicios de los doce años, a mis cuentos antes de Martínez, cuando plagiaba a Xaviera Hollander en una traducción española (llena de pintorescas palabras como *follar* y *picha* y *correrse*), al guionista de Pepe Sánchez en *El Tony* («El avión volaba alto como generalmente hace todo avión que se respete. Agujitas sumamente científicas apuntaban a números sumamente científicos. La noche estaba en calma. De pronto, las luces del avión se apagan. La noche está un poquitito más en calma»), a Jardiel Poncela («¡Atención, señores! Estamos en la caseta de un telegrafista ferroviario. Los feroces bandidos escapados de Sing-Sing llegan justamente en el momento en que entra en agujas el tren de las once y treinta y cinco, el cual es un rápido tan rápido que todos los días llega dos horas antes, y hay mañanas que llega dos veces»). Debía alejarme de Martínez para volver a él con más fuerza. Me sentí reconfortado. No era uno de mis mejores cuentos, pero, a la vez, sentí que había dado un gran paso.

Cuando llegué esa noche al Don Bosco, a las ocho, me maravillé de que todo estuviera en su sitio y de que, a pesar de la desidia y los excesos, fuéramos todavía capaces de organizar eventos tan complejos, con la actuación de un humorista y ocho importantes grupos folclóricos, entre ellos Gama 3. El escenario se había montado en el centro del patio; un telón azul, un micrófono desproporcionadamente grande, una colorida imagen de Don Bosco en plastoformo. Dos reflectores a los costados despedían una luz intensa, casi blanca. Doce mesas con manteles floreados en el patio, las demás en el espacio techado entre el patio y las aulas de Básico. La gente no se había asustado de las amenazas de lluvia en la tarde e iba llegando sin cesar, se iba acomodando en sus mesas, pedía el singani Casa Real y los refrescos que venían con la entrada. Una brisa tibia refrescaba el ambiente, hacía oscilar la bandera en el pedestal oxidado, el molle a la entrada y los eucaliptos al fondo. Mauricio corría de un lado a otro, asegurándose de que las cosas marcharan a la perfección. Tenía una camisa verde Lacoste y pantalones de color oliva anchos, no lo favorecían, no marcaban sus líneas como unos buenos *jeans*.

Se me acercó y me preguntó si había visto a Chino o a Tomás.

—Para nada.

—Son una cagada. Me dejaron cargar el muerto, se lavaron las manos. Si todo sale bien, me llevaré las flores solo. Te dejo, tengo mil cosas que hacer. ¡Rezá para que no llueva!

No, no debía maravillarme de que fuéramos capaces de organizar una peña. No lo habíamos hecho; lo había hecho Mauricio, con la ayuda de los estudiosos de la Zona Rosa y de los Separatistas.

Camaleón, Pavo y algunos de mis compañeros fumaban un cigarrillo cerca del quiosco de doña Julia. Lanza de corbata roja y de la mano de Michelle. Padres de familia, hermanas y sus amigas, los vestidos con volados, la sonrisa incómoda y la mirada atrevida de los quince años. Paula, la hermana de Lanza, me guiñó al pasar. Sus largas trenzas negras enmarcaban un rostro de líneas blandas, indefinidas, el tímido esbozo de una futura belleza. Tenía sólo trece años, no debía pensar eso. Era como para Alfredo. Como para Alfredo.

—Que no se te vayan los ojos —la voz de Tejada—. ¿Has venido a trabajar o a mirar?

Me abrazó cálidamente. Tenía un traje azul y corbata roja con diseños florales.

—Estoy esperando órdenes, padre.

—Falta gente en la puerta. ¿Te encargas de eso?

Asentí.

—Por suerte pasó el peligro de la lluvia —dijo.

De pronto, se puso serio, me miró con fijeza y me dijo:

—Me enteré de lo que pasó con la *Edición Especial*. Tenías razón, hubiera sido un error sacarla para todo el colegio. Gracias, de todas maneras. La intención es lo que cuenta y tú lo hiciste, Roby. Deberías estar orgulloso de ti.

—No fue nada, padre.

—Me alegro que no se hayan animado a castigarte. Hubiera armado un escándalo.

Se alisaba los mostachos, yendo de una mesa a otra como si fuera el anfitrión. Parecía de buen humor. Charlaba con los padres, felicitaba a las madres con besos y abrazos, pellizcaba los cachetes de las hijas. ¿Se había resignado a su destino?

Y, de pronto, Aura. Estaba con la mamá de Mauricio, en una de las mesas centrales en el patio. Llevaba un vestido negro adherido al cuerpo, sin mangas y con unos guantes negros fuera de lugar. Un sacón café oscuro estaba sobre su silla, debía hacerle frío. Un collar de perlas, aretes plateados en forma de estrellas, el largo pelo negro recogido en un moño elaborado. Era una morena espectacular. Me miró, se hizo la que no me había visto. Mi cuerpo se tensó: ¿dónde estaba Tomás? No quería que la viera. Pregunté a Cardona y al Murciélago. Tomás había llegado hacía media hora, la había visto en la entrada y se había dado la vuelta. Estaba en la chichería del puente, con los de Chinatown, que habían estado tomando desde la tarde.

Me dirigí con Camaleón a la chichería. En la puerta nos encontramos con el Relator. Lo saludé. Tenía la camisa manchada de sangre, el aliento a chicha.

—Tomé un taxi —nos dijo, la voz entrecortada—. Me dejó aquí. Le dije que no tenía dinero para pagarle, que entienda la situación jodida en que estaba un colega suyo, fui taxista una época. Le dije que le podía pagar con un cuento, con el tema que él eligiera. Me miró con cara de bicho raro. Le podía contar tanto de la lucha contra Bánzer y los milicos. Cuando se dio cuenta que estaba hablando en serio, me agarró a golpes...

—Disculpá. Estamos apurados...

—¿Cómo puede ser posible que me haya agarrado a golpes? ¿Es que no es posible una pizca de humanidad? ¿Es que...?

Camaleón entró y me hizo señas de que lo siguiera, «ya no lo escuches a ese latoso». Di unos billetes al Relator y continué mi camino.

—Lo siento —le grité—. Será en otra.

Pobre Relator. Debía sentirse como yo a los nueve años, cuando un chico de mi barrio me dijo que mi periódico le servía de papel higiénico. Cómo lloré aquella noche. Mamá me consolaba y me decía que me preparara, había mucha gente cruel en el mundo.

Mis compañeros nos recibieron con aplausos. Eran Chino, Conejo, Salvaje, Pavo, Borracho y Tomás, ya borrachos, un balde de chicha a un lado de la mesa.

—¿No van a ir a la peña? —pregunté.

—Después —dijo Chino—. ¿Cuál es el apuro? Hay que entonarse primero.

—No me refiero al show. Se necesita su ayuda.

Se rieron de mi comentario. Camaleón y yo trajimos unas sillas y nos sentamos con ellos, yo al lado de Tomás.

Estuvimos hasta las diez en ese antro de escasa luz, taxistas malolientes y moscas gordas, alimentadas con la borra de tanta chicha en el recinto, en baldes y en vasos, en las mesas y en el suelo, en el vómito que adornaba las paredes del baño. Lo único que hicimos fue escuchar a Chino contar chistes, sabía imitar el acento camba y el chapaco, y cuando contaba de una vieja caminando por la calle se paraba y caminaba con paso vacilante, como si se apoyara en un bastón. Era un gran actor, nos hacía reír con ganas.

Cuando pagábamos la cuenta, Chino se me acercó y me dijo que, por fin, teníamos algo en común. Sabía a qué se refería, pero lo ignoré. No tenía ganas de hablar del tema, no quería ponerme triste.

—Jodido ser amigo tuyo —me dijo, su aliento en mi cara.

—No se trata de eso —dije, tratando de tranquilizarlo.

—Eres una mierda.

—Deberíamos volver al cole.

El Salvaje se lo llevó a otro lado. Escuché una broma de mal gusto de Conejo a Tomás, acerca de las cochinadas que Mauricio hacía con Aura en los moteles del kilómetro cinco. Tomás no intentó defenderse, ni siquiera aparentar que no le importaba.

Cuando volvimos al colegio, sentí que la chicha me había subido. Chino, Pavo y Borracho se adelantaron, yo me quedé con los demás en la plazuela. Esperaron a que vomitara. Lo hice en el tablero de ajedrez, pensando en la banda del Ajedrecista mientras el líquido viscoso y amargo raspaba mi garganta e iba a dar entre los cuadrados blancos y negros. Jaque mate. Odiaba la chicha.
—¿Ya estás? —preguntó Tomás, nervioso.
Asentí.
—¿Me ayudas a buscar a Mauricio?
—¿Y tú me ayudas a escribir un anónimo?
—¿Te ha subido? Eres un pollo.
—Quizá el Poeta sea el que escribe los anónimos. Y *mister* Macbeth sea el Poeta.
Nos dirigimos al colegio, cuya entrada estaba llena de autos estacionados y anticucheras. Camaleón se quedó con Conejo en la plazuela, me pareció verlos por el rabillo del ojo en alguna turbia transacción.
Intercambiaban algo. Conejo ponía una bolsa en uno de los bancos... No vi más.
La atmósfera del Don Bosco era cálida, acogedora. No era fácil abrirse paso: había muchísima gente parada entre las mesas, moviendo las manos rítmicamente y tarareando la cueca *Viva mi patria Bolivia* (esas canciones nacionalistas aparecían hasta en las primeras comuniones), siguiendo los esfuerzos de cuatro emponchados que, en el escenario, entregaban su vida en una canción.
Nos fuimos abriendo paso a empujones. Una anciana vestida de púrpura nos dijo que éramos unos maleducados, no parecíamos del Don Bosco. «No, señora, somos de La Salle», respondí entre risas.
—¿Cuyo hijito eres, sinvergüenza?
—Del padre Tejada, señora. ¿Y usted, de qué asilo se ha fugado?
Al fin, logré divisar a Mauricio, que en ese instante daba a Aura un discreto beso en la mejilla. Eructé, señalé la escena a Tomás. Se dirigió hacia ellos con decisión. Lo seguí.
Mauricio vio a Tomás y se levantó. Era tarde: Tomás estiró el mantel y las botellas y los vasos y el arreglo floral cayeron con un estré-

pito de cristales rotos. Luego empujó la mesa, que arrastró al suelo a Aura y a mi tía. Mauricio se acercó, furioso y con un discurso preparado: cómo era posible, los celos no conducían a nada, habían otras formas de arreglar los problemas. Pero las palabras ya no le servían como antes: Tomás le encajó un violento *uppercut* de derecha en la mandíbula, un puñetazo que hasta los que no sabían de peleas podían apreciar y aplaudir, por la belleza estética del movimiento y la precisión del golpe. Atontado, Mauricio cayó al suelo. Se produjo un revuelo, un par de padres de familia se abalanzaron sobre Tomás, los muchachos de poncho dejaron de tocar, Tejada corrió al escenario en procura del micrófono, alguien apuntó la luz blanca de los reflectores en nuestra dirección. Aura, el vestido pringado de refresco y el rímel corrido, insultaba a Tomás con la misma pasión y energía que algún día había usado para decirle que quería casarse con él.

Observé todo con una sonrisa mal disimulada. Creía que Tomás necesitaba darle ese puñete a Mauricio, y que después de ese acto las cosas volverían a la normalidad: Tomás se convencería que la suya era una causa perdida y Mauricio aprendería a no abusar de su suerte. Cuando vi, sin embargo, al inspector Daza abrirse paso entre la gente, seguido por cuatro policías, dos a su izquierda y dos a su derecha, los cinco caminando como en cámara lenta, cejijuntos, el sobretodo negro y los uniformes verdes, mirando de reojo a los costados como en busca de alguien que los estuviera filmando, pensé que era demasiado. Tomás no se merecía eso.

Daza y los policías pasaron a mi lado sin mirarme. Luego pasaron al lado de Tomás y los padres de familia sin mirarlo. Luego al lado de Mauricio y Aura y mi tía, y miraron el vestido sin mangas de Aura y acaso pensaron que ella era muy linda, y miraron a mi tía y seguro que pensaron que ella debió ser muy linda, pero pasaron de largo, seguidos por la luz de los reflectores. Luego se detuvieron tres mesas más adelante, y arrestaron a Chino, sentado junto a sus padres y al único hermano que le quedaba.

La mañana siguiente al día de la Madre, mis papás bajaron a desayunar y encontraron que la mesa no estaba puesta. El enojo de mamá, sus gritos destemplados que condenaban a Eulalia al Infierno de las Empleadas, harto más capaz de brindar crueldades a sus moradoras que el de los demás mortales, pronto se transformaron en rabia entremezclada con pena y desesperanza: Eulalia se había ido en algún momento de la alta noche o de la madrugada. Su diminuto cuarto, que olía a naftalina y a los cuerpos sin ducharse en espacios confinados —olor de colectivos y de mercados—, tenía las paredes desnudas, el yeso desprendido y los clavos y las tachuelas señalando los lugares donde habían estado un crucifijo, dos calendarios con la imagen de la Virgen de Urkupiña y un espejo que reflejaba rostros en mutación, más alargados de lo que en realidad eran. En la mesita, al lado de la cama tampoco estaban los champús de motacú que compraba en La Servidora, ni los potes de crema que invariablemente le regalábamos en cada Navidad y cumpleaños, nosotros tan desprendidos con la servidumbre. Tan sólo había dejado los *Siete Días* y *Gráficos* cortajeados por mi tijera, que acumulaba bajo la cama y que de tiempo en tiempo vendía a la mujer del jardinero, vendedora de periódicos y revistas en la Recoleta.

Escuché a mamá, en su bata color crema que cruzaba el patio en diagonal, mientras maldecía en voz baja a Eulalia, haciendo hincapié en lo buena que había sido con ella y en lo malagradecida que ésta había sido al final. «India perra —dijo con el rostro desencajado—, como todas las de su calaña. Seguro se ha robado algo.» La escuché maldecir a *Hércules* que, según ella (ingenua), debía haber ladrado al ver la sombra furtiva de la empleada escabulléndose en la noche.

—No vas a ganar nada renegando —dijo papá en su descosida bata amarilla. En sus palabras creía notar un tono de satisfacción, como si disfrutara del momento.

—Fácil decir eso para ti. Total, no tienes que cocinar. Lo voy a regalar a este perro inútil.

Mamá puso el agua a hervir en la cocina que Eulalia había dejado impecable, todavía con olor a detergente de limón; puso un par de panes en la tostadora y le pidió a Silvia que la ayudara a poner la mesa (mi hermana a mi lado en la escalera con un babydoll de seda blanca que me ponía nervioso a pesar de mis esfuerzos por mantener la normalidad, por tratar de convencerme de que sus senos opulentos no existían para mí, o si lo hacían era de la forma invisible en que debían existir los senos de las hermanas y las mamás, presencias cuya carne debía evaporarse al mirarlas). Mi madre tenía el gesto contrariado, en sus labios resecos una apurada conversación consigo misma, que afloraba como el murmullo de las ancianas al rezar en las iglesias desoladas. «Todas son así, cortadas con el mismo molde.» ¿Se preguntaría por qué tarde o temprano todas sus empleadas la abandonaban? «Se les da confianza, y terminan dándote una puñalada en la espalda.» ¿Se daría cuenta de que la culpa no era de ellas, sino suya, por la forma en que las menospreciaba en su trato, por su incapacidad para tolerar defectos y errores, para entender las debilidades humanas? «Mal agradecidas.»

Lo cierto es que la desaparición de Eulalia no era ningún misterio, ella había amenazado con volverse a su pueblo desde los primeros meses en que comenzó a trabajar con nosotros. El misterio radicaba en el largo tiempo que le había tomado llevar a cabo su amenaza o promesa: como si la realidad de tener que ganarse la vida fuera superior al deseo del regreso. Mas esa superioridad estaba fundada en un territorio en apariencia sólido pero en el fondo frágil, como una madera carcomida incesantemente por termitas, de modo que a la larga llegaría el instante en que el deseo sería superior a la realidad.

Al hacer mi cama esa mañana, encontré bajo la almohada un Baton y un Bazooka. Alfredo, Silvia y yo la mandábamos por dulces y chocolates a La Servidora. La extrañaría mucho, con su cuerpo tan delgado y su cabecita de pájaro y las prematuras arrugas en el rostro, las manos de anciana y las varices en los pies, la bondad y la ternura en cada uno de sus gestos, incluso en los que no eran bondadosos ni tiernos (cuando se enojaba con nosotros al dejar desordenada la «pieza nueva» o ensuciar la ropa recién lavada), la humildad que no era en ella debilidad sino la prueba más convincente de la fortaleza y la dignidad de su carácter. Alguna vez había sacado un par de billetes de la billetera de papá, y quizá había vendido alguna de las joyas de mamá, pero esas debilidades se olvidaban ahora, difuminadas manchas en un paisaje nada egoísta con su luz (yo también hice lo mismo alguna vez, y también Silvia y Alfredo, y acaso nuestros padres también hurgaron en las billeteras de sus padres). Acerqué el chocolate a la nariz, olí mi infancia y mi adolescencia temprana, olí a Alfredo. Eulalia se había ido porque era capaz de mantenerse en este mundo a condición de que éste se mantuviera fiel a sí mismo, pero ahora uno de sus habitantes se había convertido en fantasma y ya nada era igual y ella había decidido abandonar el juego, como quizá lo habría hecho yo si hubiera podido.

Escuché un estrépito y gritos. Bajé corriendo. Había pedazos de vidrio en el suelo de la cocina, mermelada de frutilla esparcida sobre los mosaicos. Papá increpaba a Silvia, asustada en una esquina, mientras mamá lavaba las tazas y meneaba la cabeza con aire de incomprensión. «¿Es que eres o te haces?». Mi hermana había abierto el refrigerador descalza, la corriente la había sacudido y había dejado caer el frasco. Me preparé a oír veinticuatro horas de recriminaciones.

La semana siguiente pensé todos los días en Eulalia y en el arresto de Chino, aunque no por igual: recordaba con nostalgia a Eulalia, pero no sentía hacia su desaparición la curiosidad que sentía por lo sucedido con Chino. Lo de Eulalia era lineal, lo de Chino no tanto. Era obvio que el quieto recuerdo de Eulalia no podía competir con el escándalo de Chinatown. En clase había alegría y consternación por igual, y abundaban las finas (nadie recordaba la pelea entre Tomás y Mauricio, excepto ambos, que hacían lo posible por evitarse en los pasillos concurridos o en el patio). La más verosímil, que me llegó a través de Pavo y Camaleón, decía que uno de los tíos de Chino le proveía de marihuana y cocaína para que la vendiera, en pequeña escala, a los niñitos bien de El Prado y del colegio. Había resultado tan buen negocio que Chino le había ofrecido ser su socio al Salvaje, a quien, se decía, pronto arrestarían.

—¿Y pastillas para dormir? —pregunté—. ¿Barbitúricos? ¿Luminal?

—Obvio, microbio —dijo Pavo—. Chino vendía de todo. Las pastillas eran para los que no tenían billete para comprar la demás merca. Ya sé lo que estás pensando. Pues sí, lo más probable es que Chino y tu hermano.

—¿Y tú cómo sabes tanto?

—Se dice el pecado, no el pecador.

Miraba el rostro aniñado y ajeno a los rumores de Salvaje, y el banco vacío de Chino que me recordaba más que nunca su imponente presencia, y pensaba en los torcidos caminos del destino o del azar, que algún día, sin consultarnos, decidió reunirnos en un aula para ver cómo haríamos para unirnos, qué alianzas o amistades forjaríamos, pero, sobre todo, de qué manera nuestros caminos se bifurcarían, y cómo haríamos para enterarnos, en medio del bullicio y la algarabía de los recreos, de los abrazos después de un gol de la Selección, que estábamos solos y siempre lo habíamos estado.

Sentí rabia hacia Chino, profundos deseos de estrujarle el cogote. Debía confirmar los rumores.

En clase de Filosofía, Tejada nos leía párrafos de la Biblia y nos pedía que nos abstuviéramos de juzgar a nuestro compañero y de sacar conclusiones apresuradas. «El que esté libre de pecado que arroje la primera piedra», esos clichés. En Biología, el Doctor No, el lápiz labial rojo violento invadiendo su quijada acaso por culpa de los besos que había recibido en el recreo (de la Bibliotecaria, con la que se había metido para vengarse de la aparente infidelidad de su esposa, que, consternada, a veces dejaba de hablarnos de moléculas para lanzarse a aburridas peroratas acerca de las grandezas y miserias de la fidelidad), hizo algunos comentarios malintencionados acerca de la herencia genética y la predisposición al Mal en ciertos individuos.

—Lo que me asombra —le dije a Camaleón un recreo comiendo una salteña en la Quintanilla, mientras una brisa huraña nos golpeaba el rostro y se llevaba consigo las hojas que los árboles dejaban caer para ayudar a la adecuada escenificación de un día de otoño—, es que ninguno de los rumores haya tocado, ni siquiera por casualidad, a Conejo.

—Lo cual inmediatamente lo hace sospechoso a tus ojos.

—Más bien me alegra mucho. Y me hace sentir un hijo de puta, por sospechar de él. Yo, que debería conocerlo mejor que nadie.

—Conoces al Conejo modelo 82 —dijo Camaleón. Lo noté pálido, la mirada febril, movediza, que no acababa de mirarme. ¿Estaba enfermo?—. No la última versión. No tienes por qué sentirte mal en sospechar de él. Mi papá tardó mucho en darse cuenta de que mi mamá era una alcohólica. Y yo tardé mucho en darme cuenta de que el que había robado el equipo de música y estaba desvalijando mi casa era mi hermano. Las personas cambian más rápido de lo que pensamos.

—Y yo jamás me di cuenta del nuevo Alfredo.

—Todo fue tan rápido, quizá ni él mismo se dio cuenta.

Me quedé callado. Pensé en la paradoja de lo evidente en las novelas policiales. El más obvio sospechoso era al final inocente, y el culpable era alguien de quien no se sospechaba en primer lugar, incluso una ya legendaria vez, en una novela de la Christie, el narrador, en quien se suponía que podíamos confiar para que nos contara una historia veraz. Mi más obvio sospechoso parecía haber resultado inocente. De la misma manera, era lógico que yo no estuviera del todo conforme con el arresto de Chino: era el más obvio sospechoso. A pesar de mi deseo de venganza, de descubrir al culpable para que éste se pudriera tras las rejas, mi reacción ante lo sucedido con Chino había sido tibia: como si supiera de antemano que, debido a que se trataba del primer arrestado, el inspector Daza no tardaría en dejarlo libre, proclamando su inocencia.

—¿En qué piensas?
—En que, al final, los más obvios sospechosos resultan inocentes.
—Y viceversa. Como en las películas.
—¿Estás bien?
—Todo lo bien que puedo estar.
—No te hagas al misterioso. ¿Problemas en casa?
—Naranjas.
—Pero seguro.
—Ajá. ¿Quieres ir a jugar taco esta tarde?
—No tengo idea de cómo pegarle a la bola.
—Quedé en verme allá con Conejo.
—Que te diviertas.

Debía hablar con Chino. Debía hacerlo solo: Camaleón parecía haber dado la investigación por terminada, y me dije que no tenía ningún argumento, aparte de la intuición, para convencerlo de que Chino podía ser inocente.

—Antúnez es un mano sellada —dijo el inspector Daza a la hora de la cena, tallarines enroscados en su tenedor, manchas de salsa de tomate en su camisa. Tardé en darme cuenta que se refería a Chino—. Hace dos años acuchilló a un muchacho en una pelea en un bar, lo dejó con una cicatriz en la cara, de vez en cuando lo visito, una pena, está acomplejadísimo, no se acerca a una chica ni por equivocación.

—¿Cuáles son las pruebas concretas contra él? —preguntó papá. Daza carraspeó.

—Está buena la comida. Se la extrañará a Eulalia, pero esto no está mal, ¿ah? Me tendrá que dar la receta, señora.

—Por favor.

—En serio. Encontramos unos gramos de cocaína en el pupitre de Antúnez. En el espacio donde se guardan los cuadernos y los libros. Entre los huecos de la madera.

—Pero eso no es suficiente —dije—. Cualquiera pudo poner esos gramos ahí.

—Cualquiera. Cualquiera —repitió, como si acabara de ocurrírsele—. Tienes razón, querido Roby. Estamos en el proceso de recabar las pruebas suficientes que nos ayuden a cerrar el caso. Por ahora, Antúnez no ha sido acusado formalmente de nada, es sólo el sospechoso número uno. Pero hay cosas que sólo pueden saberse si uno está un par de décadas en este trabajo. Y todas esas cosas apuntan a Antúnez.

Me pregunté a qué se refería. ¿A la intuición, a los sueños en la madrugada, al corazón? El tenedor de Daza permanecía suspendido en el aire; los tallarines se escurrían de su endeble soporte y caían lentamente en el plato, uno tras otro. Con su cara entre seria y risueña, en ese momento él me pareció, más que nunca, un simulacro de policía, alguien que por las noches jugaba con una pistola cargada frente al espejo, imitando lo que le había visto hacer a Michael Douglas en *Las calles de San Francisco*, a Steve McQueen en *Bullit*. Pero la policía de Cochabamba estaba lejos de ese mundo de fantasía, tanto en presupuesto como en eficiencia. Los médicos forenses todavía no sabían con exactitud cuál era la combinación de drogas que había dado fin con mi hermano, y Daza arrestaba a Chino basándose en pruebas muy endebles. Lo peor de todo era que los policías de juguete podían ser más peligrosos que los de verdad: tras las rejas del penal de San Sebastián, muchos inocentes languidecían más de siete años en espera de su juicio.

—Hacemos lo que podemos —dijo Daza, metiéndose por fin el tenedor a la boca; mamá llevó una servilleta a sus ojos humedecidos—. Si hay algo que me subleva es la falta de moralidad de los que burlan la ley. Difícil que me entiendan, pero creo que tiene que haber un juego limpio incluso entre nosotros y los ladrones. Que los carteles vendan la droga a los yanquis o a los jailones de La Paz, vaya y pase. Pero de ahí a meterse con niños que todavía no pueden distinguir qué está bien y qué está mal, ah, eso no. ¡Eso no! Mientras yo esté por aquí, eso jamás será tolerado. Antúnez probablemente no se dio cuenta de la magnitud de sus actos, ¿ah? Sólo quería un poco de dinero extra, la inflación galopante, y mejor no comienzo a hablar de Siles. Con los de El Prado, vaya y pase, pero, ¿por qué diablos se le ocurrió meterse con los chicos del Don Bosco?

—¿Les vendió a otros alumnos? —preguntó Silvia—. ¿A quiénes?

—Todavía estamos investigando. Pero seguro que sí.

Acompañé a Daza a su auto, un destartalado *jeep* verde con barro en los guardafangos. Hacía frío, y el cielo lucía estrellado y diáfano, un azul de tonos suaves que no se habían enterado de la llegada de la noche.

—Inspector.

—¿Ah?

—¿Puedo visitar a Chino? Digo, a Antúnez.

Me miró, encendiendo un cigarrillo.

—Linda noche. Para enamorados, para romanticones. De modo que quieres ver al culpable. Entiendo, entiendo. Tienes sed de venganza, quieres escupirle en la cara. Sí, entiendo. Es más, tienes rabia de que lo hayamos agarrado, te hubiera gustado destrozarlo con tus manos. Que no quede vivo, ¿ah?

—No es eso.

—Entiendo —mordió la colilla—. Es lo mismo que yo haría si fuera tú. Lo que haría con Siles. No hay problema, si me prometes que no intentarás escupirlo o pegarlo o cualquiera de esas cosas. Te entiendo si lo quieres hacer, pero la ley es la ley.

—No se preocupe.

—Mañana por la tarde. Una vez allí, que me llamen.

Terminó de fumar su cigarrillo en silencio, mirando al cielo, ignorándome. Un borracho pasó tambaleándose a nuestro lado. Daza apoyó su mano derecha en mi hombro izquierdo, y me dijo:

—Sé de las actividades conspiratorias de tu papá, y aprecio mucho su equivocado patriotismo. No fue arrestado gracias a mis contactos. Me he encariñado con ustedes, y que lo metan a la cárcel sería como llovido sobre mojado, o mojado sobre llovido, tú me entiendes. No le dije nada, porque no quiero avergonzarlo. Pero si intenta algo en el futuro, me va a ser muy difícil, si no imposible, volver a ayudarlo. Así que te ruego que veas la forma de hacerle llegar el mensaje. Se salvó de una buena, pero mejor que no lo vuelva a intentar.

—Entendido, inspector.

—No me llames inspector —unas palmadas en la espalda—. Y no te preocupes. Serás vengado. Antúnez es el culpable. Confía en mí.

Me quedé en la calle viéndolo partir. Mamá me llamaba a gritos, me preguntaba por qué tardaba tanto en entrar. Las ramas del molle crujían y se mecían al arrítmico compás del viento. La noche de una lejana Navidad, tan estrellada como ahora, Alfredo tenía cinco años, y yo acababa de contarle la historia del nacimiento de Jesús. Me pidió que le mostrara la estrella que había guiado a los Reyes Magos. Salí al jardín con él de la mano, dimos una vuelta a la casa y luego salimos a la calle. Miré al cielo despejado, profuso en puntos luminosos. No tenía idea de la forma en que uno debía unir líneas imaginarias para armar constelaciones, cuál era la Osa Mayor y cuál la Cruz del Sur. Debía inventar algo. Lo alcé entre mis brazos y le señalé una estrella que, hacia el este, brillaba con más intensidad que las otras. Se puso muy feliz, y me dijo que, de ahora en adelante, ésa sería su estrella.

Miré hacia el este, pensando en la frase de Daza acerca de los niños que no sabían distinguir entre el bien y el mal. Alfredo ya no era un niño. En todo caso, los niños de hoy no eran los de antes, y con certeza los de antes no eran los que creíamos que eran, idealizados querubines, inofensivas y juguetonas salamandras. Me vino a la mente la conversación con Nelson en su casa, y pensé por primera vez que Alfredo sabía muy bien lo que hacía cuando incendió los pastizales y a su anciano habitante, y cuando comenzó a experimentar con barbitúricos. No se había tratado de una serie de inconscientes, irresponsables travesuras; Alfredo había sabido muy bien por qué lo hacía, y se había llevado consigo las respuestas a mis inquietas, ansiosas preguntas.

Ninguna estrella brillaba con más intensidad que las otras hacia el este. Encontré una hacia el noreste. Esa sería, de ahora en adelante, la estrella de Alfredo.

29

Desperté sobresaltado. Algo húmedo había hecho contacto con mis labios. Me restregué los ojos, y encontré a Silvia sentada al borde de mi cama. Tenía una camisa blanca con la leyenda FUCK THE POLICE. Una hebilla plateada en la forma de un aletargado lepidóptero sujetaba su cabellera en un moño.

—No son ni las ocho —dije, mirando mi reloj.
—Huyo. Desaparezco. Me hago gas.
—No te creo.
—Ya quisiera. Me voy de día de campo con Jean-Pierre. Nos vamos a Pairumani. Se ha comprado una cámara alucinante y quiere sacarme unas fotos.
—¿Vas a estar de modelo? El franchute te ha cambiado un montón.
—No es el tipo de fotos que crees. Pero no te desperté para hablar de eso. No te va a gustar mucho lo que te voy a decir.

Me incorporé, apoyé mi espalda en el respaldo de la cama. A través de las cortinas se filtraba la avanzada del día, tenues rayos de luz que dejaban al descubierto la populosa ciudad flotante de mi habitación. Silvia me dio la novela de Lizarazu.

—Abre la primera página y léela —dijo—. ¿No encuentras nada familiar?

—La verdad que no. ¿Debería?
—Eso te pasa por no leer los clásicos. Con tus novelas policiales, por un lado, y con tu original profesor por el otro, no vas a llegar lejos.
—No se pueden leer todos los clásicos. Hay demasiados. Y las lecturas no obligadas son siempre preferibles a las obligadas.
—Y resulta que es verdad, has heredado algo de nuestro antepasado. No creo que te alegre saber qué.

Silvia estaba disfrutando. Había creado suspenso, y me veía seguir hipnotizado el movimiento de sus labios, la pronunciación lenta y sensual de palabras que prometían una revelación. Mi mirada alternaba entre los insectos negros apoyados en ordenada formación en la página amarillenta, que olía a aire atrapado por siglos en un sótano, y la cara de pronto inescrutable de mi hermana.

—Ésta no es una obra original —dijo Silvia agarrando con los dedos largos de su mano derecha, de uñas pintadas de rosado, el búho de amatista que colgaba de su cuello—. Ésta es una traducción prácticamente literal de *Werther*.

Mi cara era toda sorpresa.
—Lo único que Lizarazu se dignó cambiar son los nombres de los personajes. Ya me parecía familiar. Leí la novela en Primero Medio. No te puedo creer que no la leyeras.
—Ya ves.
—Anda, consigue una copia y compara. No te estoy mintiendo.
—No, no. Te creo.
—Lizarazu era un plagiador, y de los peores. Tú al menos resumes, reescribes todo en tus propias palabras. Éste lo único que hizo fue traducir una obra clásica, palabra por palabra. Si al menos se hubiera buscado una obra desconocida. Pero no, tenía que ser *Werther*. ¿Es que habría realmente pensado que no lo iban a descubririr?
—Una traducción es también algo creativo, no tiene por qué ser un plagio.
—No, si reconoces que es una traducción. Pero el nombre de Goethe no aparece ni por las tapas. Y aquí dice clarito el nombre del autor: Edgar Lizarazu. No lo defiendas, no vale la pena.

Escuchamos unos bocinazos apremiantes.

—Te dejo —me dio un beso y se levantó—. Me despides de los papis, les dices que llegaré al anochecer.

—¿No pediste permiso?

—No. Y lo siento, no te quise dar una mala noticia. Ya ves que a veces no es bueno curiosear en el pasado. Uno puede encontrarse con sorpresas desagradables.

«A esta edad, uno piensa que ya nada lo va a sorprender en la vida.» La voz de mi abuelo retumbó en el *living* de su casa, de fragancia confusa debido a las innumerables flores —violetas, rosas, jazmines— que asomaban de cuatro floreros en la mesa principal y en dos mesitas a los costados del sofá de inútiles resortes en el que nos encontrábamos. Mamá, a mi derecha, tomaba un té de manzanilla; papá, a mi izquierda, hundía sus dientes en la pipa sin encender, la madera mordida a lo largo de los años, las muescas que quedarían de recuerdo cuando el instrumento ya no funcionara, cuando el que las hizo ya no estuviera con nosotros en este inconsolable territorio de crímenes perfectos.

—Pero estas semanas han sido raras, muy raras —dijo mi abuelo, que tenía una bufanda guinda y la camisa mal abotonada.

Y yo me dije que Lizarazu tenía que saber que sería descubierto, y que por lo tanto sus intenciones al publicar la novela no tenían nada que ver con el deseo de consagrarse como escritor. ¿Cuáles eran, entonces, sus intenciones?

Mi abuelo carraspeó, tomó un vaso de agua y continuó hablando sin mirarnos, mientras jugaba un solitario. Las cartas mostraban sus anversos y reversos, elaboraban la coreografía de una danza improvisada. Había un mapa nuevo en la pared, que mostraba en rojo y en azul los desplazamientos de los soldados bolivianos y paraguayos en la batalla de Villamontes.

—Nunca pensé que iba a vivir para ver tanto desorden en el país, yo que he vivido casi todo este siglo y sí que he visto y he sufrido el caos, comenzando por el Chaco. Nunca pensé que iba a vivir

tanto tiempo después de Cristina. Nunca pensé que iba a ver desaparecer a uno de mis nietos antes que yo.
Tosió, un escupitajo en un pañuelo.
—No tenía mucha paciencia con él. Cristina se la pasaba pidiéndome que pusiera buena cara cuando él venía por aquí. Era difícil. Todo quedaba desordenado, mis álbumes de estampillas, mis libros, los pocos adornos que tenemos, el refrigerador. Era un chiquillo, como diríamos, hiperkinético. Un día se puso a tocar los mapas, y le dije que no lo hiciera, y él se rió y lo hizo con más ganas. Tenía las manos embarradas de mermelada, y el mapa quedó manchado, y lo tuve que rehacer. Ustedes saben cómo cuido mis mapas.
Mamá se había puesto incómoda. Miró su reloj. Me entristecí, deseé que mi abuelo se callara.
—Pero aun así, hay un vacío muy grande desde su partida. Esto no debía haber ocurrido. Yo debía haber estado en su lugar. Debía estar en este momento con Cristina. ¿Qué hace él allá, tan temprano, tan a destiempo? Tan pocos años, muy intensos sin duda, pero aun así muy pocos. Si eso me hubiera ocurrido a su edad, no habría vivido lo que ahora considero mi vida, no habría vivido la gloriosa tragedia del Chaco. No, imposible de concebir. ¿Qué recuerdo de mis primeros doce años? Casi nada. Ayudaba a mi padre en la finca, me levantaba en la madrugada a ordeñar y la ambrosía era el paraíso. Trabajaba en labores de carpintería y soñaba con ser militar para poder defender a la patria. Pero... esto no debía haber ocurrido. Daría... —su voz se quebró—, daría todo por haber podido intercambiar lugares con Alfredo.
Mamá se levantó y fue al baño. Imaginé que estaba cansada de que la viéramos llorar. Papá miró al suelo, y buscó mi mano izquierda. Mi abuelo siguió tirando las cartas en su solitario sin fin.
Después del almuerzo me fui caminando a San Sebastián. La cárcel era un edificio derruido, de paredes llenas de insultos a Siles, sin alguna frase del Poeta que la salvara de la sordidez (esa sería mi misión, vendría alguna noche a escribir un verso de Guillén, un grafiti redentor). En la puerta, al lado de un seco y desmelenado sauce

llorón, una mujer con una pollera color vino que barría el piso de tierra vendía camiones en miniatura, la labor artesanal de los presos que servía para conseguir unas cuantas monedas, el próximo soborno al guardia o cocinero (unos minutos para besar en paz a la novia, algo de comer que no fuera el engrudo habitual, la bazofia cotidiana). Al entrar al edificio me persigné sin saber por qué. O quizá lo sabía.

El guardia de turno, un enano barrigón, me preguntó mi nombre y me pidió mi carné. Le dije que el inspector Daza me había autorizado a visitar a Jimmy Antúnez. Que lo llamara, si dudaba de mí. El guardia se fijó en un cuaderno, encontró mi nombre y llamó a otro guardia de bigotes estilo Hitler o Chaplin imitando a Hitler, que me condujo al patio por un pasillo pestilente. Había poco espacio para moverse entre los padres visitando a sus hijos asesinos o quizá inocentes y falsamente acusados, entre las novias o amantes o esposas tocando a hurtadillas a desfalcadores o ladrones o víctimas sin culpa alguna, entre los hijos conversando con sus padres, vendedores de droga de poca monta mientras los peces grandes en ese instante veían, en sus hogares amoblados con mármol de Carrara y en una televisión gigante, una película de Hollywood sobre policías y ladrones que narraba el inevitable triunfo del bien sobre el mal. Culpables o inocentes, ropas humildes y rostros cobrizos que jamás entrarían a mi casa, excepto en un cuadro de un pintor realista, para colgar en las paredes del *living*. Mis papás no los invitarían, y yo los acusaría de racistas, y a ellos no les molestaría la acusación; pero yo tampoco los invitaría, aunque disfrazaría mis razones diciendo que no tenía nada en común con ellos, no sabría de qué hablar, cómo relacionarme.

El olor a comida casera, sopas de fideos y sándwiches de chola, era penetrante, abrumador. Hitler/Chaplin me pidió que esperara, iría a traer al prisionero. Me senté en un banco de piedra, en su única esquina libre, la hierba creciendo sin control entre sus hendijas. A mi lado, una pareja se prometía amor eterno con desenfado, como si se lo creyeran. ¿Cuánta gente vivía hacinada en esa prisión, los guardias tan encarcelados como los prisioneros? En un patio pequeño que se me antojó inmenso, la sombra de las paredes y del alar del tejado creaba figuras geométricas en el suelo de cemento descascarado, partía a la gente en espacios de luz y oscuridad.

Chino apareció. Tenía una barba espesa que le hubiera envidiado Camaleón, y un aire tranquilo que le envidié yo, como si fuera verdad ese mito de que en la cárcel uno tiene la paz que no se encuentra en el exterior (pero no era verdad: en la cárcel uno sólo encuentra, conjeturo, un par de enfermedades venéreas). Me levanté, él se sentó en el banco mientras el guardia nos miraba a prudente distancia.

—Cómo es.

—Qué tal, metal. Ver para creer.

—Vine a saludarte, a ver cómo estabas.

—Seguro.

—En serio.

—Nunca me diste ni la hora, no me digas que ahora se te ocurrió interesarte.

—No te pongas a la defensiva.

Pero lo que decía Chino era verdad. Nunca había soportado su prepotencia, su deseo de arreglarlo todo a golpes, sus chistes groseros, su manera vulgar de referirse a las mujeres (más vulgar de lo normal en mi curso, lo cual ya era mucho). Me parecía la persona más ordinaria que me había sido dado conocer. Era la antítesis de lo que yo era o creía o quería ser.

—Entonces es mejor que no seas vueltero. Si me dices que estás aquí porque crees en los chismes de mierda que están circulando, mejor te vas al carajo.

—Estoy aquí porque no creo en chismes. Soy... soy amigo del inspector Daza, te puedo ayudar si me cuentas la verdad.

—El niñito bien siempre con conexiones y palancas.

Chino soltó una carcajada ruidosa y desagradable, las ranuras de sus ojos se afinaron aun más, sus pupilas desaparecieron. De pronto se calló y por un instante vi miedo en su rostro. Al rato, volvió a reír y a mostrarse tranquilo.

—¿Cómo está el curso?
—Diferente sin ti. Más tranquilo. Aunque sigue la joda. Belloni nos está dejando en paz, no sé si porque decidió cambiar de táctica o porque lo cansamos. Pero cometió el error de darle muchas alas a don Bernardo, que se las está dando de capo máximo.
—Me gustaría arrancarle la costra, y luego echarle alcohol a la herida.
—Tejada nos anunció que se va en julio.
—¿Se va o lo botan? Padre bandido, yo lo vi encerrarse una vez en su oficina con la hermana de uno de Tercero.
—Eso no dice nada.
—No te hagas al huevón. ¿Para qué cerrar la puerta, si no es para echarse un buen polvo? El padre es un pendejo, nos da vuelta y media a todos.

Decidí no discutir. Hubo una pausa en la que, no sé por qué, me acordé de *Laura*. Era siniestro pensar que mis inocentes plagios podían tener su origen en hechos ocurridos más de un siglo atrás. Como si mientras más nos adentráramos en el futuro más cerca nos encontráramos del pasado. ¿Qué más había heredado de Lizarazu? Y no era sólo yo. La novela plagiada tenía forma de diario; ¿una coincidencia o una ominosa relación con Silvia?

Pero no había que caer en las trampas del pensamiento que, provisto de unas cuantas pistas, las huellas del criminal y el pañuelo en el lugar del crimen, comenzaba a elaborar teorías que cortejaban tanto a la lógica como al disparate.

—Lo que voy a decir lo voy a decir una sola vez, ¿bueno? —dijo Chino, en un susurro—. Es tu problema, me crees o no me crees, cara o ceca. Pero no me hagas preguntas porque no las responderé.

Chino hizo una pausa melodramática. Me pidió que me acercara; me senté a su lado. Olía mal, le faltaba una buena ducha. No debía pensar en esas estupideces, pero lo hacía. El pensamiento piensa lo que nosotros no quisiéramos que piense, como el deseo desea lo que no quisiéramos que desee.

—Yo sólo fui un intermediario —dijo Chino—. Mauricio me ofreció un día una manera fácil de ganar plata. Y yo la necesitaba

de veras, no como él, no como tú. Fui un intermediario, pero no tuve nada que ver con Alfredo. ¿Cómo pues, papito, si lo quería tanto? Si era mi amigazo tu hermano. Qué gran tipo, caray.
—¿Mauricio? ¿Qué Mauricio?
—No te hagas al huevón. El único que conoces.
—¿El hijo del Ajedrecista?
—Mauricio no es el hijo del Ajedrecista. Mauricio es el Ajedrecista. ¿La banda? Todo eso es Mauricio.
—Estás mintiendo.
—Tú decides. Cara o ceca.

Chino estaba asustado. Como si lo que me acababa de decir fuera una herejía por la que muy pronto sería castigado. Lo vi mirar de un lado a otro, receloso, con una cierta dosis de incertidumbre: ¿habría hecho bien en hablar? ¿Lo habría escuchado el guardia? Yo todavía no entendía lo que había escuchado, y no estaba seguro si lo haría. Era más fácil pensar que Chino estaba mintiendo.

—¿Qué ganas diciéndome estas cosas?
—Jamás le vendí nada a tu hermano. Pero a mí nadie me va a creer. No soy inocente, pero tampoco quiero pudrirme aquí por algo que no he hecho. Reconozco y acepto las cosas que he hecho, y si me quedo aquí, que sea por eso, no por otras huevadas.
—No hay pruebas concretas contra ti.
—Eso no es suficiente. Con o sin pruebas, igual me pueden joder. Es más, ya estoy jodido. Una vez adentro, uno ya no sale de aquí.
—Pero acabas de reconocer que sí vendías droga.
—Es diferente. No tuve nada que ver con Alfredo.
—¿Cómo sabes que Mauricio es el Ajedrecista?
—No te puedo contar.
—Si no me cuentas no te podré ayudar.
—No entiendes. Si Mauricio se entera que lo metí en el baile, estoy chau. Ya hablé de más, y mejor no me hagas preguntas.
—Ésa tu pelea con él en el partido de fútbol.
—Teatro. Fue su idea, para que nadie sospeche que él y yo estábamos metidos en esto. Que el curso piense que nos odiábamos, lo cual era verdad al principio —miró de un lado a otro—. Hasta que

a mediados del año pasado me dijo que quería hablar conmigo. En un recreo, nos fuimos a la Quintanilla, y ahí me ofreció el negocio. Me agarró en curva, me lo dijo de frente, al grano. Si quería ganar un buen dinero vendiendo maría y cocaína en El Prado y el cole. Era mucho dinero, y parecía fácil.
—¿Te buscó sólo a ti?
—Sí. Luego yo contacté a Conejo, pero sin mencionarle el nombre de Mauricio. Y Salvaje no tiene nada que ver, por si acaso.
—¿Por qué no le has dicho todo esto a Daza?
—Se lo dije. Se rió. No me creyó. Es un boludo de primera.
—¿Cómo sabes que yo te creeré?
—Lo más seguro es que no me creas. Nadie me va a creer, eso es lo genial del plan de Mauricio. El Ajedrecista es el chico modelo, las mamás lo adoran, todos lo adoran. ¿Quién podría sospechar de él? ¿Y quién carajos me creería si lo acuso?
Pausa.
—En realidad, te digo estas cosas porque necesito que sepas que yo no tuve nada que ver con Alfredo. Y ahora que estoy reconociendo todo, y cosas gravísimas además, me sería fácil confesar lo de Alfredo.

Por su insistencia, pensé que podía creerle su no intervención en el destino fatal de Alfredo. En cuanto a lo de Mauricio, la historia era tan increíble que se me ocurrió que quizá podía ser cierta. Lo más probable era que se trataba de un relato inventado durante una noche de insomnio, el torpe recurso de un adolescente asustado en la celda de una prisión; sin embargo, podía, también, ser verdad. Acaso por eso, me conmoví. Aquí, nadie confiaba en el mensaje sino en el mensajero, y si esa historia inconsistente la hubiera contado yo o Tomás o Mauricio, hubiera sido creída. Vi, a mi alrededor, a la gente que no podía entrar a mi casa —excepto disfrazados de sirvientas o jardineros—, y traté de imaginar un país en el que el origen o el color de la piel no contarían para nada. En el que mi mamá le creería a Eulalia cuando ésta le dijera que no había robado sus joyas. En el que podría llegar a conocer más a Chino, porque pasaríamos las tardes juntos jugando fútbol de tapitas o hablando de mujeres o películas.

No duró más que un instante. Al rato me levanté y me despedí de Chino, que me miró con fijeza, tratando de decirme sin palabras que dependía de mí, y que lo ayudara.

—¿Por qué?

Sentado sobre un banco de piedra comido por las yerbas, Chino entrelazaba sus manos con nerviosismo.

—Mauricio tiene plata. Conoces su casa. ¿Con qué necesidad se metería a vender droga?

—Qué sé yo —respondió, extendiendo las manos en un gesto de ignorancia—. Eso, pregúntaselo a él.

—¿Nunca se te ocurrió preguntárselo?

—Sí.

—¿Y...?

—Nunca me respondió.

Volví a casa caminando, el melancólico atardecer desprendiéndose de sus últimos rayos de sol, a través de las calles de una ciudad en la que cada vez me costaba más imaginar cómo me había sido posible superponer a ella la ciudad de Río Fugitivo. Esa utopía sí que había durado.

30

—Cómo están tus papás? —dijo Sandro, alcanzándome la ensaladera, en su cantarín acento tarijeño—. Me los vas a saludar. Me da vergüenza cruzarme con ellos en la calle, no fui por tu casa después del desafortunado accidente. Tenía todas las intenciones. Al menos fue Annaliz. ¿No, mi amor? Es que la política absorbe todo mi tiempo, más aún ahora que estamos hasta el cuello de huelgas, manifestaciones, etcétera. Te digo que no sé cómo saldremos de ésta. La situación está fuera de control.

Había estado nervioso desde que pisé su casa y lo vi, pensando que mencionaría a papá, a Farías. Apenas me senté en la mesa, cubierta por un mantel celeste con diseños romboidales, y lo escuché, me tranquilicé. Parecía que no sabía de los líos en que papá había estado metido.

—¿Va a seguir la hiperinflación? —pregunté.

—Ni me preguntes —movió la cabeza con repugnante afectación—. Por suerte yo no tengo nada que ver con el área económica. Bueno, el partido sí, pero yo no. A ellos sí que les están quemando las papas. Jaime es optimista. Pero, a menos que ocurra un milagro, no veo ninguna luz al final del túnel.

No sabía qué era lo que más me desagradaba de los políticos, si su elástica capacidad para la corrupción o su desvergonzada manera de hilar un lugar común tras otro apenas abrían la boca. Sandro, tan atildado y pulcro, las uñas cortadas al ras, ni un pelo saliéndole por la nariz que terminaba en una pelota y un fragante olor a *aftershave* envolviéndolo, las corbatas de seda y el broche de plata con un monograma con sus iniciales en su corbata, era para mí el prototipo del político, simpático, agradable, pero sin una sola idea nueva para ofrecer al país y con un lenguaje gastado ya en miles de discursos y declaraciones oficiales y eslóganes de campañas. Para colmo, él reforzaba la imagen que tenían los políticos de hipócritas, su apariencia tenía tan poco que ver con lo que uno podía esperar de un dirigente del Movimiento de Izquierda Revolucionaria. ¿«La luz al final del tunel»?

—¿Vino?

—Coca-Cola, por favor.

Sentada frente a mí y a la derecha de su esposo, con un chaleco marrón sobre una camisa verde oscura y en el cuello un collar de perlas que destellaba en la luz opaca del comedor, Annaliz disfrutaba de la situación incómoda en la que me había puesto. Le había dicho que acudiría a su invitación a almorzar sólo si se encontraba sola, y ella me había dicho que no me preocupara.

—Al mal tiempo buena cara —dijo él tomando un vaso de vino tinto—. Confío en que saldremos de este pozo. Cuándo, no lo sé. Pero de que saldremos, saldremos.

Anotar, para un posible diccionario de Frases Célebres.

El almuerzo era un surubí al ajillo, bañado en limón. El surubí tenía la carne rosácea, huesos delgados y cartilaginosos y estaba acompañado por arroz y yuca. Era un plato magnífico, que me hizo extrañar a Eulalia. Mamá y Silvia se defendían en la cocina, pero, como hubiera dicho Sandro, «mordían el polvo de la derrota» si se las comparaba con Eulalia. ¿Dónde estaría ella? ¿Habría podido liberarse del fantasma de Alfredo? No. Seguro se lo había llevado consigo, cada uno de nosotros con él por el resto de nuestros largos días, o quizá breves, uno nunca sabe.

—Annaliz me dijo que escribes. ¿Cierto?

—Hace rato que no escribo nada. Pero ahora se me ha ocurrido algo, y creo que va a ser cuestión de tener una tarde libre y sentarme. En el colegio nos están matando a punta de tareas, y no tengo mucho tiempo para nada.

Era cierto: en los últimos días se me había ocurrido un argumento, acerca de un crimen ambientado en el Don Bosco. Lo más importante, para mí, era que ese argumento no era un plagio sino, al fin, algo original. No tenía nada contra la copia —todos lo hacíamos, de una forma u otra, y la originalidad a la que aspirábamos nunca existía del todo y estaba sobrevalorada—, pero tampoco tenía la desfachatez o el coraje para dejar, como Lizarazu, sólo plagios a la posteridad, la llama que se consumía en la imitación de otra llama.

—Algo de tiempo libre debes de tener —dijo Sandro, el tono meloso e inocente—. Annaliz me dijo que el otro día la invitaste a ver video.

—*Blade Runner*. ¿La vio usted? Es una gran película.

Me miró con cara cómplice.

—Me alegro que seas su amigo. Si sigues así, a su debido momento te contrataré para que escribas mis discursos. Annaliz no conoce a mucha gente y se queja de que se aburre, no tiene nada que hacer, la dejo sola todo el tiempo. Es la que más está rogando para que haya un golpe de Estado o acorten el mandato de Siles o Jaime decida que es hora de abandonar el barco de nuevo.

Se rió. Annaliz y yo festejamos la ocurrencia. Dejé caer mi servilleta, y de pronto apareció un pequinés baboso que se abalanzó sobre ésta pensando que se trataba de un hueso. Cualquiera de ellos pudo haber sacado al perro, que se puso a olfatear mis zapatos como buscando un sitio para orinar. Pero no, no lo hicieron. Sandro llamó a la empleada, una anciana encorvada que olía a ajo, la riñó y le pidió, firme, que no volviera a suceder, «*Mimí* no debe molestar a los invitados». La empleada sacó torpemente a *Mimí*.

—Vas a disculpar, Roberto. Carmen ya está un poco vieja, no oye bien, no ve bien, en fin, qué no le pasa. Pero, ¿sabes? Imposible deshacerme de ella. Me crié con ella. Ha sido la única empleada que he tenido en mi vida.

—Debe de ser difícil.

—¿Terminaste? —preguntó Annaliz.
—Sí. Excelente.
—¡Carmen! ¡Hay que levantar la mesa!

Cuando Sandro nos dejó solos y se fue a hacer su siesta, después de comer gelatina con crema chantilly de postre, Annaliz cerró la puerta que daba a la cocina, se acercó hacia mí, se sentó en mis faldas, me sacó los lentes, entrelazó sus brazos en mi cuello y me besó con ardor, como si tener a su marido cerca hubiera acrecentado su deseo. Yo estaba incómodo y traté de separarme de su abrazo, pensando al mismo tiempo que Mauricio hubiera sabido cómo actuar en mi lugar. Mauricio no se hubiera puesto nervioso; al contrario, le hubiera fascinado la idea del esposo durmiendo en la cama matrimonial del piso de arriba, el sueño de los justos que nunca lo eran; hubiera desabotonado con delectación la camisa, buscado con urgencia los pechos incitadores (me acordé de las palabras de Chino y me dije que sí, Mauricio tenía la suficiente sangre fría para hacer lo que Chino decía que había hecho).

—¡Annaliz! —grité—. De por ahí baja. ¿No ves que sospecha?
—No sospecha nada. Es de lo más denso. Es verdad que le gusta que seas mi amigo.
—Igual. Es muy peligroso.

Me miró con pena e impaciencia, como si no se convenciera del todo que estaba lidiando con un chiquillo inexperto e inmaduro. Se levantó y volvió a su sitio en silencio. Me limpié la boca que creía manchada por sus labios. A lo lejos, el ruido de una cortadora de pasto. Creí escuchar los ladridos de *Hércules*.

—No tienes nada. ¿No ves que acabo de comer?

Me sentí mal, porque no podía darle lo que ella quería; porque estaba sola, y necesitaba ternura y amor, y yo tenía miedo, miedo de todo, del esposo y de ella y de mí mismo.

Me levanté y me fui, avergonzado. Annaliz me acompañó a la puerta y me despidió con un beso en la mejilla. Sentí que era el final de algo que no había llegado a comenzar.

Mis papás estaban en la mesita del jardín al lado de la piscina. Mamá tomaba un té de manzanilla y papá café bajo el sol tibio, el cielo profuso en nubes blancas como elefantes. Hablaban con animación mientras un par de moscas gordas rondaba en torno suyo. Después del inicial desaliento y las airadas reconvenciones, parecía que, en la última semana, la tragedia los había unido; incluso, la noche anterior, había escuchado, como no lo hacía en un buen tiempo, gemidos urgentes saliendo de su habitación. Sin embargo, yo sabía que esa unión era aparente; yo sabía que, una vez instalados los gusanos en las manzanas, no salían de éstas sin dejar tras de sí la irreparable podredumbre.

Me senté con ellos. Una mariposa muerta flotaba entre las ramas de ciruelo en el charco de la piscina, en la que una rana saltarina trataba de escalar sus paredes sucias. Pese a estar más cerca del limonero, la fragancia de los jazmines del cielo nos aturdía sin sosiego. Papá, con pantalones kakis y una desabotonada camisa blanca que dejaba su prominente barriga al descubierto, miraba a cada rato su reloj; pronto tendría que ir a trabajar o a aparentar que trabajaba. Parecía relajado, libre al fin de la paranoia que lo había acosado desde el arresto de Farías; parecía resignado a que no lo tomaran en cuenta. Tenía la pipa entre sus manos, jugaba con ella; a sus pies yacía *Hércules*, royendo un hueso sin convicción. Mamá, con un delantal y sandalias, se me ofrecía, sin maquillaje, con el rostro que ella no hubiera querido jamás que envejeciera iniciando el visible proceso de desgaste y resquebrajamiento (el invisible comenzaba apenas nacíamos); sus patas de gallo se me antojaron profundos desfiladeros en medio de un suelo erosionado. Sobre la mesa yacía el libro sobre Perú que había estado leyendo; tenía que escribir un eslogan original sobre Macchu Picchu.

—¿Qué tal tu almuerzo?

—Un surubí de primera.

—Son unos desconsiderados —dijo papá—. No nos han invitado ni una vez a comer. ¿Qué manera de ser vecinos es esa?

—Algún rato lo harán —dijo mamá—. Con los problemas que tendrá en el Gobierno ahora.

—No, no. Estás loca si crees que voy a ir. Si me invita, está bien. Pero ni loco le acepto la invitación. Es el frente opositor, recuerda.

La charla fue rutinaria: cualquier rato caía el Gobierno, el dólar seguía subiendo, ahora estaban en huelga los médicos y los panaderos, la Iglesia había hecho un llamado a la paz social, había habido un enfrentamiento entre mineros y soldados en Catavi. Una catástrofe tan de acuerdo con nuestra historia, tan poco original.

—Cambiando de tema —me dijo mamá—. ¿Ya has decidido qué vas a estudiar?

Ya lo sabía, terminaríamos recalando allí.

—¿Cómo puede uno pensar en eso en esta situación?

—Uno puede, y tiene que.

—Letras.

Ambos pusieron una cara de espanto.

—Era una broma —sonreí. No tenían mi sentido del humor—. Ingeniería. Por supuesto que ingeniería.

—¿Cuál?

—Cualquiera. Eso es lo de menos, ¿no? Qué lindo libro. ¿Quién te lo prestó?

—¿Cómo que lo de menos? No nos quieras tomar el pelo, jovencito.

—Uno de los gerentes. Tiene una colección de libros sobre civilizaciones antiguas.

—Industrial —dije, para evitar que siguieran inquiriendo—; soy bueno con los números, creo que me puede ir bien.

—¿Dónde? —preguntó mamá.

—Aquí —dije con tono resignado—, si Siles me deja.

—Te dejará, hijo —dijo papá—. Lo más probable es que para entonces ese imbécil ya no esté.

—Eso vienes diciendo desde hace rato.

—Cada vez está más cerca de cumplirse. Espera y verás.

¿Sabía él algo que yo no? Ah, papá, fiel a sí mismo hasta la náusea. Había que rendirse ante su persistencia conspiratoria. Equivocado, sí, pero, para bien y para mal, muy vivo, como solían estarlo todos los que se dejaban atrapar por una obsesión y decidían perseguirla hasta los confines del sueño o la cartografía. Había querido decirle tantas veces que a mí también Siles me parecía un fantoche, pero que sus intenciones subversivas me parecían repugnantes, una de las canalladas que había marcado nuestra historia y nos tenía como estábamos. Ese rato, tuve la mejor oportunidad de decírselo, de condensar mis pensamientos en una frase breve y lúcida y mordaz y luego levantarme de la mesa haciendo caer la silla. «Papá, no soporto tus ideas trasnochadas, eres un reaccionario de mierda, y por mí te puedes ir al carajo. Ojalá Farías confiese, y Daza no te perdone.» Pero no tuve el coraje de enfrentarme, y me quedé callado, rumiando mis ideas y, una vez más, decepcionado conmigo mismo. Yo no era el que quería ser, y, lo que era peor, me costaba acostumbrarme a esa verdad.

Mis papás se levantaron. Los seguí, *Hércules* detrás de mí, la cola levantada. Cruzaba el patio cuando vi la puerta de la «pieza nueva» entreabierta. Me detuve. No había vuelto a entrar allí desde aquel lunes, ni a hacer tareas ni a husmear. Me encaminé hacia la puerta, entré. El refrigerador ronroneaba con su bullicio habitual; los helechos tenían los bordes de sus hojas amarillos, como si mamá, tan cuidadosa con sus plantas, no los hubiera regado, no se hubiera animado a volver a entrar en la pieza. Había polvo en las ventanas y en las paredes, una araña tejiendo su tela en una esquina del techo profuso en manchas grises. Di unos pasos, abrí la puerta de vidrio que daba a la biblioteca. Me persigné, sabiendo por qué.

El tablero de ajedrez estaba sobre el escritorio de caoba negra, las fichas tal como las había dejado Alfredo. Mamá sí había ingresado: una vela ardía al lado del tablero, la flama azul parpadeaba en la suave penumbra. En la alfombra no había rastros de aquella noche: ni manchas ni la huella que dejaba un cuerpo al posarse sobre su trabazón de estrías. El tiempo hacía su paciente obra. Me pregunté qué buscaba allí. Ver, acaso, algo que nadie había visto de tan obvio, la carta robada que les esperaba a los detectives cuando volvían a la escena del crimen. La diferencia era que esta vez ni siquiera se trataba de un crimen en el sentido ortodoxo del término. ¿Estaba, como decía Mauricio, forzando las cosas? Me asomé a las novelas de papá en los estantes. *Asesinato en el Orient Express. La tragedia de X. Diez indiecitos. El sabueso de los Baskerville. El can-*

dor del padre Brown. Cuántas muertes, cuántas pistas, cuántas deducciones lógicas en esas páginas. Acaso, a pesar de que me enorgullecía de saber distinguir entre las estructuras artificiales de esas novelas y lo que sucedía en la realidad, había caído en la trampa y había tratado de imponer muertes y pistas y lógica a mi derredor, había tratado de darle orden al desorden, coherencia a la incoherencia. No había habido un crimen y por lo tanto no había culpables, y los alfiles blancos en la mano crispada de Alfredo no apuntaban más que a alfiles blancos en la mano crispada de Alfredo, y mi pensamiento no había hecho más que forzar conexiones entre tenues hilos y coordenadas en la misma área de asociación verbal o visual —el ajedrez, la banda del Ajedrecista—, y mi búsqueda no era más que una forma sofisticada de expiar culpas.

Acaso.

Después encontré en el cuarto de Alfredo sus peces muertos, flotando a la deriva en la superficie del agua verdosa. El termostato había fallado en la noche, y había achicharrado a *Lesbi* y a *Prosti* y al *Pistolero de las Siete Lunas* y al *Agente Lleno de Secretos*. Me senté en su cama, vi en una repisa de la esquina los juegos de mesa que me habían pertenecido y había heredado Alfredo —Clue, Risk, The Game of Life, Monopolio—, el Rasti y el Mecano que también habían sido míos, así como las *Mafaldas*, los *Asterix* y *Tonys* y *D'Artagnans*. Sentí nostalgia, pero era una nostalgia extraña, no por lo vivido y perdido sino por lo no vivido y por ello también perdido antes de su florecimiento. Debieron haber más tardes de fútbol de tapitas, y de ir a la piscina del Club Social, y al cine a ver las películas de acción que le gustaban a Alfredo, y más charlas acerca de acuarios y aviones y el Wilsterman. Nostalgia mezclada con la culpa: no debí haberlo olvidado apenas dejó la infancia y se adentró en la adolescencia. Culpa por las tardes en que me quedé en mi cuarto leyendo mientras Alfredo jugaba solo en el jardín, la pelota de fútbol rebotando en la pared y su voz chillona gritando los goles que yo debí haber gritado. Por los sábados en que me encerré en el escritorio de la «pieza nueva» a escribir mis cuentos, dejando así a Alfredo libre para incendiar pastizales y desfigurar rostros. Por aquel lunes al atardecer, cuando lo vi en la calle jugando con Nelson y se me ocurrió decirle que me acompañara a ver *Blade Runner* y al final no lo hice.

Desconecté el termostato. Luego saqué el Clue de la repisa y lo puse sobre la cama. Leí las instrucciones: «El Sr. Cadáver, víctima aparente de una celada, es encontrado en uno de los aposentos de su palacio. Para ganar se debe descubrir las respuestas correctas a las tres preguntas siguientes: ¿Quién lo hizo? ¿Dónde? ¿Cómo?». Coloqué las fichas sobre el tablero, y puse las cartas que señalaban al asesino, al arma y al lugar en el sobre en el que se leía CONFIDENCIAL. A Alfredo le gustaba ser el señor Verde, a Silvia la señora Pavorreal, a mí el coronel Mostaza. Tiré el dado rojo. Cuatro. Moví mi ficha amarilla. Le tocaba a Alfredo. Tiré el dado. Cinco.

¿Qué estaba haciendo? Era patético.

Me eché en la cama al lado del tablero y me quedé dormido. Soñé que abrazaba el cuerpo desnudo y lleno de lunares de Annaliz que, por el incorregible capricho de los sueños, se convertía en el cuerpo fláccido y desnudo de su esposo.

Los rumores decían que Aura estaba embarazada. Se hablaba del tema en el patio, mientras esperábamos el ruido estrepitoso del timbre dando inicio al día, un cigarrillo en la mano; en clases y en el recreo, mientras comíamos salteñas en nuestro banco en la plazuela o nos recostábamos contra la pared con un dibujo alegórico de Don Bosco como La Salvación de los Jóvenes y las frases zen del padre Peña. Conejo se reía y decía: «Al fin algo le sale mal a Mauricio». Camaleón no lo creía, pero era el primero a la hora de diseminar las finas que se producían en torno al tema. «Que lo hicieron en el auto, que la mamá los pescó, que el papá los quiere matar.» Mauricio, a contrapelo de los chismes, de su venenosa, turbia respiración en nuestros oídos, estaba muy tranquilo, la habitual jovialidad, los profundos hoyuelos desplegando su maravilla a cada sonrisa. Su melena ya no se agitaba en el viento, la tenía amarrada con un elástico negro en una concisa cola de caballo (un cuello de cisne, hubiera dicho Darío). Lo miraba, e inevitablemente pensaba en las palabras de Chino en San Sebastián. ¿Podía ser...?

El que andaba alicaído era Tomás. Tenía una apretada chaqueta color ladrillo. Era temprano en la mañana, estábamos en el patio, rodeados por chiquillos de Intermedio jugando a basquetbol. El cielo era pesado y opresivo, monótono en su grisura. Le dije que fuera optimista, que sólo se trataba de rumores.

—Rumores —decía cada vez más locuaz conmigo, como si al fin me hubiera ganado confianza a pesar de que éramos amigos hacía mucho; pero no debía quejarme, él era reservado y distante por naturaleza—. Uno piensa que porque son rumores no son verdad. Pero resulta que son verdad precisamente porque son rumores. La gente exagera pero no inventa nada, no es tan creativa.

Luego me contó el último chisme: Camaleón estaba más metido de lo que pensábamos en la droga.

—¿En serio? Ya olía algo raro, pero no quería creerlo. Lo vi medio demacrado últimamente.

—Dicen incluso que su hermano es un santo a su lado, y que en realidad el que robaba las cosas de su casa era él.

—¿Quién te contó ésa?

—Un amigo de su barrio. Pero no digas a nadie que yo te lo dije.

Quería decirle a Tomás que me dolía lo de Camaleón, pero no dije nada. Tomás tampoco parecía muy interesado en seguir con el tema. Me dijo que ya no se iría a estudiar a Chile.

—¿Por ella? No seas idiota.

—Ya fui idiota una vez.

—¿Y qué vas a hacer? ¿Esperar?

—Esperar. Y esperar. Y esperar. Hasta que ella se dé cuenta que cometió un error al dejarme, y vuelva.

—Patético. Lamentable.

—Si tú lo dices.

Se aproximaba el invierno. El aire tenía una densidad diferente en las mañanas y al atardecer, sus gélidos ramalazos erizaban pieles acostumbradas a temperaturas más cálidas. Al mediodía, sin embargo, el sol brillaba como en cualquier estación cochabambina, rodeado por un pálido azul en el cielo sin nubes. Uno de esos mediodías, después de colegio, me volví a casa caminando junto a Nelson, que llevaba una gorra de béisbol con el logotipo de la Universidad de Texas en Austin, donde había estudiado su hermano. Decían que Ramiro había vuelto cambiado de Austin, mucho más formal, más solemne. Que era muy trabajador y responsable, que incluso se había vuelto introspectivo, tímido. Se lo veía leyendo en los bancos de la Recoleta, y en la iglesia los domingos, de la mano de su mamá y su abuela, con ropas de colores apagados. A mí todavía me producía escalofríos. Me pregunté si en el norte siguió haciendo con infantes lo que hizo en el barrio.

—Tu hermano era bueno para el fútbol —dijo Nelson, sorbiéndose los mocos—. Muy bueno. Tenía un remate potentísimo. Quería ser armador, pero le iba mejor de delantero. Eso creo que siempre le molestaba. Quería jugar de diez, y le dábamos la nueve.

Nelson no me aportaría nada nuevo. Un mes después de lo sucedido, el proceso de idealización de mi hermano se hallaba muy avanzado. Hablaba de él como si hubiera sido un ángel llegado a la tierra por accidente, ya de regreso a su celestial lugar de origen. Le pregunté por la foto de Alfredo con los labios pintados.

—Ah, esa foto —dijo, cruzando el puente del Topáter, asomando su cara pecosa hacia el río—. ¿Qué con ella?

—¿No sabes de dónde sacó la idea de pintarse la boca?

—Ni idea.

Era una coincidencia. Tenía que ser una coincidencia.

—Tu hermano te quería mucho —dijo Nelson—. Todo el tiempo hablaba de ti. Roby esto, Roby lo otro. Decía que eras muy buen alumno, estaba orgulloso de ti.

—No te creo. A mí se me hace que me veía como un *ch'alpiri,* la oveja blanca de la familia. Un aburrido, un cerrado, un denso. Un lentudo.

—También. Pero siempre sacaba pecho de lo mucho que escribías, de tu vocabulario florido. Decía que ibas a ser un gran escritor, pero que le daba pena porque los escritores andaban sin un peso en el bolsillo. Así que él iba a tener una profesión para mantenerte. Los pilotos ganan muy bien, decía. Lo alucinaban los aviones. Varias veces me obligó a acompañarlo al aeropuerto cuando nos chachábamos. Nos apoyábamos en las rejas y veíamos a los aviones llegar y despegar toda la mañana. Aburridísimo.

Fuimos bordeando el río. Yo contaba mis pasos, como lo hacía Alfredo cuando íbamos al colegio caminando. Cada cien pasos, recogía una piedra y la tiraba con todas sus fuerzas a las mansas corrientes esperando sus saltos armónicos en la superficie del agua. Hice lo mismo.
—No tienes mucha fuerza.
—Difícil discutirte.

Lo acompañé a su casa y continué mi camino, perseguido por los ladridos intimidatorios de su doberman, con la cabeza levantada, buscando en el horizonte puntos refulgentes que se tornarían aviones al acercarse.

Era de noche. Papá miraba en la televisión *Columbo,* el aroma de su pipa se filtraba hasta mi cuarto, donde daba los últimos toques a *El misterio de la pluma estilográfica*. Escribí tres horas seguidas durante la tarde, y continué al volver de clases. Mi primer cuento original: apenas podía contener la exaltada felicidad ante mi creación. Instantes como éste, me dije, justifican la vocación artística. Lo tiene que leer Mauricio. Le va a encantar.

Aunque, no sabía. Últimamente había estado muy exigente conmigo. A pesar de los aplausos de los demás, no le había gustado para nada *La especialidad de la casa*. El final le había parecido efectista, además como que era muy obvio que algo raro estaba pasando en la cocina del restaurante. No le hagas caso, me dijo Tomás cuando le conté de la crítica de Mauricio. «¿Cómo le puedes hacer caso a alguien que se junta con Los Supremos?».

Hablé por teléfono con Camaleón. Estaba deprimido: su mamá había tenido una recaída.

—A mí no me quieren decir nada. Por eso se me hace que ésta es la definitiva.

—¿La vigésima es la vencida? No seas pesimista. Cuántas veces ya has dicho lo mismo.

—Esta vez ni siquiera me dejaron visitarla. Ya ni un tratamiento de desintoxicación la salva.

Traté de tranquilizarlo, ésa parecía ser mi función hoy, y me daba cuenta que los nuevos acontecimientos se iban, poco a poco pero sin descanso, superponiendo y enterrando la muerte de Alfredo. Ya nadie tenía tiempo para consolarme. Mientras yo, este último mes, me dedicaba a mirar hacia adentro, al dolor de la pérdida, a mis amigos también les ocurrían sucesos dignos de ser narrados y escuchados y lamentados. Tomás había perdido a Aura, Camaleón sufría el turbulento y prolongado naufragio de su madre y acaso de sí mismo, Mauricio recibía golpes físicos y verbales, y Conejo había desaparecido de mi radar. La vida breve continuaba, y había que dejar atrás a Alfredo después del ritual de los días de luto, prepararse para enfrentar lo que venía, que podía ser fascinante o atroz o fascinante por lo atroz o atroz de tan fascinante o fascinante y atroz a la vez, uno nunca sabía, pero en todo caso sorprendería, siempre sorprendía, la vida siempre sorprendía. ¿Por qué tenía que ser así? No lo sabía pero era así, y de esas dolorosas punzadas teníamos —no había otra opción— que sacar fuerzas para continuar. Lamentar las pérdidas, sí, pero, como decía *mister* Macbeth, también celebrarlas, porque nos daban ocasión para el lamento, para la reafirmación del frágil orgullo de vivir por el poco tiempo en que se nos había concedido el aliento.

¿Celebrar la pérdida de Alfredo? No. Todavía no.

Quizá nunca. Probablemente nunca.

Nunca.

Fui al cuarto de Silvia, no sé para qué, quizá a buscar charla, a confirmarle que era cierto lo que me había dicho de Lizarazu. Las cortinas estaban cerradas, apenas la opaca luz de la lámpara del velador en el recinto, en la penumbra los *Nighthawks* de Hopper. Estaba apagada la radio en la que Pablo Milanés daba sus conciertos nocturnos y los carilindos de Duran Duran intentaban despeinarse. Silvia estaba sentada en su cama, ojerosa. Me miró de reojo, me pidió que la dejara sola. Esta tarde se peleó con papá, la encontró dormida al llegar de sorpresa de su oficina y gritó que no era posible, una chica de su edad no podía estar tirada en la cama como si no tuviera nada que hacer, y «menos aún ahora que estamos sin empleada y hay tanto para limpiar». Estaba escribiendo en su diario, su mano torcida manchándose de tinta al arrastrarse sobre las letras, era zurda. Y el hecho de que ese día hubiera vuelto a escribir decía, más que cualquier otro hecho, del regreso a la rutina en nuestras vidas, una rutina en la que había que aprender a convivir con un dolor sumergido que de tiempo en tiempo saldría a la superficie, pero rutina al fin.

—Sólo te quería hacer una pregunta —balbuceé.

Dejó de escribir. Pensé en lo mucho que me molestaba cuando estaba escribiendo y me interrumpían.

—No, nada.

—Si tú lo dices —Silvia volvió a su diario.

—¿Eso es todo?

—¿Qué más quieres?

—¿No te pica saber qué te quería preguntar?

—¿La verdad?

Mamá era mi último refugio. Ella siempre estaba ahí para mí, para que yo pudiera regresar después de mi deambular por tierras inhóspitas. Echada en su cama, miraba la tele con concentración, una crema para las arrugas cubriéndole el rostro, un intolerable olor a palta podrida. Los aretes, pulseras y collares que había usado en el día estaban sobre el velador, al lado de una caja de *kleenex*. Había una vela encendida al lado de san Martín de Porres. Toqué la estatuilla de yeso del santo, el sonido reverberó en su oquedad interior.

—Tu nueva crema huele a podrido —dije, echándome a su lado.

—Es brasilera. Las americanas están muy caras. Francamente, no tuve coraje.

—¿Has ido a la Cancha?

—Todo lo de la Cancha es paraguayo. Compras un champú o un dentrífico americanos, y son como agua. Mejor pagar un poco más y te vas a lo seguro. Las brasileras son un mal menor.

Se me vino a la mente la imagen de la tumba de Alfredo, la simple lápida de mármol blanco sobre la que descansaba un florero con frescos jazmines del cielo. Trataba de visitarla al menos una vez por semana. El último domingo había ido con toda la familia, como si se tratara de un paseo campestre. Un rato de esos, Silvia se perdió con unos jazmines en la mano. Supuse que se había escabullido a visitar la tumba de su padre. Que no quería que papá la viera. Absurda precaución.

—Extraño a Alfredo.

Me acarició la cabellera, me dio un beso en la mejilla, oprimió con fuerza mi mano izquierda.

—No digas eso.

—¿Qué tiene de malo?

—No quiero pensar en eso. Estoy tan cansada... —suspiró—. Muy cansada.

Yo también.

—Te quiero mucho, mamá.

—Yo te amo. Te adoro.

Silencio.

—¿Cómo era tu primer esposo?

—Qué pregunta.

—Simple curiosidad.

—Muy buena persona. Era como mi papá, mucho mayor que yo. Una historia rara. Yo estaba enamoradísima de un chico que se fue a la Argentina a estudiar Medicina, éramos novios y todo. Víctor. Un día, después de dos años de estar con él a distancia, de escribirle cartas como descosida, me cansé de esperarlo y punto. Se me fue de la noche a la mañana. Y ya no aguantaba vivir en mi casa, mi mamá, Dios la tenga en su gloria, era una cascarrabias, me pegaba cada rato, me hacía la vida imposible, decía que yo era una coqueta de marca mayor, que sólo me interesaban los chicos. Que debía esperarlo a Víctor sentadita como en misa, sin ir a las fiestas, sin salir a la plaza a charlar con mis amigos. Debo reconocer que era una coqueta. Pero no era a la mala, eran cosas de mi carácter. Aún ahora tu papá se muere de celos cuando vamos a una fiesta, dice que sonrío mucho a los hombres, que les doy ideas.

—¿Y qué pasó con tu esposo?

—Nada. Para que veas lo que me interesa. Lo conocí, nos casamos, nació Silvia, eso era lo único que nos unía. Él me aburría como una ostra. Cuando pasó lo que pasó, yo estaba pensando seriamente en pedirle el divorcio.

—Pero tienes una foto suya en tu velador.

Hizo una pausa, se mordió los labios.

—Nada especial —dijo, tomando el portarretrato entre sus manos—. Ni me va ni me viene. Es sólo para pincharlo a tu papá.

—Qué decepción. Pensé que había toda una historia trágica y romanticona por detrás.

Me quedé en silencio, divagando, escuchando los aullidos de *Hércules* en el jardín. Recordé las palabras de Chino. Mauricio, Mauricio era la clave.

—¿Qué fue eso?

—Un aullido —dijo el padre Tejada—. Es el collie que se compró el padre Fabrizio. Lo tiene amarrado en el jardín. Pobre animal.

La oficina de Tejada tenía las cortinas descorridas y las ventanas abiertas (desde allí se podían leer, en las paredes de las casas del vecindario, los insultos a Belloni). Había un bonsái que no había visto antes, un par de cajas envueltas en papel de regalo. Eran los obsequios que habían comenzado a llegar, apenas se hizo oficial que Tejada se iba del colegio a fin de mes, a principios de la vacación de invierno. Era curioso: los padres de familia eran los que más se habían quejado a Belloni del comportamiento «moderno» de Tejada, pero a la vez eran los que más lo querían, al menos los de mi curso, que reconocían haberse vuelto a acercar a la Iglesia gracias a él, los curas en general tan solemnes y tan distantes, tan dispuestos a ofrecernos el infierno si disfrutábamos de la vida, si nos emborrachábamos o comíamos con gula o teníamos placeres carnales (y no era sólo de obra, uno podía también pecar de pensamiento, palabra u omisión, para ellos uno podía pecar de todo). Con Tejada, en cambio, en las *kermesses* y las peñas y las convivencias familiares en Fátima, uno podía, con confianza, acercarse a ofrecerle una tutuma de chicha y brindar con él, «seco, hasta ver a Jesucristo». Fuimos buenos pupilos suyos, pienso. Y se me ocurrió, por primera vez, que acaso Belloni tenía razón: los excesos de la promoción comenzaron tres años atrás, en Primero Medio, cuando Tejada nos hizo perder el miedo al castigo divino. Fuimos malos pupilos: confundimos el sano disfrutar de la vida con el más completo y desinhibido libertinaje. Le fallamos, y ahora él se iba.

Tejada lucía tranquilo, un aire anticuado o anacrónico gracias a su sotana negra (tenía un bautizo en pocos minutos). No estaba acostumbrado a verlo en uniforme de trabajo. Una curita en la mejilla derecha, un corte al afeitarse. Sus mostachos se me antojaban un manubrio colocado al revés en esa inmensa cara rectangular.

—Dicen que San Francisco es muy lindo.

—Así es, Roby —dijo con la voz resignada—. Lo hecho, hecho está, y no hay vuelta que darle.

Desaprobaba esa filosofía personal. Lo hecho no estaba hecho. Siempre había una vuelta que darle. Había sido muchas veces como él, un testigo del desfile, un neutral observador predispuesto a aceptar los incomprensibles, desaforados sucesos a mi alrededor. Alfredo, irónicamente, o quizá no tanto, me había permitido salir de mi terco caparazón. Había que practicar el arte de la paradoja y, a la vez, aceptar la realidad y rebelarse contra ésta, buscar el difícil equilibrio entre la asunción de lo que no se podía cambiar y el coraje de luchar por lo que sí se podía. Aun inventando argumentos, dejándome confundir en el bosque de pistas, yo había logrado sacarme los lentes —la opaca montura de carey— para ver y equivocarme por mí mismo. Padre, usted debía hacer lo mismo. Continuar su inicial rebeldía, arrojar el guante en la enjuta mejilla de Belloni, luchar hasta el final por lo que creía justo (aunque no lo fuera), por más que ello significara renunciar a los salesianos y a la Iglesia.

—Ya se me hizo tarde —dijo—. Sin mí no hay bautizo, la pobre *wawa* va a pescar un resfriado esperándome. ¿En qué piensas? Te noto muy callado últimamente.

—En nada, padre. En nada.

Tantas veces al día respondía la gente que pensaba en nada: parejas que estaban juntas un mes o treinta años, oficinistas que dejaban escapar su fantasía en bancos desabridos y recibían un llamado de atención de sus jefes, alumnos sorprendidos por sus profesores de Matemáticas o Historia en cierta estratósfera mental a la que nadie llegaba. Pero todos sabíamos que el pensamiento jamás se detenía y, vertiginoso, continuaba adentrándose en nuevos parajes, pensando en lo que no debía —¿cómo sería acostarse con una prima o una hermana, o con un hombre?—, pensando en extravagantes absurdos —crímenes perfectos, la ciudad del río Fugitivo—. Pensando incluso que no pensaba en nada.

—¿Nada? No te hagas al inocente. ¿Te acuerdas de aquella vez que me empujaste en Quinto Básico, Roby? —dijo Conejo, mostrando, al mascar chicle, que había perdido más de una muela—. Me fui contra los bancos, la puta, cómo me dolió la espalda. Fue la única vez que te vi enojado, aunque no me acuerdo de qué.

—Yo sí me acuerdo. Te robaste mi tarea de lenguaje, y la presentaste como tuya.

—Cierto. Y el profe se la creyó. ¿Qué será de Silhi?

—Dicen que murió.

—Era hora. Estaba más viejo que una pasa. Era un tipazo.

Sentados en la base del mástil, Conejo, Mauricio y yo veíamos a la selección de fulbito de mi curso jugar contra la de Primero en el patio, lleno de alumnos de Medio disfrutando esta mañana de sábado del campeonato relámpago organizado por Segundo. Perdíamos tres a cero (los de Primero estaban en excelente estado físico y jugaban con los dientes apretados, con la determinación de ganarnos), y ya no teníamos la atención puesta en el partido. Conejo y Mauricio parecían haber hecho las paces. Yo estaba inquieto: Mauricio me había dicho minutos atrás que había leído una novela de la Christie por primera vez, *Los crímenes de ABC*, y que el argumento le hizo mucho recuerdo a un viejo cuento mío.

—Estás loco —le dije—. Todo lo que escribo es mío de principio a fin.

—No lo tomes a mal. No lo digo con mala intención. Reconozco que eres muy creativo en general. Además, ¿qué tiene de malo tomar ideas prestadas de vez en cuando?

¿Lo decía sinceramente, o se burlaba de mí, insinuaba que sabía que mis cuentos no eran nada originales, que yo era un plagiador sin vueltas?

—¿Y se acuerdan de Bustos, el petizo ése que parecía recién llegado del campo?

—Nadie se le quería acercar —dijo Mauricio—, porque olía mal. Y el pobre temblaba al vernos. Nos tenía miedo.

—También —dije—. Nos la pasábamos haciéndonos la burla de él. Torrez le dejaba jabones en su maletín.

—¿Y qué nos dijo el Físico aquella vez que rompí el vidrio cuando jugábamos a fútbol, y él estaba en plena clase y los trozos llegaron a su mesa?

—Dignos hijos de Maquiavelo —dijo Mauricio, sonriendo—. Ésa fue la primera vez. Luego se le hizo manía y la repetía cada que podía. No estaba lejos de la verdad.

—Bueno, Mauri —dije—. Tú también rompiste un vidrio en las narices de don Bernardo, cuando te sacó del curso por no sé qué estupidez.

—Una vieja regla que duró una semana, la de no ir con *keds* a clases. No lo hice queriendo. Tiré un portazo y se cayó el vidrio.

—Nunca haces nada queriendo —dijo Conejo—. Entre chiste y chiste, eres un terrible. La vez que decidiste no ser presidente, y elegimos al Murciélago, y a las dos semanas no te gustó lo que hacía, y recolectaste firmas hasta lograr una mayoría, y lo llamaste una noche para pedirle al día siguiente que llevara las llaves del armario y te las entregara. Un golpe de Estado hecho y derecho.

—Éramos unos fetos y estaban de moda los golpes. Y tienen que reconocer que el Murciélago estaba dejando la cagada.

—Hubiera querido ver su cara cuando lo llamaste —dije—. Yo estaba contigo esa mañana, cuando te entregó las llaves. Daba pena.

—¿Sí? —dijo Mauricio—. No me acuerdo.

Gol. Tres a uno. Gritamos, aplaudimos.

—Y aquella vez —continué—, que nos fuimos a El Prado, y me invitaste a salteñas con la plata del curso, de las multas que te acabábamos de pagar por caer en tu famosa lista de indisciplinados.

—Qué suerte que ya no existe esa lista —dijo Conejo—. Me llevó a la quiebra en tres meses.

—Tiene razón Conejo —dije, la voz exaltada: se me venía a la mente, de pronto, un torrente de ejemplos para endilgárselos en la cara a Mauricio—. Entre chiste y chiste, eres un terrible. Lo increíble es que nadie se da cuenta. Las mamás y los profesores te adoran, y las chicas y nosotros confiamos en ti. ¿Cómo lo haces? ¿Me puedes dar la receta?

—Pasando a otro tema —dijo Conejo—. ¿Es verdad o no lo que dicen de Aura? Dale, confesá...

Mauricio hizo una carcajada franca y construyó una respuesta elusiva. Yo no quería pasar a otro tema.

—Eso más —dije—. Lo que le hiciste a Tomás. Meterte con Aura.

—Él terminó con ella —se defendió Mauricio—. No fue ella. Fue él. Su problema.

—Pero tú sabías que él estaba loco por ella. Tú sabías que le iba a doler.

—Iba a suceder, tarde o temprano. Mejor temprano que tarde.

Me quedé mirando su cabellera castaña fulgurando al sol, la nariz recta, los labios carnosos, el mentón firme. Y de pronto, vi sus mejillas despellejarse, sus ojos convertirse en una masa sanguinolenta. Vi lo que su intolerable belleza me había impedido ver por tanto tiempo. Y el pensamiento latigueaba, y las palabras de Chino eran un ácido que corroía. Chino no debió haber hablado; una vez que dejó sus peligrosas palabras en libertad, permitió que otros pensamientos proclives al misterio, a la sospecha, a la conspiración, a las teorías que develaban misterios, las utilizaran para sus propios fines. Mauricio era el Ajedrecista. Mauricio era el que le había vendido o quizá regalado drogas a mi hermano.

La idea tenía el tono inquebrantable, el fulgor diáfano, la convicción quemante de la verdad. Y de la certeza de haber descubierto al culpable de muchos crímenes perfectos, al deseo de la venganza, no hubo más que un breve paso esa mañana de sábado bajo el mástil sin bandera. «¡Hamlet, venganza!». Lo debía hacer por mí, y por Alfredo, y por todos aquellos —todas aquellas— que habían sido víctimas de las manipulaciones de Mauricio, de su insidioso carisma. Lo debía hacer de un modo contundente e irrevocable, para que no volviera a suceder, para librar al país futuro de un peligroso y alucinado político.

Silvia me lo había dicho por la tarde, tal como lo había hecho con los papis, tomándome por sorpresa. Sonreía cuando me lo dijo en el patio de la casa, mientras yo jugaba con la pelota de fútbol, acosado por *Hércules* y las proliferantes macetas de mamá. Por la noche, Jean-Pierre vendría a pedir su mano; pensaban casarse en julio, y después se irían a vivir a Venezuela, el nuevo destino del francés. ¿Silvia casada? Sonaba extraño, extragavante, un acto excéntrico. A la vez, tenía el tinte de lo predecible, de lo inevitable, del punto trivial en el que convergían los caminos.

—Felicidades —dije en tono neutro—. No te beso porque estoy mojado.

—Al menos podrías aparentar emoción, hermanito —dijo ella, dándome un beso en la mejilla, desapareciendo en un instante, dejando tras de sí un olor a pachulí, un vaho atosigante para *Hércules*, que se quedó ladrando como si la fragancia anunciara la pronta materialización de una maligna entidad incorpórea.

Era una suerte de fin. Imposible no ser visitado por la tristeza y la confusión. Pensé que mi desconcertada reacción inicial daría pronto paso a la felicidad por ella. Pero no, había llegado la felicidad pero el desconcierto no se había ido del todo. No entendía cómo era posible tomar una decisión tan importante como la del casamiento cuando sólo se quería a la otra persona y no se la amaba con intensidad (eso había hecho Annaliz y así le había ido). No entendía cómo se había armado Silvia de valor para resignarse a la indiferencia de papá hacia ella o para dejar a mamá, en el momento en que la casa se iba a pique y ella parecía muy dispuesta a zozobrar. ¿Y sus estudios? ¿Qué estudios? Quizá había pensado que sería difícil que en el futuro se le presentara otra oportunidad similar. Había un hombre que parecía amarla sinceramente, alguien trabajador sin más intereses que el cine y los paraísos artificiales. Quizá no era tan difícil de entender, después de todo.

Eran las ocho de la noche. Papá estaba en el *living* con un vaso de Etiqueta Roja en la mano y un saco verde petróleo necesitado de una planchada. Leía *Los Tiempos*, todavía era capaz de sorprenderse por los anuncios de huelgas y el aumento del dólar, la repetitiva pesadilla en que se había tornado nuestro presente. Mamá subía y bajaba a las carreras, agitada, un viejo vestido de gasa blanca que le quedaba muy apretado (había engordado un par de kilos), tintura Clairol en la ondulada cabellera castaña, demasiado maquillaje en las mejillas, y una media nylon corrida. «¿Me queda bien el vestido? ¡Mierda, esta tintura es muy clara!». Y yo estaba triste, por Silvia, e intranquilo, no por Silvia (confiaba en que ella sabría cuidarse), sino por lo que yo haría muy pronto.

Sonó el timbre. Mi hermana salió de su cuarto y se me acercó. Tenía un intrincado peinado de círculos concéntricos que olía a alcohol de peluquería, se había hecho hacer una permanente. Un vaporoso vestido rojo oscuro, zapatos negros de tiras entrecruzadas y tacón alto. Me abrazó con fuerza, en silencio, diciéndome con su cuerpo de nuestra infancia y adolescencia jugando The Game of Life en tardes lluviosas y armando casitas con colchas y frazadas. Y su cuerpo también me dijo de Alfredo, y de lo mucho que lo extrañábamos y lo extrañaríamos, y del dolor y del espanto. Y me dijo que ahora era yo el responsable de papá y mamá, y que debía acompañarlos durante el resto de su vida adulta y ayudarlos a sortear los obstáculos de la vejez. Todo había durado unos segundos, pero a mí me pareció un largo rato. Dios, qué difícil de tolerar era a veces la vida.

—Estás matadora.

—Deséame suerte —me susurró al oído—. Pero de verdad. Que te nazca de corazón.

—Mucha suerte, Silvita —le dije. Me dio un tierno beso en los labios, y bajó corriendo. Por la ventana la vi abrirle la puerta a Jean-Pierre, abalanzarse sobre él y besarlo con pasión. Los imaginé desnudos retozando en el *jacuzzi* de un motel cualquiera, y sentí celos del francés que no era tal. Fue sólo una ráfaga.

Esa semana el termómetro descendió en caída libre, y la enfurecida y persistente lluvia hizo llegar el río Rocha, anegó acequias y canaletas y envió a golondrinas y palomas a sus refugios poco protectores. El cielo se cubrió de múltiples matices del gris, filamentos de metal oxidado y esponjosas acumulaciones del humo de los incendios. La cordillera del Tunari amaneció con sus picos cubiertos de nieve, siluetas blancas en una acuarela de colores oscuros. El viento furioso amenazaba sacar de cuajo los eucaliptos del colegio. Protegidos por chamarras y gorros, mis compañeros y yo nos sentábamos bajo el gran escudo de metal del Don Bosco, en el patio cubierto, cerca de la biblioteca, y hacíamos bromas mientras veíamos a la casera en la puerta, vendiendo sus dulces y tratando de protegerse de la lluvia, sin mucha suerte, con un toldo de plástico. Veíamos llegar a los profesores, a Montes en su bicicleta de albañil —el desagradecido pago de la Historia a sus esfuerzos—, a *mister* Macbeth con su cansino andar y sin paraguas, impertérrito, como si en el universo en el que vivía esos días, la Inglaterra de Shakespeare a fines del xvi, no hubiera estado lloviendo en ese instante (pero sí llovía, lo probaban su cara de pato en remojo y su saco necesitado de una exprimida). Al Doctor No y la Sulfúrica en su *jeep* rojo, juntos como si los rumores no fueran más que eso, rumores, o como si el amor del uno por el otro fuera tan fuerte que permitiera soportar infidelidades, y diferenciara entre sentimientos verdaderos y turbias escapadas. ¿Quién podía saber qué anidaba cerca del corazón salvaje de las parejas?

Sólo los de Básico disfrutaban de la lluvia. Los veía correr entre las canchas de fulbito, persiguiéndose en un juego perverso, tratando de alcanzar y hacer caer de una zancadilla al compañero, que se levantaba del suelo mojado de la cabeza a los pies y con una carcajada sonora. Yo había sido uno de ellos, una regla en mi mano y pateando charcos para mojar a Conejo o a Mauricio o Camaleón, el placer de la lluvia cayendo en mi rostro. ¿Dónde estaban esas mañanas? ¿Dónde? El alud de los días se llevaba mi infancia consigo, mientras yo proseguía mi carrera frenética hacia el mundo de los adultos y luego hacia el fin.

—¿Así que tu hermana se casa? —dijo Pavo—. Invitarás a la boda.

—Para que así chupes como te gusta —dijo Camaleón—. Gratis.

—Silvia —dijo Conejo con tono lascivo—. Qué pérdida para la humanidad.

—En días como estos —dijo Tomás al lado mío, la voz queda para que nadie lo escuchara—, la extraño.

—Porque en días como estos —susurré—, la tuve entre mis brazos, mi alma no se contenta con haberla perdido.

—*Fuck you*.

Apoyé mi brazo derecho en sus hombros, y recordé el lugar común de una tarjeta, y lo dije:

—Después de la tormenta sale el sol.

—Y Siles es un buen presidente.

Hubo esos días antes de San Juan algunas noches en duermevela, acosado por la imagen de Mauricio, envolvente, tratando de seducirme con su sonrisa. Le faltaban piezas a mi rompecabezas lógico, había ciertas inconsistencias, algunas tortuosas volteretas de mi intelecto. Pero me decía, para ahuyentar la imagen, que la lógica no era suficiente, nunca lo había sido y nunca lo sería. Hubo también dos momentos simbólicos, en los que di oportunidades a Daza y a Tejada para que evitaran que hiciera lo que ya había decidido. Como si, en el fondo, no quisiera hacerlo, pero me sintiera con la inevitable responsabilidad de llevarlo a cabo. Pero ellos no se dieron cuenta de mi pedido silencioso, o acaso no quisieron darse cuenta.

A Daza fui a visitarlo a su oficina cerca de la plaza principal. La avenida Heroínas estaba llena de vendedores ambulantes y campesinos que la sequía desplazaba de Potosí. Apoyados contra las paredes, mascando coca y pidiendo limosna, tenían un aspecto lamentable. Sucios, ateridos de frío y con los rostros cruzados por arrugas, parecían más viejos de lo que eran. Tiré monedas a un par de sombreros que me salieron al encuentro, sabiendo que no solucionaba nada, ni su hambre ni mi ligera sensación de culpa, por no sufrir como la mayoría los furibundos embates de la crisis, por ir al Don Bosco y vestirme bien—la chamarra de plumas de ganso que me protegía contra la lluvia—, por haber nacido lejos de la miseria en un país en que ésta era ley. Una ligera sensación de culpa. Había que aprender a vivir con ella.

Dejé mi carné en la puerta del edificio de la policía. Un grupo de uniformados de verde oscuro hacía ejercicios en el patio de cemento resquebrajado; parecían cortados a la misma medida, tez cobriza, ojos achinados y alrededor de uno sesenta de altura (era obvio que ellos no eran iguales pero yo los veía así, y supuse que ellos también nos veían iguales a nosotros, la tez clara y la arrogancia en el rostro).

Daza me hizo pasar a su oficina de luz crepuscular, me senté en un sillón que me hizo recordar al sofá de mi abuelo, los resortes ya vencidos. Daza volvió a su asiento; vi en el escritorio la foto de una mujer joven y me sorprendí: no se me había ocurrido que tuviera una vida privada más allá de los confines de su trabajo. Vi también la foto de un adolescente vestido de policía, Daza acaso orgulloso de tener un hijo que siguiera sus pasos, o acaso no, acaso hubiera preferido un abogado o un economista, solía ocurrir.

—¿Cómo estás, querido Roby? ¿Qué te trae por aquí? ¿Te gustan mis aposentos?

Mis ojos recorrieron las paredes verde lechuga, que exhibían, detrás de Daza, el escudo de Bolivia, un póster de Rambo, y el calendario de una mujer semidesnuda invitándonos —incitándonos— a beber Taquiña. Me llamó la atención la ausencia de la foto oficial del presidente de la República, obligatoria en todas las oficinas públicas.

—Muy sencillos.

—Ésa es la intención, y me gusta que te hayas dado cuenta de eso. Hay gente que porque está volando alto se cree la muerte. Pero no, hay que mantener la humildad. Hay que dar ejemplo a nuestros subordinados. Que sepan que el inspector Daza jamás ha visto ni verá una coima. Las cosas que se ven cada día, Roby, ni las creerías. Oficiales de lo más rectos que se corrompen, si no es un político que quiere que le dejemos pasar un contrabando es el narcotráfico que ni siquiera quiere que hagamos algo, simplemente que no hagamos nada, que hagamos la vista gorda. Y claro, con estos sueldos miserables la tentación es muy fuerte y es fácil caer. Siles de mierda. Disculpa la palabra. ¿Cuándo aprenderemos? Ya dejó el país hecho añicos la primera vez que fue presidente. ¿Por qué tuvimos que volverlo a elegir? Es que no tenemos memoria. Bien hecho, nosotros solitos nos lo hemos buscado.

Hizo una pausa.

—No te aburriré más con mis quejas. ¿En qué te puedo servir? *How can I help you?* Estoy tomando clases de inglés, hay una beca de especialización a los States, de un añito. Los gringos sí que tienen contentos a sus policías, les pagan de lo más bien.

Entonces le conté con voz urgente lo que él ya había escuchado de boca del mismo Chino. Narré, aunque seguro que también lo sabía, la leyenda del Ajedrecista, y cómo pensaba que Mauricio había decidido convertirse en el nuevo Ajedrecista. Conté algunas anécdotas personales que retrataban a un Mauricio de una inteligencia y un carisma excepcionales, ambas características acompañadas por una inhumana frialdad a pesar de la aparente manera fácil que tenía de forjar un vínculo emocional con todos aquellos que ingresaban a su cada vez más amplio radio de acción. Mencioné, al final, aquella vez que lo había acompañado a contratar un equipo de amplificación para la peña folclórica, y cómo creía que valía la pena investigar aquella casucha de La Cancha, posible refugio de traficantes de drogas.

Daza me miró con aire incrédulo. Sacó un pañuelo sucio del bolsillo y se limpió la nariz. Su silencio me hizo empequeñecerme, convertirme en una moneda que caía entre los intersticios del sillón y jamás era recobrada.

—¿Por qué? ¿Por qué hizo todo eso?

—¿Mauricio?

—No va a ser Batman. ¿O de quién estamos hablando?

Tartamudeé.

—Bueno... Descubrir eso es su trabajo. ¿O se lo tengo que dejar todo mascadito?

—Bromista, el muchacho. Mientras no haya motivo, lo que me estás diciendo son cuentos chinos.

—No sé. Quiero decir, no estoy seguro. Pero quizá... es sólo una hipótesis, pero quizá. Mauricio siempre se ha creído más inteligente que nosotros. Pero no es sólo eso. Hay algo en él que lo lleva a mover los hilos desde atrás. Como si quisiera controlar la acción, pero que a la vez no se sepa que es él el que la está controlando. Por afuera, un demócrata, y por dentro, un hijo de puta de marca mayor, que se burla de nosotros, de nuestra incapacidad para darnos cuenta que es él quien, en el fondo, está controlando la acción. No sé si me explico.

Daza me dio la espalda un largo rato, tenía un sillón giratorio. Me quedé viendo a la rubia modelo de Taquiña, la larga y rizada cabellera cayendo sobre la cara y tapándole los ojos.

—Roby, escúchame —dijo Daza al fin, volviendo a enfrentarme—. Confía en mí. Antúnez es una ficha clave del rompecabezas. Él era el que vendía droga en el Don Bosco. Él era el que se la vendía a tu hermano. A través de él llegaremos a descabezar la organización porque no es sólo él, hay un par más.

—No hay pruebas suficientes para acusar a Chino.

—Sí las hay.

—¿Cuáles?

—Saldrán a la luz a su debido tiempo... —me miró con compasión—. Roby, aunque no lo creas, sé muy bien lo que te ocurre. En tu lugar, estaría igual. No es fácil perder a... Dios, no quiero ni pensarlo.

—No estoy desesperado.

—Sí lo estás, no lo niegues. Lo único que te pido es que confíes en mí. El culpable indirecto de la muerte de tu hermano está tras las rejas, y daré todo de mi parte para que reciba el castigo que se merece. La venganza es ch'amuña. Por supuesto, la justicia es la mejor forma que tenemos de vengarnos. Reconozco que en este país la justicia no es nada confiable, y a veces, a veces dan ganas de tomar un atajo... ¿Tú crees que Paz Estenssoro y Siles van a enfrentar algún día un juicio de responsabilidades, por las atrocidades que cometieron en los cincuenta contra sus opositores?

Daza tenía el rostro desencajado. Sentí que era inútil, que no me escuchaba, que no escuchaba a nadie, que jamás salía de su mundo obsesivo en que todas las iniquidades, todas las desgracias que le sucedían a él, a la gente que conocía o al país tenían en Siles a su responsable directo. No debía de ser fácil vivir así, con tanta rabia atravesada en la garganta. Yo no quería vivir así. Quería expulsar mi rabia lo más pronto posible. Salí de su oficina en silencio.

Fui a ver a Tejada el sábado por la tarde. Él me entendía, él lograría canalizar mis deseos de venganza hacia algo positivo. No le diría lo que se me había ocurrido hacer, pero sí le haría ver que las últimas semanas había tenido pensamientos desagradables. Toqué el timbre de la comunidad salesiana. En la calle enlosetada los charcos reflejaban el movimiento de los jacarandás. Un anciano en bicicleta cruzó a mi lado, noté que le faltaba una oreja. En la pared del frente leí: BELLONI SE LA COME. Debía ir a San Sebastián, a escribir mi grafiti. Debía elegir un verso que me representara.

Nadie respondía. Supuse que el vino de damajuana que los curas solían tomar en el almuerzo los había enviado a una siesta pesada, con saliva chorreando por las comisuras de los labios y acaso un sueño mojado. Luego me acordé que a Tejada le gustaba trabajar los sábados en su oficina. Di la vuelta, entré al colegio por la puerta principal. El patio y la cancha de pasto tenían una apariencia fantasmal en la tarde grisácea: tanto silencio y vacío eran intolerables. Había paz, pero era la paz de los cementerios. No podía concebir el edificio de un colegio sin bullicio, sin niños y adolescentes insultándose y gritando desaforadamente.

Estaba cerca del quiosco de doña Julia cuando vi, de pronto, a Alfredo corriendo solo en el patio, su melena castaña oscilando en el viento leve y mojándose bajo la leve lluvia, la camisa gris con el Demonio de Tasmania en el pecho, los labios pintados y el reloj que yo le había regalado en su cumpleaños.

Pestañeé. Alfredo había desaparecido. La bandera de Bolivia era un triste trapo mojado al final de un fino tubo de hierro oxidado.

Subí las escaleras a grandes zancadas. Llegué al segundo piso. Me dirigí a la oficina de Tejada. Me detuve en el *hall* oscuro y silencioso. La puerta de la oficina estaba cerrada, pero las luces estaban prendidas. Me acerqué con sigilo. A tres pasos de la puerta, me detuve: el silencio se había convertido en un rítmico murmullo. Agucé el oído. El murmullo se convirtió en gemidos. Frenéticos, apremiantes, exhaustivos.

Me di la vuelta y volví a casa.

33

Había pensado en utilizar el revólver que mi abuelo me había regalado, ir a su casa y, aprovechando una distracción suya, robarle algunas balas. Pero en el aire de la ciudad había el olor a azufre de los cohetes que los niños reventaban en los días previos a San Juan, la fragante estela de las luces de bengala, y se divisaban en el horizonte puntillistas columnas de humo, las fogatas de gente que no podía esperar a celebrar la fiesta. Al cruzar por el Topáter —incansable, aburrido Eduardo Abaroa—, vi el fuego de los mendigos que vivían bajo el puente, la lumbre que chisporroteaba y elaboraba figuras caprichosas, fugaces garabatos, y me quedé un cuarto de hora observándolo, extasiado. Eso terminó de decidirme. Seguiría el ejemplo de Alfredo.

Pensé que había nacido para ser un Poirot, un Ellery Queen, un Mario Martínez, incluso un *Blade Runner*. Que había nacido para descubrir crímenes perfectos. Pero no. Más que descubrirlos, yo los concebía. Era el detective, pero también el criminal. Era fascinante utilizar la razón para encontrar al culpable, pero era más complejo, mucho más misterioso y seductor, seguir impulsos oscuros y utilizar la razón y lo que estaba más allá de ésta —el instinto y sus excesos— para planear un crimen perfecto, justificado pero crimen al fin. Yo escribiría mi futuro, pero a la vez sabía que estaba siendo escrito por un hermano que supo rendirse, antes que yo, al violento animal que convive con el ángel en nuestro interior, y a veces lo muerde y a veces lo destroza. Nosotros escribíamos, pero a la vez estábamos siendo escritos por antepasados de los que quizá no sabíamos nada, por otros Lizarazus que nos habían legado cualidades harto más perversas que la tentación de la escritura.

No había nadie en casa. Saqué un Chicolac del refrigerador y encendí la radio. Desabastecimiento de pan. Largas colas en las gasolineras. La COB convocaba a otra huelga general. Siles pedía calma a la nación, se reunía con su gabinete y se aprestaba a lanzar un nuevo paquete de medidas económicas. La Universidad había vuelto a ser clausurada. El dólar en el mercado paralelo se cotizaba a 5.000. Se estimaba en 200% la inflación del mes. Cambié de estación. *Every breath you take, every move you make...*

Entré al cuarto de Silvia en penumbras. Descorrí las cortinas, dejé entrar la deslavada luz del día. Creí reconocer un tenue olor a incienso. Traté de abrir el cajón de su velador. Estaba cerrado con llave. Me quedaría sin leer su diario. *Modern Woman Lived Thus, and Modern Man Did Not Have a Clue.* Había estado con ella por la tarde, y quería saber más de lo que pensaba y sentía. Seguía abusando del negro en sus vestidos y chaquetas, en sus medias y pantalones: su fase *dark* no se acababa nunca. Más que feliz, la había notado satisfecha. Mencionó, cómo no, la absoluta indiferencia de papá hacia ella, agudizada desde la muerte de Alfredo: «Cuando le dije que me casaba, fue como oír llover, como si nada importante estuviera a punto de ocurrir. En el fondo creo que le gusta la idea de que me vaya». En cuanto a mamá, le daba mucha pena dejarla sola, se sentía culpable pero no estaba dispuesta a que eso interfiriera en su decisión: «La escuché murmurar "para eso cría uno hijos, para que se vayan", y sé que lo dijo para que la oyera, aunque se hizo la loca. Claro, no le molestaría si tú te fueras, sí si me voy yo. Pero es cierto que Jean-Pierre le encanta». Me dijo, abrazándome, que me quería mucho y me extrañaría, y le preocupaba, cada vez me notaba más absorto y reconcentrado, «quién lo hubiera dicho, parece que eres al que más le afectó lo de Alfredito».

—Silvia... —dije cambiando bruscamente de tema—. ¿Te puedo hacer una pregunta? Pero es muy íntima.
—No me asustes.
—No sé si debería.
—¡Qué vueltero que eres, por Dios!

Había pensado muchas veces en hacérsela, jamás con la convicción que acababa de visitarme, con la certidumbre de que ésa, y no otra, y en ese momento, y no en otro, era la pregunta que quería hacerle.

—¿Pasó algo... pasó algo entre Mauricio y tú?

Silvia frunció el ceño, hizo una expresión de asombro.

—Disculpa, ya sé, no debería preguntártelo.
—¿A qué viene eso?
—Hace unos años hubo rumores en mi curso. Y Mauricio venía a la casa con frecuencia, y por esa época dejó de venir. No es nada en particular. Curiosidad, supongo. Me acordé el otro día.
—Tengo un hermano celoso —canturreó ella—. Tengo un hermano celoso...
—No es eso.
—¿Y qué tiene de malo que lo sea? —dijo, y de pronto, cambió su tono juguetón y continuó, la voz seca, deletreando las palabras—: No pasó nada.

Y añadió, con una mueca burlona:

—Al menos, nada que te interese.

«Quién lo hubiera dicho, parece que eres al que más le afectó lo de Alfredito.» Me quedé, en el cuarto de mi hermana, mirando la foto de Alfredo en el marco de plata bruñida en el velador, limpiando el polvo acumulado en el vidrio. Me senté en la cama. ¿Quién había sido mi hermano? Era una pregunta obvia y patética, y nunca me la había hecho con urgencia en el tiempo presente. Toqué los labios y los hoyuelos que yo hubiera querido tener, la nariz recta y la despeinada cabellera, la travesura en la sonrisa y la picardía en el rostro, el cuerpecito que solía enfermarse con facilidad. ¿Quién había sido mi hermano, y qué había sido yo para él? Si todos los misterios de esa época se desplegaban en círculos concéntricos, esas preguntas rozaban el núcleo sólido del laberinto, llegaban al lugar donde la piedra había hecho contacto con el agua —las ondas alejándose de ese punto—, al enigma que abarcaba y trascendía a los demás enigmas.

Busqué en el garaje la lata de gasolina que tenía papá para emergencias. No notaría su falta, al menos no por unos días. Debía esperar a que las largas colas amainaran. Conseguir gasolina, hoy, me hubiera tomado toda la tarde. Luego busqué y encontré Poxipol entre los cajones del escritorio de la «pieza nueva». Estaba todo en orden. Caminando por el jardín, me fijé en los pinos majestuosos y polvorientos y pensé en la oleada de incendios en casas con pinos. Era tan fácil incendiarlos, el fuego se extendía a través de ellos con tanta facilidad que seguro a los pirómanos se les hacía agua la boca con solo verlos, dignos y sobrios, resguardando residencias impenetrables, impidiendo que ojos curiosos pudieran ver los dramas y melodramas que se desarrollaban en ellas.

Mi tía vendría al día siguiente a visitar a mis papás, a jugar loba. Ésa sería la noche: no era cuestión de que justos pagaran por inocentes. Alrededor de las once, Mauricio estaría haciendo tareas, o viendo un policial en la tele, o leyendo a Vargas Llosa o, Dios no lo quiera, recibiendo la visita de Aura y haciendo el amor con ella en la cama de su madre, doble plaza, más espacio que en la suya para retozar.

El martes en la tarde fui al cine con Camaleón. Camaleón quiso fumar un pitillo, le dije que no lo hiciera a mi lado.

—Puta que te has vuelto.

Fue al baño y tardó en volver. Cuando lo hizo, aspiraba aire por la nariz como si la tuviera tapada.

Quise decirle que parecía que el triste ejemplo de su hermano no le había servido de nada. Pero no lo hice.

—Al menos no lo hagas cuando salgas conmigo —fue lo único que le dije.

—No me jodas —respondió.

Hubiera querido amenazarlo con dejar de ser su amigo si lo seguía haciendo. Pero no lo hice. Hiciera lo que hiciera, no podía dejar de ser su amigo.

Nos salimos antes de la segunda película, para llegar a clases. Me tentó contarle lo de Tejada, pero luego me dije que no. Me había equivocado con él y me sentía engañado, pero tampoco quería que una escandalosa fina sobre él se esparciera en el colegio. Eso era lo menos que podía hacer, no por el Tejada que acababa de conocer sino en homenaje al que había conocido durante los últimos cuatro años.

En clases, Lanza me pidió un par de poesías para Raquel.

—¿Raquel? ¿Quién es Raquel? ¿Y Michelle?

—Terminamos —dijo en un tono rencoroso—. Raquel está en el curso de Michelle, y me gusta.

—No será que quieres mandarle poemas para que Michelle se entere y se muera de celos.

—Para nada. Me gusta de verdad.

—Haré lo posible aunque últimamente me está fallando la inspiración poética. Soy muy prosaico.

—Unita aunque sea y no te jodo un buen tiempo.

Asentí.

—Una cosa más... Que no sean muy intensos. Que no sean muy románticos. Sabes.

Sabía.

Conejo me invitó a su fiesta de San Juan, le dije que iría; descubrí, incómodo, una nueva y más gruesa cadena de oro en el cuello. Resistí apenas a la tentación de preguntarle de dónde había sacado dinero para comprarla.

—No digas sí, y luego no te aparezcas. Si es sí, que sea sí. Y si es no, que sea no. Eres un falluto de mierda. ¿Sí o no?

—Quizá.

Mauricio se me acercó y me preguntó dónde pasaría San Juan. Le quedaba bien la colita. Metí las manos nerviosas en los bolsillos, me mordí los labios, que temblaban. Evité mirarle a los ojos, mi mirada se dirigió a una pequeña mariposa nocturna que se había colado por la ventana del curso y revoloteaba al lado de los reflectores. ¿Qué diría de *El misterio de la pluma estilográfica*? Seguro no le gustaría. Efectista, ininteligible, bla, bla, bla.

—En casa de Conejo. Aunque no estoy muy animado. ¿Y tú?
—Tengo una fiesta de Los Supremos. ¿Los conoces?
—¿Ese grupito de alzados de El Prado, los que se creen la muerte?
—Son buenos tipos. Me han invitado a formar parte de su grupo. Iré a la fiesta, veré que pasa. Luego me daré una vuelta por casa de Conejo.
—Nos vemos ahí entonces.

Barahona había ido borracho a clases y eructó cuando el Físico nos explicaba el fenómeno de la entropía. Fue expulsado sin contemplaciones. Me volví a casa caminando junto a Conejo, como en los viejos tiempos. Conejo no paró de hablarme de Chino, de lo mucho que lo extrañaba, Chinatown no era lo mismo sin él, era un reventado pero valía diez puntos, no como otros de lo más correctos que no valían nada.

—¿Te refieres a Mauricio?
—No. Mauri tiene sus cosas, pero en el fondo es un buen tipo. Cree que es más vivo que todos nosotros juntos, y cree que nosotros no sabemos que él cree en eso, pero por lo demás es buena onda. Se hace el *playboy* con las mujeres, y ha tenido sus éxitos, pero no me aguanta una pasada. Se dedica a las caritas bonitas, las hijitas de papá, que son las que más fácil caen pero luego son pura charla, no dejan que les toques ni la oreja. En cambio yo tengo un surtido más amplio, pero donde pongo el ojo pongo la bala.

Cuando nos separamos Conejo seguía hablando de sus conquistas. Era simpático aunque muy arrogante en el tema mujeres. Era cierto que era muy atractivo, sobre todo de perfil, su nariz un resbalín perfecto pero sus grandes incisivos arruinaban la armonía del conjunto. Las chicas parecían no quejarse y estaba bien así. Pensé que acaso, si le contaba lo que haría en la noche, volveríamos a ser tan amigos como antes. Por supuesto me callé.

Cuando llegó mi tía, me saludó con mucho cariño. Envuelta en una falsa piel de armiño y con grandes aretes de perlas, estaba de buen humor. Le pregunté por su hijo. Me dijo que se acostaría temprano, quería estar descansado para la jarana de mañana.

—¿Vas a pasar San Juan con él?

—No creo.

Esperé hasta que mis papis, mi tía y una vecina estuvieran inmersos en la partida para salir de la casa a la noche fría y ventosa. *Hércules* me movió la cola, me deseaba suerte. Salí justo cuando Sandro y Annaliz llegaban en su Honda. Protegido por las sombras los escuché discutir a gritos mientras él metía el auto al garaje y ella se sacaba los zapatos en la puerta. Vi la silueta de ella haciendo equilibrio con un pie. Era una mujer alta. Me dio pena su futuro de peleas e infidelidades.

Esperé a que apagaran las luces de la casa antes de continuar mi camino.

Llevaba la lata de gasolina y un *spray* de pintura roja en una bolsa de yute en la mano, el Poxipol y una caja de fósforos brasileros en el bolsillo. Faltaban quince minutos para la medianoche. Me dirigí caminando al Mirador, bordeando la acequia de la Melchor Urquidi, las espectrales siluetas encorvadas de los sauces llorones a los costados. Vi una profusa cantidad de casas con pinos. Crucé la avenida América, subí una cuadra pedregosa y luego doblé a la derecha, hasta llegar a la subida del Mirador. No tenía miedo a que me vieran. No tenía miedo a nada. Mis nervios parecían haberse congelado con el frío, mi corazón parecía no latir, mi ansiedad había desaparecido. Había intentado que me detuvieran, y cuando no lo hicieron tuve la convicción de que haría lo que tenía que hacer, no porque fuera lo correcto sino porque no podía ser de otra manera, para que lo hecho estuviera hecho por los siglos de los siglos. Lo haría, y sería un accidente, o una travesura de unos niños jugando en la víspera de San Juan, o la obra de un pirómano, y Daza, el inútil Daza, el ciego Daza, no encontraría al culpable y lo achacaría a la hiperinflación de Siles.

Una peta amarilla se detuvo al lado mío, una mujer bajó la ventana y me preguntó si conocía la calle Sanzetenea. Le dije que no. La mujer tenía la tez muy pálida y una peluca rubia con un cerquillo que le cubría la frente. Con un poco de esfuerzo, ella era la temible Pris de *Blade Runner*. Hubo unos segundos en que ella dejó de ser ella y yo vi a Pris con su mueca letal. Me quedé mirándola con los ojos bien abiertos.

—Este tipo parece que está jalado.
Ella y sus amigas se rieron con una risa histérica, una risa que era un eco extraño de la voz del cantante de Men at Work en la radio a todo volumen. Me ofrecieron una cerveza en lata, les dije que no, gracias. La peta partió y la calle volvió al silencio.

La casa del Ajedrecista se encontraba aislada en un promontorio. No había luces, no había en las ventanas del piso de arriba el resplandor de una televisión encendida. No había signos de vida, ni en la casa ni en los alrededores. El Ajedrecista probablemente dormía. Vi mi reloj: eran las doce y diez. Debía apurarme. Me acerqué hacia la casa hasta que mis manos tocaron el pino, de ramas que parecían haber sido niveladas recientemente. Recordé mi primera borrachera, cuando el Ajedrecista me dejó en la puerta de mi casa y me recomendó que comiera pino para tratar de burlar el examen que mamá haría de mi aliento (no pude burlarlo). Habíamos sido tan amigos.

Pero no era verdad. Él nunca me había visto como su igual, y yo tampoco me sentí así. Yo era apenas un insecto atrapado en el brillante resplandor de su luz. Era apenas una víctima más de su insidioso carisma, tal como lo éramos todos, intercambiables juguetes en sus manos, blancos móviles con quienes practicar el incansable y egocéntrico juego de la seducción, que todo lo quería, que todo lo deseaba, que comenzaba atrapando un curso y ya pronto quería una ciudad y después el país.

Imaginé que, si ése fuera el clímax de una película de Hollywood o de una novela, debía haber una confrontación final (¿cuántos minutos duraba en *Blade Runner* el encuentro entre Deckard y Roy Batty?). Yo tendría un revólver en la mano, y el Ajedrecista imploraría perdón, y yo no le haría caso, y antes de disparar le recitaría la letanía de razones por las cuales lo hacía. Le daría muchas razones, le diría que había desenmascarado el misterio del Ajedrecista. Terminaría diciéndole, entre gritos y llantos, que lo hacía particularmente por Alfredo, que había muerto antes de tiempo, dejándome con un dolor inconsolable, con una pena que me acompañaría el resto de mi vida. Alfredo había muerto cuando no era ni siquiera una promesa de lo por venir, cuando era apenas un infante que entremezclaba peces en acuarios con incendios en lotes baldíos. El Ajedrecista debía pagar con la misma moneda, dejar de ser el que podía haber sido en su florecimiento maligno.

Pero no quería enfrentar al Ajedrecista. No quería darle una oportunidad para que utilizara la magia prestidigitatoria de su carisma y me convenciera de no hacer lo que quería hacer, lo que tenía que hacer.

Debía apurarme. Saqué el *spray* y escribí en las blancas paredes unos versos que había encontrado por casualidad, precisos para la ocasión: Al contacto del secreto que fluye, del tiempo que se detiene, del fuego que se consume, y del hielo eterno y presente, todo ojo, toda imagen, arderá en llamas y se quemará. Pensé que así unía en una persona al Poeta y al Pirómano, le daba a la policía un sospechoso, una enigmática pista con la que distraerse. Había querido escribir un grafiti en la pared de San Sebastián, pero aquí era mejor. Cuando terminé, entendí las ganas de mamá de sacarle una foto a todo hecho con el más mínimo trazo de memorable. Hubiera querido sacarle una polaroid a esos versos rojos en el blanco intenso de la pared.

Había traído el Poxipol para esparcirlo en los cerrojos de las puertas de entrada y del garaje, para evitar que el Ajedrecista saliera de la casa en caso de que tuviera tiempo a reaccionar al avance de las llamas. Era una burda idea: eso convertiría el acto del Poeta-Pirómano en un crimen premeditado. Decidí no usarlo. Le daría una oportunidad a Mauricio. Pensé que el viento ayudaría a la rápida propagación del fuego.

Me fijé en el cielo sin estrellas, preguntándome dónde andaría la de Alfredo.

Me di la vuelta. No había nadie, regía un silencio quebrado a ratos por el aullido de un perro lejano.

Pensé en los crímenes perfectos de mi abuelo y mi padre, en la diferencia que existía entre matar por decisión propia y matar siguiendo las órdenes de otros, superiores jerárquicos de los que jamás conoceríamos sus rostros. ¿Existían diferencias entre una cu-

chillada por la espalda una madrugada de regreso a casa, y un disparo en el pecho con un revólver de cacha nacarada en el frente de combate, un rojizo crepúsculo?
Habría que preguntárselo a Mauricio.
Esparcí la gasolina en el pino. Luego encendí un fósforo, lo tiré, y me eché a correr.
No paré hasta llegar a la América. Divisé, en la distancia, el resplandor anaranjado de la casa solitaria envuelta en llamas, y tuve un súbito ataque de culpa. Di algunos pasos como intentando volver. Era tarde. Me persigné.

Epílogo

¿Ocurrió así? Ya no lo sé con certeza. Han transcurrido trece largos años, y muchos pensamientos y sensaciones se han superpuesto a los originales, de modo que mis recuerdos de aquellos días son en gran parte invenciones, fabulosos trabajos creativos de la memoria, mágicas e incesantes reconstrucciones de las ruinas de lo real. Ya no sé qué fue exactamente lo que pensé y sentí, y lo que el trabajo del tiempo fue acumulando durante estos años de paciente vigilia. Está bien así, supongo. Podemos ir en busca del tiempo perdido a condición de que sepamos que nos está vedado recuperarlo de verdad.

A Chino le dieron dos años de cárcel, por venta de drogas, pero Daza jamás pudo probar sus conexiones con el Conejo y el Salvaje. Hace poco me crucé con él, el sábado veintiséis de diciembre, día que habíamos escogido para la reunión anual del curso. Nos encontramos diecisiete de los cuarenta esa tarde, en el banco de la Quintanilla, al frente de un Don Bosco ya irreconocible para nosotros, un monstruo de cemento sin encanto alguno —aunque siempre añorado y querido en algún lugar del corazón—. La cancha de pasto había desaparecido, ahora había un coliseo de fulbito en vez de una cancha de tierra y más edificios por todas partes. Ahora se graduaban en manadas, parece que había Cuarto Medio Rojo y Azul y Amarillo y Violeta y Fucsia, y así sucesivamente. Llegué temprano junto a Tomás y Camaleón, a quienes no veía con frecuencia (a Camaleón nunca le perdoné el que me hubiera engañado con los anónimos de la banda del Ajedrecista de los que había resultado ser el autor. Me lo confesó durante la borrachera en la noche de nuestra graduación: «Era una broma, campeón, estabas tan obsesionado con el tema del susodicho Ajedrecista», y yo, por toda respuesta le tiré un puñete que le dejó la nariz hinchada). Tomás pasó a buscarnos en su flamante Honda Prelude, estaba casado con una chilena y tenía un trabajo muy bien remunerado como consultor de inversiones. Había vuelto de Santiago dos años atrás, su papá tenía cáncer de pulmón, además extrañaba Cochabamba, sobre todo su comida y su ritmo de vida, y no soportaba a los chilenos, que cada vez se parecían más a los argentinos. Se había dejado crecer el pelo rubio, tenía barriga, parecía más grande que antes. Camaleón tenía barba y seguía viviendo con sus papás; todavía se vestía como un adolescente, poleras y *jeans* rotosos, y seguía moviendo las manos con ansiedad. Cambiaba de trabajo cada rato y tenía una lista extensa de acreedores a sus espaldas, él decía que le habían prestado dinero para abrir un club de racquetbol, los rumores decían que su afición a la cocaína era la causa principal de sus deudas.

Mientras esperábamos a los demás, me preguntaron qué nuevas películas habían llegado. No muchas, les dije; la misma mierda de Hollywood. Jim Carrey y Mel Gibson.

—Deberías traer algunos clásicos —dijo Tomás—. No puede ser que sigamos en la edad de piedra en materia de videos. Si vieras cómo es en Santiago.

—Traje diez con Humphrey Bogart hace un año. Preguntame cuántas veces fueron alquilados.

—Es tu culpa —dijo Camaleón—, por hacerte al exquisito. Cuando Tomás habla de clásicos, se refiere a *Alien*, o *Taxi Driver*, a lo mucho. Cosas a color.

Había dejado mi poco estimulante carrera de Ingeniería a seis meses de la graduación, cuando ultimaba detalles para terminar mi tesis, y, junto a uno de los hermanos de Conejo, había abierto un videoclub, Be Kind, Rewind. Me iba muy bien, y tenía mucho tiempo libre para escribir. No había escrito durante mis cinco años de estudio, me decía que por falta de tiempo, en realidad quizá por miedo a mirar al hombre al otro lado del espejo, a hurgar dolorosas heridas. Pero, como decía *mister* Macbeth, uno no elegía escribir sino que era elegido. Uno escapaba para terminar volviendo al lugar que tenía asignado desde el principio. Las palabras comenzaron a fluir de nuevo un atardecer de enero. Desde entonces, escribí y publiqué dos novelas cortas, seudopoliciales, *El crimen perfecto* y *El misterio de la herencia*; ambas se vendían bien, a pesar del rechazo de la crítica, que decía que me faltaba carne, que mis textos eran muy distantes y cerebrales y que, aunque jugaba de manera inteligente con las normas del género, tenía muchas, muchísimas deudas con Agatha Christie. No importaba: me habían servido para crecer, para madurar. Ahora ya sabía qué puertas abrir, con qué enfrentarme en mi nueva novela. Ahora ya no tenía miedo y estaba listo para sumergirme en el fango doloroso y sagrado de mi adolescencia, y extraer de allí un relato.

Camaleón nos contó que su última chica lo había largado el día que, hecho el sincero, le contó que tenía herpes. Y yo volví a descubrir por qué no me gustaba venir a estas reuniones. Porque nadie podía o quería actuar como adulto, y en la compañía de los camaradas de curso, muchos de ellos ya divorciados, volvían los chistes infantiles y las anécdotas repugnantes, y todos tenían ganas de emborracharse con chicha, para volver a vomitar en los zapatos de los demás. Ahí llegaron algunos, y comenzaron los abrazos y las palmadas en la espalda y los tiernos insultos, «cabrón de mierda, estás hecho un chancho», y no pude menos que sentir una suerte de extraña regresión, y me dije que quizá de eso se trataban los reencuentros, de la excusa para volver a actuar como uno alguna vez lo hizo en la infancia y en la adolescencia, de la oportunidad perfecta para olvidar el prosaico presente adulto. Allí estaban Cardona, con sus bigotes de gato, ya subgerente del Banco Hipotecario Nacional; Aldunate, jefe de juventudes de uno de los partidos en el poder; Salvaje, que andaba sin un peso en el bolsillo y vivía con una ex puta del Sixty Nine en una pensión en La Cancha; Pavo, que trabajaba de albañil en los Estados Unidos, pero que no dejaba pasar un diciembre sin volver a Cochabamba para las fiestas; Conejo, que todavía no había terminado sus estudios de Administración de Empresas pero se había casado con una chica diez años menor que él, hija del rey de la madera. Era al que mejor le había ido, tenía dos Mercedes Benz y sólo vestía de Ralph Lauren o Armani. Su única desgracia era que se estaba quedando calvo rápidamente.

El que no estaba era Mauricio. Apenas terminó el colegio se había ido a estudiar a los Estados Unidos y jamás volvió; decían que le estaba yendo muy bien, trabajaba en un banco en Wall Street, curioso cómo había podido refrenar sus instintos políticos, me lo había imaginado volviendo a Cochabamba y candidateando como alcalde. Nunca supe si tuvo la certeza de que fui yo el que casi había incendiado su casa; sí sabía que sospechaba de mí, después de todo yo, arrepentido y desesperado, había sido el que llamó a los bomberos. ¿Cómo era posible que yo me enterara de que los pinos de su casa se estaban quemando? No me dijo nada, pero su desconfianza era palpable mientras me oía contarle que había ido en su busca esa noche para hablarle de mis desasosiegos amorosos con Annaliz, y me había topado con el incendio.

Chino llegó con un celular al oído; exportaba cuero a Europa y los Estados Unidos, le iba bien en estos tiempos de relativa estabilidad social. Escuché partes de una conversación: «Dicen que el Murciélago se la come. Que usa pantalones apretadísimos y se hace hacer las uñas. ¿Por eso se habrá ido a vivir al Brasil?». Después nos fuimos a un bar de El Prado, a comer pique a lo macho.

Chino me ignoró durante la reunión. Comenzó a contar anécdotas y a dominar la mesa con su voz estentórea y su carcajada franca. Traté de que sus ojos se encontraran con los míos, pero él lo evitó. Cuando se levantó para ir al baño, lo seguí. Entró y cerró la puerta, lo esperé afuera. Cuando salió, muy intempestivamente, me sorprendí y no pude articular frase alguna. Pasó a mi lado, mi hombro derecho rozó con el suyo. Lo miré, y pude distinguir cierta sorna en la mirada. Quizá los ojos no dicen nada, y somos nosotros los que les hacemos hablar; en todo caso, yo quería que la mirada de Chino me dijera algo que muchas noches de insomnio me habían hecho pensar.

Pero no fueron sus ojos sino su voz la que me confirmó todo.

—Sé que lo estás esperando —dijo—. Te lo cuento y ni una pregunta, si te he visto no me acuerdo.

—Dale.

—Sí, me inventé esa historia de Mauricio. Fue un acto desesperado de mi parte, un intento de salvar el pellejo a través de ti.

—Ya lo sabía.

—No mientas. Y ahora, permiso, hermanito.

Chino siguió su camino. Yo había sido una crédula víctima de un magnífico narrador. Había caído en la trampa de seducción en la que, desde la adolescencia, luchaba por que cayeran mis lectores.

Quizá Mauricio no era el Ajedrecista, sino lo que siempre había parecido, un buen compañero y un hijo abnegado, cuyo principal defecto no había sido intentar burlarse de los demás y demostrar que era más inteligente que todos juntos, sino haber sido muy consciente del poder turbador de su carisma, muy capaz de engañar a sus parejas o cometer irregularidades con las finanzas del curso porque en el fondo sabía que era intocable y sería perdonado. Durante un instante, extrañé su media sonrisa, su melena castaña iluminada por el sol en la cancha de fútbol.

*

Queda tan poco de la ciudad de Río Fugitivo de ese entonces. Tejada se había ido a los Estados Unidos, y no supimos de él hasta cuatro años después, en que abandonó los hábitos, volvió y se casó con Mónica. Yo preferí pensar que no hubo adolescentes víctimas de su supuesta lascivia, que sólo hubo Mónica, y que si Tejada hizo algo alejado de los preceptos de las órdenes religiosas, lo hizo por amor. Eso, al menos para mí, lo disculpaba.

El inspector Daza murió acribillado a balazos el día en que cumplí veintisiete. Un grupo de narcotraficantes le había tendido una emboscada; luego nos enteramos de que Daza recibía jugosas comisiones, a cambio de ofrecer protección policial a los carteles de la droga que operaban en el Chapare. Tenía el mejor de los recuerdos de él, y era el menos indicado para juzgarlo. Estaba seguro que él sabía que yo le había prendido fuego a la casa de Mauricio, y que prefirió no decir nada y protegerme. A veces me preguntaba qué habría sido del adolescente cuya foto vi en su oficina.

Mis papás se divorciaron. Papá se había jubilado y vivía en casa de mi abuelo, que ya había cumplido noventa y amenazaba con enterrarnos a todos. Papá daba, a manera de pasatiempo, una clase de Arquitectura en la universidad y estaba entusiasmado con el regreso de Bánzer al poder. Llevaba una vida de periódicos y crucigramas y mucha televisión, y encuentros con sus amigos para comer un picante de pollo, tomar un trago y jugar un cacho. De vez en cuando comía con él y me incomodaba su cada vez mayor desinterés por la ropa o el aseo personal. Ya no fumaba pipa, olía a cigarrillo negro. Usaba los cinturones hasta romper el cuero. Ahora que mamá no estaba cerca, la apariencia exterior le importaba, en sus palabras, un bledo. Nunca olvidaba mencionar a Alfredo al menos una vez. Decía frases como «ahora, Alfredo tendría veinticinco años» o «le gustaba dibujar, seguro hubiera salido arquitecto como yo». En esos momentos se le apagaba la voz. Por lo demás, parecía muy feliz en su nueva vida.

Silvia vivía con mamá, se había divorciado de Jean-Pierre y tenía tres hijos traviesos. Había engordado mucho, se pasaba las horas en el baño y la cocina, lavando la ropa o preparando el almuerzo o la cena, muy alejada tanto de la fresca belleza de la adolescencia como del futuro que soñábamos para ella. Estaba segura de que volvería a la universidad el próximo año, todavía no sabía qué estudiaría. Se negaba a contarnos de su vida conyugal en Venezuela, aunque sugería que podría servir de base para una telenovela (lo único que supe es que hubo noches en que durmió sobre la alfombra de su cuarto). Hacía lo posible por aparentar que no le dolía cuando papá se pasaba semanas sin preguntar por ella o sus hijos.

Le había dado por coleccionar amuletos de latón, comprados a los hippies en la puerta del Correo.

Mamá seguía trabajando en Concepto Publicidad, pero no con las ganas de antes. Le habían salido arrugas bajo los ojos y se le había soltado la carne del cuello, estaba ahorrando para un *facelift* en Brasil. Se estaba volviendo cada vez más religiosa, ahora era devota de una virgen polaca, la de Czestochowa. Se dedicaba a su virgen, su jardín y a mirar álbumes de fotos, las de su primer esposo y las de Alfredo. Aun en sus momentos de mayor alegría, había un deje de tristeza en su voz y en la mirada, como si la suma de pérdidas que la había marcado no hubiera sido suficiente para doblegarla pero sí para atenuarla, para debilitarla. Lo primero que hacía al despertarse era llamarme. Cuando podía, me hablaba mal de papá. Pese a mi edad, me recordaba que me lavara los dientes tres veces al día y que usara «protector» si me acostaba con alguien.

Una tarde, tumbado en la cama de mamá, miraba el álbum de fotos de Alfredo. Veía a Alfredo disfrazado de Batman, de Tarzán, corriendo por el jardín con un rastrillo de juguete en la mano, chapoteando desnudo en la tina con una sonrisa enorme, en brazos de mamá, de la mano de papá a las orillas de un río en las cercanías de la Cabaña de la Torre, conmigo en la puerta del Don Bosco en su primer día de clases, trepando a un árbol junto a Nelson, pellizcando la nariz de Silvia, montado en los hombros de Silvia, con Silvia y *Hércules* en el jardín —el limonero al fondo—, jugando con Silvia en la «pieza nueva»... Me detuve. Volví a hojear el álbum. Percibí por primera vez, con un escalofrío, que había una desproporcionada cantidad de fotos de Alfredo junto a Silvia. Quise detener mi pensamiento morboso y estereotipado, pero no pude. Recordé la enorme foto de Silvia en el velador de Alfredo, la enorme foto de Alfredo en el velador de Silvia, que me habían parecido tan naturales. Recordé los días en que Silvia caminaba desnuda por la casa. Volví a intentar no pensar lo que mi pensamiento quería pensar, pero no pude. ¿Pudiera ser que...?

Al día siguiente, al mediodía, fui a la casa de Nelson, cerca de las Torres Sofer. Cochabamba iba violentamente dejando de ser una ciudad apacible, había aparecido una gran cantidad de edificios de paredes espejadas y las calles angostas no estaban preparadas para absorber el tráfico abrumador. Me costó encontrar parqueo. En mi caminata del auto a la casa de Nelson, dos campesinas se me acercaron a pedirme limosna; estábamos lejos de los días de Siles, pero la pobreza era más visible hoy, en amargo contraste con la desinhibida riqueza neoliberal. Les di unas monedas.

Nelson me abrió la puerta y me hizo pasar al *living*. Era una casa modesta, adornada con reproducciones de cuadros de pintores impresionistas (Monet, el pintor por excelencia de la clase media). Había un acuario sobre una repisa, en el que dos escalares se paseaban aburridos. Me senté en el sofá crema. Nelson se sentó frente a mí. Parecía mayor que yo, con el traje negro que era el disfraz oficial de los ejecutivos tanto importantes como mediocres, y que usaba en la importadora de autos que gerentaba. Sus pecas parecían haberse multiplicado y le habían aparecido canas en las sienes. Se había casado, tres meses atrás, con Michelle, quién lo dijera (Lanza había ido a estudiar a los Estados Unidos y se había quedado a vivir allí, otro más derrotado por la fuerza de gravedad del Norte). Hablamos de sus experiencias con la vida matrimonial. Después de diez minutos de conversación, decidí irme al grano. Le dije qué me había impulsado a visitarlo: necesitaba que me contara todo lo que sabía sobre Alfredo y Silvia.

Nelson me lanzó una mirada cómplice, como diciéndome que hacía rato que esperaba esa pregunta.

—¿Te lo cuento con vueltas o estás dispuesto a lo que venga?

—Sin anestesia.

Nelson hizo una pausa, sacó un pañuelo y se limpió la nariz.

—Disculpá. Estoy a punto de resfriarme. Lo peor es ese momento en que el resfrío parece no decidirse, que sí, que no, y te tiene en ascuas... Tu hermano estaba loco por Silvia.

—¿Loco? ¿En qué sentido?

—Era... era la primera vez que sentía algo así por una chica. Hacíamos lo nuestro, jugábamos al fútbol, nos escapábamos de ellas, tú sabes lo que es esa época. Un día, así, de pronto, me dijo que se casaría con Silvia. Que podía hacerlo, puesto que en realidad no era su hermana. Me contaba en detalle cómo la veía cambiarse por la cerradura. Cómo ella le había dado un beso húmedo en los labios. Cómo parecía que ella le correspondía.
—¿Y tú no le dijiste que estaba mal?
—¿Qué sabía yo? Todo nos parecía entonces una aventura. Había que explorar y punto.
—Hay aventuras y aventuras.
—Hay edades y edades.
—¿Llegó... llegó a pasar algo?
—Eso yo también lo quisiera saber.
—No lo sabes.
—Nunca me contó nada.
—Entonces qué.
—Sólo sé que hubo dos semanas en las que él estaba de lo más feliz, literalmente perdido de amor. Me dijo que había sucedido algo increíble, que me lo contaría pero no todavía, no lo entendería, a su debido tiempo lo haría.
—Y luego.
—Luego de esas dos semanas Alfredo se puso raro.
—¿Cómo raro?
—Malhumorado. Nada le interesaba. Se podía quedar callado horas. Estaba como desesperado, y no me quería contar lo que le ocurría. Fue entonces que comenzó a experimentar con otras drogas, cosa que yo jamás hice.
—Otras aparte de cuáles.
—No te hagas.
—Sí me hago.
—No tienes por qué enojarte conmigo.
—No lo estoy. ¿Y quién... quién le proveía esas drogas? Tú le dijiste al inspector Daza que era un alumno del Don Bosco.
—No te lo puedo decir. Algunas cosas se quedan en casa.

—¿Por qué?

—Ya te lo he dicho todo. Cambiemos de tema. Tú sabes más que nadie, lo de la maría comenzó como un juego. Pero después le hacíamos regular. Ése era mi límite: maría y punto. Cuando Alfredo apareció con otras cosas, le dije que no lo hiciera. No me hizo caso.

—Suena familiar —dije, acordándome de la vez que quise decirle lo mismo a Camaleón, y no lo hice.

—¿A qué?

—Nada. Sigue.

—Me dijo que elegía eso. Decidí continuar siendo su amigo, me preocupaba y no quería dejarlo solo. Pensé en hablar contigo o tus papás, pero no me animé. Ustedes creían que Alfredo era un santo y yo una mala influencia, así que pensé que no llegaría a nada.

Le pedí que parara, que me diera tiempo para asimilar tanta información. Nelson fue a la cocina y volvió con dos vasos de limonada. La terminé de un trago.

—Si quieres lo dejamos aquí.

—No, no. Continuá.

—Ese lunes yo estaba con él, eso ya te lo conté. Estábamos en mi cuarto, escuchando música y pitillando, Alfredo sin abrir la boca, cuando de pronto me dijo que quería echarle una aspirada. Nos peleamos. Se enfureció y se fue insultándome y diciéndome que estaba cansado de la vida. Me quedé en mi cuarto, pensé que volvería. Pero no volvió.

—Entonces.

—Siempre pensé que no había sido un accidente. Que Alfredo había abusado intencionalmente de las pastillas. Todo este tiempo me he estado sintiendo culpable de no haber hecho todo lo que pude para salvarlo... No sé qué, pero estoy seguro de que pude hacer algo más de lo que hice.

—No fue tu culpa. Alfredo estaba muy metido en su mundo, nadie podía sacarlo de él.

—Estoy seguro que no fue un accidente. Fue intencional. Claro, esto no lo repetiría frente a un abogado. Quizá...

Nelson se detuvo.

—¿Ibas a añadir algo?

—No sé, no sé —hizo un movimiento con la mano derecha, como apartando algo de sus ojos—. Es injusto especular así.

Me acompañó a la puerta. Desapareció un momento, luego reapareció con un cuaderno. Me lo entregó.

—Es para ti —me dijo.

Lo abrí. Era mi cuento «Saeta», escrito en la letra infantil de mi hermano.

—Tú nunca me creíste, pero él te admiraba mucho. Copiaba algunos de tus cuentos y poemas, y los hacía circular en el curso, hasta que alguien descubrió que los cuentos eran en realidad tuyos, y se lo contó a todos. Te imaginarás lo avergonzado que estaba. Cada vez se puso más a la defensiva contigo. Tus papás y sus amigos se la pasaban hablando maravillas de ti, y eso terminó de cansarlo. No era que te hubiera dejado de querer. Solamente estaba cansado de que no lo conocieran como Alfredo sino como «el hermanito del escritor».

Hojeaba el cuaderno. Era lógico, después de todo. Los extremos se tocaban.

—Una vez... —Nelson se ruborizó—. Una vez me preguntaste por una foto en la que tu hermano estaba con los labios pintados. Bueno... él sospechaba que hacías cosas raras, pero no sabía qué. Una tarde, se escondió bajo la cama. Y te vio caminar del baño a tu cuarto, silbando una canción de Abba, con el *rouge* de tu mamá y con la ropa interior de Silvia... color vino, recuerdo que me dijo, el sostén chistosísimo en tu pecho plano y la tanga que se te metía en la raya... ¡Cómo me reí cuando me lo contó! Después se convirtió en una broma entre los dos. Él le robaba *rouges* a tu hermana, se pintaba los labios y nos matábamos de risa...

Sonreí, también ruborizado.

—Hay edades y edades —dije—. Te prometo que ya no lo hago.

—Te creo, te creo. No tienes que mostrármelo.

Antes de irme, le pregunté si le había encontrado algún sentido al alfil blanco en la mano de Alfredo.

—Todo y nada. Quizá no era más que su última travesura. Quizá, una vez que decidió lo que iba a hacer, se le ocurrió hacerte una broma pesada. Sabía que a ti te encantaban esas cosas, y que te romperías la cabeza tratando de descifrar la clave.

Me despedí de Nelson con el cuaderno en la mano. «Saeta», acaso mi plagio más original. ¿Quién había sido Alfredo? ¿Y quién Silvia? ¿Y qué había sucedido entre los dos? En el camino a casa pensé que era injusto especular así, pero el pensamiento, enfermizo y más preocupado por seguir su oculta lógica que por hacernos caso, no podía dejar de hacerlo. Y recordé el argumento de *Werther*, la historia de un suicidio por culpa de una pasión no correspondida. Eran demasiadas coincidencias. ¿Era yo el último en enterarse de lo obvio?

Al llegar a casa entré con paso firme en busca de Silvia. No le preguntaría nada. Simplemente, le diría que lo sabía todo.

Entonces escuché su voz, clara y cálida en el jardín. La vi a través del ventanal del *living*, un vestido azul a cuadros que le llegaba entre la rodilla y el tobillo, empujando el triciclo que Alfredito, su hijo mayor, se afanaba en pedalear. Gorda, encantadora.

—Un piecito aquí, otro aquí... Muy bien. Las manos firmes, y mirando al frente porque si no viene un camión y zas, listo el pollo.

Recordé la atrocidad a la que casi me había llevado, años atrás, intentar a toda costa develar el misterio, y creer en un hábil narrador. ¿No podía haberme contado Nelson esa historia para sembrar dudas en mi mente acerca de Silvia y despejar a su hermano de mis sospechas? ¿No era Nelson un hábil narrador? «Algunas cosas se quedan en casa.» Con esa frase, ¿no me estaba diciendo que su hermano era el culpable? Ahora que lo pensaba, su hermano debía de haber sido, desde el principio, el más obvio sospechoso. Ramiro había sido también un alumno del Don Bosco...

—¿Ves que es fácil, Alfredito? —dijo Silvia, deteniéndose y cruzando los brazos, sonriente—. Ahora te toca a ti solito. Sin miedo.

Volví a escuchar la voz clara y cálida de mi hermana, y me dije que acaso ciertos enigmas habían sido creados para persistir como tales, que no era saludable intentar que todo saliera a la luz, quedarnos sin secretos, la predecible solución en la última página. No había pruebas, y mis conjeturas y las de Nelson eran sólo eso, conjeturas, y las demasiadas coincidencias eran sólo eso, demasiadas coincidencias. Las muertes irresueltas estaban exiliadas en el torpe y transitorio mundo en el que habitábamos todos.

Salí al jardín y me dirigí hacia Silvia. La tomé por sorpresa y la abracé. Me perdí un buen rato entre sus brazos, sin decir palabra alguna, escuchando los latidos de su corazón y del mío. Ella pareció entender, y tampoco dijo nada.

—¿Qué pasa? —dijo al fin—. ¿Alguien te dejó?

—Nada —dije mirándola, dando un paso atrás—. Sólo que el mundo está lleno de narradores peligrosos.

Berkeley, enero 1996-Ithaca, enero 1998
Cochabamba, junio 1998
Madrid, marzo 2008

«Si no tuviera memoria no podría imaginar.»
JORGE LUIS BORGES

Desde LIBROS DEL ASTEROIDE queremos agradecerle el tiempo que ha dedicado a la lectura de *Río Fugitivo*. Esperamos que el libro le haya gustado y le animamos a que, si así ha sido, lo recomiende a otro lector.

Al final de este volumen nos permitimos proponerle otros títulos de nuestra colección.

Queremos animarle también a que nos visite en www.librosdelasteroide.com donde encontrará información completa y detallada sobre todas nuestras publicaciones y podrá ponerse en contacto con nosotros para hacernos llegar sus opiniones y sugerencias.
Le esperamos.

OTROS TÍTULOS PUBLICADOS POR
LIBROS DEL ASTEROIDE:

1. En busca del barón Corvo, **A.J.A. Symons**
2. A la caza del amor, **Nancy Mitford**
3. Dos inglesas y el amor, **Henri Pierre Roché**
4. Los inquilinos de Moonbloom, **Edward L. Wallant**
5. Suaves caen las palabras, **Lalla Romano**
6. Historias de Pekín, **David Kidd**
7. El quinto en discordia, **Robertson Davies**
8. Memoria del miedo, **Andrew Graham-Yooll**
9. Vida e insólitas aventuras del soldado Iván Chonkin, **Vladímir Voinóvich**
10. Las diez mil cosas, **Maria Dermoût**
11. Amor en clima frío, **Nancy Mitford**
12. Vinieron como golondrinas, **William Maxwell**
13. De Profundis, **José Cardoso Pires**
14. Hogueras en la llanura, **Shohei Ooka**
15. Mantícora, **Robertson Davies**
16. El mercader de alfombras, **Phillip Lopate**
17. El maestro Juan Martínez que estaba allí, **Manuel Chaves Nogales**
18. La mesilla de noche, **Edgar Telles Ribeiro**
19. El mundo de los prodigios, **Robertson Davies**
20. Los vagabundos de la cosecha, **John Steinbeck**
21. Una educación incompleta, **Evelyn Waugh**
22. La hierba amarga, **Marga Minco**
23. La hoja plegada, **William Maxwell**
24. El hombre perro, **Yoram Kaniuk**
25. La lluvia negra, **Masuji Ibuse**
26. El delator, **Liam O'Flaherty**
27. La educación de Oscar Fairfax, **Louis Auchincloss**
28. Personajes secundarios, **Joyce Johnson**
29. El vaso de plata, **Antoni Marí**
30. Ángeles rebeldes, **Robertson Davies**
31. La bendición, **Nancy Mitford**
32. Vientos amargos, **Harry Wu**

«Un libro espléndido, medido y contenido en la expresión y en el lenguaje que se nos aparece como un repertorio impresionista del tiempo pasado, (...) como un inteligente comentario moral, a veces contundente, sobre las selecciones de la memoria.»
Antoni Munné (El País)

«El narrador va estableciendo como el acta notarial (...) de sus propios recuerdos, registrando sin interferencias la ironía, bondad y belleza de las aventuras diminutas de la infancia y adolescencia, los pasajes de una educación moral y sentimental.»
Jesús Moreno Sanz (Diario 16)

«Cada una de las novelas de Robertson Davies es una aventura cerebral ensamblada con fantasía, sexo y gimnasia verbal. Es hipnotizante, y hay que reconocer que no leerla hasta la última palabra te puede costar la paz mental. ¡Y qué finales! Los ángeles rebeldes no se te van de la cabeza.»
Alan Sillitoe

«Davies es un narrador de historias con una irresistible capacidad para la invención. Ángeles rebeldes está llena de de ironías espléndidas, giros fatídicos y personajes fascinantes.»
Chicago Tribune

«El lector no ve el momento de contar a sus amigos las excelencias de este novelista [...] suspira de placer cada vez que pasa una página.»
The Washington Post

«El mejor libro que se ha escrito sobre la generación *beat*.»
Washington Post

«Unas memorias de primer orden, muy bellas.»
E. L. Doctorow

«Realista más que extravagante, Johnson retrata acertadamente los *beats* no como rarezas o celebridades sino como individuos.»
The New Yorker

«Ésta es la versión de la historia de la musa. Y descubrimos que la musa puede escribir tan bien como cualquiera.»
Angela Carter

«De todos nuestros novelistas, Auchincloss es el único que nos cuenta cómo se comportan nuestros dirigentes en sus bancos y sus salas de juntas, en sus bufetes y en sus clubs.»
Gore Vidal

«Desde Henry James, ningún escritor norteamericano se ha enfrentado al desafío de escribir una novela de costumbres con el éxito de Louis Auchincloss.»
Ralph Ellison

«Una prosa impecable, una delicada observación social y una refinada sensibilidad moral... Estamos ante un sutil maestro... Auchincloss se sitúa entre lo mejor de la literatura norteamericana.»
Kirkus Review